KB019139

한국 근대문학과 전향문학

이상갑

한국 근대문학과 전향문학

　이 책은 필자가 그간 관심을 가지고 있던 분야에 대한 연구서이다. 이 책은 비평론, 작가론, 작품론을 포함하고 있다. 한국 근대문학 중에서도 특히 필자가 관심을 가지고 있던 분야가 1930년대 후반기 문학이었다. 이 시기는 한국 문학사에서 유례없는 질곡의 시대이면서, 동시에 한국 근대문학의 진정한 활로를 개척하기 위해 다양한 모색이 이루어지던 시대이다. 그러므로 오늘날 근대의 극복이란 의미에서 논의되는 포스트모더니즘의 조류 속에서, 문학의 내적 근거를 밝히며, 한국 문학의 근대성을 밝히는 노력이 필요함을 절실히 느끼고 있다. 근대의 진정한 극복이란 근대의 철저한 규명 없이는 불가능한 것이기 때문이다. 이 책은 이런 맥락에서 1930년대 후반기 문학, 특히 전향문학에 대한 이론과 창작방법, 그리고 작품 분석에 많은 분량을 할애하고 있다. 그 외 수록된 글들은 작가론이나 작품론의 성격을 지니고 있다.

　필자가 이 책에서 자료를 대하는 기본적인 시각은, 한국 근대문학사에서 프로문학이 지닌 시대적 좌표와 함께 통시적인 의미 고찰에 관한 것이다. 나머지 글들도 모두 이런 시각 아래 묶일 수 있다. 이런 관점은 자료를 읽고 평가하는 기본적인 방법일 수 있으나, 필자에게는 매우 자각적인 문제였다. 그것은 모든 연구가 직면하는 문제로서, 객관적인 자료와 그것을 평가하는 연구자의 현재적 관점이라는 두 가지 요소를 어느 정도 정밀하게 자리매김하느냐 하는 것이다.

　이 책에 실린 글 중에서 첫번째 글은, 카프 해산 후 조직적 실천을 떠나 개별적으로 전개된 작가들의 이론 작업과 창작 행위, 그리고 그 전개 양상에 초점을 두고 1930년대 후반기 프로문학의 구체적 실상에 주목하고 있다. 이는 기존의 프로문학 비평 연구가 이 문학론에 치중하여 또 다른 도식화의 우려가 있다는 필자의 판단에 근거하고 있다. 하나의 문학 이론이 작품으로 검증될 때 현실적인 힘을 가질 수 있겠기 때문이다. 더욱이 이제는 80년대의 운동 논리나 북한 문학사의 편협한 시각에서 벗어나, 한국 근대문학에서 차지하는 프로문학의 유산을 보다 구체적으로 재검토할 필요가 있다.

이런 관점에서 이 글은 이 시기의 문학적 상황을 전향 문제에 일괄하여 처리하는 데는 무리가 있다는 전제하에, 국가를 상실한 식민지 조선의 최대 당면과제였던 민족 해방투쟁이라는 시각에서 프로문학의 미학적 특성을 재검토해 보았다. 한국의 전향 문제는 식민지라는 한국의 특수성 때문에 소재주의에 불과하며, 오히려 전향의 의미 속에 이미 비전향의 본질적인 계기가 내포되어 있다. 이를 구체적으로 해명하기 위해 카프 해산 후 김남천의 고발문학론을 중심으로 각자의 논리를 가다듬어 간 김남천 자신과, 임화, 안함광 이론의 질적 차별성과, 이를 토대로 김남천과 한설야의 작품 성과를 고찰하였다. 왜냐하면 김남천이 제기한 고발문학론은 카프 해소파, 비해소파 문제의 이면에 감추어져 있는 미묘한 시각 차이를 해명할 수 있는 계기가 되기 때문이다. 이 논의는 전향, 비전향이라는 단순한 이분법을 벗어날 수 있다는 점에서, 그리고 궁극적으로 이들의 이론이나 작품이 지닌 근대성의 의미를 천착하고 있다는 데에 그 의의가 있다.

이 분야에 대해서는 앞으로 보다 깊이 있는 논의가 요구된다. 특히 해방 전, 후 프로문학의 근원적인 실체를 보다 구체적으로 해명하기 위해 동반자 문학까지를 포함한 중간파 문학의 실체를 구조적으로 문제삼을 필요가 있다. 이런 작업은 프로문학을 포함한 민족문학의 유산을 보다 객관적으로 평가하며, 나아가 한민족의 궁극적인 방향인 통일 문학사를 위한 토대 마련에도 도움이 될 것이다.

아울러 이 책의 다른 모든 글들도 궁극적으로 이런 방향에 서 있다고 할 수 있다.

끝으로 이 책이 나오기까지 많은 도움을 주신 여러 분들께 깊이 감사드리며, 어려운 여건 속에서도 출판을 허락해 주신 출판사에도 감사의 뜻을 전한다.

1995년 7월

저자

차 례

■ 1930년대 후반기 창작방법론 연구

1930年代 後半期 創作方法論 研究

Ⅰ. 머리말

1. 문제제기

문학이 현실과 관계 맺는 양상은 여러 각도에서 다층적으로 이루어지기 때문에, 그것이 함유하고 있는 의미의 견결성은 단순하지 않다. 특히 일제 강점기의 왜곡된 역사적 상황에서 전개된 한국 근대문학은 그 형성과 전개과정에서 많은 시행착오를 겪었으며 파행적인 모순을 스스로 노정할 수밖에 없었다. 민족주의 문학 진영이나 계급주의 문학 진영 모두 각기 자신의 길에 충실하면서 전체적인 구도에서 민족문학의 발전적 방향을 모색하고자 했지만, 양 진영 간의 강한 자의식으로 말미암아 근대 민족문학의 한계는 뚜렷이 노출되었다. 민족문학의 주도적 위치설정 문제를 차치하고라도 계급문학 진영에 가해진 일제의 탄압은 이런 상황을 더욱 가속화시켰다.

일제 강점기 프로문학 운동을 주도했던 카프는 1927년 목적의식론을 주장하며 방향전환을 시도한 후 1930년 볼셰비키화 제창과 함께 본격적으로 조직적 활동을 개시하지만, 1931년 '공산주의자협의회사건'으로 불려지는 카프 제1차 검거사건과 1933년 말 '신건설사사건'으로 불려지는 제2

검거사건을 통해 극심한 침체기에 접어든다. 이어 카프는 조직과 동맹원에 대한 물리적 외압으로 인해 1935. 5. 21일 마침내 해산되고 만다. 그 결과 평단, 작단 모두 전체적인 침체 국면에 들어선 카프 진영 내에서는 맹원들의 내, 외적 요인으로 전향자가 발생하게 되고, 민족주의 문학 진영 또한 상대적으로 내적 동요를 첨예하게 드러낸다. 이제 카프는 조직의 지도력을 상실하고, 맹원들 또한 조직적 실천을 떠나 개별적으로 활동할 수밖에 없었다. 따라서 이전과 같이 통일된 문학 경향은 찾아볼 수 없게 된다.

그러나 우리가 카프 해산 문제[1]를 볼 때 전향자를 중심으로 한 '전향파'의 존재와 함께 현실로 존재한 '비전향파'의 문제를 도외시할 수 없다. 물론 문학사상의 뚜렷한 흔적이 없어 편의적인 분류에 그칠 염려가 있지만, 신유인, 이갑기, 특히 박영희, 백철로 대변되는 떠들썩한 전향선언[2]과

---

1) 카프 해산 문제에 대해서는, 김학성. 최원식 외, 『韓國 近代文學史의 爭點』, 창작과비평사, 1990.(임규찬, 「카프 해산 문제에 대하여」, pp. 247~269. 참조.)
2) 박영희, 「最近文藝理論의 新展開와 그 傾向 -社會史的 及 文學史的 考察」, 『東亞日報』, 1934. 1. 2~2. 11.
　백 철, 「出監所感 -悲哀의 城舍」, 『東亞日報』, 1935. 12. 22~12. 27.
　전향문학에 대한 연구는,
　김동환, 「1930年代 韓國轉向小說研究」, 서울대 석사학위 논문, 1987. 2.
　김윤식, 『韓國近代文學思想史』, 한길사, 1984, pp. 281~304.
　＿＿＿, 『한국 현대 현실주의 소설 연구』, 文學과 知性社, 1990, pp. 503~540.
　＿＿＿, 『韓國 近代文藝批評史研究』, 一志社, 1976, pp. 164~199.
　이상갑, 「斷層派'小說 研究 -'轉向知識人'의 問題를 중심으로」, 『韓國學報』 제66집, 1992, 봄. pp. 178~193.
　조남현, 『韓國 知識人小說 研究』, 一志社, 1984, pp. 95~175.
　지금까지 전향소설 연구는 대체로 전향 후 '생활' 문제에 초점을 두고 있으나, 김윤식 교수는 전향 문제를 다룬 작가의 '근소한 차이'에 역점을 둠으로써 카프 해소파, 비해소파라는 단순한 흑백논리를 극복할 수 있다는 점에서 주목된다. 이 '근소한 차이'라는 개념은 최근에 일본에서 전개되는 전향문학의 해석에 기대고 있다.(김윤식, 『해방공간의 문학사론』, 서울대 출판부, 1989, pp. 35~36.)

는 달리 비전향파³⁾로 통칭할 수 있는 구 카프 작가들은 침묵 속에서도
자신의 정신세계를 일관되게 유지하고 있음을 볼 수 있다. 이 점은 그들
의 전향을 다룬 작품에서 나타나는 바와 같이 이전 프로문학에 대한 반
성과 함께, 어려운 상황에서도 지식인의 내적 자존심을 은밀하게 견지하
려는 의식에서 잘 드러난다. 특히 우리가 주목해야 할 점은 카프라는 조
직체가 그들에게 당과 같은 비중으로 작용하고 있었을지라도 이 조직 자
체의 와해가 특히 비전향파인 이들 카프 맹원들에게 그렇게 심각한 의미
로 받아들여지지 않았다는 사실이다.⁴⁾ 즉 카프라는 조직체의 와해는 해산

---

3) 임화, 송영, 이기영 등은 1938년 전향자대회에 참가하여 의장적(擬裝的) 전향을
　선언하였다.(김윤식,『韓國近代文藝批評史硏究』, 一志社, 1976, p. 166. 참조.)

　　필자가 '해소파', '비해소파'라는 용어 대신에 '전향파', '비전향파'라는 용어를
　사용하는 이유는 다음과 같다. 원래 '해소파', '비해소파'의 용어는 홍효민이 1947
　년도판 『예술연감』에서 언급한 것이다. 그런데 이 글은 '비해소파'로 거명되는
　대표적 인물인 이기영, 한설야, 한효, 안함광 등에 대한 언급이 전혀 없다는 점
　에서 그 글의 객관성이 의문시된다. 물론 이 글에 앞서 이미 박승극이 '해소'와
　'해산'의 문제를 제기하고 있기는 하지만, 필자는 소설사의 전체 구도에서 볼 때
　'전향파', '비전향파'라는 용어가 더 적절하다고 생각된다. 왜냐하면 '해소파', '비
　해소파'라는 용어는 문예운동과 조직의 성격을 더 강하게 지니기 때문이다. 특히
　이미 조직이 와해된 시점에서 작가들의 이론 작업이나 창작행위를 엄밀히 규정하
　기 위해서 '전향파', '비전향파'의 용어가 더 적절하다고 생각된다.

　　만약 '비전향파'란 용어를 사용한다면 특히 한설야의 문학적 행위가 이에 해당
　할 것이다. 1930년대 후반 구 카프 작가들의 정신적 논리의 거점 확보가 비평상
　용어로는 '주체론'을 둘러싼 일련의 논쟁과정으로 나타난다. 그러므로 '전향파',
　'비전향파'의 용어를 사용하기 위해서는 비평과 창작과의 관련양상에서 양자의 질
　적 차별성과 편차에 대한 고찰이 선행되어야 한다.

4) 홍효민은 을해 문단을 총괄하여 예술파, 인생파, 사회파로 나누고, 사회파의 대
　표적 논자로 임화, 박승극, 한효, 안함광, 김두용, 민병휘를 들면서, 사회파에 있
　어서도 조선프롤레타리아예술동맹을 절대 지지하는 종파주의자도 있고, 해소 또
　는 개혁을 주장하는 분자들이 섞여 있다고 지적한다.(홍효민,「乙亥 文藝 評壇
　總觀－朝鮮의 文藝評論은 얼마나 進展햇나」,『新朝鮮』5권 1호, 1936. 1.)

을 전후하여 운동과 조직에 결부되지 못하고 개별적으로 전개된 작가들의 문학 행위에 절대적인 의미를 지니지 못한다. 이 사실은 전향파로 분류할 수 있는 일군의 작가들에게도 그대로 적용될 수 있다. 따라서 이 점은 카프 해산 전후의 1930년대 후반기 소설을 연구할 때 항상 고려되어야 한다. 미세한 차이는 항상 작품 자체에서 변별되어야 하기 때문이다.

김재용[5]은 비평사의 관점에서 카프 해산 문제를 다루고 있다. 그는 일제하 카프를 중심으로 한 문학운동 연구와 해방 3년기의 조선문학가동맹을 중심으로 한 일련의 문학운동에 대한 연구를 연속선상에 두고 고찰한다. 그는 이런 작업이 각 시기의 문학운동을 한층 명확히 규명할 수 있고, 더 나아가 조국이 분단된 현실에서 남북한 미학적 입장의 분화와, 그것의 역사적 과정을 가늠해 볼 수 있는 출발점을 제공해 준다는 사실에 실천적 의의를 부여한다. 그가 이를 해결하는 단초로 설정한 것이 카프 해소 대 비해소파의 대립구도이다. 물론 그는 1920년대 전반기에서 해방 직후의 문학운동까지 연결되는 염군사와 파스큘라의 대립과, 1930년 카프 문학운동에서 또 하나의 집단적 움직임인 경성파와 동경파의 대립으로 불려지는 볼셰비키화론을 언급한다. 그러나 이 대립들은 부차적인 것이며, 중요한 것은 볼셰비키화를 주장한 일련의 논자들은 사회주의 리얼리즘의 수용을 둘러싼 찬반 논쟁에서 각각 상이한 입장을 취하다가 카프 해산을 전후하여 해소파와 비해소파의 대립으로 나누어지며, 이 상이한

5) 김재용, 「카프 해소─비해소파의 대립과 해방후의 문학운동」, 『역사비평』, 1988. 8.
───, 「안함광론─카프 비해소파의 이론적 근거」, 이선영 편, 『회강이선영교 수화갑기념논총 : 1930년대 민족문학의 인식』, 한길사, 1990. 9, pp. 575~609.
───, 「중일 선쟁과 카프 해소. 비해소파─임화. 김남천에 대한 안함광의 비판을 중심으로」(한국문학연구회 편, 현대문학의 연구 3, 『1950 년대 남북한 문학』, 평민사, 1991, pp. 237~278.)
───, 「카프 해소파의 이론적 근거─임화론」, 『실천문학』, 1993, 여름. pp. 304~341.
───, 「일제하 프로소설사론 연구」, 연세대 박사학위 논문, 1992.

두 노선이 해방 직후에는 문건과 예맹이라는 각기 다른 문학운동 조직으로 분화된다는 사실이다.[6] 그가 말하는 해소파는, 카프 해산 이전에 이미 전향을 선언하면서 카프를 탈퇴한 박영희를 일단 제외하고, 카프 해산계를 일제 경찰에 제출하고 그 이후 카프가 행했던 도식성을 극복하면서 문화운동을 행하려고 했던 임화와 김남천, 그리고 비해소파는 마찬가지로 카프의 도식성을 인정하고 그 극복을 위해 노력하되 이전 프로문학의 연장선상에서 대안을 모색했던 안함광, 이기영, 한설야 등이다. 그런데 그는 해소파와 비해소파가 이전 프로문학의 도식성을 다 함께 인정했음에도 불구하고 그것에 대한 역사적 해석과 극복 방법에서 상이한 입장을 지니고 있었음을 강조한다.

김재용의 논의를 따르면 해소파와 비해소파의 상이한 이론적 대립은 소설론, 특히 소설론의 중심인 성격론에 반영되었는데, 소설의 인물(성격)과 환경의 관계를 놓고 벌인 안함광, 한설야와 임화의 대립적 견해가 그것이다. 즉 해소파의 임화는 시민적 의미의 개성도 형성되지 않은 땅에서 프로문학을 했던 것은 모험이라 규정하고, 프로문학 이전에 일어났던 신문학과 경향문학의 지양에 의해서만 새로운 민족문학이 이루어질 수 있다고 생각한 반면, 비해소파의 안함광은 경향문학이 식민지 국가에서는 시민문학의 과도기를 거쳐 진행되었기에 그러한 예술적 결함은 모든 계급의 문학적 발달에서 피할 수 없는 한 과정으로 파악하므로써 과거 프로문학의 편향에 대한 기계적 부정을 거부하고 프로문학이 선취한 지점에서 그 극복의 논리를 찾으려 하였다고 지적된다.

그의 연구는 임화, 김남천을 중심으로 한 비판적 사실주의라는 기존 연구의 시각을 확대하여 그동안 소홀히 취급되었던 안함광과 한설야의 문학론을 중심적인 것으로 부각시켰다는 데 의의가 있다. 그러나 김재용은

---

6) 하정일은 해방기 프로비평 연구를 민족문학론의 관점에서 종합적으로 정리하면서 임화를 중심에 놓고 있다.(하정일, 「해방기 민족문학론 연구」, 연세대 박사학위 논문, 1992.)

안함광이 말하는 사상(세계관)이 현실과의 관계에서 구체적으로 이해되지
않고, 오히려 선규정적인 도식화에 빠져들 우려가 있음을 간과하고 있다.
물론 안함광도 1930년대 후반에 오면 임화의 '인물(관념)과 환경(현실)'과
의 조화라는 틀과 유사하게 '설화와 묘사'의 통일을 내세우며, 강한 이념
성의 결과 초래될 도식성을 경계, 극복하는 방향에서 논의를 심화시키지
만, 안함광은 자신과 작가들을 다룰 때 근본적으로 사상을 선험적으로 획
득한 선상에서 논의를 전개한다는 점이 문제이다.[7] 특히 김재용의 주장은
앞에서 언급한 바와 같이 조직이 와해됨에 따라 개별적 문학행위만이 가
능했던 당대에 대한 인식의 불철저성을 면할 수 없다.

　이현식은 김재용이 카프 해소파, 비해소파의 대립 구도를 마치 준조직
적 대립인 것처럼 설명하고 있어서 1930년대 후반의 각 논자들의 대립이
마치 조직적 차원에서 일어난 듯한 오해의 소지를 마련하고 있으며, 나아
가 그들의 미학적 대립점의 핵심을 프로문학의 고수 여하로 상정함으로
써 반영론에 토대를 둔 리얼리즘의 관점에서 해석과 가치평가의 준거틀
을 찾지 못하고 있으며, 해방 직후 문학운동의 대립을 남북한 분단으로까

---

7) 안함광은 이런 점에서 본격소설론을 주장하기 전 임화와 유사하다. 이 점은
　　1930년대 후반 김남천의 고발문학(론)을 중심으로 전개된 임화, 안함광의 논의
　　에서 잘 드러난다. 세 논자는 와해된 주체를 회복하는 방법상 용어로, 임화와 김
　　남천이 '주체재건'이라는 용어를, 그리고 안함광은 '주체건립'이라는 용어를 각기
　　사용한다. 그런데 김남천이 이미 획득했다고 생각했던 사상이 진정한 의미에서
　　주체화되지 못했다고 생각하고 '세계관의 혈육화' 방향에서 주체재건이란 용어를
　　사용했다면, 임화는 김남천과 같이 주체재건이라는 용어를 사용하지만 그 내포는
　　다르다. 왜냐하면 임화는 논의의 출발점에서 이미 작가에게 선험적으로 사상이
　　주체화되어 있어야 한다는 의미에서, 그 사상을 다시 재건해야 한다고 본다. 안
　　함광이 사용하는 주체건립이란 말은 미세한 차이는 있지만, 임화와 동일한 의미
　　이다. 그러므로 임화와 안함광을 각각 해소파, 비해소파로 구분하는 것은 일면적
　　임을 면할 수 없다.
　✻. 이는 이 글 III장에서 상세하게 고찰될 것이다.

지 이어버리는 논리의 비약을 보인다고 지적한다.[8]

임규찬[9]은 김재용에 대한 반론에서 해소파, 비해소파 구분의 역사적 실체를 근본적으로 의문시한다. 즉 그는 김재용이 구체적 분석 없이 임화, 김기진, 김남천 등이 카프 해산계를 제출한 것을 근거로 임화, 김남천을 해소파로, 이기영, 한설야, 안함광을 비해소파로 지칭하여 곧바로 논의를 진행시켰다고 비판하고, 과연 일제 말기 활동에서 이들 양 집단이 존재했으며, 만약 존재했다 하더라도 양 분파의 중심 논자들 사이에 명확한 입장 차이가 존재하였는지 의문시한다. 또한 그는 8·15 직후 문건과 프로문맹의 대립이 어떠한 문학사적 위상을 지니며, 이후 남로당, 북로당으로 이어지는 것이 어떤 의미를 갖는 것인지 의문시하면서, 카프 해소파, 비해소파의 구분은 문건의 주도적 인물인 임화, 김남천이 카프 해산계를 실제로 제출했다는 현상 하나만으로 모든 역사적 사실을 평가하려는 형식주의적 접근이라고 비판한다. 그는 오히려 임화가 카프 해산기에 '지위사수책'으로 오인될 정도로 카프의 유지에 힘쓴 반면, 대부분의 사람들은 당시 일제의 탄압과 투옥 등으로 해산을 필연적인 사태로 받아들였음을 강조한다. 특히 임규찬은 해소파, 비해소파란 용어나 그에 대한 진술은 당시 논의에서 발견할 수 없으며, 비해소파가 일제 말기에 해산 이전의 프로문학을 계속 고수했다는 지적에 대해서도 반대한다. 그리고 그는 김재용이 해소파인 임화, 김남천 등이 8·15 직후 약간의 수정으로 인민문학의 성격을 띤 민족문학을 주장하고 있고, 비해소파인 이기영, 한설야 등이 일제 말기나 해방 직후를 막론하고 프로문학을 고수했다고 지적한 것을 현상적이라 비판하면서, 오히려 문건과 프로문맹의 대립은 주체가 정비되지 못한 채 갑작스레 맞이한 혁명적 정세 앞에 새로 주체를 형성

---

8) 이현식, 「1930년대 후반의 비평사 연구동향에 대한 검토-최근 연구를 중심으로」, 『문학과논리』 창간호, 1991, pp. 227~248.

9) 임규찬, 「카프 해소-비해소파를 분리하는 김재용에 반박한다.」, 『역사비평』, 1988. 11.

하고자 하는 부산함의 소산이라고 파악한다. 아울러 그는 프로문맹의 맹원이 대부분 월북했다는 사실을 중시하여 이를 남, 북의 대립으로까지 기계적으로 적용하는 도식화를 경계한다.

그러나 임규찬의 논의 또한 해소파, 비해소파라는 용어 자체에 과도한 의미를 부여하면서 그 말의 성립 여부에 더 비중을 둔 결과 그 말이 내포하고 있는 개별 작가들의 편차를 의도적으로 망각한 혐의가 짙다. 결과적으로 볼 때 그 또한 김재용과 마찬가지로 자신의 논리에 함몰되고 만 결점이 있다. 이는 물론 자료상의 한계로 기인한 것이기도 하지만 두 논자 간에 보다 구체적으로 논의가 진전되지 못한 점과도 연관되어 있다.

한편 김승환은 해방 직후 연구와 관련하여 해방 당시 북한 지역에 거주하다가 북조선문예총에 가담한 안함광, 안막과, 1946년 월북하여 북조선문예총에 가담한 한효 등이 주장한 이론은 비해소의 논리로 볼 수 없다고 주장한다. 또한 그는 이기영, 한설야가 조선프롤레타리아문학동맹을 이끌다가 주도권을 빼앗기자 월북하여 북한 문단에 가담했다는 가설도 부정한다. 그러나 이에 대한 구체적 해명이 없다는 사실을 제외한다면, 그의 주장의 특이한 성격은 조선프롤레타리아문학동맹을 주도한 실체가 이기영, 한설야가 아니라 윤기정, 한효, 윤세중, 송영, 박세영, 권환이라는 언급이다. 그 결과 그는 카프 해소 비해소의 편차가 해방공간의 리얼리즘 논의를 규정했다는 점과, 1930년대 리얼리즘 계보의 조직과 이론이 해방공간에 결정적인 영향을 미쳤다는 기계적 연속주의는 재고되어야 한다고 봄으로써 결과적으로 임규찬의 견해가 보다 타당함을 입증하였다.[10]

---

10) 김승환은 남북한 문학의 구도를 설정함에 있어 서울의 작가, 이론가들이 평양으로 옮겨 가 북한문학을 주관했다는 식의 서울중심 사고는 잘못되었으며, 굳이 이론이나 조직상의 편차를 찾는다면 문건과 문맹의 차이보다 서울중심주의와 평양중심주의의 차이가 더 본질적이라는 가설을 정립한다. 그 결과 그는 김윤식(김윤식 편, 『原本 한국현대현실주의 비평선집』, 나남, 1989, pp. 424~478. 「해방후 남북한의 문화운동—두개의 민족문학론의 전개와 그 비판」 참조.)이 주장한 바 있는 문학가동맹(서울파), 문학가동맹(해주파), 북조선문예총(평양파)의 삼분법

이상의 논의에 촉발되어 1930년대 후반의 비평 전반에 대해 다양한 논의가 전개된다. 그러나 이 시기 비평사가 보여 주는 모색의 과정과 작품에 대한 가치평가는 당대에 한정되지 않고 카프 해산 이전의 제반 현상에 걸쳐 있고,[11] 해방기의 제반 문학 현상을 이해하는 근저로서의 계기도 내포하고 있기 때문에 이 시기 문학 현상에 대한 체계적인 연구가 요청된다. 해방 전, 후기를 잇고 근대민족사의 출발과 함께 시작된 민족문학사의 전체적인 체계화는 여기에 근거한다.

그러나 여기서 우선되는 문제는 1930년대 후반 카프 해산을 전후하여 사회주의 리얼리즘을 둘러싸고 새로운 방향 모색의 일환으로 다양하게 전개된 논의와 함께 당대에 산출된 문학 작품을 올바로 평가하는 작업이다. 이 시기에 오면 리얼리즘 이론이 조선의 특수성에 따라 새롭게 해석되고 작품 창작과정과 구체적으로 연결되면서 소설본질론으로 접근하기도 한다.[12] 이 점에서 카프 해산 후의 창작 행위에 대한 체계적 연구는 비평과 창작과의 관련양상 뿐만 아니라 창작 행위가 지니는 의미와 한계를 동시에 밝혀볼 수 있을 것이다. 그러므로 1930년대 후반 구 카프 출신 작가들의 창작 행위를 총체적으로 검토하는 작업은 여러 가지 시사점

이 지나치게 도식적이며 좌파 문학운동론상 분파주의를 강조하였다고 비판한다. (김승환, 「해방 직후 문학연구의 경향과 문제점」, 『문학과논리』 제2호, 태학사, 1992, pp. 13~38.)

11) 임화의 문학사 정리 작업을 대표적으로 지적할 수 있다.

임 화, 「朝鮮 新文學史論 序說－李仁稙으로부터 崔曙海까지」, 『朝鮮中央日報』, 1935. 10. 7~11. 13.

_____ , 「小說文學의 二十年」, 『東亞日報』, 1940. 4. 12~4. 20.

이 작업은 해방기에 나온 「조선 민족문학건설의 기본과제에 관한 일반보고」와 「조선소설에 관한 보고－보고자 안회남(安懷南)씨의 결석으로 인하여 대행한 연설요지－」에까지 이어진다.(『건설기의 조선문학』, 조선문학가동맹, 1946. 참조.)

12) 김남천은 1930년대 중, 후반 일련의 논의 가운데 창작이론을 작품과 구체적으로 관련짓고 있다. 우선 작가 스스로 이를 공개적으로 주장하고 있다는 점이 특이하다. 이는 그의 고발문학론에서 관찰문학론에 이르기까지 계속된다.

을 제공할 수 있다. 즉 카프 해산 후의 창작 행위가 도달한 작품 성과와 한계는 무엇이며, 그 한계를 초래한 구체적인 근거는 무엇이며, 어떤 특이성을 지니는가 하는 문제를 구체적으로 살펴볼 수 있을 것이다. 이에 대한 올바른 해명은 해방 이전 임화에게서 시작된 민족문학의 개념과 해방기에 재연된 민족문학이 지닌 의미 해명과 함께 통일 문학사를 지향하는 오늘날의 방향성에 도움이 될 것이다. 이는 특히 1980년대에 북한의 문학사 연구작업의 영향과 변혁운동의 관점에서 이루어져 온 편향된 연구 경향을 반성적으로 재검토하는 데도 의미있는 작업이 될 것이다.

2. 硏究史 및 論議方向

1930년대 후반에 가장 문제적인 작가는 김남천과 한설야이다. 이 시기 특히 한설야로 대표되는 이념성의 경향은 신경향파 이후 전개된 프로문학의 이념성에 이어져 있는데, 이 현상을 초래한 근본 원인은 우선 왜곡된 역사적 상황과, 이를 극복하고자 하는 작가의식의 강한 노출 때문이다. 특히 이 이념성은 카프 해산 이후에도 여전히 작가들을 구속하는 "마의 수레바퀴" 역할을 하며 작가들의 창작 행위를 제약한다. 그 결과 그들은 스스로의 내적 동력으로 전개되는 현실을 객관적으로 분석하고 평가하는 데 여러 가지 한계가 있었다. 더욱이 1937년 중일전쟁을 전후하여 자행된 일제의 가혹한 탄압 아래 작가들은 방향감각을 상실하고 분열되기 시작한다. 이것은 임화가 「世態小說論」(『東亞日報』, 1938. 4. 1~4. 6.)에서 '말하려는 것(표현)과 그리려는 것(묘사)'과의 분열 현상을 지적한 것에 닿아 있다.[13] 그런데 문제는 프로소설 연구사상 작품 성과면에서 이전 시기보다 1930년대 후반 문학의 의미 부여에 인색한 결과, 소설 본질

___

13) 「最近 朝鮮 小說界 展望」(『朝鮮日報』, 1938. 5. 24~5. 28.)에서도 이 문제가 상세히 다루어진다. 이 글은 『文學의 論理』(學藝社, 1940.)에는 「本格小說論」이란 제목으로 실려 있다.

면에서 심화, 발전된 이 시기 소설의 성과가 구체적으로 밝혀지지 못하고
있다는 점이다.

초창기 프로소설사 연구에서 중요한 연구 성과는 김윤식의 「문제적 인
물의 설정과 그 매개적 의미」[14]와 정호웅의 「1920−30년대 한국경향소설
의 변모과정연구−인물유형과 전망의 양상을 중심으로」[15]이다. 이 두 연
구가 소설의 내적 형식의 분석에서 원용하고 있는 것이 인물유형의 분석
이다. 소설의 내적 형식은 소설이 현실을 반영하고 인식하는 것 그 자체
이다. 김윤식은 리얼리즘의 발전을 작가가 그리고 싶은 것, 작가가 그릴
수 있는 것, 그리고 작가가 그려야만 하는 것으로 보고, 리얼리즘을 현실
의 구체적 반영이라는 단순한 의미를 넘어서서 현실 발전의 전망과의 연
관성에서, 그리고 그 전망을 소설의 내적 형식 속에서 파악한다. 김윤식
은 '문제적 인물'의 개념을 사용하여 이기영의 「鼠火」, 『故鄕』, 조명희의
「洛東江」을 분석하면서 「洛東江」에 소설사적 의미를 부여한다. 그 이유
는 「洛東江」은 작가의 역사적 전망이 소설 내적 형식으로 구체화되어 그
내적 형식이 계층의식의 확보를 의미하는 현실적 정합성을 지니며, 특히
성운과 로사라는 '문제적 인물'이 백정이라는 계층의식과 맞물리면서 매
개적 역할을 잘 담당하고 있기 때문이다. 김윤식의 '문제적 인물'이란 개
념을 그대로 차용하고 있는 정호웅은, 「洛東江」은 성운과 로사라는 예외
적 인물이 오히려 집단의식과의 관련에서 파악되지 못했기 때문에, 내적
형식상 가장 문제적인 작품은 이기영의 「農夫 鄭道龍」이라고 주장한다.
따라서 정호웅에 의하면 「洛東江」은 추상적 전망에 그친 작품에 불과하
다. 정호웅이 소설의 내적 형식의 분석에서 가장 핵심적인 개념으로 사용
하고 있는 것이 '전망'이다. 그리고 그는 이것의 특징을 "구체적 현실의
객관적 형상화를 통해서 드러나는 한 사회의 구체적인 발전경향"으로 본

---

14) 김윤식, 『韓國近代文學思想批判』, 一志社, 1984, pp. 244~266.
15) 정호웅, 「1920−30년대 한국경향소설의 변모과정 연구−인물유형과 전망의 양상
　　을 중심으로」, 서울대 석사학위 논문, 1983.

다. 따라서 이같은 '전망'의 구도에서 임화가 말한 바 있는, 전망의 부재를 나타내는 최서해 소설과 전망의 과장을 나타내는 박영희 소설이 언급된다. 그러나 정호웅은 '전망'의 개념을 현실의 구체적인 형상과 관련지었다는 데서 이전 논의보다 진보된 점이 있지만, 이미 어떤 이념을 전제한 상태에서 '전망' 개념을 사용한다. 그 결과 그는 임화의 표현대로 "전망의 과장"이란 말을 사용하지만, 이때의 '전망'은 이미 구체적 현실 문맥을 떠난 '전망'일 따름이다. 그러나 임화가 말하는 바, 묘사에 치중하는 '최서해적 경향'과 관념에 치중하는 '박영희적 경향'은 이전 카프의 도식성을 비판하면서, 강한 이념성을 극복하는 방향에서 구체적 현실 문맥을 강조한 것이다. 임화는 근대를 근본적으로 문제삼고 근대적 개성의 확립이라는 근본 바탕에서 논의를 시작한다.

서경석은 이전 카프의 도식성을 극복하는 방향에서 임화의 소설론에 근거를 두고 자신의 논리를 심화시킨다. 서경석은 '완결된 인물'[16]의 개념을 사용하여 한국 리얼리즘 소설의 발전은 이 인물의 소멸과정과 일치한다고 주장한다. 그는 임화가 말하는 '관념과 현실의 조화'라는 틀에서 한설야의 단편소설 「過渡期」를 고평한다. 이 견해는 임화가 「世態小說論」

---

16) 이 개념은 루카치가 코사크 지방 내전의 서사시인 숄로호프의 「고요한 돈강」을 분석하면서 사용한 것이다. 루카치에 의하면 이 인물은 자본주의 사회에서 그 단계의 모순을 형상화하는 장편소설의 주인공으로 사실상 등장할 수 없고, 오히려 이 인물의 소멸과정이 본격적인 리얼리즘 소설인 장편소설의 가능성과 밀접한 관계를 가지고 있다. 〈G. 루카치, 『변혁기 러시아의 리얼리즘문학』(조정환 옮김, 동녘신서 37, 동녘, 1986, pp. 304~307.)〉

특히 이 인물은 현실과 다양한 관계를 맺고 있는 '아름다운 인물'과 이를 사상한 '아름다운 영혼'을 구분한 코플라의 관점을 연상시킨다. 전자는 야만스런 세계 속으로 방황하며 들어가면서도 그 세계에 굴복하지 않는 인물이라면, 후자는 추상화를 특징으로 한다. 〈A. 코플라, 「반영도 아니며 추상화도 아니다─루카치냐 아도르노냐─」(게오르그 루카치 外, 황석천 옮김, 『현대리얼리즘론』, 열음사상총서 5, 열음사, 1986, pp. 203~229. 補錄 참조.)〉

기타, 서경석, 「1920~30年代 韓國傾向小說 研究」, 서울대 석사학위 논문, 1987.

에서 세태소설과 심리소설을 분석하면서 '말하려는 것(표현)과 그리려는 것(묘사)'과의 모순을 지적한 것에 닿아 있다. 특히 임화는 한설야의 「過渡期」[17]를 "현실에서 분열된 관념과 관념에서 떨어진 묘사의 세계를 단일한 메카니즘 가운데 형성하려고 한 최초의 작품"으로 보면서, 이를 가능케 한 것은 "신경향파 시대와 근본에서는 같으나 그러나 그것보다는

---

17) 한설야의 「過渡期」에 대한 평가는 임화에 앞서 한효가 「朝鮮的 短篇小說論」(『東亞日報』, 1938. 1. 29.)에서 이미 행하고 있다.
"韓雪野의 「過渡期」며 「씨름」 等의 作品이 包含하고 잇는 偉大한 現實에의 肉迫性은 實로 當時에까지 到達한 朝鮮 事實主義의 最高 階段을 이루고 잇는 것이다."
특히 한기형은 임화의 신경향파 소설평가의 구도와 당시 소설의 구체성 사이에는 현격한 괴리가 있으며, 임화가 추상적이며 도식적인 기준을 설정하여 각 작가의 작품이 거둔 예술적 성취의 질적 차별성을 무시하였다고 지적한다. 한기형이 주장하는 바는 두 가지로 요약할 수 있다. 첫째, 임화가 주관성 또는 낭만성이라는 미적 특징으로 묶은 박영희, 김기진, 송영, 조명희의 소설은 미적 지향과 현실 반영의 진정성의 측면에서 본질적인 예술방법상의 차이가 있다는 점. 즉 박영희와 김기진은 식민지 현실의 부정성이 원칙적으로 해결 불가능하다는 비관주의적 경향을 띠거나, 현실을 떠난 극도의 과장의 형식을 띠는 데 반해, 조명희, 송영은 미래에 대한 낙관적 결의와 현실의 진실성에 토대를 두고 있다는 것이다. 둘째, 임화가 신경향파 소설이 갖는 과도기적 측면에 비중을 둔 데 반해, 그는 신경향파 소설 내부에서 끊임없이 일어나는 동적인 측면에 주목한 점. 즉 한기형은 임화와 마찬가지로 한설야의 「過渡期」를 사회주의 현실주의를 예고하는 중요한 작품으로 보지만, 이것은 「過渡期」만의 공로가 아니라, 그 과정에서 당대의 다른 여러 작가들의 노력의 결과로 파악한다.
특히 이 글의 장점은 신경향파 소설의 미적 특질로서 '비극성'을 강조하고, 이 '비극성'을 이 시기 소설들이 비판적 현실주의의 경계를 완전히 벗어나지 못했음을 알리는 하나의 표지로 본다는 점과, 조명희의 「洛東江」은 주인공 박성운의 죽음이라는 비극적 사건에도 불구하고 강한 현실변혁의 의지로 말미암아 송영의 「石工組合代表」나 한설야의 「過渡期」를 생산하는 촉매제 구실을 한다는 지적이다. 〈한기형, 「林和의 문학사 서술에 대한 관점의 몇 가지 문제-신경향파 소설평가를 중심으로-」(김학성, 최원식 외, 『韓國 近代文學史의 爭點』, 창작과비평

일층 명백한 경향적 정신[18] ˮ이라 언급한다. 다만 서경석과 임화 논지의 차이점은 『故郷』 분석에서 드러나는데, 그것은 전자가 『故郷』을 지식인의 관념이 구체적 현실과 관계 맺지 못하였다고 하여 부정적인 비판을 보이는 데 반해, 후자는 신경향파 이래 내려온 두 경향을 총 집대성하고 이후 모든 노력이 합쳐진 성과가 이기영의 『故郷』이라고 분석하고 있는 점이다.[19] 그러나 임화는 「過渡期」와 『故郷』을 논하면서 논리의 혼선을 보이고 있다. 즉 그는 작가의 과도한 이념성을 극복한 점에서는 「過渡期」를 고평하지만, 소설의 총체적인 형상화 입장에서 논할 때는 『故郷』을 고평한다. 이는 그가 실제 논의에서 단편과 장편의 질적 차별성을 의도적으로 외면한 데서 온 결과이기도 하지만, 무엇보다도 현실과 동떨어진 작가의 생경한 이념의 노출을 꺼려한 때문이다. 그러므로 강한 이념성의 결과 초창기 프로소설이 주로 단편소설 위주로 될 수밖에 없었다는 지적과 함께, 장편 프로소설에서 다같이 경계하는 이념성의 실체를 명확히 할 필요가 있다. 과도한 이념성의 결과 초래되는 한계는, 물론 프로소설에만 국한된 문제가 아니라 모든 소설에 적용될 수 있다. 이런 점에서 보면 임화의 "관념과 현실의 조화"라는 틀은 포용성과 함께 구체성의 결여로 지적될 수도 있다. 그러나 임화는 1930년대 후반에 오면 어떤 기제

사, 1990. pp. 270~287. 참조.)〉

   그러므로 이 글은 임화의 논지와 크게 다르지 않지만, 임화의 견해를 작품 성과면에서 보다 세밀히 천착한 점이 돋보인다.

18) 서경석은 임화가 말하는 '일층 명백한 경향적 정신'을 '현실 내재적 경향성'의 의미로 사용한다.(서경석, 「1920~1930年代 韓國傾向小說研究」, 서울대 석사학위 논문, 1987.)

19) 김윤식. 정호웅은 임화의 『故郷』 평의 연장선에서 '귀향' 모티프의 전개상 「過渡期」보다 『故郷』을 고평한다. 즉 「過渡期」의 '귀향'이 급속한 공업화 과정 속에 놓인 현실의 한 단면과 관련된 반면, 『故郷』의 '귀향'은 일제의 침탈에 의한 농촌 황폐화, 농민 분해의 현장과 연결됨으로써 현실 반영의 폭과 깊이, 형상성의 질적 수준이 예술성의 차원까지 고양되었다고 본다.(김윤식. 정호웅 공저, 『韓國小說史』, 예하, 1993, p. 149. 〈제3장 경향소설의 형성과 전개〉)

이념을 미리 전제한 '예증적 소설(novel of example)'[20]이 아니라, 현실과 작가가 지닌 사상과의 상호관계라는 입장에서 프로소설 뿐만 아니라 다양한 현실 문맥을 천착한 소설에 관심을 기울인다. 특히 임화의 이런 작업은 당대의 역사적 조건을 염두에 둘 때 시사하는 바가 크다.

일제 강점기 한국 근대사의 과제가 반제, 반봉건에 놓여 있다면, 문학의 과제도 이로부터 자유로울 수 없다. 문학이 반봉건에 초점을 둔다면, 그 방향은 참다운 근대소설을 형성하는 것이겠지만, 식민지 조건에 놓여 있는 한국의 특수성 때문에 반봉건을 염두에 두면서도 반제라는 강한 이념성을 동반하지 않을 수 없었다. 여기에는 과연 계급문학이 시민적 개성을 집단적 개성으로 승화시킬 수 있느냐의 문제가 가로 놓여 있지만, 반봉건의 방향은 일제에의 야합으로 기울 가능성이 이미 잠재되어 있으며,[21] 반제의 방향은 그를 뒷받침하는 사상이나 이데올로기가 절대화, 신념화되므로써 구체적 현실 문맥에서 형성되는 근대적 성격에 대한 인식 부족 현상을 초래한다. 계급문학 운동이 민족 현실에 대한 인식보다 계급 이데올로기 그 자체에 함몰되었던 것도 극단적인 역편향의 결과이다. 이런 상황은 카프 해산 이후에도 약간의 굴절을 거치지만 변함없이 전개된다. 임화가 한설야를 평하면서 인물과 환경과의 괴리, 즉 "인간들이 죽어가야 할 환경 가운데서 설야는 인간들을 살려갈려고

---

20) George Bisztray, 『Marxist Models of Literary Realism』, 인간사, 1985, pp. 94~95.

비스츠레이는 성격화의 문제를 삶에 대한 비판적 태도로 보면서, 사회주의 소설의 보편적인 성격화 방식을 문제삼고 있다. 그가 말하는 '예증적 소설' 유형이란 "공산주의자인 주인공의 의식이 빨치산 대원인 나머지 사람들의 의식에 자극을 주어 점차적으로 발전시키는 유형"을 말한다.

21) 김남천의 『大河』가 이 점에서 문제적이다. 『大河』는 초기 상업 자본주의의 등장과 근대성의 측면에서 신흥 세력의 성장을 다양한 인물군을 통해 드러내 주지만, 이미 시골 마을까지 침투한 일본 근대상품과 그 배후에 숨겨진 일제 정신에 대한 비판은 전혀 보이지 않는다.

애를 쓰고 있다"[22]고 지적한 것도 바로 이 이념성을 지적한 것이다. 그러므로 이념성과 현실을 매개하는 구체적인 인자를 밝혀봄으로써 1930년대 후반 프로소설의 이념성의 실체를 구조적으로 문제삼을 필요가 있다.[23] 이 구체적인 인자의 정체와 행방은 일제 강점기 프로문학이 안고 있는 근본 속성인, 보편인간적인 것과 계급규정적인 것과의 연관성[24]을

---

22) 임 화, 「作家, 韓雪野論 —「過渡期」에서 『靑春記』까지」, 『東亞日報』, 1938. 2. 22~2. 24.

23) 1930년대 중, 후반의 문학은 프로문학뿐만 아니라 민족주의문학 또한 심각한 내적 변모를 경험한다. 즉 문학과 사회구조의 관계에서 볼 때, 민족주의 문학의 서사구조의 특성은, 정적 구조를 서사의 기본 구조로 삼고, 내면화된 행동양식과 일상의 생존문제가 두드러진다.(서종택, 『한국 근대 소설의 구조』, 詩文學社, 1985, pp. 234~238. 참조.)

24) M. S. 까간, 『미학강의 Ⅱ』, 진중권 옮김, 새길, 1991, pp. 221~231.
  "보편인간적인 것과 계급규정적인 것은 서로 떨어진 채 병렬적으로 존재하는 정신적인 충위가 아니다. 보편인간적인 것은 계급규정적인 것 속에서 그리고 그 것을 통해서만 드러나지, 무언가 독립적이고 특별한 것으로서 그것에 대립되는 것은 아니다. 서로 다른 계급들의 사회적 의식은 그들을 결합시켜 주는 특징들과 분리시키는 특징들, 즉 보편적인 것과 특수한 것을 갖고 있으며, 그것은 특히 예술지각의 변증법에서 분명하게 나타난다."
  우리는 여기에서 '보편인간적인 것'을 '관념'으로, '계급규정적인 것'을 '현실'의 의미로 유추해 사용할 수 있다. 특히 카프 해산 후 1930년대 후반기 문학에서는 '보편인간적인 것'에의 열도가 심정적인 측면에서 내면화되어 한층 더 강렬하게 작용한다.
  cf. "심정적 주정주의라 할 수 있는 민족주의(조선주의, 반근대주의)의 상고주의적 세계와 프로문학자의 이데올로기에의 집착은 완전히 등가이다. 단지 양자의 차이점이 있다면 민족주의 쪽에서는 당대의 보편적인 상황이었던 국가상실이란 관념 외에도 근대인이라는 관념의 이중성 속에 맞부딪친 점이다. 이로 보면 모더니즘 계열은 철저히 근대적인 것으로써 자신들의 결락부분을 메우고자 했다."(김윤식, 『韓國近代文學思想批判』, 一志社, 1984, pp. 109~111. 참조.)
  그러므로 李箱이 모더니즘 측면에서 그려낸 극단적인 문학 행위는 작가 자신의 관념의 투영물이라는 점이 지적되어야 한다. 그 외 이런 관점에서 다음 자료

어떻게 해명하느냐 하는 문제와 긴밀하게 연결되어 있다. 사회주의가 일제 강점기에 급속히 세력을 형성하게 된 것은 비정상적인 민족의 삶에 크게 기인한다. 사회주의가 프롤레타리아 계급혁명을 통해 궁극적으로 계급해방을 추구한다는 점에서 볼 때, 당시 민중들은 한민족과 일제 사이의 민족적 모순을 프롤레타리아와 부르조아의 계급모순과 동일한 것으로 유추하여 계급해방과 민족해방을 동일시한다.[25] 이는 더군다나 소수의 자본가와 지주가 일제의 비호 속에 민족 내부의 모순을 더욱 심화시켰다는 사실에서 그 근거를 찾을 수 있다. 그 결과 계급문학은 근대 자본주의의 모순이 첨예화된 현실을 깊이 천착하기보다 이미 역편향으로 관념화될 우려가 내포되어 있었다. 그러므로 보편인간적인 것과 계급규정적인 것과의 연관성은 동시에 민족규정적인 것과 계급규정적인 것과의 의미와 관련하여 규명되어야 한다. 즉 이 둘 사이의 의미관계가 일제 강점기라는 당대의 역사적 상황에 어느 정도 정합성을 지니는가가 중요한 문제이다. 여기에서 우리는 이같은 연관성의 해명이 카프 해산 전, 후로 어떤 변별성을 지니며, 그리고 그 변별성의 근거가 단순히 외부적 현상에 의해 촉발된 것인가, 아니면 국가 상실의 특수한 시대현실을 안고 있는 프로문학의 특성 그 자체 내에 근원적으로 내포된 문제인가 하는 점에 부딪친다. 그러므로 보편인간적인 것과 계급규정적인 것과의 연관관계를 적어도 현실의 '미적 요소'를 매개로 인식한다면 리얼리즘의 문제의식을 떠날 수 없다. 이에 대한 올바른 해명은 카프 해산 후 소설사 전개과정의 특이성과 한계를 동시에 밝혀보는 계기를 마련해 줄 수 있다.

를 참고할 수 있다.
홍일식, 『韓國開化期의 文學思想研究』, 열화당, 1982, pp. 9~15.
강재언, 『韓國의 開化思想』, 比峰出版社, 1989, pp. 84~93.
25) 서중석, 『한국 민족주의론』, 창작과 비평사, 1982, pp. 337~339.(「일제 시대 사회주의자들의 민족관과 계급관」참조.)

김윤식은 비평의 현대화 과정은 전향 문제와 직결되어 있다[26]고 전제하고, 전향 문제와 관련하여 한국의 사정은 객관적 정세로 볼 때 일본측과 비슷하나, 일본과 같은 국가 관념을 가질 수 없는 이유 때문에 내적 요인은 매우 다른데, 바로 이것이 비전향축의 고고(孤高)와 자만심(自慢心)의 진정한 의미라고 파악한다. 이것은 한국의 경우 국가회복이라는 절대적 조건에서 여타의 이데올로기의 상대화가 불가능했으며, 전향은 곧 황국신민이 되는 친일과 직결된다고 할 때 당연한 이치이다.[27] 또한 그는 이의 연장선에서 프로문학의 이데올로기적 의식구조는 의리와 절개를 강조한 주자학적 이데올로기와 극히 유사하며, 국가 개념을 '천' 또는 '부'의 개념으로 대치하거나 공개념 회복을 위한 의식구조의 측면에서 프로문학과 주자학 이데올로기의 등가성을 인정한다. 특히 1930년대 후반 프로문학에 나타난 이념성은, 그 의식 구조상 카프문학이 주자학의 '존화출이(尊華黜夷)' 사상과 연결되어 있음을 알리는 중요한 한 가지 근거가 된다. 그러므로 이런 관점에서 보면 한국 프로문학의 공적 개념은 다분히 비정상적이며 초극의 대상이 될 수밖에 없다.[28] 즉 국가상실이라는 결락 부분을 메우기 위한 처절한 노력이 구체적 현

---

26) 필자는 『斷層』지의 분석을 통해 1930년대 후반 문학을 바라보는 시각을 마련하고자 한 바 있다. '단층파' 소설은 기존 전향소설의 일반적 경향인 전향 지식인의 생활과의 갈등을 둘러싼 문제만이 아니라, 생활과 신념, 행동과 신념 사이의 팽팽한 긴장관계, 소시민 지식인의 한계와 자기인식을 통한 내적 지향점의 계기 포착 등의 특이성을 드러내고 있다. 즉, '단층파' 소설은 '지식인의 전향 초극방식'을 심각하게 문제삼고 있다.

특히 리얼리즘과 모더니즘의 상관성에서 斷層派'의 문학사적 의미는 주목할 만하다. 이는 모더니스트로 분류되는 최명익과 박태원이 해방 후 월북하여 보여준 넓은 의미의 전향 문제를 해결하는 실마리를 제공하고 있기 때문이다. 이 문제를 다른 각도에서 논한다면 일제 강점기하 리얼리즘과 모더니즘의 정신적 등가성의 규명에 접근할 수도 있을 것이다.(이상갑, op. cit. 참조.)

27) 김윤식, 『韓國近代文藝批評史研究』, 一志社, 1976, p. 167.

28) 김윤식, 『韓國近代文學思想史』, 한길사, 1984, pp. 33~34.

"미래 속에 公的인 것, 국가, 天의 개념을 내세울 때 그것은 과거에로 눈을 돌

실 이해를 방해함으로써 결과적으로 프로문학의 도식성과 이와 병행한 강한 이념성이 초래된 것이다.

이 점은 특히 카프 해산 후 1930년대 후반 문학에서 국가 또는 공개념으로서의 이데올로기인 이념과 현실과의 다양한 상관성에서 해명되어야 할 '장악적(掌握的) 모티프(das übergreifende Motiv)'에서 잘 나타난다.[29] '장악

리면 朱子學的 질서와 통하는 것이기도 하다. 철저히 〈私的인 것〉의 거부현상으로 볼 것이다. 이 점은 이데올로기라는 假構의 神을 想定한 프로문학에서도 마찬가지다. 실상 계급사상(프로문학)이 이룩한 업적은 公的인 것 소위 국가에 준하는 公槪念의 확보에 그 심리적 거점이 있었다. 朱子學的 질서의 대치물의 일종으로 볼 수 있음은 이 때문이다."

　이로 보면 계급사상(프로문학)도 〈公槪念〉이라는 缺落部分을 메우기 위한 심리적 志向性(표현, 관념)의 일종으로 볼 수 있다.(김윤식, 『韓國近代文學思想批判』, 一志社, 1984, p. 295. ; 김윤식. 정호웅 공저, 『韓國小說史』, 예하, 1993, p. 116. 참조.)

　단지 지적되어야 한다면 이런 측면을 프로문학 운동을 했던 전 프로문인에게 동일하게 적용할 수 없다는 점이다. 이 점에서 보면 작가의 '체험'이라는 자신의 창작방법을 견지한 이기영이 가장 예외적이다.

29) G. 루카치, 『변혁기 러시아의 리얼리즘문학』, 조정환 옮김, 동녘신서 37, 동녘, 1986. p. 222.
　'장악적' 모티프를 보이는 작품은 다음과 같다.
　이기영 :「夜光珠」(미완작품, 『中央』 35～, 1936. 9～), 「麥秋」(『朝光』 15
　　　～16, 1937. 1～2.), 「今日」(『四海公論』 39, 1938. 7.), 「苗木」(『女
　　　性』 36, 1939. 3.), 「歸農」(『朝光』 50, 1939. 2.)
　송　영 :「능금나무 그늘」(『朝光』 5, 1936. 3.), 「숙수치마」(『朝鮮文學』 속간
　　　1, 1936. 5.)
　윤기정 :「寂滅」(『朝鮮文學』 속간 5, 1936. 10.)
　한설야 :『黃昏』(『朝鮮日報』, 1936. 2. 5～10. 28.), 『青春記』(『東亞日報』,
　　　1937. 7. 20～11. 29.), 『마음의 鄕村』 (『東亞日報』, 1939. 7.
　　　19～12. 7.), 『塔』(『每日新報』, 1940. 8. 1～1941. 2. 14.)
　김남천 :「남매」(『朝鮮文學』 속간 9, 1937. 3.), 「少年行」(『朝光』 21, 1937.
　　　7.), 「생일전날」(『三千里文學』 2, 1938. 4.), 「누나의 事件」(『青色

적' 모티프는 등장인물의 행위나 생활 전반을 구속하므로써 작품 내용을 규제하는 것을 말한다. 특히 이 모티프는 일제 강점기 프로문학이 내포한 이념성의 실체와 그 이념성이 작품 구조에까지 미친 영향관계를 파악하는 데 중요한 개념이 된다. 그러므로 이 모티프는 프로문학과 주자학적 의식 구조의 상관성을 알려주는 명확한 지표 구실을 할 뿐만 아니라, 프로문학 이 지닌 작품 구조의 도식성의 실체를 해명하는 계기가 된다. 특히 카프 해산 이후의 1930년대 후반 문학에서 두드러진 '지향성'의 세계는 이 모티 프를 통해서 잘 나타난다. 모티프는 한 작품 내에 침투하여 그 작품을 작 자 자신의 것으로 만들기 위한 작가의 의도가 형상화된 것으로 볼 수 있 다. 그러므로 모티프는 단지 기교의 문제가 아니라 오히려 작가적 태도, 즉 좁게 말하면 예술에 대한 인식, 넓게 말하면 작가의 세계관, 인생관의 문제 와 긴밀한 관계를 맺고 있다. 특히 가치론의 입장은 예술이 단순히 인식의 특수한 형식에 불과한 것이 아니라, 반영과 변형, 인식과 가치평가를 포괄 하는 현실의 특수한 전유 방식으로 파악한다. 여기서 말하는 전유란 주체 가 실천적 형태, 실천적·정신적 형태, 또는 정신적 형태로 객체를 자기화 하는 인간의 활동을 말한다. 그러므로 전유 방식은 반영론을 토대로 주체 와 객체간의 상호관계에서 실천이라는 매개항을 고려하지만 상대적으로 주체의 능동성이 부각된다. 그런데 역사 전개과정에서 추구되는 이상이 바 람직한 것과 마땅히 존재해야 할 것을 특정한 형식을 빌려 모형화하는 한,

---

紙』1, 1938. 6.),「五月」(『鑛業朝鮮』, 1939. 5.),「巷民」(『朝鮮文學』19, 1939. 6.),「어머니」(『農業朝鮮』21, 1939. 9.),「端午」(『鑛業朝鮮』, 1939. 10.)

박승극 :「그 여인」(『新人文學』8, 1935. 8.),「화초」(『新朝鮮』, 1935. 12.),「추야장」(『新人文學』11, 1936. 1.)

특히 이 '장악적' 모티프는 임화의 단편서사시 계열에서 일관하여 형상화되어 있고, 해방 전, 후에 걸쳐 변함없이 전개된 식민지 상황과, 이런 상황을 넘어서고자 하는 임화 자신의 인식이 이 모티프를 통해 구체적으로 형상화된다. 〈이상갑,「林和의 短篇敍事詩 研究 – "네거리의 순이" 系列을 中心으로 –」(우리어문연구회 편,『우리어문연구』제6·7집, 국학자료원, 1993, pp. 249~265. 참조.)〉

현실의 미적 전유과정에서 이상을 현실과 관계지어주는 '미적 요소'를 자체 내에 포함하게 된다.[30] 그러므로 이 '미적 요소'는 작품이 현실의 객관주의에 함몰하지 않고 역사의 바람직한 발전 경향을 포착할 수 있게 하는 최소한의 내적 계기이며, 또한 그 자체 속에 이미 가치평가를 내포하고 있다. 그러나 '미적 요소'라는 최소한의 내적 계기가 작품의 리얼리즘적 성취를 항상, 그리고 필연적으로 보장하는 것은 아니다. 그 이유는 작품의 리얼리즘적 성취를 위해서는 현실의 구체적인 형상화가 필수적이기 때문이다. 특히 이 모티프는 오히려 훌륭한 작가들에게서 나타나는 일종의 '작벽'(作僻)으로 볼 수 있다. '작벽'은 추상적인 주관적 현실 고찰방식을 기반으로 하여 추상적인 주관적 표현방법을 만들어 내므로써 창작의 주체가 개별자로서 등장하는 예술적 창작방법을 말한다. 이때 말하는 추상적인 주체의 능동성은 또한 형식의 추상적 보편성으로 나타난다.[31] 바로 이 추상적인 주체의 능동성과 형식의 추상적 보편성과의 관련은, 일제 강점기하 프로문학이 작품 구조상 지닌 이념성의 실체에 해당하는 중요한 고리일 뿐 아니라, 프로문학이 주자학적 질서와 연결되어 있음을 말해주는 중요한 지표이다. 그런데 이 '모티프'는 1930년대 후반기의 문학적 상황에서는 작가 자신의 순수 개인적인 문제라기보다 시대적, 보편적 문제와 관련된다는 점에서 문제적이다.

'장악적' 모티프로 드러나는 '미적 요소'는 김남천과 한설야의 장편소설에서 가장 특징적으로 드러난다.[32] 그러나 안함광의 지적과는 달리 김남천과 한설야는 작품 성격면에서 대극적인 위치에 놓여 있는 것 같지만, 의식구

---

30) M. S. 까간, op. cit, pp. 120~127.

31) 게오르그 루카치, 『美學序說 —미학범주로서의 특수성』, 홍승용 옮김, 실천문학사, 1987, pp. 179~180.

32) 한설야 작품에 한정지어 볼 때 이 '장악적' 모티프는 표현 우위, 관념 우위, 또는 의식지향성의 개념으로, 특히 그가 1930년대 후반기에 창작한 모든 장편소설에 주도면밀하게 형상화되어 있다. 이것이 창작과정에서 고정화될 경우의 폐해에 대해서는 이미 안함광이 날카롭게 지적한 바 있다.

조상에서 동일한 지향세계를 추구하고 있다. 그러므로 '미적 요소'를 매개로 강한 이념성을 극복해 나가는 과정이 1930년대 후반 리얼리즘문학[33]의 성

"정신적 원리의 일관성('장악적' 모티프의 형상화를 매개로 한 이념지향성 : 필자 주)! 그것은 낡은 것이 새로운 창조 가운데서 발전적 전통의식일 때에만 비로소 의의를 갖는 것이다. 그와 반대로 그 정신적 원리의 일관이란 것이 오히려 탐구의 정체를 결과하는 것일 때 그는 오직 일개의 인습적인 것에로의 애착에 불과한 것이 될런지도 모른다."(안함광,「志向하는 情熱의 號哭─作家, 雪野의 路程을 말함」,『東亞日報』, 1939. 10. 7.)

특히 안함광은「朝鮮文學의 現代的 相貌」(『東亞日報』, 1938. 3. 24.)와「『로만』論議의 諸課題와 『故鄕』의 現代的 意義」(『人文評論』제 13호, 1940. 11.)에서 이기영이 『故鄕』을 분수령으로 하여 상승 발전하지 못한 점을 들고 그 해결점을 이념지향성이라 할 수 있는 '의식의 능동성'과 '묘사론'과의 관계에서 찾고 있다. 그는 이 연장선에서 '설화와 묘사'의 종합을 내세우는데, 이는 '관념과 현실'의 조화를 주장한 임화와 비슷하다. 그러므로 안함광은 한설야가 김남천과 달리 이성적 구성의 세계, 즉 지성이 의지의 심화를 본 결과 감정과 진정한 통일을 보지 못하고, 혹정의 사상 원리를 지성적으로 수득하였을 뿐 주체적으로 파악하지 못했기 때문에 예술적 창조에는 실패하였다고 지적한다. 특히 안함광은 설화와 묘사의 종합 통일을 단순히 성격 묘사의 객관주의적 방법이 아니라, 객관을 포섭하는 주관의 통일 위에 나타나질 수 있는 성격창조와 연결짓는다. 이 점에서 안함광은 '미적 요소'라는 내적 계기를 통해 가치론의 입장에 가장 가까이 위채해 있다고 볼 수 있다.

33) 이 문제의 해명에는 당연히 민중성(민중연대성 혹은 인민연대성), 계급성, 당파성에 대한 미학적 규명이 있어야 한다. 이 점에 관해서는 다음과 같은 책을 참고할 수 있다.

오프스야니코프,『마르크스─레닌주의 미학원론』, 이승숙, 진중권 옮김, 이론과 실천, 1990, pp. 362~378.

M. S. 까간,『미학강의 II』, 진중권 역, 새길, 1991, pp. 250~275.

문학예술연구소 엮음,『현실주의 연구 I』, 제3문학사, 1990, pp. 281~296.

특히 민중성을 당파성보다 상위 범주에 놓으며, 당대의 현실 사회주의의 관념성을 최대한 억제하고자 했으며, 또한 사회주의 예술의 발전도 선험적인 것이 아니라, 자본주의의 내적 발전 속에서 계기적으로 자생 성장하는 것으로 파악한 루카치에 주목할 수 있다.(GEORG LUKÁCS,『Essays on Realism』, The MIT Press, 1980, pp. 33~44. 참조.)

취와 궤를 같이 한다고 추론할 수 있다. 이는 1930년대 후반에 끊임없이 논의된 '작가의 주장(표현)과 묘사', '관념과 현실', '성격(인물)과 환경', '설화와 묘사', '정신과 문학'과의 통일이라는 문제를 어떻게 소설로 형상화 하였는가에 대한 검토와 맥이 닿아 있다. 이는 결국 리얼리즘을 어떻게 해석하고 바라보는가의 문제와 관련된다.[34] 특히 1930년대 후반의 문학적 상황을 전향 문제로 일괄하여 처리하는 데는 무리가 있으며, 오히려 국가를 잃은 식민지 조선의 최대 당면과제였던 민족해방투쟁이라는 시각에서 일제 강점기 프로문학의 미학적 특성들을 재검토할 필요가 있다. 왜냐하면 1930년대 후반 문학은 식민지라는 한국적 특수성 때문에 전향 문제속에 이미 비전향의 본질적인 계기가 내포되어 있기 때문이다. 이를 위해 카프 해산 후 1930년대 후반에 논의된 문학 이론과 작품과의 관련성에 대한 구체적 해명과 함께, 당 시대의 의미를 특이한 역사적 환경에 처한 한민족의 정신사적 문맥에서 해명할 필요가 있다.

이상의 관점에서 앞으로 전개될 이 글의 전개과정은 다음과 같다. II 장은 1930년대 사실주의론의 전개과정을 전반기, 후반기로 나누어 기존 연구 성과를 엄밀히 검토하므로써, 궁극적으로 고발문학론을 둘러싼 주체론의 의미와 중요성을 도출하고, III장은 이론과 창작과의 관련 양상을 해명하기 위해 '자기검토', '자기개조'라는 관점에서, 작품 분석에 앞서 주체론의 의미구조와 전개과정을 살펴본다. 김남천의 고발문학론을 둘러싼 김남천 자신과 임화, 안함광의 논의는 주체론이 지닌 의미를 해명하는 계기가 될 뿐만 아니라 1930년대 후반기에 작가 김남천, 한설야가 거둔 작품 성과를 밝혀보는 한 계기가 되기 때문이다. IV, V장은 III장에서 살펴본 이론과의 상호 관계에서 1930년대 후반기에 생산된 김남천과 한설야의 작품을 각각 '자기검토의 세계'와 '자기개조의 세계'로 나누어 살펴본다.

---

34) 리얼리즘의 관점에서 이 시기 중요한 논자는 임화, 김남천, 안함광이다. 특히 기존 논의의 한계성을 넘어서기 위해서는 임화의 소설론과 관련하여, 한설야 소설과, 김남천의 창작행위와 긴밀히 결부된 소설 이론에 대해 보다 상세한 규명이 요구된다.

II. 1930年代 寫實主義論의 展開過程

1. 1930年代 前半期 寫實主義論

1-1. 1925. 7월에 결성되어 1935. 5월 해산에 이르기까지 KAPF는 다양한 주제에 대해 격렬한 이론 투쟁을 전개한다. 그 결과 이론이 우세한 반면, 상대적으로 작품 성과가 미흡하다는 점이 당대의 비평가 뿐만 아니라 이후 연구자들이 공통적으로 지적하는 내용이다. 즉 당대의 프로문학 이론가들도 내부적 반성의 계기로써 자신들이 민족주의 계열에 속한 작가의 작품들에 대한 평가가 미흡하다고 스스로 비판하고 있다.

백철은 일찍이 프로문학론을 내부에서의 논쟁과 외부와의 논쟁으로 나누어 정리한 바 있다.[35] 백철은 문학사의 관점에서 당대의 논쟁을 시기별로 간략하게 정리, 소개하는 수준이어서 시발적인 의미는 있지만, 개별 현상에 대한 본격적인 가치평가는 기대할 수 없다. 그러나 그의 언급에서 1930년대와 관련하여 주목되는 쟁점은 1931년 안함광과 백철 간에 벌어진 농민문학 논쟁을 다룬 '프로문학과 농민문학', 1932년부터 카프 해산 전후 시기까지 전개된 '창작방법 문제의 논의', 그리고 1933년에 시작된 동반자 문학 논쟁을 다룬 '동반자 작가의 문제' 등이다. 이상 세 가지 문제는 백철이 말하는 소위 내부에서의 논쟁이며, 외부와의 논쟁은 1931, 1932년에 걸쳐 프로문학자와 해외문학파 사이에 벌어진 '해외문학파와 시문학파' 문제이다.

그러나 1930년대 리얼리즘 논의에서 가장 중요한 쟁점은 범주 규정문

---

35) 백철, 『朝鮮新文學思潮史 −現代篇』, 白楊堂, 1949, PP. 144∼152.

제이다. 하나는 1930년을 전후해서 제기되는 변증법적 리얼리즘론과 1933년 이후의 사회주의 리얼리즘론을 구분하여 두 개의 범주로 설정하는 입장과, 또 하나는 1930년대 중반 이후 제기되는 비판적 리얼리즘론에 주목하여 세 범주로 구분하는 관점이다.[36] 그러므로 이후 논의는 범주 문제를 중심으로 1930년대 리얼리즘론을 체계화하는 작업을 시도한다.

백철의 선행 연구에 힘입어 각 논쟁 사이의 연관관계 및 의미규정 작업이 본격화된다. 김윤식은 한국 프로문학이 일본 프로문학의 연장선상에 놓여 있다는 전제하에 일본 프로문학론과의 비교연구를 통해 1930년대 리얼리즘론을 비평사의 맥락에서 살펴보고 있다.[37] 특히 그는 사회주의 리얼리즘 수용 찬반논쟁에 대한 역사적 의의를 몇 가지로 평가한다. 첫째, 프로문학 최후의 보루 역할을 한 점, 둘째, 자율적 비판력의 회복과 전향론의 소지를 마련하여 작가, 비평가들의 새 출발의 계기가 된 점, 셋째, 리얼리즘 문제와 관련하여 전형기 비평에로의 길을 연 점 등이다. 그러나 그 단점으로 우리의 근대비평을 번안비평으로 인식한 일본으로부터의 직수입적 태도, 창작과의 괴리 문제를 지적한다.[38] 김윤식은 이후 계속되는 논의에서 1920년대 후반에서부터 1940년대 초반까지의 시실주의론

---

36) 최근에 북한문학사의 시각으로 일제 강점기하 프로문학을 고찰하는 논의가 있다. 북한은 주체문예이론의 형성과정을 주안점으로 하여 1920년대 후반 이후의 사실주의론을 사회주의적 사실주의의 관점에서 고찰하고 있다. 이는 1930년대 사실주의론의 연구에서도 항일 혁명문학의 지도방침이었던 주체문예사상의 관점이 적용되는 점을 볼 때 일관된 입장임을 알 수 있다. 그러나 북한의 시각은 다분히 자의적이어서 자료에 대한 과학적이고 객관적인 평가로는 미흡하다.

북한의 우리 문학사에 대한 인식을 체계적으로 정리한 저서로,
민족문학사연구소 지음, 『북한의 우리문학사 인식』, 창작과비평사, 1991.
한국문학연구회 편, 현대문학의 연구 4, 『1930년대 문학연구』, 평민사, 1993. (김재용, 「북한의 프로문학 연구비판－북한 문예학계의 사회주의 사실주의의 발생 발전 논의와 관련하여」, pp. 275~301.)

37) 김윤식, 『韓國近代文藝批評史研究』, 한얼문고, 1973, pp. 94~118.

38) 김윤식, 『韓國近代文學思想史』, 한길사, 1984, pp. 226~235.

을 변증법적 사실주의와 사회주의적 사실주의라는 두 범주로 나누어 고찰한다. 그는 변증법적 사실주의론이 김기진과 박영희 사이에 벌어진 내용, 형식 논쟁에서 발전한 것이지만, 일본 프로문학론의 번안 수준임을 지적하였다. 특히 소련에서 수입된 사회주의적 사실주의가 전형 창조 문제를 핵심으로 삼고 있으며, 김남천은 이 전형 창조 문제의 탐구를 위해 루카치 소설론을 수용하게 되었다고 지적한다.[39]

이상과 같이 프로문학론에 대한 초창기 연구가 주로 실증적인 작업에 비중을 두고 진행되었다면, 1980년대 중반 이후에는 현실 변혁운동과 직결된 보다 실천적인 문제의식하에 전개된다.

1-2. 그러면 먼저 1930년대 리얼리즘론의 중요 쟁점이 되었던 창작방법 논쟁에 대한 연구사를 살펴보기로 한다.[40]

우리나라에서 창작방법 문제[41]는 내용, 형식 논쟁을 시발점으로 하여

---

39) 김윤식,『韓國近代文學思想史』, 한길사, 1984, pp. 226~256.
　　장사선은 위에서 설정한 김윤식의 양대 범주 설정을 근거로 하여 자료보강을 충실히 하고 있다. (장사선,『한국리얼리즘문학론』, 새문사, 1988.)
40) 1930년대 프로문학 비평을 개괄적으로 검토하고 있는 글로는 다음을 참고할 수 있다.
　　김시태,『한국프로문학비평연구』, 아세아문화사, 1978.
　　홍문표,「한국 현대문학 논쟁의 비평사적 연구」, 고려대 박사학위 논문, 1979. 2.
　　신동욱,『한국현대비평사』, 시인사, 1988.
　　김인환,『문학과 문학사상』, 열화당, 1978.
　　임헌영,『한국현대문학사상사』, 한길사, 1988.
　　신재기,「韓國近代文學批評論 硏究」, 고려대 박사학위 논문, 1992.
41) 권영민은 학위 논문의 일부분적인 작업이지만, 사회주의 리얼리즘을 중심으로 한 창작방법 논쟁을 검토하였다. 그는 한효, 한식, 안함광, 김두용을 중심 논자로 한 창작방법 논쟁이, 사회주의 리얼리즘 개념 자체에 대한 인식 결여, 그리고 당대 사회적 현실에 대한 구체적 인식의 결여로 인해 구체적 작품 성과를 얻지 못했다고 지적한다. 단지 긍정적인 측면이 있다면, 논쟁의 결과 작가-작품-세계관 사이의 연관성에 대한 새로운 인식을 가능케 한 점, 그리고 기법 문제에 대한 인식

제기되지만, 사회주의 리얼리즘이 새로운 창작방법으로 수용되면서 본격화된다. 그 후 새로운 창작방법의 수용 문제를 둘러싸고 격렬한 찬반 논쟁이 제기된다. 창작방법 문제에 대해서는 앞서 언급한 선행 연구에서도 논의된 바 있지만, 유문선[42], 최유찬[43]에 의해 본격화된다.

유문선은 1930년대 창작방법 논쟁 이전 단계의 창작방법 논의에서부터 사회주의 리얼리즘이 수용되면서 본격적으로 전개되는 논쟁을 계기적 순서에 따라 이론적 측면, 즉 세계관과 창작방법과의 관계라는 문예원론적 측면, 그리고 프로문학운동사적 측면, 비평사적 측면에서 각기 살펴보고 있다. 창작방법 논쟁은 1933년에 제기되어 1938년 경까지 지속되지만, 주로 전 단계의 유물변증법적 창작방법에 대한 비판에 초점이 맞춰져 있었던 논쟁 초기와 달리, 차츰 사회주의 리얼리즘을 식민지 조선에 어떻게 적용할 것인가 하는 구체적인 관심을 보이게 된다는 것이다. 또한 그는 창작방법 논쟁이 1930년대 리얼리즘에 대한 인식을 심화시켰으며, 그 구체적 양상으로 반영론적 사고의 확립, 전형 개념의 도입과 해석, 그리고 낭만적 정신을 주장한 사람들에 의해 전망 개념에 대한 이해가 깊어졌다고 본다. 특히 임화는 세계관과 창작방법 사이의 역동적 관계에서 예술적 실천이라는 매개항을 설정하고, 리얼리즘론의 핵심인 전형의 개념도 그것이 역사의 본질과 결부되어 있다는 인식하에서 객관적 당파성의 개념을 명확히 하였다고 고평한다.

그는 창작방법 논쟁이 근대문예비평사에서 거둔 의의를 다음과 같이

과 함께, 1930년대 후반의 본격적인 소설론이 성립하게 되는 계기를 마련한 점이라고 지적한다.(권영민, 『韓國近代小說論硏究』, 서울대 박사학위 논문, 1984.)

42) 유문선, 「1930년대 창작방법 논쟁연구」, 서울대 석사학위 논문, 1988.
43) 이공순의 「1930년대 창작방법론 소고」(연세대 석사학위 논문, 1986.)가 시기로 보면 앞서 나온 것이지만, 실증적인 작업에 치중했던 초창기 선행 연구를 크게 벗어나지 못하고 있다. 물론 이 논문이 충분한 자료를 바탕으로 실증적인 작업을 행한 점은 주목할만하다.
최유찬, 「1930년대 한국리얼리즘론 연구」, 연세대 박사학위 논문, 1986.

요약한다. 첫째, 종래의 사유구조 비판을 통해 고유한 의미의 프로문학비평은 종언을 고하고, 이로써 문예비평사에 한 획을 긋게 된다는 점, 둘째, 과거 프로문학운동 전반을 비판하는 계기로 작용한다는 점, 셋째, 새롭게 심화된 리얼리즘 논의는 1930년대 말, 1940년대 초의 장편소설론에 접맥된다는 점, 넷째, 논쟁에 참여한 비평가들이 자신의 포즈를 정립, 재출발하는 계기가 되었고, 이들이 전형기 비평의 각 흐름을 형성한다는 점을 지적한다.

그러나 이 논의가 논자 자신도 인정하고 있는 것처럼 창작방법론의 중요한 한 가지 요소인 (혁명적)낭만주의론에 대한 검토가 배제되었다는 점, 그리고 리얼리즘론의 시각에서 창작방법 논쟁을 검토할 때, 독립된 창작방법론이자 리얼리즘의 심화라는 관점에서 중요한 위치를 차지하고 있는 백철의 인간론, 특히 김남천의 고발문학론에서 관찰문학론에 이르는 제 논의가 빠져 있다는 점이 한계이다.

1930년대 리얼리즘론을 새로운 시각으로 심화시킨 최유찬은, 1930년대 한국 리얼리즘론의 이론적 내용과 전개양상을 사상적 배경과의 관련에서 고찰한다. 그는 일제의 식민통치가 극도로 폭악해진 1930년대의 중요한 두 가지 사상이 민족해방을 추구한 민족주의와 사회변혁과 계급해방을 목표로 한 사회주의라는 전제하에, 이 두 사상이 1930년대 전 기간을 통해 통합, 분열하는 양상에 따라 리얼리즘론 또한 각 시기마다 상이한 양상을 보여 준다고 본다. 그의 논의는 1930년대 후반의 리얼리즘론에 대한 논의를 촉발시킨 계기가 된다. 그의 논의에 의하면 변증법적 리얼리즘론은 비타협적 민족주의자와 사회주의자가 연합전선을 형성한 사상적 분위기에 영향받고 있는데, 연합전선에 신간회 해소운동이라는 분열의 조짐이 나타나고, 또한 리얼리즘론에는 사회주의 운동 방침이 대중운동 노선으로 굳혀짐에 따라 볼셰비키화론이 변증법적 리얼리즘론과의 이론 투쟁에서 우세한 위치를 점하게 된다. 이는 바로 사회주의 리얼리즘 수용과정에서 수용찬성론자들이 주도권을 쥔 사실과 일치하며, 사회주의 운동이 대중운동으로 전환됨에 따라 민족운동은 민족개량주의적인 민족주의 우파의 활

동과, 비타협적이며 극좌적인 노동운동, 농민운동과 같은 사회주의로 양
극화되는 시점에서 문학비평에서는 사회주의 리얼리즘이 수용된다. 이후
사회주의 리얼리즘은 1930년대 중반 이후 리얼리즘론의 중심 내용을 이
루지만 1935년을 전후하여 인민전선전술이 구사되는 단계에서 민족해방
과 계급해방을 통일적인 차원에서 고찰한 작가, 비평가들에 의해 비판적
리얼리즘론이 형성되며, 특히 리얼리즘론을 전개하는 과정에서 민족주의
사상을 중시한 김기진, 김남천 등은 정치성과 예술성의 조화를 꾀하면서
리얼리즘 이론을 심화시킨다. 특히 이들이 주장한 1930년대 후반기의 비
판적 리얼리즘론은 식민지 상태에 있는 민족의 현실을 극복, 지양하기 위
한 주체적인 노력에서 결과한 리얼리즘론이라는 점이 크게 강조된다. 그
후 일제의 전시 체제가 공고화되면서 민족세력이 반민족적/민족적 세력으
로 양분됨에 따라 1930년대의 사회주의는 극좌주의와 협동전선으로 나누
어지며, 이 사회주의 사상은 문학비평에서는 리얼리즘론으로 나타난다.
그러나 사회주의자들 간에 민족해방 문제나 투쟁방법 등의 차이로 인해
그들이 주장하는 리얼리즘도 상이하게 나타나는데, 그것은 박영희, 백철
등이 비정치주의로의 전환을 모색하는 데 반해, 임화, 한효 등의 극좌파
는 상대적으로 국제주의적인 입장에서 극단적인 정치주의로 치닫게 된
결과 문학비평에서도 볼셰비키화론, 사회주의 리얼리즘론을 주장한다. 그
러나 김기진, 김남천 등은 이같이 양극화된 경향을 넘어서서 민족적 입장
을 더 강조한 사회주의자들로 문학비평에서도 변증법적 리얼리즘론을 주
장하다가 1930년대 후반에는 비판적 리얼리즘론을 펼친다는 것이다. 그런
데 최유찬은 이같은 비판적 리얼리즘론의 사상적 기반을 파시즘에 대항
하기 위해 민족주의 운동과의 공동전선 결성을 촉구한 인민전선전술이라
고 주장한다.
　특히 최유찬은 1930년대 후반 사회주의 리얼리즘이 비판적 리얼리즘으
로 형성되어가는 단계에서, 김남천이 고전주의 미학 전통에 뿌리를 두고
인민전선전술과 깊은 연관을 맺고 있는 루카치의 소설론을 수용하여 비
판적 리얼리즘론을 전개한 것에 강조점을 둔다. 그 결과 최유찬은 1930년

대 리얼리즘이 변증법적 리얼리즘, 사회주의적 리얼리즘, 비판적 리얼리즘의 순서로 그 주조를 형성해 갔으며, 인민전선의 과제가 제기된 1930년대 후반의 미학적 대응으로써 비판적 리얼리즘의 가치를 고평한다. 최유찬이 1930년대 후반에 비판적 리얼리즘을 이야기하는 근거는, 이 시기 국내에서는 사회주의 운동단체가 표면화되지 못하지만, 국외에서는 1936년 조직된 재만한인조국광복회, 그리고 연안의 중국 공산당으로부터 지원을 받고 있던 화북조선청년연합회 등은 민족협동전선의 결성을 지향한다는 데 있다. 그는 이런 바탕에서 비판적 리얼리즘론은 민족주의 운동과 사회주의 운동의 통합 필요성이 민족운동가들에게 공통적으로 인식되어간 1930년대 후반의 정신적 풍토를 일정하게 반영하고 있다고 본다.[44] 특히 이 논문으로 인해 김윤식에 의해 처음 제기된 반파시즘 인민전선의 구도[45]가 본격적인 논쟁점으로 부각됨으로써 이후 1930년대 후반기 비평활동 전반에 대한 논의가 구체화된다.

2. 1930年代 後半期 寫實主義論

2-1. 연세대 제1회 공동 학술 심포지움의 연구[46]는 최유찬의 논의를

----

44) 최유찬, op. cit. pp. 23~24.

45) 1930년대 후반기 문학을 반파시즘 인민전선과의 연관성에서 검토하고 있는 작업에 『카프문학운동연구』(역사문제연구소 문학사연구모임, 역사비평사, 1989.)가 있다.

　　이 책은 80년대 중, 후반 남한의 변혁운동의 관점에서, 카프에 대한 연구는 문학사적인 접근인 동시에 운동사적인 접근임을 분명히 하고 있다. 이는 내용, 형식 논쟁에서도 기존 논의와 달리 문학주의 경향이 짙은 형식론의 정당성을 옹호하기보다 당시의 객관적인 정세 인식에 따른 내용의 중요성을 더 강조하는 데서 잘 드러난다. 또한 문학예술운동에 있어 통일전선 문제가 현실적인 과제로 부과되기 시작한 시발점이 1930년대를 전후한 일련의 동반자 작가 논쟁이라 파악한다.

46) 연세 대학교 대학원 국문과, 중문과, 독문과 공동연구, 「1930년대 통일전선과 리얼리즘의 제문제」, 제1회 공동 학술 심포지움, 1990. 9. 27.

이어받아 1930년대 후반의 리얼리즘론을 반파시즘 인민전선이라는 변혁과제와의 관련하에 한효, 임화, 김남천, 안함광의 리얼리즘론을 살펴보고 있다. 이 시기 이들이 보인 이론적, 정치적 입장의 차이는 해방 직후 문학운동에서 이들이 보여준 이념과 노선 대립의 사실상의 근거로 보고 논의를 전개한다.

한효는 당시 문예에 대한 일반학으로서의 맑스-레닌주의 문예학과 창작방법론으로서의 사회주의 리얼리즘에 관한 구분이 전혀 없었다고 비판된다. 즉 그는 문학에서 계급성 자체를 부정하는 자유주의 문학자들과 전향론자들에 맞서 프롤레타리아 문학을 사수하려는 시도 때문에 프로문학의 변별성과 독자성만을 강조하므로써 교조주의적 편향에 사로잡혔으며, 반파시즘 인민전선이 요구하는 객관적 당파성을 이론적으로 제시하기에는 지나치게 편협하고 배타적인 논리를 구축하고 있었다고 비판된다. 그러므로 이 심포지움 논의는 1930년대 후반에 제기되는 당파성은 단순히 프롤레타리아 문학의 독자성만을 지켜나가면서 비프롤레타리아 문학과의 타협 없는 투쟁의 요구가 아니라, 중간계급과 부르조아 자유주의의 이념마저 위기에 처할 수밖에 없는 파시즘 체제를 정확히 인식하고 그에 따른 민중연대성의 최고의 구현태로서의 당파성을 문제삼고 있다.

반면 임화는 1933년 이후 반영론에 입각한 과학적 문예학을 바탕으로 왕성한 비평활동을 전개했으며, 문단이 침체와 질곡에 빠진 현상을 자기분석하고 그에 대한 결론으로써 '환경'과 '성격'이 조화를 이루는 본격소설에의 지향이라는 대안을 제시하지만, 이것은 프로문학을 그것과 이념적 지향을 달리하는 중간파 문학, 또는 민족주의 문학과의 변별성을 무화시키고 사회주의 리얼리즘에서 요구되는 당파성을 희석시키므로써 리얼리즘 일반론으로 귀결되었다고 비판된다.

김남천 또한 1930년대 후반 다양한 문학론과 계속되는 이론의 변화를 통해 창작과 비평 양면에서 새로운 돌파구를 마련해 보려고 했지만, 구체적인 현실인식에 기반하지 못했으며, 기본적으로 반파시즘 인민전선에 대한 인식이 문학론에 구체적으로 반영되어 있지 못하다고 비판된다. 이는 앞서 언급한 최유찬의 견해와 대립된다.

이에 반해 안함광의 리얼리즘론은 문학의 당파성 옹호와 '픽션'의 논리라는 관점에서 사회주의적 전망을 견지한 사회주의 리얼리즘으로 고평되고 있다. 안함광이 자신의 '픽션'의 논리가 창작방법으로 구현된 작품으로 들고 있는 것이 민촌의 「故鄕」이다. 즉 안함광의 논리는 당시 김남천이 모랄, 풍속론과 관찰문학론을 통해 드러낸 자연주의 경향과 임화의 리얼리즘 일반론으로의 후퇴와는 달리 당파성의 옹호로 파악된다. 물론 안함광조차도 반파시즘 인민전선하의 객관적 당파성에 대한 미학적 규명을 분명하게 제시하지 않은 한계가 있다고 지적되지만, 이런 언급은 모든 논의를 반파시즘 인민전선이라는 관점에서 재단하려는 의욕이 앞선 결과 객관적인 가치규명에는 미흡하다[47]

그러나 하정일[48]은 1930년대 후반기 문학을 반파시즘 인민전선의 구도

---

47) 이 글과 동일한 논지를 펴고 있는 글은 다음과 같다.

  김재용, 「안함광론」(이선영 편, 『회강이선영교수화갑기념논총 : 1930년대 민족문학의 인식』, 한길사, 1990. 9. pp. 575~609.)

  이상경, 「임화의 소설사론과 그 미학적 근거에 대한 비판적 검토」, 『창작과비평』, 1990. 9.

  특히 김재용은 안함광이 1930년대 중반 이후 중간파 문학의 독자성에 주목하면서 해외문학파와 구인회와 같은 소부르주아 문학집단이 지닌 진보적 의의를 적극 옹호하였다고 긍정적으로 평가한다. 특히 그에 의하면 안함광은 백철의 휴머니즘 문학을 비판하면서 자신의 휴머니즘론을 정립하고 이를 통해 중간파 문학에 대한 더욱 본격적인 탐구를 행하는데, 물론 안함광의 이런 태도가 비판적 사실주의의 차원까지 결부시켜 이해하려는 명확한 입장은 보여 주지 않고 있지만, 구 카프 작가들이 성취한 1930년대 후반 반파시즘 인민전선기의 사회주의 사실주의와 함께 매우 중요한 문학적 유산으로 취급된다.

48) 하정일, 「30년대 후반 휴머니즘논쟁과 민족문학의 구도」, 이선영 편, 『회강이선영교수회갑기념논총 : 1930년대 민족문학의 인식』, 한길사, 1990. 9.

  _____, 「1930년대 후반 반파시즘 인민전선과 사회주의 리얼리즘의 변천과정」, 『창작과비평』, 1991, 봄.

에서 보고 있지만 임화, 안함광의 평가에서 전혀 반대되는 견해를 내놓아 주목된다. 그는 1930년대 후반과 해방기의 연속성을 강조하는 민족문학의 구도에서 임화와 안함광을 중심으로 살펴보고 있다. 그에 따르면 이 시기 안함광의 비평이론은 프로문학의 독자성을 견지하려는 태도로 볼 때 기본적으로 혁명적 낭만주의론에 기대어 있다는 것이다. 즉 안함광은 의식의 능동성이 혁명적 낭만주의의 본질적 특성이며, 이 혁명적 낭만주의가 리얼리즘의 지배적 원리라고 파악한다. 특히 안함광은 반파시즘 인민전선의 구도에 있어서 민주주의적인 지향성을 갖는 각 계급문학의 독자성에 기초한 반파시즘 전선통일을 구상하고 있으나 문학전선을 통괄할 미학적 지도원리에 대한 모색이 결여됨으로써 전선의 전망을 간과했다고 비판된다.

이에 반해 임화는 프로문학의 독자성에 대한 집착에서 벗어나 프로문학이 지도하는 민족문학의 수립을 당면과제로 봄으로써 사실주의를 미학적 지도원리로 하는 반파시즘 인민전선의 전망을 보이고 있다고 본다. 그러므로 하정일은 휴머니즘 비판이나 사회주의 사실주의론을 관류하는 임화의 기본적인 문제의식이 '양심적 작가' 전체를 통괄하는 미학체계의 수립에 있었으며, 물론 그 역편향으로 진보적 문학들 사이의 독자성과 차별성이 무화되는 단점은 있지만, 해방 직후 임화가 주장한 민족문학론이 이미 이 시기에 배태되어 있다는 사실에 주목한다. 임화는 이런 전망하에서 객관적 당파성을 강조하게 되는데, 이것은 비평에서 민중연대성과 리얼리즘 미학의 일반원리에 입각한 사회주의 리얼리즘의 강조로 나타나고, 이에 따라 소설론에서도 적극적 주인공의 역할이 상대적으로 약화되는 리얼리즘 일반론을 제시하게 된다고 지적된다.

김외곤은 이상의 논의에 이어 또 다른 관점에서 1930년대 후반기의 리얼리즘론과 반파시즘 인민전선과의 관련성을 문제삼고 있다.[49] 김외곤은

──────, 「소설사 연구방법론에 대한 문제제기적 검토」, 『민족문학사연구』 창간호, 민족문학사연구소, 1991.

49) 김외곤, 「1930년대 후반 한국문학과 반파시즘 인민전선─김두용을 중심으로」, 『외국문학』, 1991, 가을.

연세대 공동연구가, 안함광이 당파성을 견지하면서 반파시즘 인민전선에
접근하고 있다는 점에서 그를 고평하고 있지만, 이런 사고는 안함광이 해
방 이후 북한 문예총의 문학노선을 수립한 중심 이론가의 한 사람이었다
는 사실을 의식한 나머지 그의 당파성 강조를 지나치게 고평하고 있다고
비판한다. 특히 그는 안함광이 1930년대 후반에 주장한 문학론의 어디에
도 인민전선적 관점을 찾아보기 힘들다고 주장한다.[50] 아울러 하정일에
대해서도 사회주의 리얼리즘과 비판적 리얼리즘의 전략적 동맹이라는 관
점에도 불구하고 안함광을 논의의 중심에 놓음으로써 반파시즘 인민전선
의 핵심에서 약간 벗어났다고 비판한다. 그 결과 김외곤은 반파시즘 인민
전선의 관점에서 프로문학 이외의 다른 문학 조류를 인정하고 그것과의
협조 문제를 폭넓게 고민한 프롤레타리아문학 이론가로 김두용을 들고
있다. 김외곤은 김두용이 반파시즘 인민전선을 공식적으로 결정한 코민테
른 제7차 대회보다 한 달 앞서 파리에서 열린 문화옹호 국제 작가회의에
대한 해외문학파의 자유주의적 해석과 추상적인 휴머니즘론 주창자들과
투쟁했을 뿐 아니라 소부르주아 문학단체인 구인회의 실체를 인정하고
그것과의 협조문제를 진지하게 논의했다고 본다. 특히 그는 김두용의 반
파시즘 인민전선론이 구체적인 작품 분석을 통해 중간층의 획득 가능성

---

50) 안함광에 대한 평가에서 구재진과 류보선은 김재용의 견해에 반대 의견을 피력하
고 있다. 구재진은 안함광의 글에서 중간파 문학인들을 견인하려는 문제의식이
나타나고 있는 것은 인정하지만 이것만을 가지고 안함광의 1930년대 문학론 전
부를 반파시즘 인민전선에 입각한 통일전선론으로 평가할 수는 없다고 말한다.
특히 그는 1930년대 후반 안함광의 문학론에는 문예통일전선론이 가져야 할 민
중성과 당파성이라는 미학적인 원리에 대한 천착이 보이지 않는다고 주장한다.
또한 류보선은 중일전쟁 이후 안함광의 문학론이 노동자계급의 당파성을 부정하
는 자연주의적 경향을 노정했다고 본다.(구재진, 「1930년대 안함광 문학론 연
구」, 서울대 석사학위 논문, 1992. ; 류보선, 「안함광 문학론의 변모과정과 리얼
리즘에 대한 인식」, 『관악어문연구』15, 1990. 참조.)

을 타진하고 있다는 사실에 주목하고, 그것이 가능케 된 것은 구인회 작가들이 지닌 민중의 삶에 대한 진실한 묘사 때문이라고 강조한다.

이와는 좀 다른 각도에서 김외곤과 마찬가지로 김두용을 부각시킨 논자에 조정환[51]이 있다. 조정환은 1930년대 현실주의 논쟁의 핵심 주제는 문학 주체와 객체와의 관계 문제, 즉 문학 주체가 어떻게 하여 객관 현실 및 그 진리를 작품 속에 들어올 수 있게 하는가 하는 문제였다고 보고, 1930년대 현실주의 논쟁을 다루면서 일차적으로 프로문학의 독자적 질을 문제 삼고, 이를 '미적 주체성'이란 개념을 중심으로 살펴보고 있다. 그러므로 그는 계급문학으로서의 프로문학은 당파성을 이념적, 방법적 원리로 갖추게 될 때 그 독자적 질을 확보할 수 있다고 서술한다. 이것은 결국 문학과 정치의 관계 방식의 문제인데, 그는 프로문학이 정치와 관계하는 영역이 단순히 노동자계급의 당과의 관계 영역에 그치는 것인지에 대해 의문을 제기한다. 즉 일제 강점기 우리나라 프로문학운동에서 당의 개념을 주로 경제주의적으로 이해한 결과 노동자계급의 당은 주로 자본가와의 관계 속에서만 이해되었다고 지적한다. 진정한 의미에서의 정치는 모든 계급이 그들 상호간에 맺고 있는 관계로써 이해되어야 한다는 사실을 염두에 둘 때, 계급간 관계의 총체성, 즉 전 국가적 시야의 결여는 경제주의적 시야에 제한된 당 개념을 절대화시키고 정치의 영역을 상대적으로 협소화시켰으며, 이러한 세계관의 한계 때문에 프로문학운동은 오직 프로문학의 독자적 질만을 문제삼는 종파주의적 경향을 깊게 각인하였다는 것이다. 그래서 조정환은 "계급 독자성의 문제는 전 사회적 모순의 발전에 입각한 동맹과 협조의 문제와 통일적으로 이해되지 않으면 안 된다."고 하므로써 통일전선의 시각을 내보인다. 물론 그는 이때의 동맹과 협조 문제가 계급 독자성의 기초 위에서 가능한 지도의 문제임을 부기한다. 이런 맥락에서 그는 협조 문

---

51) 조정환, 「1930년대 현실주의논쟁과 프로레타리아문학의 독자성 문제 – '미적 주체성' 개념을 중심으로」(조정환, 『민주주의 민족문학론과 자기비판』, 연구사, 1989.)

제를 지도와 협력의 문제로 고찰한 김두용의 논의[52]에 주목한다.

조정환은 또한 1930년대 중반 카프 해체를 전후한 시기에 미적 주체를 이해함에 있어 당파성의 문제에 대하여 각 논자가 어떠한 태도를 취하며, 그것을 어떤 내용으로 이해하고 있는가 하는 점에 주목한다. 그가 이해하는 분화의 구체적 결과는 첫째, 당파성에 반대하면서 심미주의적, 주관주의적 기초 위에서 미적 주체 문제를 풀어보려는 방향(박영희), 둘째, 작가의 실천 경험을 중심으로 한 경험주의적 기초 위에서 미적 주체를 정립해 보려는 방향(김남천), 셋째, 이러한 양 경향에 대하여 비판적 태도를 취하면서 미적 주체 문제를 당파성과의 결부 속에서 새롭게 모색해 보려는 방향(임화, 안함광)이다. 그러나 이 논의는 이러한 제경향이 개개의 논자로 뚜렷이 분화되는 것이 아니라 각 논자 내부에 각 경향들의 얼크러짐이 보이며, 게다가 대부분의 논자에게 입장의 이동과 동요가 하나의 보편적 특징이 되고 있다는 점을 아울러 지적한다.[53]

특히 조정환은 주관과 객관을 매개하며 리얼리즘문학을 가능케 하는 주체적 힘인 인간의 실천 개념을 미학 사상의 중심 범주로 끌어들인 김남천을 주목하면서, 김남천이 원래는 볼셰비키 사상의 소유자이다가 후기에는 객관주의로 나아갔다는 기존 논의에 의문을 제기한다. 즉 김남천 미학의 중심 범주인 '실천' 개념이 그의 개인적 고투에도 불구하고 미학에 있어서 소시민의 급진주의 사상이 갖는 한계를 조금도 벗어나지 못했으며, 그 결과 김남천은 이후 곧바로 매몰적 객관주의인 자연주의로 기울게 되었다는 것이다. 특히 조정환은 주체 문제와 관련하여 안함광이 방법 문제를 사회, 역사적 관점에서 이해하려 하며, 또한 문학방법 문제의 핵심이 되는 문학 주체를 이해함에 있어서도 가능한 한 부르주아 개인주의의 주체 이해를 벗

---

52) 김두용, 「朝鮮文學의 評論確立의 問題」, 『新東亞』, 1936. 4.

53) 이같은 지적은 1930년대 중, 후반을 바라보는 큰 틀이라 할 수 있는 반파시즘 인민전선에 대해 기존 연구자들이 각기 다른 견해를 제시하고 있는 근거와 무관하지 않다.

어나 인간 주체를 사회적 관점에서, 사회관계의 총체로서 이해하려는 점을 강조한다.

그러나 조정환의 이러한 이해는 박영희의 심미적 주체, 김남천의 개인주의적 실천 주체, 임화의 객관 현실의 묘사로서의 의식 주체 등이 기본적으로 주체의 역사성과 사회성을 그 전면적 구체성에서 파악하지 못했다고 비판하면서 안함광을 고평하는 데서 연유한다. 더욱이 조정환의 견해는 김남천이 관찰문학론에서조차 진정한 의미에서 세계관을 혈육화, 주체화시키려는 자각적인 자세를 고려할 때 일면적임을 면치 못한다.

이현식은 조정환과 마찬가지로 안함광을 고평하고 있지만, 조정환의 프롤레타리아트 문학의 독자성, 당파성 강조에 대해 신랄한 비판을 가한다. 이 견해 차이는 1930년대 후반 문학론을 다루는 데 있어 반파시즘 인민전선을 보는 시각 차이와 맞물려 있다. 이현식은 조정환이 미학적 평가기준으로 삼고 있는 당파성 개념은 1930년대 후반이라는 역사적 상황에 다소 교조적으로, 폭 좁게 적용된 감이 없지 않다고 보고, 조정환이 임화와 안함광의 실천관을 문학적 당파성 차원에서 모두 함께 비판하고 있지만 당이 존재하지 않던 파시즘 치하의 식민지에서 당파성은 어떤 수준에서 현실적 가능성을 얻을 수 있을 것이며, 당과의 이데올로기적 결부로서의 당파성이 리얼리즘 이론과 어떤 부분에서 어떻게 관련 맺어지는가는 설명하지 않았다고 지적한다. 즉 조정환이 주장하는 당파성 개념은 현실의 풍부한 구체성과는 관계없는 이상적 원칙으로 존재하며, 그가 힘주어 강조하는 문학적 당파성도 문학의 특수성과 구체성 속에서 구현된다기보다는 단지 인식론, 혹은 계급적 실천의 차원에서만 기능하는 것이라고 비판한다.[54]

신두원[55] 또한 이 문제와 관련하여 임화가 이 시기에 거둔 현실주의론의

---

54) 이현식, 「1930년대 후반의 비평사 연구동향에 대한 검토-최근 연구를 중심으로-」, 『문학과논리』, 1991. 창간호.

_____, 「1930년대 후반 사실주의문학론 연구-임화와 안함광을 중심으로」, 연세대 석사학위 논문, 1990. 7.

55) 신두원, 「임화의 현실주의론 연구」, 서울대 석사학위 논문, 1991.

성격을 집중적으로 조명하였다. 그는 임화의 현실주의론의 핵심을 '예술적 실천'론과 '주체 재건'론으로 보고, 임화의 현실주의론의 특징이 주체재건으로 방향지워진 예술적 실천을 매개로 하여, 세계관적 계기와 객관 현실을 상호관련성에서 파악하였다고 지적한다. 즉 임화의 현실주의 이론 체계의 중심은 과학적 세계관과 생생한 현실을 결합시키는 '예술적 실천'이며, 작가는 이 '예술적 실천'을 통해 세계관을 '혈육화'시킴으로써 와해되었던 주체를 재건할 수 있다고 본다.[56] 물론 신두원이 말하는 주체(성)란 개념은 노동자계급 당파성을 의미한다. 또한 그는 임화가 묘사론과 성격론으로 현실주의론을 구체화하는 과정에서 가치론적 사고로 접근하기도 하지만, 한편으로는 소시민 작가에 대한 변호론으로 함몰되면서 현실주의론이 이완되며, 이것이 임화의 전향을 마련하는 계기가 된다고 본다. 그러나 신두원은 임화의 리얼리즘론이 반파시즘 인민전선과는 무관하며, 사회주의 리얼리즘의 원리에 입각하여 당파적 문학을 주장했으며, 그 결과 오히려 소설론에서도 적극적 주인공의 역할에 대해 큰 의미를 부여하고 있다고 주장한다.

2-2. 이상으로 1930년대 리얼리즘론에 대한 기존 연구를 검토해 보았다. 우선 문제점으로 생각할 수 있는 몇 가지 쟁점을 지적함으로써 앞으로 전개할 논의의 단초를 마련해 보고자 한다.

첫째, 이론의 천착이 구체적인 창작 과정으로 어떻게 연결될 수 있는가의 문제가 심도있게 논의되지 못했다. 문학 이론과 작품 실천과의 관계에 대한 섬세한 고찰이 요구된다. 특히 1930년대 후반 김남천의 문학 이론과

---

56) 임화가 말하는 세계관의 '혈육화' 문제는 김남천이 1930년대 후반 비평과 창작 양면에서 행한 주체적인 노력과 함께 규명되어야 한다. 이는 다음 장에서 구체적으로 살펴볼 것이다. 김남천의 창작방법에 대해서는 다음 글을 참조할 수 있다. (채호석, 「김남천 창작방법론 연구」, 서울대 석사학위 논문, 1987.)

　그 외, 김남천의 해방 전, 후기의 문학을 S.R의 관점에서 전체적으로 조망하고 있는 논의(김미란, 「김효식 문학연구」, 고려대 석사학위 논문, 1987. : 김재남, 『김남천 문학론』, 태학사, 1991. : 이덕화, 『김남천 연구』, 청.하, 1991.)가 있다.

창작 행위에 대한 엄밀한 고찰이 있어야 할 것이다. 그리고 임화, 안함광, 김남천에 과도한 비중을 둔 결과 기존 논의가 소홀히 한 여타 평론가들에 대한 연구도 진척되어야 한다.

둘째, 1930년대 후반에 민족해방 통일전선이라는 반파시즘 인민전선의 구도에서 이 시기 사실주의론을 보는 관점에 대한 철저한 규명이 있어야 한다. 각 논자마다 제각기 다른 견해를 제시하게 된 이유는 자료에 대한 객관적인 가치평가보다는 다분히 평자의 선규정적인 편향이 개입된 결과, 자신의 논리를 보강할 수 있는 부분적인 자료만을 선별적으로 택하여 그것을 전체적인 의미로 확대 해석하고 있기 때문이다.

셋째, 두번째 문제와 관련하여 비평사의 관점에서 중요한 쟁점이었던 카프 해소, 비해소파의 설정 여부에 대해서도 깊은 논의가 있어야 할 것이다. 이 문제는 1930년대 후반기와 해방기를 잇는 중요한 고리가 될 뿐만 아니라 통일문학사를 지향하는 오늘날의 관점에서 반드시 해명되어야 할 부분이다. 그러나 해방기의 문학이론이나 창작에 나타난 제현상이 1930년대 후반에 선험적으로 적용되어서는 안 될 것이다.

넷째, 이상의 관점에서 1930년대 후반 고발문학(론)을 제기하며 자신의 논의를 심화시켜 나간 김남천과, 김남천의 고발문학(론)을 중심으로 한 논의에서 자신의 논리를 다듬어 나간 임화와 안함광의 주체 재건 또는 주체 건립의 문제가 구체적으로 검토되어야 한다. 왜냐하면 특히 김남천이 제기한 고발문학(론)은 카프 해소, 비해소파 문제의 이면에 감추어져 있는 미묘한 시각 차이를 해명할 수 있는 계기가 되기 때문이다.

Ⅲ. 主體論의 展開過程

1. 主體論의 意味構造

1930년대 후반 소위 주체론이라고 불릴 수 있을 정도로 리얼리즘 논의가 심화된 것은 당대의 문학정신이 유례없는 불안 가운데 방황하고 있었다는 데 근거한다. 1935년 프로문학의 구심체였던 카프가 해산되고, 1937년 중일 전쟁을 기점으로 더욱 악화되는 정세 속에서 작가들은 어떻게든 자신을 추스릴 수밖에 없는 상황을 맞게 된다. 이전과는 전혀 새로운 상황에서 작가들은 와해된 주체를 정립하는 것이 우선되는 문제였다. 특히 프로문학 운동을 한 작가들은 자신이 신념으로 택한 이념에 대한 근본적인 질문과 반성을 통해 새로운 성과를 보여 준다. 주체 재건 또는 주체 건립이라는 용어는 단순히 자구상의 차이가 아니라, 해당 용어를 쓰는 이론가의 물적 토대, 세계관적 기반, 그리고 현실에 대한 인식과 긴밀한 관계를 맺고 있기 때문에 단순하게 규정되어질 문제는 아니다. 주체성이란 일차적으로 문학하는 작가 자신에 관한 문제지만, 주체성은 개별성과 보편성과의 관계 인식, 즉 특수성에 대한 인식을 의미한다. 특히 1930년대 후반에 작가 주체에게 제기된 문제는 이런 일반론적인 문제보다는 역사적인 문맥에서 보다 심각하고 다양하게 전개된다. 즉 이 시기에 제출된 주체의 문제는 한 작가에 국한된 문제가 아니라, 보다 광범위한 문학적 현실과, 그것에 대한 시대적, 역사적 반성으로서 제기된 것이다. 그러므로 작가의 주체에 대한 반성은 시대의 인간이 존재하고 살아가는 방식과 의의에 관한 근본 성찰과 밀접하게 연결되어 있다. 특히 1930년대 후반 임화, 안함광, 김남천을 중심으로 전개된 주체론은 일제의 폭압적인 파시즘의 탄압으로 말미암아 무력화된 주체를 회복함과 동시에 과거 프로문학의 도식성을 극복하고 새로운 활로를 찾기 위한 노력으로 등장하였다.

그런데 여기에서 중요하게 지적되어야 할 점은 한설야의 문학 행위에 대한 고찰이다. 한설야는 김남천과는 달리 자신의 문학 논의에서 직접 주체론과 관련된 문제를 언표하고 있지는 않지만, 그가 1930년대 후반기에 논한 문학론과 실제 창작물에는 일관된 논리구조의 정합성을 보인다는 점에서 시사하는 바가 많다. 특히 '주체'의 문제와 관련하여 김남천과 한설야가 지닌 공통된 관념주의적 경향은 주목될 필요가 있다. 즉 이 두 작가는 작품 성격면에서 대극적인 위치에 놓여 있는 것 같지만, 의식 구조상에서 동일한 지향세계를 추구하고 있다. 다시 말하면 한설야가 주체를 절대화한 나머지 어떻게 현실을 바라보아야 그것이 구체적이고 아름다울 수 있는가 하는 문제에 집착했다면, 김남천 또한 심층적으로는 이로부터 자유로울 수 없다. 즉 두 작가는 동일하게 사이비 구체성에 머문 한계가 분명히 존재한다.[57] 그러므로 김남천과 한설야의 창작 행위를 명확히 규명하기 위해서 김남천의 고발문학론을 둘러싼 임화, 안함광, 김남천 세 논자의 논의가 어떤 질적 차별성을 지니며, 그 구체적 진행 양태가 어떤 의미를 지니고 있는가가 규명되어야 한다. 왜냐하면 1930년대 후반기의 프로문학비평에서 임화, 안함광, 김남천이 제기한 '주체' 문제는 곧바로 이 시기 가장 문제적인 작가인 김남천, 한설야의 '자기검토', '자기개조'의 문학 행위에 직결되기 때문이다. 그러므로 앞으로의 논의는 이론과 창작 실천 양면에서 주체론의 문제를 시종일관 제기하며 자신의 이론을 심화, 확충시켜 나간 김남천의 논의를 중심으로 임화, 안함광의 논의를 살펴보려고 한다. 임화, 안함광, 특히 임화는 김남천의 고발문학론을 둘러싼 논의 가운데서 자신의 논리를 가다듬고 있기 때문이다.

2. '告發文學論'에 對한 세 가지 視覺

(1) 金南天 - 自己 檢討, 改造와 個人化 傾向

1) 自己檢討의 論理

김남천은 '李箕永 『故鄕』의 一面的 批評'이란 부제가 달린 「知識階級 典型의 創造와 『故鄕』 主人公에 對한 感想」(『朝鮮中央日報』, 1935. 6. 28~7. 4.)에서 자신의 1930년대 후반기 소설 논의의 단초를 마련한다. 그는 다른 이론가들이 자주 인용하는 킬포틴, 유진의 언급 중에서도 "맑스에

---

57) 카렐 코지크, 『구체성의 변증법』, 박정호 옮김, 거름, 1985, p. 23.

서 출발하지 말고 조선의 20년 신문학의 역사와 조선의 현실 생활에서 시
작하라"는 말을 아주 자각적으로 받아들인다.

　김남천은 지식계급 출신 작가가 자신과 가장 밀접한 연관을 지닌 성격을
창조하려고 할 때 그 주인공을 형상화하는 데 두 가지 방향이 있음을 지적
한다. 그 두 가지 방향이란 지식계급의 전형을 적극적인 또는 원심적인 방
향에서 형상화하는 것과, 소극적인 또는 구심적인 방향에서 형상화하는 것
을 말한다. 그는 또한 전자가 건전한 세계관과 관련된 반면, 작중 인물에
대한 편애와 관념적인 이상화에 빠질 위험이 있으며, 후자는 세스토프적인
내성 사상과 연결되어 자기 생활에 대한 심리와 형이상학적 추구에 그칠
우려가 있다는 것, 그리고 이 두 가지 중 제재와 주제 선택의 측면에서 일
률적으로 작품을 평가하는 것은 잘못이라고 주장한다. 김남천의 이 글은
이전 프로문학의 관념적 이상화와 추상적 인간 창조의 위험을 경계하고 있
다. 그러므로 그 위험에서 벗어나기 위해 김남천이 선택한 유일한 방법이
지식계급 자신에 대한 용감하고 준열한 가면박탈, 자기폭로, 자기격파의 길
이다. 적어도 김남천에게 있어서 가면박탈의 길이 리얼리즘의 승리 및 리
얼리스트 정신의 우월성이라 말해지는 데는 필연성이 존재한다.[58] 그러나
김남천이 지식인의 가면박탈을 리얼리즘의 승리로 보는 것은 일면적임을
면치 못한다. 작가가 현실을 깊이 관찰하고 천착한 결과 자신의 왜곡된 사
상까지도 교정할 수 있다는 사실은 단순히 지식인 작가의 무자비한 자기
격파로써 가능한 것은 아니다. 그럼에도 불구하고 김남천이 말하는 가면박
탈의 길은 지식인인 작가에 초점을 맞추고 있다. 그가 『故鄕』에서 주인공
김희준에 주목하는 것도 이런 맥락에서 이해할 수 있다.[59] 물론 가면박탈의

---

58) 김남천은 '가면박탈'의 관점에서 이북명의 「한개의 전형」을 고평한다. 그 이유는
　　주인공에 대한 무자비한 태도가 엿보인다는 점 때문이다.
59) 김남천은 가면박탈의 정신이 자전적 소설, 그리고 심리소설에서 작가를 구출할
　　유력한 한 가지 방도가 된다고 본다.(김남천, 「四月 創作評－女流作家의 難關과
　　〈凶家〉 檢討의 重點」, 『朝鮮日報』, 1937. 4. 8. 참조.)

정신은 적극적인 지식계급 타입을 창조적으로 형상화하기 위해서 필요한 것이다. 김남천이 지식계급의 원심적인 것과 구심적인 것의 모순에 대해 용서없는 가면박탈의 정신을 강조하는 것은 바로 이 때문이다. 이 가면박탈의 정신은 「告發의 精神과 作家－新創作理論의 具體化를 爲하야－」 (『朝鮮日報』, 1937. 6. 1~6. 5.)에서 프로문학의 역사성과 사회주의 사실주의 논의[60]에 대한 평가와 함께 구체적으로 전개된다.

　　다시 말하면 自己의 運命을 集團의 巨大한 運命에 從屬시키고 自己의
　　表現을 이 속에서만 發見해 오든 時代에 잇서서는 集團과 個人과의 새에
　　넘을 수 없는 文化思想上의 不一致는 表面化될 餘裕가 업섯고 各 個人은

　　그러나 김남천은 『故鄕』을 분석할 때 객관 현실의 반영이라는 측면보다는 오직 주인공 김희준과 같은 소시민 지식인 계급의 삶에 대한 비판 내지 고발이라는 주체의 문제에만 관심의 초점을 두고 있다는 점이 지적되어야 한다. (연세대학교 대학원 국문과, 중문과, 독문과 공동연구, 「1930년대 통일전선과 리얼리즘의 제 문제」, 제1회 공동 학술 심포지움, 1990. 9, p. 19. 참조.)

60) 김남천의 사회주의 사실주의에 대한 논의는 크게 두 가지로 요약할 수 있다.
　　첫째, 사회주의 사실주의 논의가 논쟁의 토대를 조선의 작가, 작품과 조선의 문학적 현실에 두지 않았다는 점. 특히, 김남천은 기존 논의가 소련의 현실(사회주의적 현실)과 조선의 현실(자본주의적 현실)만을 일반적으로 이야기하는 데 그치고 조선의 문학적 현실에서 토론의 자료와 물질적 기초를 구하지 못하였다고 지적한다. 아울러 김남천은 프로문학 10년의 역사 내지는 신문학 이후 20년의 문학적 성과에 대한 논의가 미흡하였음을 지적한다.
　　둘째, 리얼리즘 위에 붙은 '소시알리스틱'이란 말이 조선에서는 구체적으로 무엇을 가리키는지가 불문에 부쳐 있었다는 점. 이 둘째번의 지적은 첫째번의 지적과 일맥상통하는 것인데, 기존 논의가 사회주의 사실주의로 이야기되는 신창작이론이 조선에서 구체적으로 어떻게 발전되어야 할 것인가를 문학적 정세의 면밀한 분석에서 규정하지 못한 결과, 유물변증법적 창작방법 당시에 식상한 것과 동일한 것으로 오해하여 결국 사실주의 일반에의 평판화로 기울어졌다는 것이다. 이 두 가지 점을 고려할 때 김남천은 사회주의 사실주의를 당대 조선의 특수성을 고려한 사실주의의 구체화 과정으로 이해하고 있음을 분명히 알 수 있다.

些少한 不一致를 實踐過程 속에서 解決하야 그곳에는 一定한 客觀的
方向과 影響 미테서 一致하야 自己를 이끌고 나가는 統一된 方針이라
는 것이 잇슬 수 있었다.[61]

여기에서 개인의 운명을 집단의 거대한 운명에 종속시키는 시대에 있
어서는 집단과 개인과의 모순 및 불일치는 표면화될 여유가 없었다는 언
급은, 김남천의 세계관적 기반을 은연중에 드러내는 중요한 항목이다. 왜
냐하면 이 말 속에는 과거 집단에 종속되었던 작가와 비평가들이 각기
자신의 출신계급으로 돌아갈 수밖에 없다는 것이 암시되어 있다. 그러나
김남천은 소시민적인 자기 합리화에 만족하지 않고 자신이 처한 전형기
의 상황을 역사적으로 정당히 평가하고자 한다. 즉 김남천은 자신을 포함
한 지식인이 집단에 종속된 것은 자신의 자멸을 인식하고 그로부터 구출
되는 길을 집단 속에서 발견한 때문이며, 그 결과 근로계급이 상대적으로
빈약한 문화적 조건에서 노동자계급 대신 지식인의 역할은 중요한 역사
적 의미를 지닌다고 정당하게 평가한다. 그러나 소시민 지식인의 한계는
아주 명백한데, 그것은 지식인들이 파지하였던 문화사상이 아주 미약한
것이며, 또한 그런 문학이론이라는 것조차도 빌려온 물건에 불과하다는
인식이다. 여기에는 김남천이 외래사상으로서의 사회주의 리얼리즘을 조
선의 특수성에 근거하여 독자적인 이론을 펼쳐보겠다는 암시가 들어 있
기도 하지만, 보다 근본적으로는 『故鄕』 이후 이기영 작품에 나타나는 ‘
사상성의 저하, 평속한 윤리관의 지배, 평탄한 자연주의적 수법에의 일탈’
을 지적하는 데 있다.

김남천이 주장하는 ‘자기 격파’의 길은 그의 말대로 자기 변호, 자조,
자기 경멸의 문학에서 리얼리즘을 변호하고 그것을 시대적 감각의 구체
성에서 발전시킬 수 있으리라는 기대에서 출발한 것이다. 그러나 ‘자기

---

61) 김남천, 「告發의 精神과 作家 -新創作理論의 具體化를 爲하야-」, 『朝鮮日報』,
    1937. 5. 30.

격파'의 길은 그의 말대로 "작자 자신과 육체적 관련성을 가진 작중 인물"을 택할 때에만 유용하다. 김남천은 '가면 박탈'의 길은 필연적으로 사소설의 방향을 취하게 된다고 인정한다. 이는 가면박탈의 대상이 주로 지식인의 고민, 회의, 불안, 유약성과 양심이라는 데서 기인한다. 다시 말해 '자기 격파'의 길은 결과적으로 현실의 폭넓은 문맥을 스스로 제한한다. 왜냐하면 '자기 격파'의 세계는 "작자 자신과 육체적 관련성을 가진 작중 인물"이란 말에서 드러나듯 결국 소시민의 문제로 귀착되기 때문이다. 그럼에도 불구하고 김남천이 소시민의 한계를 극복하기 위해 고발문학론을 내세운 것은 논리적으로 보아 필연의 과정이다.[62] 김남천은 고발문학이 일체를 무자비하게 고발하는 정신이며, 모든 것을 끝까지 추급하고 그곳에서 영위되는 모든 생활을 뿌리째 파서 펼쳐 보이려는 정열임을 강조한다. 이런 정신과 정열이 있을 때 정체되고 퇴영한 프로문학이 시민문학의 뒤를 잇는 역사적 임무를 다할 수 있다는 것은, 김남천이 주장한 고발문학론의 지향점이 어디에 놓여 있는지 잘 말해 준다.

그러나 김남천의 고발문학론이 지니고 있는 근본적인 한계는 고발의 대상이 너무나 전면적이어서 이런 상황을 극복해 나갈 통로가 차단되어 있다는 점이다. 이는 고발문학론이 안고 있는 개인주의의 성향과도 무관하지 않다.[63] 추도 미도 빈도 부도 용서 없이 고발되어야 하며, 지식계급,

---

62) 김재용은 김남천이 임화와 달리 이미 고발문학론에서부터 프로문학이 지녔던 도식주의를 비판하는 데 그치지 않고 노동자계급 당파성을 부정하거나 해소하는 데까지 이르렀다고 본다.〈김재용,「중일 전쟁과 카프 해소. 비해소파―임화. 김남천에 대한 암함광의 비판을 중심으로」(한국문학연구회 편, 현대문학의 연구. 3,『1950 년대 남북한 문학』, 평민사, 1991, p. 251. 참조.)〉

그러나 김남천은 오히려 노동자 계급 당파성을 작가의 입장에서 진실로 주체화하기 위한 하나의 과정으로 고발문학론을 내세운 것을 염두에 둔다면 김재용의 견해는 일면적임을 면치 못한다. 이는 김남천이 해방 이후 노동자계급에 대한 인식과 함께 재빨리 조직의 재정비에 착수한 사실에서 여실히 증명된다.

63) 윤규섭은「文壇時語」(『批判』제41호, 1937. 9.)에서 '고발'이라는 용어가 축적된

사회주의자, 민족주의자, 시민, 관리, 지주, 소작인, 그리고 그들 주위의
모든 생활과 갈등과 도덕과 세계관 등이 준엄하게 고발되어야 한다는 것
이다.[64] 적어도 역사의 방향성을 추상적인 수준이 아니라 당대의 구체적
현실에서 그 의미를 천착해야 할 진정한 작가라면 무자비한 비판만으로
감당할 수 없는 현실 내재적 지향에 대한 시각이 겸비되어야 할 것이다.

「創作方法의 新局面—告發의 文學에 對한 再論」(『朝鮮日報』, 1937. 7.
10~7. 15.)은 리얼리즘 대 아이디얼리즘의 대립구도[65]를 내세우며 이전
프로작가의 작품에서 보이는 사상성의 저하, 비속한 리얼리즘에로의 일

'비판정신'이란 말과 의미상 아무런 차이가 없기 때문에 모호하게 '고발'이란 용
어를 쓸 필요가 없다고 주장한다. 이와 마찬가지로 한효 또한 이 문제를 제기하
면서 고발문학론의 개인주의적 성향을 날카롭게 지적한다. 즉 한효는 창작방법론
을 단순히 문학자 자신의 특수한 실천방법으로서만 해석할 것이 아니라 항상 계
급 총체의 이익을 대표하는 앙양의 한 계기로 파악하고 해석하는 것이 중요하다
고 지적한다.(한효, 「創作方法論의 新方向——面的 見解의 克服을 爲하야」, 『東
亞日報』, 1937. 9. 22. 참조.)

64) 김남천은 주체추급(가면박탈)과 그로 인한 주체재건의 문제를 심각하게 제기하
고 있다. 그는 자신의 작품 「祭退膳」과 「瑤池鏡」에 대한 엄흥섭의 평가가 너무
인상적이라고 비판한 후 다음과 같이 언급하고 있다.

"阿片中毒이라는 特殊한 惡한 條件下에 作中人物을 設置해 본 것도 結局 主體
를 불 속에 너어보겠다는 意圖 以外에서 나온 것은 아니었다. 나는 내 自身의 問
題를 放棄해 버리고 安心하야 客觀世界를 이리저리 건드려 볼 수 업는 作家일는
지도 모른다."(김남천, 「批評焦點의 是正—嚴興燮君에게 抗議함—」, 『朝鮮日
報』, 1938. 2. 23.)

65) 하정일은 김남천이 '리얼리즘 대 아이디얼리즘'의 대립구도에서 리얼리즘을 "주
관을 철저히 객관에 종속시키는 것"이라 말한 것을 프리체의 리얼리즘관인 사회
학주의(자연주의 경향)의 영향으로, 그리고 이를 극복한 논자로 임화를 들고 있
다. 임화는 '아이디얼리즘(주관주의)—리얼리즘—트리비얼리즘(객관주의, 자연주
의, 관조주의)'의 구도로 양 편향을 극복하였기 때문이다.〈하정일, 「프리체의
리얼리즘관과 30년대 후반의 리얼리즘론」(한국문학연구회 편, 현대문학의 연구
4, 『1930년대 문학연구』, 평민사, 1993, pp. 237~278.) 참조.〉

그러나 루카치가 19C 리얼리즘 대 자연주의의 대립구도의 확장에서 사회주의
리얼리즘과 비판적 리얼리즘의 구도라는 자신의 이론을 출발시키고 있다는 slau-

탈, 신판 공식주의의 과오, 시대적 반영의 결여 등을 지적하면서 당대의 세태에 대한 고발로써 새로운 문학정신을 획득하고자 한 글이다. 김남천은 리얼리스트 작가가 아이디얼리즘의 침범을 받아 온 것은 철학적, 사상적 진리에 대한 지극히 공식적인 파악에 근거하였기 때문이라고 지적한다. 리얼리즘이 객관 현실의 본질을 전형적으로 묘사하는 것이라면, 아이디얼리즘은 추상적 주관으로부터 출발하거나 현실적 소재를 이상화하고, 인위적으로 타입을 강조하거나, 현실의 일상 쇄사만을 과장하여 그리는 것을 말한다. 그러므로 김남천의 고발문학은 아이디얼리즘의 침범으로부터 끝까지 리얼리즘을 옹호하는 데에 놓여 있다. 이로 보면 고발문학은 과거 프로문학이 보인 공식성 또는 도식성에 대한 비판이며, 동시에 세계관을 현실적 문맥에서 주체화하지 못한 결과 세계관이 생경한 채로 작품 속에 떠다니게 된 데 대한 근본적인 비판을 담고 있다. 그러므로 이 비판은 세계관의 폐기를 의미하는 것은 결코 아니다. 즉 김남천은 그의 일련의 고발문학론에서 '사상의 혈육화'에 대한 집요한 추구의 단초를 보이는데, 이후 김남천의 모든 논의는 '사상의 혈육화'란 문맥에서 전개된다.[66] 특히 '사상의 혈육화'의 문제는 모랄론의 핵심에 이어져 있다.

---

ghter의 지적은, 물론 초기 김남천의 이론의 한계지만 그를 이해하는 데 시사하는 바가 많다.(Cliff Slaughter, 『Marxism, Ideology and Literature』, THE MACMILLAN PRESS LTD, 1980. P. 138. 참조.)

66) 이 점은 전향이 발생한 한 가지 이유로 볼 수 있다. 전향 문제는 물론 악화된 외적 상황의 압도적인 힘도 고려되어야 하지만, 작가 주체 내면의 문제도 심각하게 고려되어야 하기 때문이다. 이런 관점에서 다음의 언급은 시사하는 바가 많다.

"전향이 발생한 원인은 간단히 말해, 지도자들이 신봉했던 이론이 그들에게 혈육화되지 않았다는 것에 있으며, 그 배후에는 그들의 이론이 충분히 국민 대중의 생활 실태를 파악하지 못하고, 또한 국민 대중을 납득시키지도 못한 관념적 이론이었다는 사실에 있다. 이 두 가지 것은 극히 밀접하게 연관되어 있다."〈혼다 슈우고〈本多秋五〉, 「전향문학론」 (한국문학연구회 편, 현대문학의 연구 4, 『1930년대 문학연구』, 이경훈 역, 평민사, 1993. p. 216.)〉

김남천은 진리라고 믿던 철학적 세계관의 추상화된 공식이나 신념만이 아니라 사상의 일체를 완전히 소화하고 체득하지 못했음을 고백한다. 그러나 김남천은 '사상의 혈육화' 문제를 오직 주체 내면의 문제로만 치부해 버리므로써 결과적으로 폭넓은 현실적 문맥에서 작가의 행동과 실천을 통해 세계관이 보다 구체적으로 형성될 수 있음을 스스로 방기하고 있다. 이것은 고발문학론이 근본적으로 작가 개인의 심리주의적 경향과 결부될 소지를 다분히 지니고 있음을 의미한다. 이 심리주의적 경향은 앞서 지적한 바 이기영의 『故鄕』을 분석할 때 주인공 김희준과 같은 소시민 지식인에 대한 비판에 초점을 두는 데서 이미 나타난다. 김남천은 '조선적 특수성'으로 대변되는 '시대적 운무'는 여러 가지 특별한 생활을 영위시키며 각종 인간의 전형을 만들어 내고 있기 때문에 이런 곳에서는 리얼리스트의 철저한 모사 반영은 고발이 되지 않을 수 없다고 강조한다. 그러나 김남천이 주장하는 고발문학론의 가장 큰 맹점은 그가 현실 개념을 협애화시키고 있다는 점이다. 즉 고발문학론에서 말하는 현실은 객관 현실의 의미보다는 '자기폭로, 가면박탈의 현실'이라는 의미로 대체되어 쓰이고 있다. 그 결과 지식인의 내부 심리 문제가 현실로 대치될 가능성이 엿보인다. 이는 그가 힘주어 강조하는 바, 객관 현실에 주관을 종속시키는 것으로서의 리얼리즘과는 배치된다.[67] 고발문학론의 일환으로 생산된 작품들이 지식인의 내면 심리 문제를 짙게 드러내고 있다는 사실이 이를 잘 반증해 준다. 그러므로 '사상의 혈육화'란 문제와 함께 제기된 모랄론의 성패는 세계관과 현실의 계기가 어떤 문맥에서 전개되느냐 하는

---

67) 김남천은 자신의 고발문학론이 과거의 모든 리얼리즘 문학의 제 성과뿐 아니라, 지금까지 인류가 도달한 일체의 문학사적 성과의 최고 수준으로 신창작이론이 제창된 것임을 강조한다. 즉 고발문학의 입장은 객관적 진리의 반영이라는 것이다. 특히 그는 주인공이 진보적인 인간인지의 여부가 주제의 적극성을 결정하는 것이 아니라 형상화된 전형이 이것을 결정한다고 주장한다. 특히 이같은 전형에 대한 인식은 임화와 대비되는 성격론이다.(김남천, 「評論의 雜談化 傾向－最近 評壇에서 늣긴 바 몟가지」, 『朝鮮日報』, 1937. 9. 11∼9. 15. 참조.)

데 달려 있다.

2) 自己改造의 論理

김남천의 고발문학론이 한층 심화되어 나타난 것이 '小市民 出身 作家의 最初 모랄'이란 부제가 붙은 「〈유다〉的인 것과 文學」(『朝鮮日報』, 1937. 12. 14~12. 18.)이다. 특히 이 글은 김남천이 고발문학론에서 주장한 바와 같이 단순히 고발, 비판하는 데 그치지 않고 자신을 개조하는 데까지 나아간다는 데 그 특징이 있다. 그러므로 이 글은 부제에 나타난 바와 같이 모랄론의 선두에 놓여 있다. 김남천에 의하면 유다는 성서에서 가장 날카롭게, 준엄하게, 무자비하게 고발당하고 있는 인물이다. 김남천이 유다에게서 어떤 문학정신을 파악해 내고자 하는 이유는, 유다의 속에 현대 소시민과 가장 육체적으로 근사한 것이 있기 때문에 그에게서 소시민 출신 작가가 제출하여야 할 최초의 모랄을 발견할 수 있기 때문이다.

實로 모든 것을 告發하려는 놉흔 文學精神의 最初의 課題로써 作家 自身의 속에 잇는 「유다」的인 것을 剝奪하려고 그곳에 분사에 가까운 妥協 없는 聖戰을 展開하는 마당에서 文學的 實踐의 最初의 問題를 解決하려는 作家의 모랄은(중략)[68]

---

68) 김남천, 「〈유다〉的인 것과 文學―小市民 出身 作家의 最初 모랄」, 『朝鮮日報』, 1937. 12. 15.
기타, 김남천이 '모랄' 문제를 다루고 있는 대표적인 글은 다음과 같다.
김남천, 「道德의 文學的 把握―科學 文學과 『모랄』 概念」, 『朝鮮日報』, 1938. 3. 8~3. 12.
────, 「一身上 眞理와 『모랄』―『自己』의 省察과 『槪念』의 主體化」, 『朝鮮日報』, 1938. 4. 17~4. 24.
김남천이 말하는 '모랄'은 심정이나 심리의 문제, 도덕(수신과목, 혹은 도덕률)이 아니다. 도덕 혹은 모랄은 "완전히 주체화되어 일신상의 근육으로 감각화된 사상이나 세계관의 형상"이다.

즉 사실주의 작가가 대상에 대하여 문제를 제출하기 전에 우선 자기 마음 속에 있는 유다적인 것을 발견하려는 태도가 바로 작가의 최초의 모랄이 된다는 것이다.

김남천은 주체의 재건이 임화의 주장처럼 문학자가 세계관을 이론적으로 해득하는 것으로 해결되는 것이 결코 아니며, 또한 작가가 파악하고 있는 세계관이 그대로 개념으로 표명되는 것이 아니라 작가의 주체를 통과한 것으로써 표시되기 때문에 주체의 재건이나 완성의 문제가 제기된다고 본다. 그러므로 김남천은 임화가 주체재건에 있어서 반드시 한번은 통과하여야 할 작가 주체 자신의 문제를 이미 해명되어 버린 문제처럼 생각한 결과, 개별 작가의 문제를 작가 일반의 문제로 추상화하였다고 비판한다.[69] 즉 김남천은 세계관을 이론이나 개념으로 완전히 파악하고 체득하는 것이, 소시민 지식인인 자신의 경험에 비추어 볼 때 심히 어렵고 모순되는 일이며, 그것은 오직 진정한 의미에서의 실천을 통하여서만 가능하다고 본다. 그러나 김남천이 말하는 실천의 의미는 폭넓은 현실의 문맥에서 형성되는 것이 아니라 앞서 지적한 바와 같이 주체 내부의 문제로 제한되고 있다.

그런데 김남천이 말하는 유다적인 것의 참 의미는, 소시민 지식인이 자신이 신봉하던 어떤 사상이나 주의에서 이탈하거나 배반한다는 상식적인 것이 아니라 자기 자신의 매각, 즉 자기 자신의 개조라는 고도의 성찰과 결부되어 있다. 그러므로 김남천은 작가가 자신의 속에서 유다적인 것을 발견하고 이것과 타협 없는 고투에 가치가 있기 때문에 유다적인 것에 비참하게 실패를 보아서는 안 된다고 말한다. 말하자면 김남천은 자신의

---

69) 김남천의 이같은 주장은 임화를 오해하고 있는 데서 비롯한다. 임화는 작가의 주체 재건이 세계관을 이론적으로 해득하는 것으로 해결된다고 보지 않으며, 세계관이 이미 작가에게 주체화되어 있다고도 보지 않는다. 임화 또한 이전 프로문학의 도식성에 대한 비판으로 자신의 논의를 시작하면서 현실과의 관련에서 사상의 문제를 다룬다.

내부에 있는 소시민적인 비굴성을 철처히 비판하여 종국에는 그것을 넘어서고자 한다. 그러므로 모랄의 문제는 유다적인 것을 극복하고 창조적 실천의 방향을 마련하고자 하는 데서 제기된 것이다. 즉 자기 자신의 인간적 개조가 가능하다는 방향에서 주체의 모랄 문제가 제기된다. 작가는 세계관의 단순한 전성기가 아니라 주체 재건을 위한 노력의 과정과 작가 내부의 폐부를 통과한 연후에야 비로소 진정한 세계관의 확립이 가능하다는 점에서 보면, 모랄의 확립이란 작가가 자신의 세계관을 주체적으로 혈육화하는 것과 동일한 맥락이다.

모랄론의 관점에서 '사상의 혈육화' 문제를 최초로 다루고 있는 글이 「自己 分裂의 超克 -文學에 잇어서의 主體와 客體-」[70](『朝鮮日報』,

---

70) '조선적 특수성'에 근거한 주체재건론을 강조하고 있는 이 글은 정치주의에 대해 강한 거부감을 보인다. 김남천은 예술(문학자, 문학, 문학적 - 예술적 실천)과 사회(사회적 인간, 정치 - 과학 - 이론 - 철학 - 생활, 생활적 실천)와의 모순과 상극을 극복하는 길은 오직 문학적, 예술적 실천이라고 본다. 정치주의(이론)를 강조하면 영원히 이원론만 남게 되며, 예술가는 자신의 예술적 실천을 통해서만 객관과 통일될 수 있다고 주장한다. 이 점은 이미 자기고발에서 그 단초가 보이지만 결과적으로 소시민 지식인의 자기분열의 극복방향이 작가 주체의 순수한 예술적 창조행위에 대한 경사로 기울어진다. 이런 방향은 현실의 폭넓은 문맥을 거세할 우려가 있으며, 한편으로는 전형기에 처한 지식인의 소박한 현실 대응논리라고 볼 수도 있다.

"文學者는 文學的 實踐을 가지고 文學的 生活을 가지고 이 가운데로 간다는 것만이 唯一의 眞理이고 또한 藝術과 生活, 文學과 政治와를 統一하는 唯一의 一元論이다.

이것이 또한 主體의 自己分裂을 超克하는 唯一의 方向이며 客觀과 交涉하여 統一되는 단 하나의 告發精神의 가는 길이다."

특히 이 글은 이전까지의 모든 논의가 세계관을 혈육화하는 방향으로 전개된 데 반해, 오히려 세계관의 역할보다 서서히 객관 현실, 그것도 작가의 주관이 개입된 협애화된 현실 속으로 침잠해 들어가는 단초를 보인다. 김남천이 뒤에 일련의 발자크 연구를 시도한 것은 세계관을 혈육화하는 방향에서 절망한 소시민 지식인이 택한 마지막 세계관 획득과정으로 볼 수 있다. 작가의 주관(세계관) 여하에도 불구하고 나타날 수 있는 리얼리즘의 방향만이 그 앞에 놓여 있었던 것이다.

1938. 1. 26～2. 2)이다. 김남천에 의하면 자기 분열의 초극은 보들레르와 이상에 대비되는 희랍 예술의 가치에 닿아 있다. 자기 분열이란 소시민 작가가 민중에 대하여 느끼는 세계의 이원성의 결과이다. 문학의 주체인 소시민은 객관 세계의 모순이나 분열보다도 주체 자신의 타고난 운명에 의한 동요와 자기 분열이 오히려 더 문제라는 것, 이 때문에 지난 날의 모든 문학적 실천의 과오와 일탈이 빚어졌다는 것, 그리고 객관 세계의 모순을 극복한다고 하면서 자기 자신을 돌보지 않았던 주체가 도리어 현실의 장벽에 부딪친 것에서 모순과 분열이 생긴다는 것, 그러므로 다시 한번 객관 세계와 호흡하기 위해서 주체의 정립과 재건이 필수적이라는 것이 이 글의 핵심이다.

한편 모랄론[71]은 과학과 문학의 인식 목적을 명백히 하기 위해 제기되었다. 문학적 표상이 진리를 반영하기 위해서는 과학적 개념이 갖는 합리성을 지녀야 하는데, 여기에서 과학에서의 공식의 기능(공식적 분석)과 문

그러므로 김남천에게 있어서는 이 발자크적 리얼리즘조차 그기 이론, 창작 양면 에서 끊임없이 추구한 세계관 획득과정의 변이형으로 볼 수 있다.

71) 김남천은 1939년에 발표한 「모던 文藝 辭典」에서 '모랄'을 다음과 같이 정의하고 있다.

"후자(김남천 자신 : 필자 주)에 있어서는 思想의 主體化라는 角度로써 文學의 道德的 把握을 企圖함에 이른 것이다. 文學이란 科學的 槪念이 表象化되고 感覺的으로 形象化된 것을 가르침에 不外한 것인데, 科學的 槪念과 論理的 範疇에 依하야 具體的으로 分析된 眞理를, 一身上의 「아스펙트」를 거쳐서 再提하는 過程을 主體化의 過程이라 보게 되는 것이다. 이러한 過程을 通過하야 終局的으로 表象化될 때, 다시 말하면 槪念이 一身上의 角度를 지닐 때에 提起되는 것이 「모랄」이다. 그러므로 「모랄」을 或種의 道德律이나 常識道德의 德目으로 生覺하든가, 佛蘭西的 모라리스트流로 생각하야도 아니된다. 前者는 勸善懲惡의 善惡判斷이고 後者는 心情上 「모랄」에 不過하다. 「모랄」의 背後에는 언제나 社會나 歷史에 對한 合理的인 科學的 認識이 있어야 하고, 文學의 「모랄」이란 作家와 一般 大衆의 生活과의 關係에서 생겨나는 것을 忘却하야서는 아니될 것이다. 自己를 省察하면서도 끝까지 私事에 떠러지지 않는 곳에 「모랄」이 있다."

학에서의 성격의 기능(성격 묘사) 문제가 제기된다. 문학적 표상은 공식적 분석을 경과하여서만 정당한 성격 묘사에 도달하지만, 과학적 개념은 공식에 의한 법칙 이상에까지 그의 인식 목적을 연장할 때 그것은 벌써 과학의 성능은 아니라는 것, 이리하여 과학이 이 한계를 넘는 곳으로부터 인식 목적은 문학의 권내로 연장된다는 것, 바로 이 과정이 주체화의 과정이라고 김남천은 주장한다. 즉 주체화의 과정이란 과학적 개념이 문학적 표상에까지 구체화되는 것을 말한다. 또한 이 주체화는 세계관의 혈육화이며, 모랄의 확립이기도 하다. 즉 이 모랄의 확립은 세계관과 창작방법의 관계에서 살펴보면 전자가 후자를 거쳐 문학적 표상에까지 구상화될 때 설정 가능한 개념이다. 다시 말해 작가 주체의 세계관에 대한 혈육화의 과정 즉, 모랄의 확립을 요구하게 될 때, 세계관이 반드시 거쳐야 하는 문학적 표상에까지 심화되는 과정 자체가 주체화의 과정이다.

그러나 김남천이 세계관의 공식화, 도식화를 지나치게 우려하면서 역설적이게도 세계관이 구체적인 현실 문맥에서 획득되지 못할 때의 또 다른 세계관의 도식화에 대한 인식은 미흡하다. 그 결과 김남천은 작가가 창작에 앞서 먼저 세계관을 주체적으로 파지해야 한다는 속류유물론적인 사고를 보이고 있다. 이런 사고 방식이 김남천이 본래부터 지니고 있던 의식일 것이다. 이 맥락에서 보면 세계관의 혈육화 과정에서 자신과 자신이 속한 계급의 근원적인 한계를 깊이 인식하고 이를 극복하는 방향에서 김남천이 "도덕은 풍속, 습관에 이르러서 구체화된다."는 풍속론을 제기한 것 또한 필연의 과정이다.

「一身上 眞理와『모랄』-『自己』의 省察과『概念』의 主體化」(『朝鮮日報』, 1938. 4. 17~4. 24.)는 풍속론의 단초를 보이는 글일 뿐만 아니라, '세계관의 혈육화' 문제의 연장선에서 과학적 개념(세계관)의 일신상의 진리화 문제를 다룬 중요한 글이다. 여기서 말하는 '일신상의 진리'는 과학적 개념이 주체화된 것을 말한다. 그러므로 과학은 진리를 대상으로 하지만 문학은 '일신상의 진리'를 대상으로 한다. 그가 주장하는 도덕이란 개넘은 통속적, 상식적 관념이나 윤리학에서 말하는 그것이 아니라[72], 사회의 물질적 근저에 토대를 두고 발생한 하나의 역사적 소산이다. 그리고 과학과 문학이 다르듯이 사회적 관념으로서의 도덕은 문학적 관념으로서의 도덕과는 다르다. 그러나 문학적 모랄 개념은 순전히 자기성찰이나 자아탐구의 의미가 아니다. 문학적 모랄 개념은 일신상의 진리로 화한 모랄, 즉 혈육화한 세계관을 말한다. 즉 이 문학적 모랄 개념은 과학적 개념이 문학적 표상에 이르는 과정에서 반드시 거쳐야 할 중간 단계로 설정된 것이다. 이런 점에서 보면 앞서 지적한 바와 같이 김남천은 작가가 창작하기에 앞서 세계관이 선험적으로 주체화되어 있어야 할 것을 전제하고 있다. 이는 유물변증법적 창작방법 당시의 전도된 방법임을 의미한다.[73] 작가 개인을 내세우면서도 개인의 심리나 사사(私事)에 떨어지지 않는 곳에 모랄이 있다는 말은 사상성, 사회성이 작가에게 일신화되는 것이 중요하다는 말과 같다. 김남천은 보들레르나 그가 말하는 한국의 보들레르인 이상과 달리 자신은 과학적 핵심을 가지고 있다는 것을 강조한다. 즉 작가는 자신을 소시민 출신이라고 인정하는 것이 결코 자기분열의 향락은 아니며, 오히려 자신의 성찰 배후에 과학적인 합리적 핵심을 갖고 있는지의 여부가 중요하다는 것이다. 그러므로 반영론의 시각에서 '일신상의 진리' 문제를 생각할 때 작가는 우선적으로 세계관(과학적 개념, 진리)을 '일신상의 진리'로 구체화한 뒤에라야 비로소 객체와 교섭할 수 있다는 논리가 되어 작가 주체에게 미치는 현실, 대상과의 역동적인 관계는

---

72) 김남천은 최정희의 「地脈」이 어머니의 자식에 대한 사랑이라는 문제를 '常識道德'의 측면에서만 다루었다고 비판한다. 그러므로 김남천이 이 작품에서 긍정적으로 보는 것은 여주인공에게 고백하는 어떤 부인의 말이다. 왜냐하면 후자는 여주인공과는 달리 낳지 않는 자식에겐 애정을 줄 수 없다는 결론을 내리고 있기 때문이다. 즉 이런 결론은 하나의 상식임에 틀림없으나, 기성 부덕에 대한 항의와 반성이 있다는 것이다.(김남천, 「同時代人의 距離感─九月創作評」, 『文章』 9, 1939. 10. 참조.)

73) 홀거 지이겔, 『1917~1940 소비에트 문학이론』, 정재경 역, 연구사, 1988, pp. 61~122.(제3장 「20년대 사회학주의의 제방법」 참조.)

무마되어 버린다. 그의 이런 인식은 진리가 과학에서와는 달리 문학에서
는 작가 자신의 과제, 즉 일신상의 문제로 비약되어야 하며, 문학이 도덕,
모랄을 주체적으로 파악함이 없이는 리얼리즘의 전진은 공허한 구호에
불과하다고 말하는 데서 잘 드러난다. 그러나 풍속론이 작가 주체의 입장
에서 세계관을 논하는 시각에서 벗어나 현실 속에 녹아 든 세계관, 즉 현
실의 본질을 문제 삼고 있다는 점에서, 풍속론과 결부된 로만개조론 외에
도 발자크 연구로 대변되는 관찰문학론의 맹아가 이미 함축되어 있다.[74]
김남천이 풍속론을 주장하게 된 이유는 그가 그토록 원했던 '세계관의 주
체화, 일신상의 진리화'가 근원적으로 불가능했기 때문이다. 김남천이 풍
속론을 주장한 것은 주체에서 객체로의 중심이동이라 부를 수 있다.

김남천에 의하면 풍속이란 사회적 습관과 밀접한 관계가 있으며, 제도
내지는 제도의 습득감을 의미한다.

> 風俗 習俗은 生産關係의 樣式에까지 顯現되는 一種의 制度(例컨데 家
> 族制度)를 말하는 同時에 다시 그 制度 內에서 培養된 人間의 意識인 制
> 度 習得感(例컨데 家族的 感情, 家族的 倫理意識)까지를 指稱한다.
> 이렇게 省察된 風俗이란 確實히 經濟現象도 政治現象도 文化現象도 아
> 니고 이러한 社會의 物質的 構造上의 제 階段을 一括한 하나의 共通的인
> 「社會現象」이라고 보지 안흘 수 업슬 것이다. 社會機構의 本質이 風俗에
> 이르러서 비로소 完全히 肉體化된 것을 알 수 있다.[75]

---

74) 김남천이 「모던 文藝 辭典」에서 모랄과 풍속의 관련양상에 대해 언급하고 있는
부분을 들면 다음과 같다.
　"「모랄」은 語源的으로 慣習, 品格, 性格 等의 뜻을 가지고 있어 모든 事物에
對한 認識을 慣習化, 性格化, 習慣化함에 依하야 一身上의 몸에 붙는 眞理에까지
飛躍식힐려는 데 그의 內的 本能이 있다.
　그런데 社會的 習慣이란 風俗과 密接한 關係를 가지고 있고, 道德이란 風俗에
이르러 完全히 具現된다고 보아 當然하다. 「모랄」이 文學的으로 自己를 表象化
하는 길을 風俗論에서 發見코자 한 것은 全혀 이때문이었다."
75) 김남천, 「一身上 眞理와 『모랄』—『自己』의 省察과 『槪念』의 主體化」, 『朝鮮日

김남천이 말하는 도덕, 모랄은 "완전히 주체화되어 일신상의 근육으로 감각화된 사상이나 세계관의 형상"이다. 그러므로 인정, 인륜, 도덕, 사상이 가장 감각적으로, 물적으로 표현된 것이 풍속이기 때문에 모랄은 풍속 세태 속에서 나타나고, 그것은 복장과 취미에까지 나타난다. 물론 문학적 모랄은 실험, 실증, 실천을 거쳐서 비로소 얻을 수 있는 과학적 개념의 합리적 핵심 즉 이론적 모랄을 가지고 있어야 한다.[76] 다시 말하면 작가가 이론적으로 파악하고 인식한 결과로써 얻은 사상이 작품 속에 생경한 그대로 드러나서는 안되고, 사상이 심리와 윤리, 성격을 통하여 충분히 감성화되어 풍속에까지 침윤된 것으로 뚜렷하게 표상되어야 한다. 이것이 김남천이 풍속론에서 말하는 주체화의 과정이며, 또한 로만개조론의 방향이기도 하다. 왜냐하면 모랄론과 맞물려 있는 로만개조론의 방향은 고발 문학의 내성적, 자기성찰적인 작품 경향을 주체화된 세계관으로 발전시키고 이것을 가지고 세태 풍속으로 들어가는 것이기 때문이다. 그러나 김남천이 풍속을 이야기하면서 '이데로 된 인물'이 아니라 '인물로 된 이데'를 주장하고 있는 것에 주목할 필요가 있다. '인물로 된 이데'는 세계관이 혈육화된 구체적인 형상에 해당한다. 김남천은 끊임없이 세계관을 주체화하

報』, 1938. 4. 22.

76) 김남천은 박태원의 『川邊風景』과 채만식의 『濁流』를 평하면서 두 작품 모두 최근 조선문학이 가진 최고의 풍속 세태의 묘사이지만 이 훌륭한 풍속 묘사의 밑에 과학 적 개념이 가진 바 합리적 핵심이 없다고 비판한다.(김남천, 「文藝時評 —世態 風 俗 描寫 其他=蔡萬植 「濁流」와 安懷南의 短篇」, 『批判』 제62호, 1938. 6. 참조.)
   김남천은 또한 「모던 文藝 辭典」에서 고현학에서 말하는 풍속과, 자신의 풍속 개념을 중풍속과 경풍속으로 나누면서 엄격히 구별한다. 즉 세태소설은 고현학적 인 풍속 관찰에 머물기 때문에 합리적 핵심을 사상시킨다고 지적한다. 그러나 김 남천이 주장하는 바, 세계관의 계기를 내포한 것으로써 합리적 핵심을 가지고 있 는 풍속 개념도 두 가지로 나누어진다. 그 중 경풍속은 경풍속만의 피상적 관찰 을 가지고 오히려 사회 경제 현상의 어떤 본질적인 것을 파악했다고 잘못 확신하 는 것을 의미한다. 이에 반해 중풍속은 경풍속의 가운데에서도 항상 그 토대인 생산 제 관계를 생각하며, 그것의 구체화로 보는 태도를 말한다.

려고 했지만 자신이 생득적으로 지닌 소시민성과 함께 실천상의 제약으로 말미암아 그 한계를 분명히 인식하였다. 김남천이 주체에서 객체로의 중심 이동이라는 특징을 지닌 풍속론에서 로만개조론의 단초를 마련하는 데는 이론적 모랄, 즉 주체화된 세계관을 드러낼 수 있는 가족사 연대기 형식이라는 내적 계기가 놓여 있다. 그 결과 그는 구체적 현실 내에 존재하는 생생한 인간들, 즉 세계관을 주체적으로 체득하고 있는 인물을 형상화하려고 시도한다. 김남천은 이를 '인물로 된 이데'라 부르고 있다.

로만개조론은 「長篇小說에 對한 나의 理想」(『靑色紙』 2, 1938. 8.)에서 본격적으로 전개된다.[77] 로만개조론에 대한 언급은 「現代 朝鮮小說의 理念 ―『로만』 改造에 對한 ― 作家의 覺書」(『朝鮮日報』, 1938. 9. 10~9. 18.)와 「世態와 風俗―長篇小說 改造論에 기함」(『東亞日報』, 1938. 10. 14~10. 25.)에까지 연결된다. 김남천은 장편소설을 개조하는 방향에서 프로문학 당시의 집단묘사를 우선적으로 재검토할 것을 요구한다.[78] 로만개조론의 중심 내용은 강렬한 이론적 모랄을 세태 풍속 속으로 가져가되, 그것을 실행하는 한 방법으로 가족사 연대기의 형식을 취한다는 것이다.

김남천은 「現代 朝鮮小說의 理念 ―『로만』 改造에 對한 ― 作家의 覺書」에서 채만식의 『太平天下』, 이기영의 『故鄕』과 「鼠火」를 분석하고

---

77) 장편소설에 대한 논의로 이 글과 함께 참고할 자료는 다음과 같다.
　　이원조, 「新聞小說分化論」, 『朝光』 2, 1938. 2.
　　한설야, 「長篇小說의 方向과 作家―『이야기』로부터 『로만』에」, 『朝鮮日報』, 1938. 4. 2~4. 6.
　　백　철, 「綜合文學의 建設과 長篇小說의 現在와 將來」, 『朝光』 34, 1938. 8.
　　임　화, 「最近 朝鮮小說界 展望」, 『朝鮮日報』, 1938. 4. 29~5. 8.
78) 김남천은 이기영의 작품 『新開地』가 실패한 원인을 분석하면서 로만개조론 문제를 다루고 있다. 즉 『新開地』는 경향문학 당시의 유물인 집단묘사가 소설 구성을 해체하고 있는데, 그 이유가 작품 속에 사상이 없다는 점, 그리고 집단이 개인과 사회와의 빈틈없는 성찰에서 그려지지 않았기 때문이라고 본다.〈(김남천, 「昨今의 新聞小說―通俗小說論을 爲한 感想」(『批判』 68, 1938. 12. 참조.)〉

있다. 김남천은 '이데로 된 인물', 즉 사상을 배운 자나 세계관을 지껄이는 자보다 '인물로 된 이데'가 중요함을 강조한 바 있다. 그러나 김남천은 채만식이 『太平天下』에서 사상가나 사회운동자에게만 사상과 이데를 넣을 수 있다고 생각한 결과, 긍정적인 인물, 역사를 추진시키는 적극적인 성격의 전형을 하나도 설정하지 않았다고 지적한다. 이에 반해 작품 『濁流』는 작품 전반부에서 승재, 계봉이라는 두 긍정적인 인물을 성격적 전형으로 파악해 보려는 노력을 했으나, 후반부에서는 그렇지 못해 이야기 조인 설화체로 되었다고 비판된다. 이 견해는 이기영의 『故鄕』과 「鼠火」 평에서도 잘 드러난다. 김남천은 고발문학론을 주장할 때와는 달리 『故鄕』의 김희준보다 「鼠火」의 돌쇠를 더 고평한다. 이는 계속되는 논의 가운데서 변모한 김남천의 입지점을 알 수 있는 중요한 대목이다. 김희준이 사상을 말하고 고민하고 사회적인 역할을 감당하는 것과 같은 지식인으로서의 의미는 인정하지만, 이 인물 속에 구현된 작가의 사상이 '이데로 된 인물'에 불과한 반면, 돌쇠는 사상도 말하지 않고 도박을 하며, 술만 마시고 다니지만 오히려 생채가 있고 살아있다는 것이다. 그 이유는 돌쇠가 당대의 시대정신을 몸과 행동에 구체적으로 체현하고 있기 때문이다. 그 결과 김남천은 적극적인 인물의 창조를 단순히 양심적 인간이 아닌 다른 방면에서 개척하고자 한다. 이런 인식은 고발문학론을 거친 후 심화되어 온 김남천의 입지점을 알 수 있을 뿐 아니라 당대 현실의 구체적 인식에 접근해 갈려는 의미로 해석할 수 있다.

崔載瑞氏가 내의 作品 傾向의 한 面에 對하여 시니시즘 乃至는 自嘲를 가지고 말하얏고 林和氏가 李箱의 文學과를 함께 合쳐서 나를 內性 心理의 文學이라 指稱한 데 對하야 人物創造라는 以上 論述의 觀點에서 이를 再三 吟味해 본다면 兩氏의 이가튼 指摘의 裏面에는 知識人 小市民의 人物創造에 잇어서 내가 事實上으로 失敗햇다는 것을 말하고 있는 것이라고 생각할 수가 잇다. 事實 나는 良心的 人間 타입이라는 것을 作者와 精神的으로나 肉體的으로나 가장 近接한 知識人 思想靑年이라는 部類 가운데서 無監査나 無審査를 부쳐서 차저내이는 것을 輕蔑 乃至 忌避하얏

고 이것은 그대로 峻嚴한 自己告發의 實踐이라는 ― 系列의 作品을
나로 하야금 가지게 하얏는데 이러케 하야서 自己分裂이 超克된 하나
의 潑剌한 性格을 잡을려던 努力이 드디어 시니칼한 內性 心理에 始
終하고 말엇다고 보아야 할 것이다. 이리하야 知識人과 小市民의 가운
데서 이를 잡어보기에 失敗한 나에게는 다른 또 한 系列의 作品을 보
게 되엿다. 少年을 取扱한 作品 「少年行」, 「남매」, 「누나의 事件」,
「무자리」 등이 이것이다. 現代社會에서 아직도 統一性을 喪失하지 안
코 自己分裂을 經過하지 안흔 人物이 잇다면, 그것은 어린아이나 少年
이리라고 생각해 본 것이다. 내가 取扱하는 少年이 早熟하다는 것은
李源朝氏가 屢次 해 온 말이다. 그러나 실상 내게 必要한 것은 少年이
나 童話의 世界가 아니었고 오직 分裂을 經過치 안흔 生氣 潑剌한 타
입만이 所用되엿다는 創作心理를 吐露하면 이러한 點이 또렷해질 것이
라고 생각한다. 그러나 以上의 내의 作品이 무엇을 結果하얏는가는 諸
氏의 이미 周知하는 바이다.[79]

우선 이 글은 고발문학의 성과에 대한 반성으로 로만개조론의 방향을
마련하고자 하는 데 의의가 있다. 김남천은 작가의 사상이나 주관을 작중
인물 위에 덧붙여서 그의 행동이나 자유를 구속하지 않고 사상―현실에
의 지적 관심과 분석을 문학적 표현에까지 이르게 하기 위하여 생기 발
랄한 작중 인물의 행동에서 명확한 형상성을 확보하는 것이 필요하다고
주장한다. 김남천은 바로 이런 방향에서 풍속 개념의 재인식과 가족사와
연대기의 길을 제시한다. 김남천은 자신이 말하는 풍속을 고현학에서 주
장하는 풍속 개념과 분명히 구별한다. 그는 고현학에서 말하는 풍속이 통
속적인 성격을 지니며, 눈에 보이는 이것 저것을 세밀히 살피고 그 중에
서 일반적이며 공통된 징후나 현상을 파악하여 이것을 마치 사회의 어떤
본질적인 제요소처럼 생각한다고 비판한다. 이에 반해 김남천의 풍속 개

---

79) 김남천, 「現代 朝鮮小說의 理念―『로만』 改造에 對한 ― 作家의 覺書」, 『朝鮮日
報』, 1938. 9. 17.

넘은 사회기구에 있어서 물질적 구조상의 질서를 제일의적인 분석의 기
준으로 삼는다. 특히 풍속 개념을 문학적 관념으로 정착시키고 그것을 들
고 가족사로 들어가되 그 가운데 연대기를 현현시키려는 방향은 세계관
을 주체화시키는 방향과 일치한다. 즉 과학적 개념이나 세계관이 주체화
되려면 도덕, 사상 또는 모랄을 일신상 진리로 파악하여 그것을 풍속 속
으로 들고 들어가야만 비로소 개념은 문학적 표상을 얻을 수 있다는 것,
이런 풍속을 가족사로 들고 들어가면 전형적 정황의 묘사가 가능하며, 또
그것을 다시 연대기로 파악하면 정황의 묘사를 전형화하고 그 묘사의 핵
심에 엄밀한 합리성과 과학적 정신을 보장할 수 있다는 것, 그 결과 발랄
하고 생기있는 '인물로 된 이데'를 프로문학 운동을 담당했던 지식인의
형성과 성장과정에서 잡아볼 수 있고, 전형기에 처한 지식인 그 자체에
대한 새로운 발견이 가능하다는 것이 그의 로만개조론의 핵심이다. 이 말
은 『大河』이전에 발표된, 소년을 주인공으로 한 일련의 소설들이 단순
히 고발문학론의 관점으로 해석될 수 없는 본질적인 문제를 담고 있다는
것을 의미한다.[80] 소년을 주인공으로 다룬 소설들에서 고발문학의 성격을
전혀 배제할 수는 없지만, 고발문학이 자기고발을 통한 자기검토에 초점
을 두고 있다면, 소년을 주인공으로 다룬 일련의 소설들은 그것을 내포한
자기 개조의 정신을 짙게 드러내고 있기 때문이다. 특히 이 자기개조의
작업은 소설론으로까지 심화된다.[81] 이상을 종합해 보면 지적 관심의 앙
양과 모랄의 확립, 정황의 전형적 묘사, 생기 발랄한 인물의 창조 등이
로만개조의 기본적 내용이 된다.

특히 김남천의 글 「世態와 風俗―長篇小說 改造論에 寄함」은 로만개
조론의 일환으로써, 세태묘사를 본격소설로부터의 일탈로 생각하는 임화
의 소설론을 의식하고 쓴 글이다. 임화가 말하는 세태묘사는 사실을 사실

---

80) 이는 『大河』와의 계기적인 관점에서 V장에서 면밀히 검토될 것이다.
81) 김남천, 「小說의 運命」, 『人文評論』 13, 1940. 11.
　　―, 「小說의 將來와 人間性 問題」, 『春秋』 2, 1941. 3.

그대로 기술하는 것을 의미한다. 그러나 김남천은 사실을 사실 이상으로, 세태를 세태 이상으로 묘출하여 세태묘사를 단순한 수법, 기법, 기술의 차원이 아닌 문학정신, 또는 관념의 수준인 풍속의 차원임을 강조한다. 김남천은 자연주의의 위험성을 경계하면서 리얼리즘의 전형화를 위해 디테일의 진실성과 전형적 정세의 묘출을 강조한다.[82] 특히 김남천은 이 글에서도 이기영의 『新開地』가 경향문학 당시의 집단묘사 때문에 소설 구성을 해체하고 있다는 사실을 지적한다. 물론 집단묘사 그 자체가 나쁜 것이 아니라 집단묘사가 얼마나 소설 구성상 긴밀한 관계를 맺고 있느냐 하는 점이 중요한데, 『故鄕』에서는 집단묘사가 소설 전체를 관류하는 사상적인 색채 때문에 소설 구성을 상실하고 있지 않는 데 비해, 『新開地』는 이런 사상도 없고 집단이 개인과 사회와의 빈틈 없는 성찰에서 그려지지 않았기 때문에 구성이 몹시 흐려졌다는 것이다.

임화는 자신의 세태소설론에서 세태만 그리는 장편소설의 현황을 분석하고 이를 넘어서는 방향에서 성격과 환경이 통일된 19세기 장편소설로 돌아갈 것을 주장하는데, 이에 대해 김남천은 서구의 심리주의 경향의 작가들은 모두 19세기의 장편소설 형식에 반동하여 새로운 소설 형식을 수립하였고, 조선에도 그러한 경향이 이미 있었다고 언급한다. 그러나 김남천 주장의 핵심은 성격과 환경이 통일되는 길을 로만개조론의 방향에서 취한다는 데 있다. 즉 그는 19세기 소설과 조이스 등의 심리소설로 대표되는 20세기의 현대소설 중에서 어느 것을 선택할 것인가의 문제를 해결하려면 리얼리즘을 떠날 수 없고, 이런 관점에서 성격과 환경의 통일을 꾀하자면 작품을 연대기나 가족사로 이끌 수밖에 없다고 주장한다. 특히 김남천은 임화가 심리소설과 세태소설의 조화를 암시적으로 드러내면서

---

82) 김남천은 통속소설의 특징을 성격 창조면에서 볼 때 성격과 성격의 갈등에서 빚어지는 사건이나 행동의 묘사에서가 아니라, 성격을 일방적으로 설명하려 한다고 말한다.(김남천, 「十一月 創作評, 通俗小說에의 誘惑－咸大勳과 李善熙－」, 『朝鮮日報』, 1938. 11. 10. 참조.)

주장한 본격소설론과 비슷한 맥락에서 외향과 내향과의 통일을 추구한다. 김남천은 자신의 고발문학이 내성세계에 빠져 있었다고 분명히 인식한다. 그러나 김남천은 임화가 『濁流』를 세태소설, 즉 외향소설로 배격하는 태도에 대해 세태소설(외향소설)은 결코 그릇된 조류가 아니라고 주장한다. 그 이유는 김남천 자신이 볼 때 자기의 고발문학이 내성적이고 체험적인 성격이 강한 것이기 때문에 그것을 질식시키지 않을 길은 자기고발 문학과 외향과의 통일에 있다고 생각하기 때문이다. 그러므로 최초의 장편소설을 쓰기 전후하여 표방한 로만개조론은 세태를 풍속에까지 높여서 외향과 내향과의 통일을 추구함으로써 사실의 가운데서 모랄을 살리자는 데 중심이 있다.[83]

그러나 김남천은 이 로만개조론을 기점으로 작가의 세계관의 능동적 역할보다는 객관 현실의 내재적인 힘을 더 의식하게 된다. 물론 로만개조론은 세계관의 혈육화의 방향에서 작가의 세계관, 달리 말하면 현실 속에 있는 다양한 제 현상 가운데서 본질적인 것과 피상적인 것을 구분할 수 있는 선택의 원리를 방기하지는 않는다.

이 점은 다음의 예문에서 명확히 드러난다.

> 그들은 自身의 問題를 完全히 선반 우에 올려 놋코 그대로 客觀世界에 沒入할 것만을 主張하엿다. 이러케 하면 客觀世界는 認識될 수 있고 훌륭한 리얼리즘은 具顯된다고 가르키고 잇엇다. 그들은 즐겨서 바르작크는 王統派的인 思想에도 不拘하고 그의 훌륭한 客觀 描寫의 方法은 當該 社會의 本質을 묘파해 버렷다는 口頭禪을 每日처럼 되푸리하고 잇엇다. 그러나 이러한 氏 等의 主張의 眞僞를 證明하는데도 歷史는 그다지 만흔 時間을 必要로 하지는 안헛다.(중략)
>
> 이러한 때에 主體를 放棄해 버리는 것이 如何히 虛妄된 것인가를 頑强

---

83) 이상의 내용은 임화가 주도한 「文學建設座談會—長篇小說論의 核心」(『朝鮮日報』, 1939. 1. 3.)을 참조할 수 있다.
김남천, 「連載小說의 새 境地—蔡萬植 著 濁流의 魅力」, 『朝鮮日報』, 1940. 1. 15.

히 主張하여 모랄의 獲得 없이는 客觀世界의 認識이 不可能하다는 것
을 말하야 告發精神의 만흔 課題 中의 하나로 自己告發을 實踐하라고
외친 것은 果然 그릇된 수작이엇던가.

나는 決코 一年이란 짧은 時日에 모든 課題를 解決하엿다고 생각지
는 아니한다. 自己分裂이 超克되엇다든가 主體가 確立되엇다든가 모랄
이 獲得되엇다든가, —나는 그 成果를 말할려고 하지는 안는다. 그러
나 나는 지금 自己를 어느 程度까지 리얼리즘의 새 階段 우에 나서게
할 수 잇을 만한 心理的인 準備는 칠엇다고 말할 수 잇다. 왜냐하면
告發의 精神은 리얼리즘으로 하여금 風俗을 考慮케 할 만한 精神的
餘裕를 가짐에 이르럿으니까."[84]

그럼에도 불구하고 소시민 작가가 지닌 내면의 한계와 외적 상황의 실
천상 제약 때문에, 김남천은 자신이 끊임없이 추구해 오던 세계관의 혈육
화 문제를 오직 현실 속에 내재한 전형적인 요소에서 재확립하고자 시도
한다. 말하자면 세계관의 혈육화 문제에 절망한 김남천은 대체의식으로 '
현실 속에 내재한 세계관', 즉 풍속을 도입한 것이다.[85] 김남천은 이런 관
점에서 더 나아가 고발문학의 체험적 성격을 반성하여 이와 대립된 관점
에서 묘사를 강조하는 관찰문학론을 제기하게 된다. 김남천은 유진오 작
품이 보이는 시정에의 편력 현상을 "시사성의 소주관의 문학"이라고 비
판하면서 이런 세태와 고현학의 세계를 벗어나서 산문성을 획득하기 위
해 묘사정신을 강조한다.

于先 描寫 精神의 正當한 把握이다. 이것을 제 것으로 하지 안코는 文

---

84) 김남천, 「時代와 文學의 精神―『바르작크的인 것』에의 情熱(完)」, 『東亞日報』,
1939. 5. 7.
85) 작품 『大河』는 이런 이론 작업과는 달리 세계관과 현실의 상호관계를 염두에 두
고 있다. 이는 가족사연대기의 특성상 전사(前史)를 시대배경으로 했기 때문에
가능하게 된 것이다.

學은 헛되이 風俗의 表面을 흘러다닐 뿐 아름답고 偉大한 表象의 文學
은 産出되지 안흘 것이다. 描寫라면 常識的으로 生覺하야 곳잘 敍景
가튼 걸 聯想하는 폐단이 남어 잇다. 이가튼 描寫論은 「알랑」의 「散
文論」을 克服할 수 업슬 뿐 아니라 고작 文章論 附近에서 徘徊함에
끄칠 것이다. 그러나 描寫란 愚見에 依하건대 文學을 科學과 區別하는
窮極의 것이다. 文學과 理論, 科學의 差異는 認識手段의 差異엿고 科學
의 槪念과 相對되는 것이 文學에 잇서서는 形象 乃至 表象이엇다. 이
形象化, 形象化의 過程을 넘어서는 途程이 다름아닌 描寫의 過程이라
는 것이 筆者의 持論의 骨子이다. 그러므로 描寫는 恒常 環境과 性格
의 典型的 創造를 機軸으로 하여 퍼져 나간다. 이러한 文學의 描寫精
神은 科學에 잇어서는 分析의 精神에 該當한다 할 것이다.[86]

김남천은 한설야가 "主觀的인 色調에 몸을 맡겨 自己檢討, 自己 精神
의 改造, 自己 運命의 救濟라는 막다른 골목으로 小說 精神을 이끌고 간
다."[87]고 지적한 바 있다. 김남천은 이런 세계를 고발문학론에서 이미 경
험한 바 있기 때문에, 한설야가 이 길에서 빨리 벗어나기를 바란다. 이에
대해 임화는 김남천과 달리 한설야가 계속 이 길에서 정신의 개조를 꾀
하여야 한다고 주장한다. 즉 김남천은 임화의 주장과는 달리 산문문학의

---

86) 김남천, 「小說의 當面課題 −散文性 獲得의 新階段」, 『朝鮮日報』, 1939. 6. 24.
87) 김남천, 「世態 事實 生活−『토픽』 中心으로 본 己卯年의 散文文學(中)」, 『東亞
      日報』, 1939. 12. 22.
      김남천의 경우 자기검토의 세계는 자신의 고발문학론에서 경험한 바 있다. 그
      러나 김남천이 지적한 자기개조의 세계는 김남천과 한설야가 1930년대 후반기에
      특이하게. 추구한 세계라 할 수 있다. 김남천의 경우 「남매」, 「少年行」, 「누나의
      事件」, 「생일전날」, 「五月」, 「巷民」, 「어머니」, 「端午」를 거쳐 『大河』에 이르
      는 자기개조의 세계를 경험한다. 한편 한설야는 김남천과 대극적인 관점에서 자
      기개조의 세계를 또한 경험한다. 한설야의 자기개조의 세계는 『黃昏』, 『靑春
      記』, 『마음의 鄕村』, 『塔』 등에서 드러나는데, 특히 이 자기개조의 세계는 『黃
      昏』의 주인공 여순의 '존재전이' 과정에서 뚜렷하게 제시된다.

모랄이나 사상은 주인공으로 나타나거나 덕목이나 도덕률, 설교, 교훈, 연설로 나타나는 것이 아니라고 강조한다. 그러므로 김남천은 자기성찰이나 내성적, 주관적, 관념적, 체험적인 것과 외부 세계의 묘사에 치중하는 세태소설을 둘 다 지양하여 생활의 진실에 접근할 때에 문학의 모랄이 생길 수 있다고 본다.[88] 이 생활의 강조는 관찰문학론을 주장하게 되는 내적 계기를 마련한다. 이것이 「발작크 硏究 노-트(4)—體驗的인 것과 觀察的인 것, 續・觀察文學小論」에 오면 체험적인 것과 관찰적인 것을 구분하여 논의하게 된다. 즉 김남천은 관찰문학론의 입장에서 임화가 주장하는 '주인공—성격—사상' 대신에 '세태—사실—생활'을 내세우게 되는데, 전자가 사상가를 주인공으로 하여야만 사상이 있는 문학이라고 보는 원시적 사상주의라 비판하고[89], 문학에서의 사상성의 진수를 객관적, 사실적 방법에 둔다. 김남천은 자신의 이런 변화를 주관적인 자기성찰의 문학

---

88) 김남천은 내성소설에 대해 서구의 헨리 제임스, 제임스 조이스, 푸르스트, 학스레이 등의 작품경향과는 달리 현실적 계기가 내포되어 있다는 한국의 특수성에 대한 인식을 보여 주목된다. 이런 맥락에서 그는 작가들이 오직 현실에 주목할 것을 요구한다.(김남천, 「발작크 硏究 노-트(3), 觀察文學 小論」, 『人文評論』 7, 1940. 4. 참조.)

89) 김남천은 임화의 「文藝時評—最近小說의 主人公」(『文章』8, 1939. 9.)과 최재서의 「性格에의 意慾—現代作家의 執念」(『人文評論』1, 1939. 10.)은 영웅, 천재, 사상가 등 시대정신을 대표하는 자만이 주인공이 될 수 있는 전형이라 봄으로써, 이런 것이 없는 현금의 문학은 결과적으로 가공할 절망론에 빠져버렸다고 비판한다. 그 이유는 적극적 주인공은 시민사회의 문학형식인 소설의 미학적 본질로써 전혀 부당한 것이기 때문이다. 김남천은 이런 맥락에서 성격의 피라밋드의 기저에 깔린 자들, 즉 악당이나 편집광도 주인공이 될 수 있다고 주장한다. 이는 자본주의 현실에 대한 인식으로 소설본질론에 훨씬 가까이 접근한 것이다.(김남천, 「『性格의 피라밋드』說—典型 創造의 理論과 實際, 小說家의 立場에서」, 『朝鮮日報』, 1940. 6. 11. 참조.)
"氏 等이 말하는 것과 같이 어떤 一 作中人物의 입을 通하여 思想을 代辯시키거나 一 主人公의 思想을 통하여 精神을 放送하는 것과 같은 類의 精神의 表現을 忌

에서 리얼리즘 본래의 길로 들어선 것으로 생각한다. 현실 속에서가 아니라 추상적으로 배운 이데나 사상의 눈이 현실을 도식화한다면, 이제는 자신의 눈을 통하여 오직 생활 현실 속에서 사상을 배우고자 한다. 이런 주장의 배경에는 사상, 관념, 이데올로기의 불신과 붕괴가 자리잡고 있다.[90] 관념과 생활을 분리하는 이런 태도는 김남천으로 하여금 이무영의 귀농 현상에 주목하게 한다. 그러나 이무영이 거둔 농민문학의 성과를 염두에 둔다면 김남천이 제시한 관찰문학론의 한계도 짐작되는 바 있다.[91] 그러나 김남천이 관찰문학론의 입장에서 임화나 최재서의 절망론을 극복하기 위해 취한 소설의 방향은 시민사회의 모순을 전체성에서 제시하는 데 있

避하는 것은 小說文學의 아니 長篇小說을 通하여 리알리즘을 貫徹할려는 文學的 態度에 있어 하나의 本質的인 要素이었다. 왜냐하면 市民社會의 본질의 提示는 如何한 市民的인 人物을 積極的 主人公으로 理想化하는 文學態度에 依하여서도 不可能할 것이기 때문이다. 요는 한사람의 人物을 通하여 精神을 放送시키느냐 各 階層의 代表者가 各個의 生存權을 널리고 伸張시키기 爲하여 猛烈한 生存競爭을 거듭하는 風俗圖를 通하여 時代의 精神을 表現하느냐의 差異에 있다."(김남천, 「朝鮮文學의 再吟味, 小說文學의 現狀－絶望論에 對한 若干의 檢討－」, 『朝光』, 1940. 9.)

90) 김남천, 「主人公 性格 思想－『토픽』 中心으로 본 己卯年의 散文文學(中)」, 『東亞日報』, 1939. 12. 21.

91) 김남천도 자신의 관찰문학론이 지닌 한계와 개인적 측면을 스스로 지적하고 있다. "小說家에서는 自己의 創作心理를 들고 나와서 새 精神 探究에 資할려는 마음을 가진 이도 없었던 것 같다. 筆者의 「觀察文學論」 같은 것도 나 自身의 問題에 屬한 것일뿐 처음부터 現狀打開에 資할려는 自信은 가지고 있지도 못하였다. "(김남천, 「原理와 時務의 말－評論界 上半期 素描－」, 『朝光』, 1940. 8.)

이런 한계는 로만개조론을 언급하면서 "筆者 같은 사람이 나 自身의 打開策이 무엇보다도 急해서 이러한 方向(가족사연대기 소설의 길 : 필자 주)으로 길을 잡어보았는데"라는 말에서도 동일하게 지적될 수 있다. 이는 『大河』가 거둔 성과와 한계에 동시에 관련되는 중요한 문제이다.(김남천, 「文化 一年의 總決算, 創作界－動態와 業績」, 『朝光』, 1940. 12. 참조.)

다. 그는 당해 시기는 산업자본주의의 앙양기나, 시민사회가 진보성을 가
지고 있던 시기가 아니기 때문에 장편소설은 적극적 주인공의 창조에서
가 아니라, 성격의 발전이나 사회의 계층성을 오히려 각층의 전형을 통하
여서 다양하게 제출할 수 있어야 한다고 강조한다.

　이로 보면 김남천은 자기검토, 자기개조의 길과 동일한 노선에서 소설
장르에 대한 검토와 소설 개조의 문제를 제시하고 있다.[92] 이것은 소설
검토와 소설 개조의 이론 작업 또한 일신상의 문제와 직결되어 있다는
것을 의미한다. 이것은 앞서 지적한 바와 같이 로만개조론 뿐만 아니라
관찰문학론조차 작가 자신의 문제 해결을 위해 제시되었다는 김남천의
고백을 염두에 둘 때 의미심장하다. 그러나 김남천이 고발문학론에서부터
자기검토 과정을 거쳐 주체 회복을 갈망한 자기 개조의 노력이 「小說의
運命」에 오면 말 그대로 '운명'의 모습을 지니고 나타난다.[93] 그런데 김남
천이 소설의 장래를 이야기하면서 '운명'이란 말을 쓴 내면적인 근거는
두 가지로 분석할 수 있다. 그는 1930년대 후반기에 근대 자본주의 사회
의 주도적 장르인 장편소설에 대한 날카로운 인식을 보인다. 그 하나는,
소설이란 장르는 작가 주체의 의도를 넘어서서 엄밀한 현실 논리가 적용
되는 것이라는 명확한 인식이다. 물론 여기서의 현실이란 식민지 상황과
자본주의의 한 모순 형태인 제국주의의 강점 하에 놓여 있는 현실이다.
그러나 또 한 가지는 그렇기 때문에 작가 주체의 측면에서는 이를 결코
용납할 수 없다는 자각적인 자세이다. 말하자면 엄밀한 현실논리에 대한
명확한 인식과 작가의 자각적인 의식 간의 긴장감이 그의 문학을 규정한

---

92) 김남천, 「小說의 將來와 人間性 問題」, 『春秋』, 1941. 3.
93) 김남천, 「小說의 運命」, 『人文評論』 13, 1940. 11.
　　"(註) 小說의 將來를 말할려고 하면서 내가 이곳에 運命이란 말을 使用한 것
　　은, 小說의 當面한 問題가 主體를 超越하여 外部的으로 「賦與」된 問題이면서, 同
　　時에 內在的 欲求에 依하여 主體에 「賦課」된 問題인 것을 眞心으로 自覺하고저
　　生覺한 때문이었다. 小說의 將來를 自己 自身의 問題로서, 運命으로써 超克할려
　　는데 依하여서만 文學은 그의 精神을 維持, 伸張할 수 있으리라고 生覺한 때문이
　　었다."

다. 그러므로 김남천은 문학 논의를 시종일관 '일신상의 문제'로, 그리고
"運命으로써 超克할려는" 자기개조의 문제로써 전개한다.

(2) 林和—小說本質論의 追求 方向

임화는 김남천의 고발문학론을 둘러싼 논의 가운데서 자신의 이론을
심화시켜 나간다. 임화의 「事實主義의 再認識—새로운 文學的 探究에 寄
하야」(『東亞日報』, 1937. 10. 14.)는 당대 문단의 침체와 혼돈을 극복하고
재출발의 방향을 찾기 위해 쓴 글이다. 특히 이 글은 이 시기 임화의 리
얼리즘론의 본질을 알 수 있는 중요한 글이다. 임화는 김남천의 고발문학
론이 임화 자신이 명명한 바, '사진기적 리얼리즘'에 해당하는 관조주의와
주관주의가 교묘히 결합된 결과 딜레마에 빠져 있다고 지적한다. 임화는
그 근본적인 이유로 주체의 붕괴를 든다. 임화가 말하는 관조주의는 "생
활적 실천에서 유리하고, 광범한 현실 파악에서 격원되어 일상 신변사에
구애되는 것"[94]이며, 주관주의는 "인텔리의 마음의 노래로 퇴하한 것"이
다. 그러므로 임화는 객관 현실의 반영인 리얼리즘에서 표현될 주체성은
단순히 한 개인의 주관이 아니라 '관념과 현실의 조화'로 해석될 수 있는

---

94) 임화가 말하는 관조주의는 사물에 대한 관조적 태도에서 출발하여 현상의 수포
   (水泡)만을 추종하는 파행적 리얼리즘을 가리켜 한 말로, 자신이 주장한 낭만주
   의론, 그리고 휴머니즘론, 고발문학론을 모두 포함한다. 이런 임화의 견해에 대한
   비판은 윤규섭이 행하고 있다. 결과적으로 나중에 임화는 실지로 윤규섭의 지적
   과 같은 방향으로 움직인다. 윤규섭의 지적은 다음과 같다.
   "氏는 우리 文壇의 所謂 레알리즘 作品이란 것이 모다 觀照主義에 빠젓다는
   事實을 作家가 現實이란 것을 日常的 身邊的 些少事와 混同하는 데서 생긴 즉 作
   家의 過失에 잇는 것 가티 云云하나 참으로 作家의 生活的 現實을 正視하엿다면
   어떠한 作家의 手腕을 빌린다 하야도 現在 以上으로 深耕할 수 업다는 것을 肯定
   하게 될 것이다."(윤규섭, 「文學의 再認識—創作方法論의 現實的 局面(5)—」,
   『朝鮮日報』, 1937. 11. 13.)

'현실의 묘사로서의 의식'이며, 이러한 주체성만이 리얼리즘과 모순되지 않는다고 주장한다. 이런 주체성은 생활의 실천이 아니라 예술적 생활의 실천을 통해서 현실의 반영이 되며, 이럴 때 생활의 실천인 문학 가운데서 자기의 정당성을 증명할 수 있고, 단순히 현상의 표면에 집착하지 않고 현상 이면에 숨어 있는 본질을 계시해 줄 수 있다는 것이다. 임화가 생활의 실천이 아니라 예술적 생활 실천을 강조하고 있는 것은 그 또한 이전 프로문학의 도식성에 대한 비판을 염두에 두고 예술의 특수성을 인식한 결과이다. 물론 이것은 이미 '물논쟁'에서 김남천과는 달리 예술적 실천에 대한 강조와 이어져 있다.

> 그러므로 「리얼리즘」이란 決코 主觀主義者의 誣告처럼 死化한 客觀主義가 아니라 客觀的 認識에서 비롯하야 實踐에 잇어 自己를 證明하고, 다시 客觀的 現實 그것을 改變해 가는 主體化의 大規模的 方法을 提供하는 文學的 傾向이다.
> 그러나 이런 「리얼리즘」은 決코 「리얼리즘」 一般이 아니다. 마치 十九世紀에 市民的 「리얼리즘」이 當時의 具體的 「리얼리즘」이엇든 것처럼, 쏘시알리즘的 「리얼리즘」, 그것이 今日의 唯一의 「리얼리즘」이다.
> 왜 그러냐 하면, 이 「리얼리즘」만이 今日의 現實에 잇어 그 主體性이 客觀的 現實의 反映과 矛盾하지 안코 오히려 그것을 助長하기 때문이다.
> 이것은 우리들 小市民 作家에 잇어 自己의 限界를 떠나 客觀的 現實에의 沈潛이란 過程을 通해서만 達成되는 것이다.[95]

임화는 이런 방향에서 주체화의 문제를 본격적으로 제기한다. 그는 어떤 상황에서도 굴하지 않는 확고한 자기 주체를 재건하지 않으면 안 된다고 강조하면서 '주체 재건'이란 말을 사용하고 있다. 그가 말하는 '주체 재건'은 어떤 세계관을 다시 한번 머리 속에 이론적으로 재인식하는 정도에 그치는 것이 아니라, 육체, 즉 모세관의 세부까지 충만시킬 승화된 사

---

95) 임화, 「事實主義의 再認識」, 『東亞日報』, 1937. 10. 14.

상인을 위해 필요하다. 이 점은 세계관의 혈육화를 강조한 김남천의 주장
과 일치한다. 이전 카프의 공식적인 문학에서 나타난 사상적 지향이 작가
의 정서와 모순되고 그 결과 사상이 겉도는 상태를 노정하기도 했다. 그
러므로 임화의 '주체재건'은 이런 상태를 벗어나 작가의 정서와 모순되지
않는 진정한 사상으로서의 문학을 창조할 바탕이 된다. 임화는 이런 방향
에서 정치와 문학을 구분한다. 즉 사상이 혈육화된 진정한 자기를 완성하
는 가장 손쉬운 방법은 정치가가 되는 길이지만 작가의 길은 이와 분명
히 다른데, 그 이유는 작가는 자기를 재건한 후 문학이라는 독자적인 영
역을 통하기 때문이다. 그러므로 작가는 문학이라는 독자적 영역을 다시
사회적 실천에 접근시키므로써 자신의 시대적 사명을 완수할 수 있다. 이
점에서 임화는 김남천과 분명한 분기점을 마련한다. 김남천도 임화와 마
찬가지로 주체와 객체와의 관련에서 예술적 실천이라는 계기를 설정하고
는 있지만 주체화의 과정에서 사상의 혈육화에 과도한 비중을 두므로써
이에 절망한 작가가 결과적으로 주체의 역할을 소홀히하는 객관 편향으
로 나아갔다면, 임화는 보다 본질적인 방향에서 주체와 객체의 상호관계
에서 주체화의 문제를 제기한다. 이런 방향에서 임화는 예술적 실천이라
는 내적 계기를 설정한다.

　　勿論 科學的 藝術學은 作家의 世界觀이 決定的으론 作家의 社會的 實
　踐에서 確立되고 實踐의 長久한 過程으로 通하야 主體的으로 血肉化됨을
　말하고 잇다.
　　이 命題는 어느 때일지라도 변하지 안는 眞理다. 同時에 現在 우리 作
　家들이 生活 實踐을 통하야 自己 主體를 再建한다는 事業이 不可能에 가
　까우리만치 絶望的이란 것도 前述한 바와 같다.
　　남은 것은 한가닥 作家的 實踐의 길 뿐이다.
　　그러나 作家에게 잇어 藝術的 實踐이 全生活의 集中된 尖端이란 重要
　한 事態를 再起할 필요가 잇다.
　　다시 말하면 作家의 世界觀을 左右하는 것은 다른 社會 成員과 같이
　生活的 實踐이나 作家에게 있어선 大部分 藝術的 實踐이 그것을 媒介한

다는 事實이다.[96]

　임화는 사회적 실천(생활 실천)과 예술적 실천(작가적 실천)을 구분하고, 작가의 세계관이 형성되는 과정에서 예술적 실천이라는 매개를 설정한다. 즉 작가에게 있어 물론 생활 실천이 자신의 세계관의 형성과 개변을 자극하고 촉진하지만, 예술적 실천이 그것을 체계화하고 확인하지 않는 한 그 사상은 작가의 고유한 임무인 예술 창작을 지배하지 못한다는 것이다.[97] 임화가 말하는 리얼리즘은 생활 실천과 작가를 매개하는 예술

---

96) 임화, 「主體의 再建과 文學의 世界 －現存 作家와 文學의 새로운 進路」, 『東亞日報』, 1937. 11. 13.

　　나병철은 임화의 주체재건론이 단순한 '예술적 실천 일반'과 '리얼리즘적 실천'을 구분하여 오직 후자의 방향에서만 주체재건이 가능한 것으로 보았다고 파악한다. 그리고 임화의 본격소설론이 주체재건의 방법 문제를 명시하지 않은 것은 세계관의 측면을 중시한 주체재건이 실제 창작에서 매우 실현되기 어려웠던 데 연유한다고 본다. 〈나병철, 「김남천의 창작방법론 연구」 (이선영 편, 『회강이선영교수화갑기념논총 : 1930년대 민족문학의 인식』, 한길사, 1990, pp. 557~574.) 참조.〉

　　이런 입장은 '초극의 의식'에 기운 안함광과 달리 임화의 소설론을 리얼리즘 일반론의 관점에서 그 의의를 인정하는 논의를 대변한다. 〈나병철, 「임화의 리얼리즘론과 소설론」 (한국문학연구회 편, 현대문학의 연구. 4, 『1930년대 문학연구』, 평민사, 1993.) ; 민경희, 「임화의 소설론 연구」, 서울대 석사학위 논문, 1990. ; 하정일, 「프리체의 리얼리즘관과 30년대 후반의 리얼리즘론」 (한국문학연구회 편, 위 책, pp. 71~87.)〉

97) 임화는 와해된 주체가 문학적으로 재건되는 실천적 노선으로 발자크적인 '리얼리즘의 승리'를 언급한다. 즉 작가의 예술적 실천은 세계관과 모순되기도 하고, 때로는 세계관 그 자체를 개혁할 수도 있다는 것이다. 물론 모든 생활 실천이 예술적 실천에 떨어지고, 또한 모든 예술이 작가의 세계관을 좋은 방면으로 개변시키는 것은 아니다. 이런 맥락에서 임화는 리얼리즘의 승리를 다음과 같이 언급한다.

　　"리얼리즘의 勝利! 그것은 思想에 對한 藝術의 勝利에 그치는 것이 아니라, 그릇된 思想에 對한 올흔 思想의 勝利다. 리얼리즘은 그릇된 生活 實踐에 依하야 主體化된 作家의 思想을 現實의 客觀的 把握에 依한 科學的 思想을 가지고 擊衝한 것이다."(임화, 「主體의 再建과 文學의 世界 －現存 作家와 文學의 새로운 進路」, 『東亞日報』, 1937. 11. 13.)

적 실천이며, 더 나아가 적극적으로 작가를 보다 나은 생활 실천으로 인도하는 데 의의가 있다. 그러므로 임화가 말하는 주체화는 와해된 주체가 객관적 현실을 치밀하게 파악하고, 생활적 실천, 특히 작가의 고유 임무인 예술적 실천의 매개를 통해 자기의 세계관을 혈육화하는 것을 의미한다. 이렇게 확립된 세계관은 작가를 생활적, 예술적 실천으로 다시 인도한다. 이런 문맥에서 임화는 엥겔스의 「발자크론」과 사회주의 리얼리즘으로 대변되는 신창작이론을 작가의 주체 재건에 있어 아주 중요한 실천적 의의가 있다고 본다.

임화는 발자크의 리얼리즘의 승리 문제를 작가의 자기개조의 일환으로 파악한다.

現代와 가티 錯雜한 時代에 作者가 意圖에 反하야 剩餘의 世界를 結果하고 그것의 價値를 意識함으로서 제 意圖를 改變하는 것이 現實의 直觀이라면 意識되지 안핫든 것을 意識化하고 直觀內容에 不過하얏든 것을 知性 가운데 定着하는 批評의 職能도 실상은 이 現實 기운데 源淵한다.

그럼으로 現代에 잇서 批評家는 不斷히 이 剩餘의 世界를 探索하고 剩餘世界의 意識化를 通하야 自己 自身을 改變할냐는 作家의 努力을 도고너는데 크다란 任務가 있다.

批評은 적어도 剩餘의 世界를 思想의 水準으로 高揚함으로서 作品의 意圖와 結果와의 對立을 激成하고 剩餘의 世界란 作家의 主體를 互解로 밀치면서까지 제 存在의 價値를 意識的으로 是認해 달라는 새 世界의 現實的 힘임을 認識해야 할 것이다.[98]

임화는 이상의 관점에서 김남천의 고발문학론에 대해 본격적인 분석을 가한다. 임화는 김남천의 고발문학론이 두 가지 점에서 긍정적이라고 평가한다. 첫째, 우리 문학을 관조주의와 주관주의의 미몽에서 각성케 하는

---

98) 임화, 「作家와 文學과 剩餘의 世界 —特히 批評의 機能을 中心으로 한 感想」, 『批判』 60, 1938. 4.

최초의 경종이었다는 점, 둘째, 창작방법 논쟁의 추상성을 극복하여 창작
방법 논쟁을 조선 현실에 적용하고 있다는 점이다. 그러나 임화는 김남천
이 창작과정에서 일체를 고발해야 한다는 작가의 선입견을 너무 강조하
였으며, 고발하는 정신이 부정적 방면의 평가에 치우쳐 있다고 지적한다.
또한 임화는 고발문학론이 객관 편향에 치우친 결과 필연적으로 세계관
의 의의를 무시하는 오류를 범했으며, 오히려 김남천은 이를 객관 현실의
반영이라 하지만 이것은 사회주의 리얼리즘과는 무관하다고 본다. 여기에
서 임화와 김남천의 차이점이 분명히 드러난다. 김남천은 경향문학 당시
자신을 포함한 작가들에게 주체화되지 못한 세계관을 혈육화하기 위한
전 단계로 고발문학론을 제기하였다. 이런 면에서 김남천의 고발문학론은
세계관을 주체화하지 못한 작가 주체에 대한 무자비한 고발을 시도한다.
이에 반해 임화는 리얼리즘이 과학적 추상과 모순하지 않고 오히려 작가
의 현실 파악을 지도하며, 또한 작가가 지니는 진보적 의식 활동은 인식
되는 현실을 일층 생생한 현실로 인도한다고 말한다. 그러므로 주체를 재
건하고 예술적 완성에 이르기 위해서는 주체에 대해 무자비하게 고발하
는 것이 아니라 과학(세계관)을 학습하는 길이다. 물론 이것은 김남천이
임화를 비판한 것처럼 유물변증법적 창작방법 당시의 전도된 방법, 즉 작
가가 세계관을 이론적으로 학습하여 자기 것으로 만든 후에야 좋은 작품
을 창작할 수 있다는 것을 의미하지는 않는다. 임화는 사회주의 리얼리즘
의 관점에서 현실의 구체적 역할을 강조한다. 모순되고 와해된 주체를 과
학적 세계관으로 재건하기 위해서는 먼저 현실의 객관성 속으로 침잠하
여 현실의 본질을 밝히는 것이 중요하다. 임화는 사회주의 리얼리즘이 소
련뿐만 아니라 식민지 조선에서도 작가들의 붕괴된 주체를 재건하는 데
구체성을 갖는다고 주장한다. 임화는 주체 문제를 단지 자기 분열과 심리
상극의 범위 안에서 파악할 경우 자기 분열을 현실과의 교섭에서 살피지
못하고 주체 내부의 심리적 자기 투쟁으로만 이해하기 때문에 자기 분열
을 극복하는 적극적인 힘이 되지 못한다고 지적한다. 임화에게 있어 현실
은 주체의 현실을 분석하는 시금석이며 성격의 운명을 결정하는 객체이

다.

이후 임화는 사회주의 사상을 강조한 리얼리즘론에서 소설본질론의 관점으로 보다 심화된 논의를 전개한다. 「世態小說論」(『東亞日報』, 1938. 4. 1~4. 6.)과 「最近朝鮮小說界展望」(『朝鮮日報』, 1938. 5. 24~5. 28.)에서 20세기의 분열을 극복하기 위해 묘사(환경)와 표현(작가)이 조화된 19세기의 본격소설을 암시한 바 있다.[99] 고전적 의미의 본격소설이란 성격과 환경 사이에서 부단한 생활의 연속이 만들어 내는 성격의 운명을 소설의 구조로 삼고, 작가는 이 구조를 통해 환경을 충분히 묘사하면서 자기 사상을 표현하는 것을 의미한다. 임화는 최서해에서 시작하여 이기영, 송영, 한설야, 김남천 등의 경향작가가 이룩한 소설의 구조를 이런 맥락에서 이해한다. 물론 경향소설과 시민소설은 별개의 방향을 가지고 있고 질에 있어서도 차이가 나지만, 이기영의 『故鄕』과 한설야의 『黃昏』, 그리고 이광수의 『흙』과 이태준의 『第二의 運命』 등이 각기 전혀 상반되는 질적 차이에도 불구하고 모두 본격소설 형식을 유지하므로써 형태상 공통성을 보이고 있다는 것이다. 이를 근본적으로 가능케 한 것은 소설의 근대적 전통이 수립되지 않은 조선사회에서 자신의 문학을 세워가려고 노력한 '문학정신' 때문이다. 특히 임화는 아직 시민적 의미의 개성도 형성되지 않고, 또한 개성의 가치를 알려 줄 소설의 근대적 전통이 완성되지 않은 조선에서 19세기의 소설과 구별되는 소설을 형성해야 할 경향문학은 그 자체가 모험에 가깝지만, 경향소설은 시민적 개성의 문학을 집단적인 개성으로 여과해야 할 중요한 임무를 띠고 있었다고 지적한다. 그러나 경향문학 특히 이기영, 한설야가 스케일의 웅대, 구조의 강고성, 성격의 확실성에서 이광수와 염상섭을 능가하지만, 이태준이 거둔 고도의 문학적 형

---

99) 임화는 자신의 본격소설론이 창작방향을 구체적으로 제시하는 데는 미흡하다고 스스로 인정한다.(임화, 「事實의 再認識」, 『東亞日報』, 1938. 8. 24~8. 28. 참조.)
　　한편 임화는 「事實의 再認識」을 계기로 사상성이 약화된, '기정사실의 인정' 쪽으로 기운다.

식미는 고사하고 춘원과 상섭의 문장이나 형식보다 별다른 진보를 보이지 않았으며, 무엇보다도 개성의 여과를 거치지 못한 생경한 집단성이 드러나게 되었다고 비판한다. 이에 반해 이태준은 부분적으로 형식적 진보를 이루었지만 구조, 성격, 작품 전체의 짜임새에서 이광수와 염상섭에게도 미치지 못했다고 지적한다. 그러니까 이태준은 이기영, 한설야와는 대조적인 입장에서 너무 비사회적인 성격을 지닌 것이 된다. 이로 보면 임화가 말하는 진정한 근대문학의 방향은 추상적 개념으로 이해한 사상성이 아니라 근대적으로 이해된 사회성의 정열을 통한 근대적 개성의 형성에 놓여 있다.[100] 이는 물론 경향문학의 작가들에게서 발전적으로 전개되어야 할 과제임을 임화는 분명히 밝히고 있다.

임화는 본격소설론의 관점에서 소설의 분열상을 점검하며 그 대안을 모색한다. 그는 이전에 싹트던 본격소설에의 지향이 이상, 박태원, 김남천 등에 와서는 그들이 20세기의 서구문학과 유사하게 현실에 단순히 환멸하고 절망한 결과 적극적인 성격을 창조하지 못했다고 비판한다. 본격소설의 쇠미와 함께 세태묘사와 심리묘사라는 두 개의 방향만이 뚜렷이 부각되었을 따름이다. 그래서 임화는 심리소설과 세태소설의 정신을 일정 정도 견지하는 방향에서 1930년대 후반기 문학이 나아갈 방향으로 전자에는 김남천, 후자에는 이기영과 한설야, 그 중에서도 특히 한설야에 주

---

100) 임화는 최서해적 경향(혹은 사실적인 것)과 박영희적 경향(혹은 낭만적인 것)으로 양분한 바 있다. 이에 대해서는 크게 보아 두 가지 견해가 대립되어 있다. 이상경은 임화가 사상성과 예술성을 통일적으로 파악하지 못했다고 보는 데 반해, 신두원은 사상성과 예술성이 다른 차원임을 분명히 하고, 오히려 임화는 올바른 사상성(세계관)에 입각해야 뛰어난 예술성이 보장될 수 있다고 주장한 것으로 이해한다.(이상경, 「임화의 소설사론과 그 미학적 근거에 대한 비판적 검토」, 『창작과비평』, 1990. 9. ; 신두원, 「임화의 현실주의론 연구」, 서울대 석사학위 논문, 1991. 참조.)
　　그러나 임화가 말하는 위 두 경향의 발전적 방향은 오히려 사회성의 정열을 통한 근대적 개성의 확립에 초점이 놓여 있다. 임화가 이기영의 『故鄕』보다 한설야의 「過渡期」를 더 고평하는 것은 바로 이 근대적 개성을 염두에 둔 것이다.

목한다. 이 대목에는 임화의 섬세한 내면적인 자세가 감추어져 있다. 그
가 김남천에 관심을 두는 것은 이상, 박태원과는 다른 김남천의 특이한
측면 때문이다. 그 특이한 측면이란 다 같은 심리소설이라 하더라도 이상
과 박태원의 작품이 인간 개체나 무력한 자기 자신에 대한 성찰인 데 반
해, 김남천은 자기 자신과 현실에 대하여 대처해야 할 방법을 알면서도
그것을 이루지 못하는 주체 자신에 대한 격렬한 비판이 있다는 점이다.
바로 이 점이 김남천 문학이 지닌 현실적 측면인데, 이것은 김남천이 고
발문학론을 주장할 당시 내세운 바 있는 외향과 내향과의 통일을 이야기
한 것과 동일한 차원이다. 임화가 특히 이 점을 강조하는 것은 사회성을
전혀 무시하지 않는 수준에서 개성의 확립을 어느 정도 성취할 수 있을
것이라는 기대 때문이다.[101] 마찬가지로 임화가 한설야에 주목하는 것도
세태묘사의 측면에서 한설야가 박태원과는 달리 사회성을 방기하고 있지
않다는 점 때문이다.

　그러나 임화의 한설야에 대한 언급은 구체적 창작 실천에서 검토되어
야 할 과제이다. 한설야가 박태원과 달리 순수 개인적인 측면에서 세태를
묘사하지 않고 있다 하더라도 세태묘사를 통해 사회성과 현실의 추이를
어느 정도 드러내고 있는지가 중요하다. 그렇지 않고 시대의 중압감으로
인해 표면상 어쩔 수 없이 세태묘사에 치중하는 듯하지만, 실지 작품이
추구하는 방향이 작가 주체의 과도한 사상성의 변이형일 때 문제는 달라
진다. 이런 관점에서 1930년대 후반기 문학에서 거둔 김남천과 한설야의
작품 성과를 살펴볼 수 있다. 적어도 이 시기 문학에서는 세태묘사에 관
심을 두었다는 그 자체가 단점으로 지적될 문제가 아니라 작가나 주인공

---

101) 임화는 모랄론을 위시한 전형기 문단상황이, 문학이 본 궤도에 오른 것으로서의
　　문학이 아니라 '문단적인 문학'의 조류에 빠져 있다고 진단한다. 그 결과 문학에서
　　이데올로기와 생활이 빠져버렸고, 사회성에서 개인으로 변천했다고 지적한다. 그러
　　므로 사회성을 격리한 개인의 문학은 단순한 장인의 기술에 불과하다고 비판한다.
　　(임화, 「文藝時感(5)―너무나 文壇的인 文學」, 『朝鮮日報』, 1938.7.22. 참조.)

의 의식이 어떤 굴절을 통해 구체적 현실 문맥에서 형상화되었는가 하는
문제가 작품 속에서 섬세하게 규명되어야 한다.

(3) 安含光 - 自己 完結性의 意味와 理念性

안함광은 「朝鮮文學의 現代的 相貌」(『東亞日報』, 1938. 3. 19〜3. 25.)에
서 김남천의 고발문학론을 다루면서 부정적으로 평가하고 있다. 「남매」,
「少年行」, 「妻를 때리고」, 「祭退膳」, 「瑤池鏡」 등에서는 나약한 주체에
대한 가차없는 비판정신을 볼 수 있을 뿐이며, 특히 「남매」, 「少年行」에
서는 한 가정의 불화 내지 모순이 사회적 조건과의 교섭을 가지지 못하
고 있다고 지적한다.

안함광의 글 중 고발문학론을 비판하는 과정에서 주체론과 관련하여
주목할만한 글은 「朝鮮文學 精神檢察 -世界觀, 文學, 生活的 現實」(『朝鮮
日報』, 1938. 8. 24〜8. 28.)이다. 안함광은 작가에게 가장 필요한 것이 우
수한 세계관의 획득이며, 그 다음 이를 통해 예술적 창조로 나타나야 한
다고 본다. 특히 세계관을 주장하는 행위에 대한 주체적 성찰이 중요하다
고 지적한다.

> 時代思想에 對한 主體的 信念이라기보다는 차라리 그를 尊敬의 對象으
> 로 해오든 往時의 新文學은 말하자면 主體의 生活的 根據를 갖지 못한
> 至極히 虛實한 것이 아닐 수 없었다.
> 이와 가티 時代思想의 現實的 地層과 主體的인 作家의 生活的 根據와
> 의 合理的인 統一 업시 世界觀의 主體化를 招來할 수는 업는 일이며 이
> 와 가티 世界觀이 主體化되어지는 것이 못될 때 決코 藝術的 創造에 잇
> 서서의 重要한 地位를 占領할 수도 또는 하나의 現實的 能力으로서 自己
> 의 存在를 宣揚할 수도 업는 것이다.[102]

---

102) 안함광, 「朝鮮文學 精神檢察 -世界觀, 文學, 生活的 現實-」, 『朝鮮日報』,
    1938. 8. 25.

안함광은 임화와 마찬가지로 작가가 세계관을 주체화하는 데 있어 실천을 강조한다. 그러나 그는 세계관이 주체화되지 못한 이유를 외면적으로 볼 때는 객관적 정세의 불리라는 시대적 특질이며, 내면적으로는 예술세계의 원시적 계몽성 때문이라고 말한다. 원시적 계몽성이란 말은 이전 프로문학의 도식성을 염두에 둔 말로 해석할 수 있다. 특히 이 글은 '주체 재건'이라는 용어 대신에 '주체 건립'이라는 용어를 쓰고 있다. 안함광이 '주체재건' 대신 '주체건립'이라는 용어를 쓰는 이유는 붕괴 이전의 주체가 지닌 성격이 명확히 해명되지 않았기 때문이다. 즉 붕괴 이전의 주체가 지닌 성격을 명확히 한 후에야 비로소 '주체재건'이라는 용어를 사용할 수 있음에도 불구하고 붕괴 이전의 주체가 어떤 성격인지 알 수 없는 상황에서 '주체재건'이란 용어를 사용할 수 없다는 것이다. 이런 주장의 배경에는 붕괴 이전 카프 작가가 지닌 주체성에 대한 안함광의 불신이 놓여 있으며, 한편으로는 그가 말하는 주체의 성격을 명확히 이해할 수 있는 단서가 놓여 있다. 이런 관점에서 안함광은 동경문단과 다른 조선문단의 특수성에 대해 언급한다. 동경문단은 이미 국제적 시대사상을 요구할 현실적 조건과 작가의 주체적 생활이 합리적으로 통일되었기 때문에 와해된 주체를 재건한다는 의미의 '주체재건'이란 용어를 쓸 수 있지만, 이와 다른 조선문단에서는 새로 출발하는 의미에서 '주체건립'이라는 용어를 사용해야 한다는 것이다.

그러나 이런 용어상의 문제 외에 특히 이 글에서 중요한 것은 김남천의 고발문학론을 언급하면서 김남천 자신의 세계관 형성 계기와 내적 상태에 대한 근본적인 질문을 통해 김남천 소설을 이해하는 한 실마리를 제공한다는 데 있다. 안함광은 김남천이 불리한 때 고발문학이라는 일반적인 원칙론을 통해 시대의 의미를 모호하게 만들고 있다고 비판하면서 김남천이 주장하는 '주체재건'의 성격, 즉 "재건 운위 이전의 주체의 정체와 재건의식의 상정적(想定的) 주체"에 대한 명확한 설정을 요구한다.[103] 안함광은 '주

---

103) 김남천에 대한 한효의 지적은 이런 관점에서 음미될 필요가 있다. 한효는 전형

체건립'의 문제가 사회, 경제적 조건이 미숙한 상황에서 국제적인 시대사상을 물질적 힘으로까지 승화시키기 위해 꼭 필요한 과제라고 본다. 그것은 단순히 세계관의 필요성만을 강조하거나 현 실의 진실한 묘사의 가치만을 주장하는 것과는 다르다. 따라서 그는 존재에 대한 의식의 능동성의 측면에서 작가의 실천과 행동을 중요시한다. 현실 인식의 요체는 고정화될 수 있는 인식 그 자체보다 현실에 대한 실천이 중요한데, 현 작단은 작가의 생활 현실이나 현실의 본질에 대한 인식으로부터 출발하지 못하고 의욕의 세계가 앞선 결과 생경한 관념성이 드러나게 되었다고 그는 비판한다. 또한 안함광은 전형기에 처한 작가의 행동 세계는 협소화되지 않을 수 없지만, 적어도 사회 정세의 변천을 솔직히 인정하고 그에 대한 정확한 인식을 토대로 근소한 대로나마 행동의 세계가 필요함을 역설한다.

　　現今의 作家들은 위선 自身의 生活的 現實에 對한 率直한 視察과 認識

　기 상황에서 모든 논자들이 현실과 생활의 이해를 강조하는 사실을 언급하면서, 김남천의 고발문학론에 대해 세계관의 우위성을 강조한다. 즉 한효는 작가가 인식 주체로서 인식되는 객체를 문학적으로 형상화하기 위해서는 출발점에서 이미 세계관이 작가에게 주체화되어 있어야 한다고 주장한다. 그러나 한효는 절대적 진리와 문학이 지닌 상대적 진리를 구분하는 이분법적인 사고를 보인다. 한효는 이런 이원적인 사고 때문에 안함광의 지적처럼 역으로 세계관의 우위성을 편향적으로 강조하게 된다. 특히 한효는 안함광과 함께 김남천 세계관의 내적 근거를 구체적으로 지적하고 있다.

　"物質의 認識的 모맨트로서의 範疇를 이제 세삼스레 主體化해야 된다는 것과 또한 그것을 一身上의 眞理로써 把握해야 된다는 것은 벌서 世界觀 以前의 問題인 것이다.

　그것은 正當한 世界觀을 把握하지 못한 者의 지향업시 설네는 呻吟聲이다. (중략)

　더욱 그것을 一身上의 眞理로써 把握해야 된다는 主張이 世界觀을 가지라는 말의 一 變形 以外의 아모것도 아니라는 것을 論者가 스스로 理解하게 된다면 그의 道德論『모랄론』그리고 이것을 에스푸리로 하여 造作된 告發文學論 等이 얼마나 空虛한 主張이엇는가 하는 것을 自己 批判하게 되리라."(한효, 「現實 認識의 態度와『모랄』-道德論에 對한 若干의 感想-」, 『批判』65, 1938. 9.)

─實踐의 態度로부터 出發하야 血肉化된 主體的 認識을 갓고 現實의 價値를 可及的 再現할 수 잇는 새로운 世界의 依據處를 發掘해 나가야 할 時期라고 생각되여진다.

그러나 이는 잇서야 할 意慾의 世界 또는 잇슬 수 있는 可能의 世界와 作家의 生活的 現實과 사이에 어떤 障碍를 設置하는 거와 갓흔 態度를 意味하는 것은 아니다. 그러타고 하는 것은 作家의 生活的 現實이라고 하는 것은 연못과 가티 停滯되여 잇는 것이 아니라 그와 反對로 언제나 流動 發展하는 것이며 作家는 모름직이 그의 發展을 具體相에 잇서서 合理的으로 把握해 나가야 할 것이기 때문이다.[104]

안함광이 말하는 주체화의 과정은 작가가 자신의 생활 현실에 대한 깊은 성찰과 인식, 그리고 무엇보다도 실천을 통해 있어야 할 세계 또는 가능의 세계를 발견해 나가는 주체적 인식을 의미한다. 안함광은 이런 인식하에 자신이 주장하는 주체론을 김남천의 심리주의적 주체론과 스스로 구별한다. 김남천의 주체론이 문학을 작가 주체의 일신상의 문제로 돌려버리는 데 반해, 자신의 주체론은 객관적 진리와의 합일을 지향한다는 인식 때문이다.

특히 안함광은 주체론의 관점에서 개성과 보편성의 문제, 즉 개성을 통한 보편적 세계의 획득 문제를 제기한다. 그는 진정한 자아확충은 주체 내부로 향하는 데서 생기는 것이 아니라 개성이 보편성과 교섭함에 의하여 현실 속에서 모랄을 탐색할 때 가능하다고 말하면서, 보편적 가치의 개성적 방법에 의한 창조와 실현, 즉 전형의 문제를 제기한다. 안함광은 가치론의 문제를 언급[105]하기도 하지만, 전형의 의미를 명확히 한다. 암

---

104) 안함광, 「朝鮮文學 精神檢察 ─世界觀, 文學, 生活的 現實」, 『朝鮮日報』, 1938. 8. 31.

105) 안함광은 한식이 개성의 내재적 속성에 중점을 두고 논의하는 것을 비판한 글에서 다음과 같이 말하고 있다.

"最近 數 三年 來 모랄 探究의 소리가 자못 높고 그와 함께 價値論에로의 要望이 擡頭되어지는 이지음 文學 世界에 잇서서 時代的 批判의 權威를 疏忽히 하려는 君(한식 : 필자 주)의 態度는 要컨대 오늘 朝鮮文學의 理念上의 達成에

함광이 말하는 전형성의 본질은 작가의 개성이 추상적 보편성에 매몰되지 않고 개별적인 본질성을 유지하고 있다는 것, 작가는 보편을 단순히 수용하는 것이 아니라 새로운 보편 세계의 창조, 새로운 가치의 세계를 창조하는 데 있다는 것, 그 결과 환경에 수동적으로 적응하는 것이 아니라 환경을 초월한다는 것으로 요약된다.

> 그러기 때문에 하나의 文學的 ×이 眞實로「時代에 사는 것이 곧 歷史에 사는 것이다」라는 人間的 自矜을 享有하기 위하여는 自己生命의 發展을 社會의 限界性을 超越하는 歷史的 方向에로 意慾할 것이 必要하며 그러기 위하야는 一方的으로 環境의 評價를 受容하는 位置 以上으로 自己 스스로가 評價의 主體가 되지 안허서는 안 될 것이다.(중략)
> 實로 빛나는 世紀의 價値는 언제나 生成의 價値이엇고, 이 生成의 價値는 언제나 限界에로의 埋沒에서가 아니라, 그의 超越에서만 나타낫다. (중략)
> 文學에 잇어서의 性格이란 文學에 잇어서의 理念을 떠나서 獨立的으로 理解되어질 수 잇는 물건이 못 된다.[106]

그러므로 안함광이 주장하는 픽션론은 의욕의 세계를 특징으로 한다. 그는 현재의 현실에는 존재하지 않지만 작가가 의욕하고 회구하는 인간, 또는 현실적으로 가능한 인간형을 창조할 것을 요구한다. 그 이유는 리얼리즘에서 픽션의 요구는 미래를 현재화할 수 있다는 역사적 갱신의 세계를 창조할 수 있기 때문이다. 이 점에서 안함광은 임화의 「作家, 韓雪野論」과 분명한 분기점을 마련한다. 그는 누구보다도 한설야 문학의 핵심에 접근되어 있다.[107] 그러나 안함광의 픽션론이 객관 현실의 가치를 결코

對한 正面的인 反對가 아니면 側面的인 背離를 意味하는 것임에 不外하다."(안함광, 「文學에 잇서서의 個性과 普遍性」, 『朝鮮日報』, 1939. 6. 29.)

106) 안함광, 「現代의 特質과 文學의 態度－事實에 臨하는 事實의 精神」, 『東亞日報』, 1939. 6. 30.

107) 안함광, 「文學의 眞實性과 虛構性의 論理」, 『人文評論』 3, 1939. 12.

도외시하지는 않는다. 픽션의 논리를 추구하는 리얼리즘은 창작방법이자
세세에 대한 태도 내지 인식이며, 관념에 대한 생활의 우위에 대한 자각
이다. 그러므로 픽션의 논리는 인물의 행동, 사색, 정서, 심리 등을 포함
한 전 생활을 통하여 어떤 관념이나 사상을 전개하는 경우에 요청된다.
이와 반대로 관념이나 사상이 정서나 심리 등 감성을 배제하여 경화될
때 역기능이 초래된다. 안함광은 바로 이 점이 픽션의 논리가 과거의 문
학을 오히려 공식화시켰다는 비난을 받게 한 주요인이라고 시인한다. 안
함광은 이런 관점에서 작품 분석을 행하면서 '全에서 個에로의 경향'과 '
個에서 全으로의 경향'을 들고 있다. 전자는 "정치적 국한성"에서 출발한
것으로 이 길의 대표적 경향은 이기영의 『故鄕』이다. 이에 반해 후자는
"어떤 원리를 개인에 徹하여 다시 이를 넘어서는 방향에서 다시 새로운
보편자를 창조하는 것"으로 김남천의 『大河』가 그것이다. 그러나 안함광
은 이 양자가 어떤 원리를 個에다 徹하여 나가느냐 않느냐는 차이는 있
지만, 全을 개성적으로 살려 나간다는 점에서는 마찬가지인데, 그 자체의
특질상 '全에서 個에로의 예술'이 '個에시 全으로의 예술'보다 훨씬 뚜렷
하게 픽션의 논리를 채용한다고 본다. 물론 여기서 안함광이 취하는 방향
은 『故鄕』에 놓여 있지만[108], 1930년대 후반기에 『大河』가 거둔 작품 성
과를 날카롭게 지적하고 있다. 『大河』는 작가 김남천의 입장에서 자기
개조의 일환으로 산출된 일련의 작품 중 정점에 놓인 작품이다.

안함광은 성격 없는 문학의 원인을 문학 이념의 후퇴에서 찾고 있는데,
프리체의 예술사회학이 이념의 후퇴를 특징으로 한다고 지적한다. 또한
그는 시정의 쇄말사를 다루는 '시정문학'과 한 시대의 사실을 다루는 '사

"正히 픽순의 論理야말로 可視的 現實과 意慾적 現實과의 聯關에서 새로운
世界를 創造케 하는 하나의 有助한 연장임이 不外하다. 말하자면 高度한 意味의
文學的 眞實과, 不可分의 關係를 맺고 있는 것이 虛構性의 論理다."
108) 안함광의 『故鄕』에 대한 평가는 「長篇小說檢討(=)-〈로만〉論議의 諸課題와
    『故鄕』의 現代的 意義」(『人文評論』 13, 1940. 11.)에까지 이어진다.

실문학'을 구별한다. 사실에 임하는 '사실의 정신'은 환경에 대한 수동적 자세가 아니라 능동성을 그 본래의 성격으로 하기 때문이다. 이것은 안함광이 주체화의 문제를 "주체를 포섭하지 못하는 일체의 추상적인 것에 대한 거부"로 보는 태도와 일치한다. 즉 이 문제는 개별 주체와 분리된 추상화된 사상의 독주를 일삼거나, 혹은 가치의 평등성을 유일한 인식태도로 보는 경향에 대한 비판으로 제기된 것이다.[109] 지성의 문제도 이런 문맥에서 사상의 생활면을 탐구하는 일 계기로써 제기된 것이다.[110] 특히 지성의 문제가 제기된 내재적 원인은 안함광의 지적처럼 그것이 지식인 또는 지식계급의 문제라는 데 있다. 안함광이 말하는 지성은 실천과 절연되지 않은 주체와 객체와의 변증법적 통일에 있으며, 합리적 객체의 깊은 현실인식을 통한 주체의 능동성과, 비합리적인 것에 대한 비판을 특징으로 한다. 그러나 가치의 객관성은 주체의 진실이 아니라 객관적으로 현실에 존재하는 진리이다. 그러므로 현실에 대한 지성의 능동성과 함께 역사적 발전에 따라 지성도 역방향에서 부단한 개변을 감행해야 한다. 주체의 진실이 객관적 진리와 합일되는 곳에 문학적 진실이 있기 때문이다.

지성의 문제와 함께 생활 문제를 다룬 것은 「朝鮮文學의 進路—文學과 生活」(『東亞日報』, 1939. 11. 30~12. 8.) 이전에 발표된 「知性의 自律性의 問題—그의 眞實한 理解를 위하야—」(『朝鮮日報』, 1938. 7. 10~7. 16.)이다. 안함광이 말하는 지성은 추상적이거나 또는 구체화된 사상 체계가 아

---

109) 안함광은 작가가 사상을 개념적으로 이해하는 데 그쳐서는 안 되며, 당면한 현실을 생활적으로 인식한 기반 위에서 현실을 미래에 현재화할 수 있는 사상이 중요하다고 본다.(안함광, 「朝鮮文學의 進路—文學과 生活」, 『東亞日報』, 1939. 11. 30~12. 8. 참조.)

 ＊. 특히 이 글은 신체제에 호응하는 단초를 보인다. 글 가운데 "이러한 意味에서 보담 實質的으로, 또는 根底的인 姿態에서 新時代 秩序創建에 加擔함에 依하야, 眞正한 국민으로서의 文化人的 任務를 다하려는 意慾"이라는 말에서 잘 알 수 있다.(윗 글, 제1회 참조.)

110) 안함광, 「不安, 生의 思想, 知性—寫實이냐? 浪漫이냐?—」, 『批判』, 1938. 11.

니라, 지도적 사상을 구체화하고 주체화하고 행동화하는 계기이다. 안함
광의 지성론은 김남천이 주장한 모랄론에 해당한다고 할 수 있는데, 그
차이는 김남천의 모랄론이 실천의 역할을 방기하면서 주체의 진실 쪽에
기운 반면, 지성론은 실천을 방기하고 있지 않다는 점이다. 지도적 사상
은 작가 주체의 실천을 통해서만 주체와 분리된 생경한 관념으로 남지
않고 주체화될 수 있으며, 그것의 창조적 조건은 어떤 기존 사상체계에
있는 것이 아니라, 생활 그 자체에 있다는 것이다. 현실 생활 그 자체가
시대적, 집단적 분위기 속에서 지도적 사상을 탐구 체득하게 하기 때문이
다. 특히 안함광은 「朝鮮文學의 進路 —文學과 生活」에 이어 발표한 다음
글에서는 생활 문제를 통해 이전 카프 시대의 오류를 지적한다.

即 「文學과 生活」의 問題가 過去에 잇어는 어느 편인가 하면 어떤 기
제적 이념에 의한 생활 창조의 시각에서 제기되어섯던 것이라 하면 지금
은 그와는 반대로 생활을 통한 이념의 탐구(밑줄은 원문의 방점에 대신
한 것임:필자 주)란 面에서 생각되어저야 할 게다.

물론 生活이란 洗手하고 朝飯 먹고 또 무엇 무엇하고 라는 等의 이를
테면 「비지네스라이크」한 生活만을 가르치는 것일 수는 없다.

最近 政治와 生活에 關한 루카치의 論理가 이곤 文學의 트리비알리즘
에 對한 辯護者的 表情에로 誤用되어지는 바도 잇기는 하나 그러나 生活
이란 보담 만히 世界流動의 本質面과 交涉되어지는 것이 아니어서는 아
니 될 것이다.(중략) 左右間 이러한 流動的 要因에 對한 理解를 疎外하고
서는 生活의 歷史的 性格, 本質을 探究할 수는 없을 것이다.

그러기 때문에 生活에 即한 文學的 新生面의 開拓이란 것을 單純히 生
活을 題材로 함에 依하야 達成하려는 觀念과 같이 素朴한 것은 없다.

왜냐하면 題材와 內容은 全然 別個의 것이어서 文學의 新生面은 언제
나 生活을 內容으로 하는 것에 依해서만 達成되어지는 것이기 때문이다.

한데 그(이상향:필자 주)의 精神的 據點은 累設한 바와 같이 特定의
社會를 約束하는 定型的 觀念이랄 수는 없다. 따라서 지금에 잇어 우리
에게 必要한 것은 批評基準의 思想性이라든가 하는 그러한 抽象的인 물

건이 아니라 處한 바 生活의 性格을 그의 流動面에서 不絶히 檢察하
는 思索의 精神일뿐이다.[111]

안함광은 이제는 추상적인 관념 위에 문학을 세울 수 없다고 단정한다.
작가는 생활을 단순히 소재로서가 아니라 본질적 내용면에서 다루어야
하는데, 이럴 때 작가는 관념의 포로가 되지 않고 유동하는 현실의 성격
을 드러낼 수 있다는 것이다. 그러나 안함광이 사용하는 '생활'이란 말은
일상성에 보다 접근되어 있다.[112] 이는 이미 1938년에 발표한 「『知性의
自律性』의 問題 -그의 眞實한 理解를 위하야-」에서 암시된 바 있다. 작
가에게 가해진 시대의 중압감을 짐작할 수 있다.

---

111) 안함광, 「文藝批評의 現代的 倫理 -新事態, 基準, 生活」, 『東亞日報』, 1940. 1. 9.
112) 임화도 같은 시기에 안함광과 동일한 문맥에서 '생활' 문제를 제기한다.
　　"現象이란 現實에 있언 늘 日常性의 世界다. 日常性의 世界란 俗界, 우리가
어떠한 境遇에도 거기서 헤어날 수 없고 어떠한 理想도 그 속에선 一個의 試鍊에
부닥드리지 아니할 수 없는 밥먹고, 結婚하고, 일하고, 子息기르고 하는 生活의
世界다. 生活에 比하면 現實이란 現象으로서의 生活과 本質로서의 歷史를 한꺼번
에 統合한 抽象物이다.
　　生活은 모두 산 形態를 가지고 있으나, 現實이란 形態를 아니 가지고 있다.
(중략) 우리는 지금 現實을 쫓는 熱情에 남어지 生活을 營爲하는 能力을 잃어버
렸던 時代를 反省할 수 있다. 現實만을 追求했다는 것은 또한 思想과 精神에 熱
中했든 남어지 그것이 形態를 빌어 表現되는 生活을 無視했음을 意味한다."(임
화, 「文藝時評, 『레아리즘』의 變貌 -或은 生活의 發見-」, 『太陽』1, 1940. 1.)
　　임화는 경향 작가들이 최근, 생활에 관심을 갖게 된 것이 현실의 추구와 병
행한 것이 아니라고 말하면서, 사상으로서의 문학이 종언을 고한 후 현실이란 말
은 문단에서 사라져버렸다고 지적한다. 그러면서 '생활'이 '새로 발견된 현실'로서
의 의미를 지니기 때문에 중요한 의의가 있다고 부언한다.

IV. 自己檢討와 自己改造의 世界

1. 自己檢討의 世界

앞장에서 1930년대 후반 프로문학론을 통한 작가의 현실대응 양상을 '자기검토'와 '자기개조'의 세계로 나누어 고찰하였다. 특히 김남천에게서 자각적인 의미로 드러난 '자기검토'와 '자기개조'의 세계는, 그의 고발문학론에서 시작된 '자기검토'와, 이후 일관된 이론의 천착과정에서 볼 때 '자기개조'를 향한 강한 몸부림이라는 사실이 주목된다. 아울러 김남천의 고발문학론에 대한 논의를 중심으로 김남천 자신뿐만 아니라 임화, 안함광 또한 자신의 논리를 가다듬어 나간다. 임화와 안함광은 시기별로 편차가 보이지만 그 궁극적 지향점에서는 동일하다. 즉 임화와 안함광은 와해된 주체를 회복하는 방법상 용어로, 임화는 '주체 재건'이라는 용어를, 그리고 안함광은 '주체 건립'이라는 용어를 각기 사용하지만, 임화와 안함광은 모두 논의의 출발점에서 이미 작가에게 선험적으로 사상이 주체화되어 있어야 한다는 의미에서 그 사상을 다시 재건, 또는 건립해야 한다고 본다. 단지 차이가 있다면, 안함광은 붕괴 이전의 주체가 지닌 성격이 명확히 해명되지 않았기 때문에, '주체재건' 대신 '주체건립'이라는 용어를 사용한다는 점이다. 그런데 김남천 또한 이미 획득했다고 생각했던 사상이 진정한 의미에서 주체화되지 못했다고 생각하고, '세계관의 혈육화'란 방향에서 '주체 재건'이란 용어를 사용한다. 그러므로 임화, 안함광, 김남천의 이론은 각기 미세한 차이에도 불구하고 그 궁극적 지향점에서는 동일하다. 이런 관점에서 1930년대 후반기 문학에서 '전향파', '비전향파'의 용어가 지닌 의미를 명확히 규명하기 위해 비평 그 자체 내의 질적 차별성과 편차는 물론, 그런 차이에도 불구하고 이론과 창작이 관련맺는 지점을 '자기검토'와 '자기개조'의 의미로 보고, 이를 이론과 창작과의 상호 관련성에서 살펴보았다. 이런 의미에서 김남천이 고발문학론에서 제기한 '자

기검토'의 세계와, 이의 발전적 방향인 '자기개조'의 세계가 구체적 창작
과정과 밀접하게 연관되어 있다는 사실이 주목된다. 그러나 김남천은 자
신이 이론과 창작 양면에서 보여준 일관된 논리전개에도 불구하고 작가
의 이념성이 작품을 규정함으로써 현실의 구체적 형상화에는 실패한다.
이것은 1930년대 후반기에 또 하나의 중요한 작가인 한설야에게도 그대
로 적용된다. 그러므로 김남천과 한설야의 문학행위를 엄밀히 규명하기
위해, 김남천의 고발문학론을 중심으로 김남천과 동일하게 주체의 문제를
제기하며 자신의 논리를 가다듬어 갔으며, 또한 이들 두 작가가 생산한
작품의 가치평가에 많은 노력을 기울였던 임화와 안함광의 논의를 사실
주의의 성과라는 관점에서 검토하였다.

　1930년대 후반 카프 해산 후 작가들의 일련의 자기검토 작업은 새로운
환경에 적응하기 위한 재출발의 의미를 담고 있다. 지금까지 전향문학 연
구에서 포괄적으로 가정과 생활문제로의 회귀로 말해지는 작품들이 바로
자기검토의 작품군을 형성한다. 작가들은 사상운동이 용인되지 않는 상황
에서 이전에 소홀히 했던 세계에 대한 새로운 관심과, 그 속에서 현실의
힘을 재인식한다. 그런데 한국의 전향 문제는 국가상실의 한국적 특수성
때문에 일종의 소재주의에 불과하다. 왜냐하면 한국의 전향문학이 내포한
의미는 그 의식의 지향면에서 볼 때 오히려 전향심리를 넘어서고자 하는
강한 자의식의 일종이기 때문이다. 특히 1930년대 후반 김남천과 한설야
의 문학행위가 주목되는데, 그 중 한설야는 자기검토의 세계보다는 자기
개조의 작업으로 일관한다. 김남천은 고발문학론을 제창하며 실제 창작에
임한 작가로서 전향문학의 핵심에 자리잡고 있기 때문에 그가 창작한 자
기검토의 작품을 분석하면 한국 전향문학의 실체가 드러난다. 그러나 김
남천 또한 자기검토 과정[113]을 거쳐 궁극적으로 지향하는 세계는 자기개

---

113) 김남천의 고발문학론이 작가 자신에게 핵심 사항임을 다음에서 잘 알 수 있다.
　　"형도 아시다 싶이 내가 본격적으로 작가생활을 해본다고 결심하던 당초에 나
　　는 작가 자긔의 주체적 검토라는 과제를 들고 나섰습니다. 그때에도 지금보다 못
　　지 않게 나의 내면생활은 커다란 시련 속에 영위되어 하나의 위기를 지나가고 있

조의 세계이다. 이것이 한국의 특수성에 대한 인식과 함께 전개된 한국
전향문제가 내포한 진정한 의미이다.

자기검토 과정을 보이는 작품은 작품 배경이 대개 가정으로 제한되어
있다. 작가들은 당대의 지적처럼 사회에서 가정으로, 사회인에서 생활인
으로 귀환한다.

김남천의 「妻를 때리고」는 한 가정을 공간적 배경으로 전향한 지식인
남수의 인간성이 철저히 추궁된다. 남수는 자기 친구 준호와 산보한 아내
와의 말다툼 끝에 아내로부터 지식인의 허위의식이 낱낱이 고발된다. 아
내는 남편이 감옥에 있는 동안 갖은 고생을 하며 뒷바라지를 했다. 특히
아내 정숙이 남편 출옥 후 돈을 마련하기 위해 남편이 함께 일하고 있는
변호사 허창훈 집에 갔을 때 희롱하는 그의 뺨을 갈기며 나왔지만, 용서
를 빌며 그가 던져주는 돈으로 지금 먹고 있는 밥을 장만한 것이라고 했
을 때 남수가 느끼는 자괴감은 심각한 바 있다. 그러나 남수와 허창훈이
같이 일하는 이유는 서로를 이용하자는 데 있다. 아내 정숙이 남편 남수
를 두고 하는 말이다.

아니 너는 세상에서 뭐라구 하는 지나 알구 있니. 허변호사는 영리한
놈이라 차남수가 옛날엔 00게 거두니가 돈이나 주어 병정으로 쓰구 제
사회적 지위나 높일려구한다는 소문이나 너는 알구 있니. 또 차남수는
자기가 이용되는 줄 알면서 그것을 꺾우로 이용하야 생활비를 짜낸다는
소문을 너는 알구나 있니. 그래 그게 청념한 사람이 소위 청이불문이냐.
114)

남수는 준호와 허창훈이 아내 정숙을 희롱하였다는 사실을 안 후 아내

없는데, 이러한 때 나는 무엇보다도 자긔 자신을 추구하고 자긔자신을 검토하는
사업이야말로 필요하다고 생각했던 것입니다. 자기고발의 문학이란 나의 내적 심
리와 내부적 체험에 관련을 가진 주장이었습니다."(작품 「등불」에서.)
114) 「妻를 때리고」(작품집 『少年行』, p. 159.)

를 때리고, 또 그 때리는 행위가 결국 자신을 때리는 것으로 느끼지만 절대 사업을 포기하지 않는다. 그는 준호의 기술과 허창훈의 돈을 이용해 출판사를 주식회사로 만들 계획을 갖고 있다. 그런데 이 작품의 가치는 이런 생각이 여지 없이 무너져 내린다는 데 있다. 그 이유는 친구 준호가 남수보다 더 교묘하다는 데 있다. 즉 준호는 남수와 같이 사업을 추진하는 중 남 몰래 신문사 기자 취직운동을 하여 사업에 손을 떼겠다는 것, 그리고 종이값이 올라 출판업이 순탄치 않을 것이라고 남수에게 알리는데, 이를 계기로 남수의 허위의식이 철저히 추궁되면서 이 작품은 파국으로 치닫는다.

「綠星堂」 또한 약방을 경영하며 생활전선에 뛰어든 전향 지식인의 내적 고민을 그린 작품이다. 주인공인 작가 성운은 이전에 같이 활동한 친구들이 오히려 아무런 생활이 없이 자기보다 더 무기력하면서도 자기를 빈정거릴 때, 가능하다면 이전 행동을 잊어버리고 싶어 한다. 그런데 청년 손님 한 사람이 그에게 대중의 문화적 욕망에 대답해주는 것이 예술가의 임무라고 말하자 그는 심각한 고민에 빠진다. 성운은 이론과 실제 사이의 엄청난 괴리로 인해 긴장감을 맞보게 된다. 그런데 이 작품이 드러내고자 하는 핵심은 이런 성운을 오히려 이용하려드는 이전의 친구 철민에 대한 비판에 놓여 있다. 여기에서 지식인의 타락성이 심각하게 폭로된다. 성운은 "장사"라는 말에 너무 자각적이고 또 현실에서 도피했다는 자괴심도 지니고 있지만, 놀면서 남의 물건을 값도 치르지 않고 가로채는 철민의 행위는 일종의 착취라고 생각한다.

그러므로 김남천은 전향 후 생활전선에 뛰어든 지식인보다는 오히려 그런 지식인까지를 능욕하는 타락하고 파렴치한 전향 지식인에 비판의 초점을 두고 있다. 이는 김남천이 이전 프로문학 운동 당시 지식인이 소유하고 있던 사상에 대한 불신과 검토에 맥이 닿아 있다.

이와는 달리 지식인의 나약성을 다루고 있는 작품에 「춤추는 男便」, 「瑤池鏡」이 있다. 「춤추는 男便」은 시골 본처 소생인 아들과 첩 소생인 딸의 입학 문제를 놓고 현재 아내인 첩의 요구와 양심상의 문제로 고민하는 전향 지식인의 삶을 잘 그려내고 있다. 딸과 아들 중 어느 하나를 입학시키기 위해서 본처와 첩 중 어느 누구와 이혼해야만 하는 막다른 상황에서 술로 소일하는 지식인의 나약성을 고발한 작품이다. 또한 「瑤池鏡」은 아편중독자가 된 전향 지식인이 "마음의 성곽"이 무너짐을 느끼지만 그것을 붙잡을려는 노력조차 없어지는 쓰라리고 무기력한 상태를 점검하고 있는 작품이다.[115]

그러나 「經營」과 「麥」은 김남천이 『大河』를 쓰고 난 뒤에도 변함없는 세계와 자신의 모습을 보며 끊임없는 자기검토의 과정에서 나온 작품이다. 이 작품에서도 고발문학론에서부터 제창되어 온 가면박탈의 정신은 여지없이 발휘되지만 다른 작품과 달리 전향자와 전향자의 애인과의 심리적 긴장 가운데 새로운 전망을 열어 놓고 있다는 점에서 주목된다. 전향의 문제를 본질적으로 문제 삼으면서 그 속에서 점점 각성해 가는 한 여인을 통해 전향자의 실체가 여지없이 폭로된다. 바로 이 점이 다른 고발문학류의 작품과 다른 「經營」과 「麥」의 특이성이다. 대상을 단순히 비판하고 고발하는 데 그치지 않고 성장하는 삶의 각성 문제를 담고 있다는 점에서 이전 고발문학류의 작품과 본질적으로 구별된다. 만약 우리가 전향문학을 소재주의 차원이 아니라 사상적 문맥에서 천착한다면 이 두

---

115) 최재서는 김남천의 자기검토 과정에서 산출된 고발문학류의 작품이 지닌 한계를 다음과 같이 지적한다.

"나는 처음으로 「妻를 때리고」와 「춤추는 男便」을 읽을 때 이런 作品을 쓰지 않으면 아니 될 作家를 가장 不幸하다고 생각하였다. 이것은 巨大한 精神運動이 그 불길을 잃은 뒤에 그 재 속에 남아있는 人間性의 가장 醜惡한 臟物들을 끄집어내는 가장 不愉快한 작업이었기 때문이다. 그러한 作業이 精神的으로 低劣하다는 것이 아니라(作者는 이 作業을 通하여 精神의 高貴를 主張하였다), 그 作業에 創造하는 기쁨이 따르지 않는다는 것이다. 조금만 緊張을 느추어도 自己分裂이 되려는 自我를 모든 文學論으로 結縛을 하여놓고, 險峻한 廢墟에서 醜惡하고 不愉快한 人間性을 차고 때리고 찌르고 하는 作業이란 創造와는 大端히 먼 일이다."(최재서, 「文藝時評－現代小說과 主題」, 『文章』, 1939. 7.)

작품이 해당될 것이다. 오시형의 전향하는 과정과 이유가 구체적으로 형상화되고, 또한 그것이 인물의 내면심리를 통해 미묘하게 전개된다. 이 점은 「少年行」계열'에서부터 전개된 작가 자신의 개조작업의 최종 성과인 『大河』이후에 나올 수 있는 성숙미를 엿볼 수 있게 한다. 「麥」은 「經營」의 속편격으로 창작된 작품이다.

「經營」은 오시형의 애인 최무경이 아파트 경비와 갖은 수고를 다하며 그를 보살피지만 오시형은 출감 후 결국 고향에 내려가 다른 여자와 결혼한다는 일차적인 구조를 중심으로, 전향문제가 전향자의 내적 동요와 심경 고백을 통해 중심에 부각된다. 최무경은 신체제 수용을 의미하는 다원사관을 매개로 출감한 오시형 외에도, 자신을 속이면서 지금까지의 독신 생활을 청산하고 새로운 살림을 계획하는 어머니로 인해 더욱 심각한 고민에 빠져든다. 작가는 이전 활동이 일종의 영웅심리에 토대를 두고 있다고 말하는 오시형의 입을 통해 그의 전향의 실체를 여지없이 폭로한다. 즉 오시형의 말 가운데 "인제 사상범이 드무니께 옛날 영웅심리를 향락하면서 징역을 살던 기분두 없어진 것 같다."는 말은 일본과 다른 한국 지식인의 허위성과 실체를 잘 암시해 준다. 오시형의 말은 프로문학 운동을 한 대부분의 지식인들이 대중과의 관계에 대한 자각적인 고민보다는 지식인들 사이의 관념적인 운동에 그친 흔적을 짙게 풍긴다. 최무경은 오시형이 찾아온 아버지께 자신도 소개하지 않고 아버지와 함께 평양으로 가버린 후 허탈감 속에서 이제는 오직 자기 자신을 위해 살아갈 것을 다짐한다. 그러나 최무경의 이런 자각이 새롭게 변화하는 현실과 환경에 대한 깊은 성찰에서 연유하지 않고 생득적인 천품으로 주어져 있다는 것이 이 작품의 깊이를 반감시킨 주요인이다. 그에게 필요한 것은 다만 오시형의 변함없는 애정일 뿐이며 오시형에 대해 깊이 천착하고 추궁할 마음의 여유가 준비되어 있지 않다.

무경이는 보재기를 뚫고 올라온 송곳끝이 제의 심장을 쓰라리게 찌르고 있는 것을 느끼며 얼마를 보내었다. 가을이 왔다. 겨울이 왔다. 새해가 왔다. 봄이 닥쳐 왔다. 물론 오시형의 소식은 그대로 끊어진 채로. 그러나 이러한 가운데서 그가 가진 것은 「혼자서 산다」는 악지에 가까운 결심과 자기도 누구에게나 지지않을 정신적인 발전을 가저보겠다는 양심이었다. 나도 나의 생활을 갖자! 나의 생각을 나의 입으로 표현할만한 자립성을 갖어보자! 오시형의 영향으로 경제학을 배우던 무경이는 또 그의 가는 방향을 따라 철학을 배우리라 방침을 정하는 것이었다. 「너를 따르고 너를 넘는다!」—이러한 표어 속에 질투와 울분과 실망과 슬픔과 쓸쓸함과 미움의 일체의 복잡한 감정을 묻어 버리려 애쓰는 것이었다.[116]

"희망을 잃지 않고 살아 나가겠다는 하나의 높은 생활력 같은 천품"은 상식률에 불과하다. 최무경이 극복할 대상이 오시형이라면 그녀의 한계 또한 명백하다. 왜냐하면 최무경의 태도는 오직 오시형을 염두에 둘 때 빛을 발하게 되며, 자각적인 관점에서 참 생활인이 되기에는 부족하기 때문이다. 그러므로 속편격인 「麥」은 이같은 빈틈을 자각적인 측면에서 문제삼고 있다. 즉 최무경은 「麥」에 오면 경성제대 영문학 강사인 회의주의자 김관형의 출현으로 자각적인 존재로 변한다. 「麥」은 보리의 상징성으로 드러나는 세 인물의 삶의 방식을 통해 전향과 직, 간접으로 연결된 다양한 삶의 진폭을 드러내 준다. 김관형은 인간의 역사를 보리에 비유하면서 꽃을 피우기 위해 흙 속에 묻히지 못하는 것이 어떤 의미가 있겠느냐는 문제를 제기한다. 그것은 흙 속에 묻혔더라도 결국 갈려서 빵으로 되기 때문이다. 즉 이 말은 전향자 오시형의 삶의 태도에 해당하는 말이다. 그러나 김관형은 오시형과는 달리 일단 흙 속에 묻히는 길을 택하지만 흙 속에 묻혀 많은 보리를 만들어도 그 보리 역시 빵이 될 수밖에 없다는 허무주의자의 삶의 태도를 보인다. 이에 반해 최무경은 결국 갈려서 빵가루가 되는 바엔 일찍이 갈리는 길보다 흙에 묻혀 꽃을 피워보자는

---

116) 「經營」, p. 314.

적극적인 삶의 태도를 보인다. 작가는 최무경의 삶의 태도를 통해 전향자 오시형뿐만 아니라 회의주의자 김관형을 다같이 비판한다. 오시형은 자기 검토 과정을 거쳐 딜타이의 인간주의로, 다시 하이데거로 옮아갔다는 것, 그리고 하이데거가 인간의 검토로부터 히틀러의 예찬에 이른 것에 깊은 감명을 받았다고 고백함으로써 동양학의 건설이라는 다원사관을 인정하게 되기까지의 전 과정을 보여 준다. 즉 오시형은 파시즘하의 혹독한 시련을 기정 사실로 수용하게 된다. 그러나 우리는 이 대목에서 김남천이 인간의 검토로부터 취하게 될 길을 최무경의 삶의 양식을 통해 짐작할 수 있다. 최무경의 삶의 태도는 전향을 일단 기정 사실로 수용한 오시형의 삶의 태도와 본질적으로 구별되는데, 이 점은 한국 전향 지식인이 적어도 심정적 차원에서는 전향을 용인하지 않고 있다는 구체적인 증거이다. 그러므로 전향문학을 소재적인 차원에 국한하여 논의하는 것은 현상적이거나 피상적일 수 있다. 바로 여기에서 자기검토 과정을 거쳐 자기를 세워나가는, 자기개조의 과정에 대한 천착이 요구된다.

2. 自己改造의 世界

(1) 歷史 單位의 超克意志와 理念의 意味

1)『黃昏』, 『塔』, 『마음의 鄕村』의 構成原理

가. 『黃昏』

한설야는 1930년대 후반기에 인간 개조, 자기개조의 작업을 그의 주도적 문학 행위로 삼고 있다.[117] 이를 김남천은 '자기검토', 그리고 이의 발

---

117) 한설야의 자기개조의 세계는 다음 인용에서 명확하게 드러난다.
　　　"창작에 있어서 인물의 성격을 살리지 못한다면 그 작품은 불가피하게 실패로 돌아가고 마는 것이다. 즉 창작에 있어서 인물 형상이 가장 중요한데 동시에 이

전적 방향에서 '자기개조'라는 말로 표현한 바 있다. 한설야는 어린 생명의 발악하는 끈질긴 생명력에 위안을 얻거나(「딸」의 경우), 「泥濘」에서 자기 집 닭을 물어가는 족제비를 두들겨 패는 등 최소한의 저항선이나마 마련하고자 했다. 「泥濘」을 단순히 자기검토의 세계로 볼 수 없는 것도 바로 이 때문이다.[118] 특히 「林檎」과 그 속편인 「鐵路交叉點(후미끼리) −「林檎」의 續篇−」은 전향 지식인이 전향 후 가정 생활에 완전히 귀속할 수 없다는 작가의 내적 자존심을 구체적으로 보여 준다. 「林檎」의 주인공은 "남편으로서나 아버지로서 비쳐지는 이 속된 인정"[119]을 피하고자 하며, 사고가 잦은 철로길에 집단적인 행동을 통해 후미끼리를 설치하는 과정에서 자존심을 회복하며, 특히 이전에 같이 활동한 친구들이 다니고 있는 치수공사장에 취직하는 과정에서 노동의 신성함을 자각하며 자기

것이 가장 어려운 것이다. 인간은 이상의 실현을 위해서 영원한 전투가 필요하며 부단한 노력이 요구되는 것이다. 아무리 좋은 사회라 하더라도 인간의 이상은 그 환경으로 하여 저절로 해결되어서는 일은 없는 것이다. ……인간이 이상과 목적에 부합하도록 자기를 개변시키는 일이란 모든 일 중의 근원이며 가장 어려운 일이다."(『한설야 문학선집』제14권, p. 125.)

118) 임화는 성격은 정신이라고 말하면서 한설야의 「泥濘」과 이무영의 「挑戰」을 고평한다. 이무영의 「挑戰」은 변화의 근원에서 불변의 것을 발견하는 작가의 정신 때문에 산 작품이 되었으며, 「泥濘」도 작가의 끈질긴 정신이 있다는 점에서 마찬가지다.

"「泥濘」의 主人公의 運命이 改變되지 아니하는 限, 어떠한 새로운 文學도 根本的으로 새로워질 수는 없다. 이것이 氏의 立脚點을 우리가 現代文學의 再出發 基点이라고 評價하는 所以다."

그러나 임화의 이런 지적은 객관세계에 이끌려 작가의 정신이 사상된 김남천의 「T日報社」의 비판에 놓여 있지만, 한설야와 다른 임화의 현실에 대한 인식이 배경에 놓여 있다. 왜냐하면 임화는 한설야가 현실문맥을 소홀히 하므로써 초래한 강한 이념성과 거리를 두고 있기 때문이다.(임화, 「文藝小年鑑, 創作界의 一年−中堅 十三人論」, 『文章』11, 1939. 12. ;「各界 一年間 總決算−創作界의 一年」, 『朝光』50, 1939. 12. 참조.)

119) 「林檎」, p. 212.

갱생의 길을 개척한다. 한설야는 이같은 자기개조의 세계로 일관한 작품을 창작한다. 그것도 1930년대 후반기에 창작된 모든 장편소설의 일관된 주제로 형상화된다. 『黃昏』, 『塔』, 『마음의 鄕村』, 『靑春記』 등이 그것이다. 특히 『黃昏』의 주인공 여순의 성격 형상화 과정에서 나타난 '존재 전이(存在轉移)'의 문제는 이 시기 한설야가 보인 이념성과 자기개조 작업의 핵심 사항이다.

1930년대 후반기에 가장 문제적인 작가로 한설야를 들 수 있다.[120] 『黃昏』은 『塔』과 함께 한설야가 카프 제2차 검거사건으로 1934. 8월부터 이듬해 12월까지 약 1년 5개월 동안 전주 감옥에 있으면서 구상하였으며[121]

---

120) 작가 한설야가 1938년의 시점에서 "시속눈이 밝은 지자와 지레 약은 인간에 대한 증오"를 토로하면서 한 다음과 같은 말은 재음미될 필요가 있다.

"다만 내게는 이 地下室을 뚫코 나갈 수 업는 것이. 아니 그보다 분명 이 地下室을 뚫코 나가야 할 또는 나가는 一聯의 人間群이 보이지 안는 것이 무엇 더 답답하다. 응당 잇서야 할 그것을 찾지 못하고 또 그 속에서 몸을 세칫지 못하는 것이다. 그리기 때문에 이 눈먼 地下室의 主人公은 언제까지던지 不幸한 것이다.

허나 이 地下室의 主人公은 때로 피나대 어두운 눈을 부비대고 팔다리를 허둥댄다. 무엇을 찾고 시픈 것이다.(중략) 약은 人間들은 언제까지던지 두더쥐와 가티 地下室의 길을 파는 데에 始終하는 어리석은 人間을 욕하리라. 그리로부터 도망처 나올 智와 才와 辯을 가지지 못한 地下室의 主人公을 智者는 비웃으리나. 한 길만을 알고 무지개 가티 多彩한 世俗 길 영화의 길을 모르는 목고대를 怜悧한 才人들은 업새녁이리. 그러나 어리석은 者는 그런 것과 아무 因緣도 업다."(한설야, 「地下室의 手記－어리석은 者의 獨白」, 『朝鮮日報』, 1938. 7. 8.)

한설야의 '초지일관성'은 주목되는 바 있다. 왜냐하면 바로 이 '초지일관성'은 그가 주장한 '신의'와도 연결되며, 동시에 그의 창작방법을 규정하는 하나의 계기로 작용하기 때문이다. 한설야는 도스토예프스키를 두고 그가 역경 가운데서 초지일관하였으며, 일찍 사형 선고에서 간신히 풀려 나온 이후에도 작가의 태도(문학신조)나 그의 작품이 전혀 동요가 없었음을 유달리 강조한다. 그 결과 그는 전형기에 처한 작가들이 조그만 고난을 피해 안전지대를 찾는 것은 실제로는 삶을 구하는 것이 아니라 도리어 문학의 죽음을 결과할 뿐이라고 지적한다.(한설야, 「苦難의 敎訓」, 『東亞日報』, 1937. 6. 8. 참조.)

121) 한설야, 이기영 外 지음, 『나의 인간수업, 文學 수업』, 인동출판사, 1989, p. 14.

출옥 후 처음으로 내놓은 작품으로 1936. 2. 5~10. 28까지 205회에 걸쳐 『朝鮮日報』에 연재된 처녀장편이다. 또한 이 작품은 "이 작을 얻기까지 세 편의 장편 습작을 써서 내 손으로 불질러버렸다."고 할 정도로 그가 심혈을 기울인 작품이다. 특히 『黃昏』은 한국 프로문학의 역사적 전개과 정에서 많은 문제성을 내포하고 있다는 점 때문에 기존 논의의 성과를 반성적으로 재검토하는 작업이 필요하다. 이런 작업은 작품 『黃昏』에 대 한 평가 그 자체에 머물지 않고 카프 해산을 전후한 프로문학이 거둔 리 얼리즘의 성취와 한계를 동시에 가늠해 볼 수 있기 때문이다.

권영민은 『黃昏』을 전, 후반부로 나누어 분석하면서 작품 구조상 전반 부와 후반부의 연결이 주제의 발전을 위한 통일성의 확보에 실패한 점, 식민지 모순에 대한 인식의 부족, 작가가 지닌 계급의식의 결과 여순의 성격 형상화의 실패를 지적한다.[122] 이 두 가지 문제는 이후 대부분의 『黃昏』평에서 한계로 지적된다. 즉 권영민은 이미 일본 제국주의 확대과 정에서 민족자본의 예속화 현상이 두드러지게 나타나고 있었던 점을 지 적하면서, 오히려 노동계급의 성장문제는 식민지 지배체제 내에서 체제모 순의 문제이기 때문에 이같은 모순구조의 해결이 식민지 체제의 극복으 로 이어져야만 그 역사적 의미를 가지게 된다고 주장한다.

김철 또한 제국주의에 대한 인식의 부족, 작품 내용의 통속성, 여순의 성격변화의 추상성을 한계로 지적하면서도 『黃昏』이 노동소설의 정점을 차지하는 작품임을 강조한다.[123]

그러나 기존 『黃昏』 평가에서 가장 상이한 입장이 나타난 쟁점 부분이 '여순의 성격변화'와 '노동자계급의 형상화'에 대한 평가 문제이다. 채호석 은 이 문제와 관련하여 『黃昏』에 대한 최근의 평가를 검토한 글[124]에서

---

122) 권영민, 「『黃昏』에서 보는 한설야의 작품세계-노동문학의 가능성」, 『文學思 想』, 1988. 8, pp. 396~405.
123) 김 철, 「황혼과 여명-한설야의 『黃昏』에 대하여」(『黃昏』, 풀빛, 1989. 참조.)
124) 채호석, 「『黃昏』論」, 『민족문학사연구』 창간호, 민족문학사연구소, 1991, p. 233.

여순에 대한 평가는 단지 주인공의 성격문제에 한정되지 않고 작품『黃昏』의 성패와 직결된 문제로 소설 연구방법론이 걸린 중요한 문제라고 전제하고, 그 또한 기존 논의와 동일하게『黃昏』이 전, 후반으로 나누어져 있다는 생각에서 논의를 전개한다. 즉 작품 전반부에서는 여순의 운명의 문제가 중심으로 제기되지만, 작품 후반부에 오면 그것이 부차화되고 자본가와 노동자의 대립과 함께 노동자 내부의 비적대적인 대립이 전면에 부각된다는 것이다. 그러나 그는 한설야가『黃昏』에서 역사적인 낙관성을 당대의 노동자계급이 처한 역사적 현실 속에서 확인하지 않고 외부에서 부여하려 하므로써 실패했다고 지적한다. 이처럼 각기 독자적인 형태로 나타나는 작품의 전, 후반을 연결하는 고리가 여순의 '존재전이'라는 문제이다. 이 '존재전이'의 문제는 이 시기 한설야 문학의 구성원리로 기능하면서 다른 작가와 구별되는 한설야 특유의 작품 특질을 규정한다.

  장편『黃昏』이 설야의 노력에도 불구하고 실패한 원인은 결코 작가가 과도기적인 옛 전통을 고집했기 때문도 아니며 더 한걸음 새 세계를 개척하려는 노력이 부족한 때문도 아니다.
  설야는『黃昏』가운데서 두 가지를 다 성숙시키려고 애썼을 것이다. 그러나 결국은 어느 것에도 충실치 못했고 아무것도 충분히 나타나지 않았다. 여주인공 '여순'이가 눈뜨는 과정도 명백히 드러나지 않았고 남주인공이 사회인으로 자신을 완성해가는 힘찬 형상도 우리는 이 작품 속에서 발견할 수가 없다.
  단지 이 작품을 살리는 부분은 설야가 생활을 보는 직관력이 등장인물의 주위를 비칠 때『黃昏』은 비로소 제 아름다운 노을의 광채를 발할 뿐이다.
  이 직관력이 찾아낸 산 생활세계가 등장인물을 죽이지 않고 살려갈 때 우리는 비로소 작품 가운데서 예술을 느낀다.
  바꾸어 말하면 인간과 환경과의 조화! 그러므로 이 동안의 설야적 혼란은 인간과 환경과의 괴리에 있다. 인간들이 죽어가야 할 환경 가운데

서 설야는 인간을 살려가려고 애를 쓰는 것이다.[125]

『黃昏』에 대한 임화의 평가는 1930년대 후반기의 문학상황에서는 여순의 재생이 불가능하다는 지적이다.[126] 특히 임화의 이 글은 이 시기의 문학적 현실을 이해하는 틀로서뿐만 아니라 계급주의, 민족주의 문학 양자를 포괄하는 한국 근대소설사를 체계화하는 과정에서 나온 것이다. 왜냐하면 임화는 구체적 현실 문맥에서 형성되는 근대적 성격을 본질적으로 문제삼고 있기 때문이다. 그러나 여순의 성격 형상화 문제를 이해하는 데 논자마다 다소 차이가 있지만, 상기 임화의 글을 포함한 기존의 대체적인 견해는 작가의 주관적 관념의 도식에 인물을 맞춘 결과 성격발전의 필연성이 없다는 것이다. 그러므로 여순은 프로소설 연구에서 인물 성격상 준식과 같은 '완결된 인물'과는 달리 성격 변화의 내적 계기를 포함하고 있

---

125) 임 화, 『文學의 論理』, 學藝社, 1940, p. 565.

　　　임화의 이 글에 대해 한설야는 다음과 같이 비판한다. 임화와 한설야의 차이점이 분명히 드러나는 대목이다.

　　　"이때에 그(여순 : 필자 주)를 바라보던 어떤 사람(임화 : 필자 주)이 말하기를 麗順은 살아 갈 수 없는 環境 속에서 억지로 살아간다고 하였다. 그리하야 그 때 단 한 사람인 麗順의 知己인 나까지를 그는 非難하였다. 卽 나는 麗順을 그 環境 속에서도 넉넉히 살아갈 수 있다고 固執하였기 때문이다. 그러나 나도 麗順이도 그 말을 그다지 아는 소리로는 듣지 않았다. 왜 그런고 하니 산다는 것은 環境과 妥協하거나 또는 環境에 追隨해서만 可能한 것이 아니라 環境과 싸우는 데에도 있을 수 있다고 믿기 때문이다. 이니 도리혀 살아갈 수 없을만치 거칠고 사나운 環境에 있어서는 싸우는 그것만이 오직 生이다."(한설야, 「『黃昏』의 麗順－내 作品의 女主人公」, 『朝光』 42, 1939. 4.)

126) 채호석은 임화가 『靑春記』를 높이 평가한 이유는, 『靑春記』가 작가 자신과 가장 밀접한 세계를 그리고 있다는 것, 그리고 그 세계 속에서 비로소 작가가 가장 자유롭게 현실을 그리고 있다는 점이라고 지적하면서, 그 결과 임화는 작품평가를 더 이상 역사성 속에서가 아니라 '인간과 환경의 조화'라는 예술적 규범성 속에서 행함으로써 논의가 고정화될 우려가 있다고 지적한다.(채호석, op. cit. 참조.)

지만, 그 변화의 의미가 얼마나 시대적 문제와 관련되어 현실성을 드러내고 있느냐 하는 점이 지적될 수 있다. 그러나 『黃昏』에서 여순의 갈등은 역사적 대립과는 무관한 작가의 선입견에서 파생한 갈등으로 보이는데, 이것이 『黃昏』이 『靑春記』에 미치지 못하는 작품 결과를 초래하게 된 근거이다. 여순의 갈등은 현실의 제 모순을 통해 구체적으로 형상화되고 있다기보다 여순의 각성과정에 초점이 두어져 있다. 특히 『黃昏』이 여순의 각성과정에 초점을 두게 된 원인은 한설야의 강한 이념성 때문이며, 또 여순의 각성과정과 같은 '존재전이'의 구조가 1930년대 후반기 한설야 소설에 일관되는 창작원리라는 점이 중요하게 지적되어야 한다. 즉 『黃昏』의 전반부에서 여순과 함께 경재가 드러내는 전향자의 삶의 방식이 끝내 출구를 찾지 못한 데 반해, 작품 후반부에서 여순의 의식 성장과정으로 작품을 귀결시킨 데는 한설야의 중요한 창작원리가 스며있다.

이에 반해 역사문제연구소 문학사연구모임과 송호숙의 글[127]은 『黃昏』이 전, 후반부로 나누어져 작품의 완결성이 파괴되고 있다는 견해를 부정하면서 '중도적 주인공'의 개념을 사용하고 있다. 즉 여순은 '중도적 주인공'의 역할로 인해 그가 맺고 있는 여러 인간관계, 특히 역사 발전에 참여하지 못하고 몰락해 가는 경재와, 진보적인 노동자로서 노동계급의 정치투쟁에 복무하는 준식과의 관계로 인하여 인물들의 성격을 더 구체적으로 보여 준다는 것이다.[128] 그리고 여순의 이런 역할은 이에 그치지 않

---

127) 역사문제연구소 문학사연구모임, 『카프문학운동연구』, 역사비평사, 1989, p. 188.
　　　송호숙, 「한설야 연구-해방 이전 시기의 소설을 중심으로-」, 연세대 석사학
　　　　　　위 논문, 1990.
　　　김재용·이상경·오성호·하정일 지음, 『한국근대민족문학사』, 한길사, 1993. p. 650.
128) 루카치는 전형적인 상황과 인물을 그려내는 데 결정적인 역할을 하는 것은, 지적
　　　인상(intellectual physiognomy)이며, 그리고 이 지적 인상의 묘사를 가능하
　　　게 하는 일 요소로 대조를 언급한다. 그러나 『黃昏』에서 가장 강하게 대조된 경
　　　재와 준식의 인물 형상화를 보더라도 이 대조가 필연적으로 인물의 전형화를 보
　　　장하는 것은 아니다. 오히려 한 쪽을 강하게 부각시키므로써 현실을 왜곡시킬 수
　　　있기 때문이다. 그런데 루카치는 이런 한계를 극복하기 위한 최소한의 요소로,
　　　"작

고 정임이와 같은 상승욕구를 가진 인물, 성욕에 불타는 자본가 안사장과
의 관계에서도 중요한 역할을 하기 때문에 여순의 성격 발전과정이 중심
적으로 드러나지 않는다는 것이다. 그 결과 이 논의는 1980년대 후반에
전개된 변혁운동의 논리가 의도적으로 개입된 결과 준식의 역할을 중심
에 올려 놓는다. 이는 한설야가 월북하여 『黃昏』의 주인공으로 여순이
아닌 준식을 부각한 논리와 연결되어 있다. 물론 『黃昏』에서 준식은 중
요한 역할을 맡고 있다. 준식은 미각성 노동자에서 각성한 대자적 노동자
로 성장하는 과정이 구체적으로 형상화되지는 못했지만, 자각적인 인물로
등장하여 방황하는 여순을 구해 내어 노동계급의 해방투쟁으로 인도하고,
또 지식인으로 노동현장에 뛰어든 형철을 영도하여 자본가 계급의 산업
합리화 정책에 맞서 투쟁한다. 이는 『黃昏』이 1930년대 사회적 삶의 관
계를 총체적으로 형상화하고 있다고 보는 근거가 된다. 그러나 이 견해는
중간 계급에 속하는 여순의 역할을 부차화시킨 점이 한계이다. 왜냐하면
이 시기에 창작된 한설야 장편소설의 창작원리는 오히려 여순의 의식 성
장과정에서 드러나는 '지향성'의 관점에 초점이 놓여져 있기 때문이다.

이상의 간략한 언급[129]에서도 드러난 바와 같이 작품 실상에 밀착하여

"작중 인물의 자신의 행위에 대한 자체 반성이 필요함을 강조한다. 그러나 이런
측면에서 보더라도 『黃昏』에서 준식의 인물 형상화의 미흡함을 확인할 수 있다.
(에른스트 피셔 外, 『예술의 새로운 시각』, 정경임 역, 지양사, 1985, p. 59. 참조.)

129) 기타 작가론의 관점에서 『黃昏』을 다루고 있는 글들은 거의 선행논의에 이어져
있다.

권영민, 「韓雪野論─노동문학의 가능성과 한계」(권영민 編著, 『越北文人研
究』, 文學思想社, 1989, pp. 43~59.)

조정래, 「한설야론」(이선영 편, 『회강이선영교수화갑기념논총 : 1930년대 민
족문학의 인식』, 한길사, 1990, pp. 267~282.)

장상길, 「한설야 소설 연구」, 서울대 석사학위 논문, 1990.

김재영, 「한설야 소설 연구─『황혼』과 『설봉산』을 중심으로」, 연세대 석사학
위 논문, 1990.

남민영, 「김남천과 한설야의 1930년대 소설연구」, 연세대 석사학위 논문, 1991.

『黃昏』의 구성원리를 밝혀보는 것이 무엇보다 중요하다. 그러므로 작가가 생산한 작품의 의미를 올바르게 이해하기 위해서는 작가에 대한 선입견을 최대한 배제하고, 일차적으로 작품 구조에 대한 깊이 있는 천착이 선행되어야 한다. 전형의 문제는 항상 정치적 문제[130]라는 점을 염두에 둘 때, 『黃昏』 분석에서 작품 전, 후반부의 이원성의 문제[131]와 함께 여순의 성격변화의 의미가 밝혀져야 한다. 따라서 여순의 '존재전이'와 노동자 계급의 형상화 문제를 이원적으로 분리하여 논의하는 시각 대신에 하나의 일관된 관점에서 바라보는 것이 보다 유효하리라 본다. 이를 위해 먼저 여순의 성격변화의 과정이 면밀히 분석되어야 한다.

『黃昏』은 우선 작품 전, 후반의 이원성의 문제나, 여순을 가운데 두고

최익현, 「한설야 연구-1930년대 소설의 의지편향성을 중심으로-」, 중앙대 석사학위 논문, 1992.

김재용, 「일제 하 노동운동과 노동소설」(임헌영. 김철 외, 『변혁주체와 한국문학』, 역사 비평사, 1989.)

차원현, 「〈황혼〉과 1930년대 노동 문학의 수준」(정호웅 외, 한국의 현대 문학 1, 한국현대문학연구회 편, 『한국 근대 장편 소설 연구』, 모음사, 1992, pp. 84~85.)

장성수, 「1930년대 경향소설 연구」, 고려대 박사학위 논문, 1989.

한점돌, 「전형기 문단과 프로 리얼리즘의 가능성-한설야의 〈黃昏〉」(구인환 외, 『韓國現代長篇小說研究』, 三知院, 1989.)

오성호, 「식민지시대 노동소설의 성과와 한계-한설야의 〈황혼〉을 중심으로」, 『연세어문학』 22집, 1990.

130) GEORGE J. BECKER,, 『Documents OF Modern Literary Realism』, Princeton University Press, 1963, pp. 486~488.

131) 이선영은 "애정 문제와 일상인의 생활을 다룬 전반부에서는 꽤 진한 실감을 맞보게 되는 데 반해서 계급문제와 노동자의 성격묘사나 노사갈등에 관한 노동자의 생활을 다룬 후반부에서는 왜 그렇지 못한가" 하고 의문을 제기하면서 이를 한설야의 '체험' 문제와 연결시켜 고찰한다. 즉 전반부는 작가의 시선이 한설야의 체험과 유사한 경재에 놓여 있기 때문에 관념적 경향이 강한 후반부보다 훨씬 현실감이 있다는 것이다.(이선영, 「『황혼』의 소망과 리얼리즘」, 『창작과비평』, 1993, 봄. p. 167 참조.)

노동자-자본가의 대립구도보다는 오히려 작품 초반부터 두 개의 대립적인 축, 즉 경재와 여순으로 대변되는 소시민 지식인의 세계와, 준식으로 대변되는 노동자의 세계가 모두 여순을 중심으로 전개된다. 그 결과 작품의 중심점은 당연히 여순의 의식성장면, 즉 여순의 성격변화의 형상화에 놓여지게 되며, 작품 후반부의 노동자의 활동상이나 조직화 과정이 상대적인 의미에서 구체적으로 형상화되지 못하고[132] 오히려 삽화적 의미를 지니게 된다. 이는 한설야가 자신의 작품에 대해 언급하고 있는 데서도 잘 드러난다. 한설야는 전형적인 인간, 즉 "시대적인 기다(幾多)의 참신한 문자로 무장한 '머리'의 인간으로부터 역사적 발전의 기본적 임무를 담당하는 하층에로의 추이 도상에 있는 기본계급의 인간 전형"을 창조해 보려고 했으나 그 주인공들이 무력하고 그 세계 또한 협소했다고 말한다. 한설야의 이 말 속에는 준식을 제외한 여러 지식인들의 한계가 내포되어 있다. 그러나 이후 더욱 악화되는 시대상황에서 그의 이러한 태도 또한 바뀌게 된다. 즉 한설야는 여순이 남들과 달리 명일에 마땅히 걸어야 할 길을 오늘에 걸은 사람이며, 환경과 타협하거나 추수하지 않고 끝까지 싸우면서 마음의 무장을 해제하지 않은 인물이라 말한다.[133] 이것이 바로

---

132) 한설야는 이에 대해 "그 죄의 태반은 물론 나의 둔(鈍)에 있는 것이나 또한 그뿐이 아닌 것을 독자는 양해하리라."라고 언급함으로써 당대의 창작 여건의 어려움을 암시하고 있다.(『황혼』(上), 창작과 비평사, 1989, p. 3. 참조.)

133) 한설야, 「『黃昏』의 麗順―내 作品의 女主人公」, 『朝光』 42, 1939. 4.
   "麗順이도 恩姬도 自己가 사는 環境과 싸우는 點에서는 共通되는 生活을 가젓지만 麗順의 그것은 恩姬의 그것보다 오늘의 世代에 있어서는 보다 基本的인 生活環境이다."
   나병철은 노동자들을 주인공으로 한 『黃昏』이, 긍정적 인물의 전형을 성공적으로 형상화하였다고 보고, 그런 성과의 근거로, 작가가 악화된 상황 속에서도 끝까지 진보적 세계관을 관철하려는 의지가 있었기 때문이라고 언급한다. 특히 김외곤은 『大河』의 한계인 객관편향과, 또한 『黃昏』의 한계로 작가의 관념성을 들고 있다.(나병철, 「1930년대 후반기 도시소설 연구」, 연세대 박사학위 논문, 1989. 12. p. 12. ; 김외곤, 「1930년대 한국 현실주의 소설 연구」, 서울대 석

유일하게 비전향파인 듯이 행동한 한설야의 특징적 면모[134]이며, 1930년
대 후반기에 창작된 모든 장편소설의 작품 구성원리로써 창작방법의 근
저를 마련한다. 다시 말하면 애초에는 소극적인 의미를 지닌 하나의 중심
축이 또 하나의 적극적인 중심축을 찾아 나아가는 '지향성'의 의미가 한
설야 작품의 중요한 창작동인이 되고 있다. 그러므로 단순히 작가의 입장
에서 '자존심'의 문제를 강조하는 것은 재고할 필요가 있다.[135] 두 중심축

사학위 논문, 1990. 참조.)

134) 한설야의『黃昏』은 작가에게 일종의 자기 위안적 존재로 지탱점을 마련하는 계
기로 작용한다.

"최초의 목적이 그래도 이 소설을 현대적인 모랄을 가진 인텔리겐차에게 보
이려는 데 있었으나 그리할 만한 것이 못된다고 생각되었기 때문이다.

그러나 요사이 다시 통독해 보니 그저 버리기 아까운 데가 없지 않은 듯하
다. 그래도 어떤 '세대'를 말해보려고 한 인텐트가 거친 무위에 빠진 숨막히는
오늘의 나를 꾸짖어주는 것 같음을 나는 이 작에서 깨닫는 것이다. 동시에 나의
하잘 것 없는 이 몸보다 적어도 이 작의 생명이 더 길 것을 또한 믿지 않을 수
없는 것이다."(『황혼』(上) 序, p. 3.)

이 점과 관련하여 한설야의 자전적인 다음과 같은 진술은 시사하는 바가 많다.
"생각하면 내가 몸소 잡아 쥔 보물 '신의'는 참으로 좋은 것이었다. 이것을
지키고 키워가면 나중에 죽고 사는 어려운 판국에 가서도 동무를 배신하는 일
이 없을 것이었다. 그러므로 어린 시절에 추구한 이 '신의'는 응당 일생을 두고
지켜야 할 그러한 보물이었던 것이다."(한설야, 이기영 外 지음,『나의 인간수
업, 文學 수업』, 인동출판사, 1989, p. 14.)

135) 서경석,「한설야의『황혼』과『황혼』논쟁」(정호웅 외,『장편소설로 보는 새
로운 민족문학사』, 열음사, 1993, pp. 147~160.)

서경석은 한설야가 1936년 자신 있게 내놓았던「탁류」삼부작의「洪水」도
1928년 가명으로 발표했던「洪水」에서 지주 김별장 대신 사사끼 교장을 등장시
킨 것 이외에는 갈등 내용조차 거의 그대로 일치한다고 보고, "『황혼』은 과거 그
가 쓰고자 했고 또 그가 쓰고 싶어했던 노동계급의 세계를, 출소하여 귀향한 후에
현실에 대한 깊은 천착없이 만들어 낸 그의 자존심의 세계였다."고 지적한다.

기타, 서경석,「한국 경향소설과 '귀향'의 의미」(김윤식. 정호웅 編,『한국
근대리얼리즘 작가 연구』, 文學과 知性社, 1988, pp. 162~185.)와「생활문학

가운데 적극적인 중심축의 의미가 작품마다 나타나는 현상은 상이한데, 『黃昏』(월북 후 창작한 『설봉산』의 세계도 이에 해당함:필자 주)처럼 작품 전면에 구체적으로 드러나기도 하고 ,『마음의 鄕村』처럼 철처히 배일에 가려져 있기도 하고,『靑春記』,『塔』에서처럼 중간적 형태도 있다. 그러므로 『黃昏』을 올바르게 이해하기 위해서는 전향 후 일련의 과정에서 생산된 『마음의 鄕村』,『靑春記』,『塔』 등과 함께 일관된 관점에서 다루는 것이 보다 유효하리라 본다. 이럴 때 한설야의 1930년대 후반기 장편소설에 나타나는 이념성의 실체가 보다 분명히 드러나게 되며, 아울러 이들 작품의 성과와 한계가 동시에 밝혀질 수 있다.

특히 『黃昏』에서 여순이 보여 주는 자기개조의 성격은 여순의 성격 변화과정에서 명확히 드러난다. 『黃昏』 역시 한설야가 자주 언급한 바 있는 삼각연애소설[136] 형식을 취하고 있다. 여순—경재—현옥, 경재—여순—준식, 경재—여순—안중서, 학수—정임—공장주임, 여순—준식—분이, 준식—복술—동필의 관계가 그것이다. 그러나 작품 전개과정상 작품 전반부에서 여순—경재—현옥의 갈등관세가 중심에 놓이다가 후반부에 오면 위에서 지적한 다양한 인물들의 갈등관계가 노출된다. 그러나 작품 후반부에서의 갈등은 여순의 의식 성장과정에 초점이 놓여 있기 때문에 경재—여순—준식의 갈등관계를 제외한 모든 삼각관계의 갈등은 부차적이거나 에피소드에 불과하다. 세 사람 중 두 사람의 일방적인 의견교환으로 생기는 갈등이기 때문에 그렇게 심각한 의미를 지니지 못한다. 특히 준식

___

과 신념의 세계」(김윤식. 정호웅 엮음, 『한국문학의 리얼리즘과 모더니즘』, 民音社, 1989, pp. 253~268.), 그리고 「한설야 문학 연구」(서울대 박사학위 논문, 1993.)가 있다.

136) 이선영은 『黃昏』이 애정관계와 계급갈등 문제를 다루고 있지만, 『黃昏』에서 작품의 과반 분량을 차지하고 있는 애정관계 이야기가 진정한 의미로 노리고 있는 것은 우리 독자의 주의를 그쪽으로 향하게 해서 정치적으로 다루기 어렵고 일반 독자가 수용하기에 쉽지 않을 수도 있는 계급갈등의 문제를 무난히 형성해 나가도록 하는 데 있다고 본다.(이선영, op. cit. p. 167. 참조.)

을 사이에 두고 여순과 타인물과의 갈등은 실지 아무런 의미를 지니지 못한
다. 왜냐하면 준식은 시종일관한 태도로 인해 다른 인물들과의 갈등을 원천
에서 차단하는 역할을 한다. 즉 준식은 '특이한 인물 유형(Der verfrem- dete
Held)'으로 특이한 위치와 행동방식, 그리고 특이한 인물간의 구조나 체계를
스스로 요구받고 있다. 즉 이런 특이성은 의미심장한 구조화의 관점에서 보
면, 외적 상황과 생활 관계에서 보다 강렬한 특성을 지니며, 또한 근본적으
로 인물의 내적 형상의 파악도 용이하다.[137] 여기에 작가 한설야의 창작의도
또는 작가정신이 은밀히 잠재되어 있다.

　　지금 내게 있어서 가장 부러운 일은 사람이 險難한 一生을 어떻게 뜻먹
　은 대로 끝까지 결바르게 살아갈가 하는 그것이다. 목숨이 떠러지는 그 대
　목에 가서도 제가 살아온 기나긴 一生의 빛나는 길을 더럽히는 수 있는
　것이니, 棺 뚜게를 닫아 놓고 따저보아도 잘낫거나 못낫거나 어쨋던 한결
　같이 오리바른 길을 제 人生行路로 한 사람이 되고 싶은 것이다.(중략)
　　麗順이도 恩姬도 自己가 사는 環境과 싸우는 點에서는 共通되는 生活을
　가젓지만 麗順의 그것은 恩姬의 그것보다 오늘의 世代에 있어서는 보다 基
　本的인 生活環境이다. 恩姬는 끝까지 小市民層의 한사람으로 敎養있는 사
　람들의 그 길을 自己의 길로 하였지만 麗順은 스스로 그 길은 取하지 않
　고 그보다 훨신 苦難에 찬 地下道를 自己의 길로 擇하였다. 그것은 普通人
　間이 取하지 않는 길이지만, 그러나 麗順은 그것이 明日의 普通人間이 取
　할 길인 것을 잘 알았기 때문이다. 卽 남들이 「明日」에 있어서 마땅히 걸
　어야 할 길을 오늘에 걸은 그것 뿐이다. 그러기 때문에 明日에 가서 正當
　히 評價될 길이 오늘에 있어서는 往往 嘲笑와 蔑視를 받는 일이 있다. 그
　러나 明日을 알기 때문에 麗順은 오늘의 苦痛을 견디어 나갈 수 있었다.
　내가 麗順을 말하고 싶은 理由는 물론 여게 있는 것이나 또 하나는 그가
　끝까지 그 길을 버리지 않았다는 거기에도 있다.
　　처음 제가 뜻한 길을 終身토록 自己의 길로 한다는 것은 기실 非常히

---

137) Karl Migner, 『Theorie des modernen Romans』, ALFRED KRÖNER
　　　　VERLAG STUTTGART, 1970, PP. 93~94.

어려운 일이다. 그러나 그만치 빛나는 일인 것도 事實이다. 지금에 앉아
서 나는 어느때보다도 切實히 이것을 느끼고 있다.(중략)
　나는 오늘에 와서 도리여 麗順에게 배우는 바가 많다. 때로는 고마운
내 師表가 되어주기도 한다. 가만히 그가 걸은 길을 생각는 때 내 길이
화—니 뵈여지는 것이다. 한결같이 내 길을 걸으리라.[138]

　여순은 원래 시골 태생으로 지금 서울에서 공부하고 있는 고학생이다. 시
골에는 동생 기순이가 오촌 집에 기식하고 있다. 오촌 집은 여순의 부모가
남겨준 재산을 모두 가로챘기 때문에 어려서 부모를 잃고 고아가 된 여순
남매는 더한층 어려운 여건에 놓여 있다. 토착 자본가 김재당의 아들 경재는
금광으로 졸부가 된 신흥 자본가 안중서의 딸 현옥과 약혼 중이다. 김재당은
기울어지기 시작한 자신의 일생사업을 다시 세우려는 수단으로 아들 경재와
현옥과의 결혼을 서두른다. 반면 안중서는 김재당의 산업합리화 정책에 대한
몰이해와 실천 미숙으로 인해 거의 파산 지경에 이른 회사를 회생시키기 위
해 새 기계 도입과 건강진단을 빌미로 인원감원 계획을 세운다. 그러나 경재
와 현옥은 동경 유학 중에 만나 처음에는 "피차 일치된 생각"을 갖고 "금
시 세월이 뒤바뀔 듯이 새 소리 높은 때" 씩씩한 동지애를 지니고 있었다.
그러다 그들은 차츰 사랑의 좁은 굴레로 빠져들게 되고 적당히 현실과 타협
한다. 특히 경재의 나약하고 우유부단한 성격은 사랑의 굴레에서 끝내 헤어
나지 못한다. 경재는 작품 초반부터 너무 노골적으로 사상이 확고하지 못하
다는 비판을 받고 있기 때문에 이미 그의 황혼은 예견되는 바 있다. 그는 다
만 "자기가 옳다고 생각하던 바를 가볍게 내어던지는 사람을 미워할만한 양
심"은 가지고 있다. 그러나 마음 속의 고민을 고칠 방법이나 적극적인 용기
가 부족하다. 독서가 그의 유일한 타개책이며, 그의 앞에는 사랑의 길만 환
히 열려 있다. 경재의 소시민다운 사고방식은 "하다못해 노동을 해먹는 한이
있다 히더라도"라는 말에서 잘 드러난다. 이와 달리 준식은 여순과 한 고향

---

138) 한설야, 「『黃昏』의 麗順—내 作品의 女主人公」, 『朝光』42, 1939. 4.

사람으로 시골 사립학교에서 같이 공부하다가 함께 서울로 올라왔다. 그러나 준식의 출학사건(《무슨 사건》 참조.)과 공장으로 들어가게 된 배경 설명(《어찌어찌해서》 참조.)이 작품 속에 구체적으로 나타나 있지 않다.

『黃昏』은 작품 초반인 제3장 〈그 네 사람〉 중 "경재가 현옥이와 이야기하고 있는 그 시간에 여순은 준식이와 이야기하고 있었다."는 말에서 작품의 방향성을 이미 시사해 주고 있다. 특히 여순이 준식을 대하는 태도의 문제는 한설야의 중요한 창작원리가 숨어 있는 부분이다. 또한 작품 후반부에서 여순과 준식은 다같이 노동자, 동지로서 굳게 결합하여 활동하지만 고향 친구나 동창생일 뿐이며, 결코 이념적 동지로서의 관계를 넘어서지 않는 것에서도 이 원리는 스며들어 있다. 즉 이 원리는 해외나 타향에 나가 사상운동을 하는 오빠나 사상 청년을 궁극의 가치로 설정해 놓고 한 여자가 애정갈등이나 사소한 신변 문제를 넘어서서 궁극의 지향성을 보이는 과정이다. 특히 이 창작원리는 단순한 개인사의 범주를 넘어 해방 전, 후에 걸쳐 전개된 시대사의 의미와 일관되게 작품 구성원리로써 작용한다.

준식은 시종일관 공장 내에서 누구보다도 정력적으로 활동하지만 태도와 감정의 변화가 전혀 없는 정물적인 인물로 묘사되어 있다. 준식은 여순을 대하는 태도에 있어서도, 여순이 사장 안중서와 함께 사무실에 근무하게 된 것을 계기로 그를 통해 오직 회사의 내막을 수시로 알아보려는 의도를 가진 데 반해, 여순은 준식이가 "속된 감정과 애증(愛憎)의 기반을 벗지 못한, 자기와 같은 예사론 사람으로는 알아낼 수 없는 거룩한" 사람으로 생각한다. 특히 여순은 사무실에 근무하면서도 차라리 공장에 가서 기술을 배우는 것이 오히려 낫겠다고 수시로 언급하는데, 그 이유가 준식에 대한 미안함이다.

때도 봄이요 인생도 봄이건만 오늘도 꽃과 사랑을 실은 동군의 수레는 그들을 찾지 아니하였다. 그리하여 여전히 그늘진 비탈길을 걷는 은혜받지 못한 그들은 한저녁의 짧은 만남을 마치고 피차 갈리지 않으면 안

되었다. 끝까지 그들은 제각각 딴 길을 걷고 말 것일까?

그렇지 않으면 한길의 길동무로 어깨를 맞추어 나아갈 날이 오고 말 것인가?[139]

그러나 여순의 '존재전이'는 명확하고 투철한 자기 의지에 밑받침되어 있다. 이 과정은 결국 경재에게서 준식에로의 지향을 보이는 작품 구조와 완전히 동궤이다. 여순은 "과감히 사랑을 넘어서는 장엄한 심리"와 "하기 어려운 일을 몸소 해보는 쾌감"을 느끼며 오직 하나뿐인 옛 동무 준식을 찾아간다. 여순의 '존재전이' 과정은 다음에서 잘 드러난다.

보다 더 괴로움이 온다 하더라도 한번 눈을 꼭 감고 대담한 동기를 지어보고 싶었다. 그러나 그는 아직 그렇게 말해버릴 수는 없었다. 그 절정에 올라서는 데에는 좀 더 용기가 필요하였다.

그는 장엄한 비극을 꾸미기에는 아직 약한 자기임을 깨달았다. 그래서 그는 제 몸을 스스로 꾸짖듯이 또는 비웃듯이 별안간 아주 명쾌한 태도에로 제 몸을 돌려세웠다.

이 극에 설 수 없으면 저 극으로라도 가보자 하는 심사다. 즉 불이 아니면 물이라도 찾고 싶은 것이 이 때의 그의 심경이었던 것이다.[140]

특히 여순이 "가장 안전한 곳이 땅바닥이며 땅에 발을 붙이고 사는 사람 중에 끼어 있는 것이 차라리 제일 안전한 처신이며 자기 자리"라고 느끼는 것은 작품 후반부와 연결되는 중요한 고리이다. 그 결과 작품 후반부에서 경재의 주선으로 공장에 취직하여 준식과 함께 적극적으로 활동하는 형철과, 또한 동필과의 노선 대립 후 화합의 계기를 마련하는 노동현장의 동적 움직임은 여순의 의식성장면에 압도되어 구체적으로 형상화되지 못하였고 거의 삽화적 의미를 지닌다.

---

139) 『황혼』(上), 창작과 비평사, p. 55.
140) 『황혼』(下), 창작과 비평사, p. 11.

"그러니까 저는 한번 눈을 꽉 감고 지금 생각하는 대로 해볼 작정이
에요. 구태여 높은 자리를 구할 필요가 없으니까 공장도 좋고…… 무엇
이든지 가리지 않을 작정이에요."

여순은 이렇게 결론을 지었다. 물론 그는 아직도 파고 들어가 보면 확
고히 어떤 결심이 섰다고는 할 수 없었다. 만일 그가 안에 굳은 결심이
있다면 단 한마디로 끊어 말하고 말았을 것이다. 그러나 그렇지 못하고
기다랗게 이론적으로 돌림길을 돌아 내려온 것은 사실인즉 아직도 그 결
심이 그 자신의 피와 살과 호흡이 되지 못한 까닭이었다. 만일 그 결심
을 육신으로서 느낀다면 한마디로 '나는 이렇게 하겠다' 하면 그 담은 천
백이 무어라고 하든지 상관할 거 없을 것이나 그것은 그렇게 밥먹듯 되
는 일은 아니었다. 그래서 그 자신도 그새 좀더 강해지려고 여러가지로
반성하고 겸하여 준식의 권고도 간곡한 바 있어서 어쨌든 위선 준식의
권고를 따르기로 하였던 것이다.[141]

특히 이 인용문은 여순의 성격 형상화에 있어 필연성의 결핍을 지적하
기 위해 자주 언급되는 부분이다. 그런데 여순이 준식에게 동조하는 하나
의 계기는 물론 준식의 절대적인 영향이지만 오히려 형철에게서 받은 결
정적인 영향 때문이다. "준식의 말도 말이지만 형철이 그 사람이 육신으
로써 가르쳐 주는 교훈이 더욱 큰 힘이 되었다."는 것, 자기보다 모든 점
에서 월등한 형철이의 처신이 무엇보다 살아있는 교훈이 되었다는 것, 그
래서 자기의 갈 길을 맘 튼튼히 생각한다는 것, 그래서 이전에는 창피하
게 느껴지던 것이 이젠 사라졌다는 것이 그것이다. 여순의 성격변화 자체
는 이미 강한 이념성을 드러내지만, 그 과정은 형철의 매개로 인해 어느
정도 필연성을 동반하고 있다. 그러나 이 필연성이 현실과의 구체적인 관
계에서가 아니라 인물들 간의 피상적인 상호관계에 의해 상대적 의미만
을 지닌다면, 그 의미는 제한적일 수밖에 없다. 그것은 형철 또한 준식의
이념성에 이어져 있다는 점에서 마찬가지기 때문이다. 임화의 지적처럼

---

141) 『황혼』(下), p. 136.

『黃昏』이 『靑春記』의 성과에도 미치지 못하는 근본 이유가 바로 『黃昏』
의 작중 현실이 과연 당대 현실의 모습에서 어느 정도 정합성을 지니고
있느냐 하는 문제와 관련된다고 볼 때 그 한계는 자명하다. 결국 『黃昏』
은 여순의 의식성장의 측면[142]에 과도한 비중을 둔 결과 경재의 성격 형
상화조차도 필연성이 없이 너무 왜소화되어 나타난다.[143] 이것이 『黃昏』
이 지닌 특이성이며 동시에 한계이다. 특히 작가가 어떤 특성을 강력하게
다루거나, 그 특성의 부재를 강력하게 드러내려 하는 태도는, 그 특별한
의미나 의의에 대한 관습적인 자각 이상의 것에서 주로 연유한다. 즉
『黃昏』은 현실의 추상화를 통해 민족 생활의 생생하고 구체적인 역사적
상황을 도외시하게 되는 결과를 초래한다.

　나. 『塔』[144]
　『塔』은 우선 단순한 세태소설이 아니라는 점과, 봉건과 근대라는 대립
구도의 연장선상에서 근로자에 대한 인식과 사상선택으로 말해질 수 있

---

142) 한설야, 「『黃昏』의 麗順―내 作品의 女主人公」, 『朝光』 42, 1939. 4.
　　"내 長篇小說의 女主人公을 말하랴면 『黃昏』의 麗順이와 『靑春記』의 恩姫를
　　다 말할 수 있으나 그래도 나는 첫째 『黃昏』의 麗順孃을 말하고 싶다. 그것은
　　거진 肉親愛에 가까운 實感으로서다."
143) 이 문제는 작가의 근본적인 창작태도와 관련되어 있다. 작가의 다음과 같은 진
　　술은 이 문제를 단적으로 암시해 준다.
　　"이 소설은 량심잇는 인테리 청년의 고민을 그린 것이다. 고민은 고민으로만
　　그리게 되면 그 색채와 의의(意義)가 엷어질가 하야 그것을 가장 선명히 할 어
　　떠한 대조(對照) 아래에 마조 비최어보려고 한다."(한설야, 「作者의 말―本紙
　　에 빗날 新長篇 小說」, 『朝鮮日報』, 1936. 2. 2.)
　　그러나 실제로는 작가의 의도에 반하여 경재의 인물 형상화가 너무 왜소화되어
　　나타난 흠이 있다.
144) 『塔』은 1942년 제2부인 「열풍」이 창작되었지만 발표되지는 못하고, 이어 1944
　　년에 한설야는 제3부인 「해바라기」를 거의 완성해 갈 무렵에 해방을 맞이하게
　　된다.(안함광, 『조선문학사』, 연변교육출판사, 1956, p. 259. 참조.)

는 제3의 방향을 취하고 있다는 점이 주목된다.[145] 바로 이 점이 김남천
의 『大河』와 다른 『塔』의 특이성이다. 한설야는 심경소설과 세태소설이
명일에 대한 지도정신을 갖지 못한다고 지적한다. 작가는 세태소설의 경
우에도 세상에 명멸하는 사상을 모두 다 드러내는 것이 아니라, 선택 원
리가 작용될 수밖에 없다는 것이다. 그러므로 작가는 이 선택을 결정하는
세계관 또는 사상이 있어야 하는데, 이럴 때 작가의 세계관은 일상적 상
식을 넘어서서 작품으로 하여금 독자를 높은 세계로 끌어올리고 지도할
수 있다고 주장한다.

　『塔』은 이런 관점에서 1930년대 후반 작가가 지닌 사상의 재점검 작업
과 그 확인과정이라는 특이한 사유형태로 등장한 작품이다. 그러므로 이
작품은 한설야가 카프가 해산된 이후에도 이전에 지녔던 강한 이념성을
일관되게 유지하고 있음을 잘 보여 준다.

　『塔』은 일로전쟁 직후를 시간배경으로 한 한설야의 자전적인 작품으로
상허 이태준의 자전적 장편 성장소설인 『思想의 月夜』와 마찬가지로 큰
뜻을 품고 가출한 청년의 서울 생활을 다루고 있다는 점에서 유사한 구
조를 지닌다. 『塔』의 주인공 우길 또한 『思想의 月夜』의 송빈과 마찬가
지로 동경 유학의 꿈도 꾸고 있다. 두 작품 사이에 차이점이 있다면
『塔』이 작품 초반부에서 풍속묘사에 지나친 관심을 기울인 나머지 작품
후반부에서 우길의 활동 부분이 상대적으로 약화되었다는 점이다. 왜냐하
면 『思想의 月夜』는 작가의 자전적인 성장과정에 비중을 둔 결과 일련의
사건이 계기적으로 연결되어 있고 서울에서의 활동상이 구체적으로 언급

---

145) 조동일은 『大河』, 『봄』, 『思想의 月夜』, 『塔』 등을 가족사 세태소설로 보고 문
　　학사적 의미를 부여하지 않는다. 또한 김윤식도 『塔』은 가족사연대기 소설이
　　아니라 단순한 자전적 성장소설의 형태에 불과하며, 세태풍속 묘사의 수준을 벗
　　어나지 못했다고 본다.(조동일, 『한국문학통사』, 지식산업사, 1988, pp. 430
　　~433. : 김윤식, 『한국 현대 현실주의 소설 연구』, 文學과 知性社, 1990, pp.
　　262~23.)

되고 있기 때문이다.[146] 특히 『塔』에 등장하는 여종 계섬은 사춘기에 처한 여자의 본능으로 몸부림치지만 지향할 바를 얻지 못해 끝내 좌절되고 만다. 그러나 계섬의 죽음은 우길의 인격 형성에 상당한 영향을 미친다.

상도는 이때부터 더욱 호강하는 사람을 경멸하고 근로하는 사람이 신성하다는 막연하나마 한개의 신념을 가지게 되었다.
그것은 그가 일즉 계섬이와 그의 주검을 가장 불상히 생각하든 그 생각과 또는 권세없는 백성들을 혹민해서 세도하든 아버지에게 대한 막연한 반감 속에서 상도 자신도 모르게 자라난 생각이였다.
남을 속이지안코 누르지안코 그 대신 힘없는 사람들을 도아주는 것이 가장 거룩다고 그는 생각하였다.
상도는 마음으로나마 어릴적부터 계섬이를 가엽게 생각한 그 맘이 자기에게는 가장 귀엽고 바른 생각이였다는 것을 이제 새삼스레 의식하였다.[147]

신문연재본 155회에 나타닌 바로 보면 우길은 이때 뒤꼍에 가서 혼자

---

146) 『思想의 月夜』는 같은 가족사연대기 소설 중에서도 가장 성장소설적 성격이 강하다. 특히 이 작품은 작가 이태준의 세계관 형성과, 해방 전, 후에 보이는 의식의 변환과정을 구체적으로 형상화하고 있다. 〈이상갑, 「『思想의 月夜』研究」(상허문학회 지음, 『이태준 문학연구』, 깊은샘, 1993, pp. 346~365. 참조.)〉
147) 『塔』, 『每日新報』, 1941. 2. 11.(155회)
한설야의 『塔』은 『每日新報』에 1940. 8. 1~1941. 2. 14일까지 연재된 작품이다. 그 후 단행본이 매일신보사에서 나왔는데, 이 단행본에는 신문연재 회수 중 155회~157회가 누락되어 있다. 특히 이 부분은 『塔』뿐만 아니라 1930년대 후반기 한설야 장편소설의 창작원리와 함께 작가의 지향점을 규명하는 데 밀접한 연관관계를 지니고 있다는 점에서 주목된다. 기존 대부분의 연구가 단행본을 텍스트로 하여 왔다는 점이 이 시점에서 지적되어야 한다. 특히 신문 연재 마지막 부기에 "＊ 訂正＝『塔』一五六과 一五七은 回數가 바뀟삽기 이에 訂正하나이다."라는 말도 주목할 필요가 있다.

말 없이 울었다는 것, 그때 이미 집에서 마음이 떠났다는 것, 그리고 그 때의 마음이 아주 장쾌했다는 것을 강조하고 있다. 게섭의 죽음은 우길의 의식 형성과정에 깊은 영향을 미치고 있다. 우길은 형 수길과 달리 게섭을 차별하지 않는다. 주인공 우길은 타락한 부의식을 강렬히 넘어서고자 하는데, 부와의 대립은 동생 이순의 혼인문제를 중심으로 전개된다. 아버지 박진사는 몰락하는 봉건 지배층을 대변하는 인물인데, 그는 새로운 시대 분위기를 타고 개간지 사업과 철광 사업에 손을 대어 보지만 점점 가운이 기울어진다. 이에 반해 송병교는 합리적인 경제 행위로 신흥 부르조아로 성장해 간다. 우길은 아버지가 자식들에게 한 일은 하나도 잘한 것이 없다고 생각한다. 박진사는 우길의 형 수길의 혼사를 술집에서 결정해 버리고, 딸 이순의 혼사도 "손쉽게 실로 담배쌈지 하나 사기보다 더 개벼이" 결정하려 한다. 말하자면 작가는 우길의 행동을 통해 정략 결혼에 대한 거부와 자유 연애사상을 이야기하고 있다. 형 수길이가 글 공부가 느는 데 비례해서 정반대로 자꾸만 생기가 꺾이어 가는 데 반해, 우길의 적극적 성격은 작품 곳곳에 언급된다. 우길은 어려서부터 고집이 세고, 머리를 전부 깎은 야바우주인이 펼치는 야바우 판에서 막연하나마 개화라는 의미를 이미 읽기도 했다. 우길의 가출 원인 중 하나는 형 수길이가 아버지와 마찬가지로 딸(여자)에 대해 지니고 있는 그릇된 사고 때문이다. 수길은 여동생 이순을 귀여워하는 우길을 아주 못마땅해 한다. 이런 것이 모두 우길의 마음을 어둡게 하고 또 집에 그의 어린 마음이 차분히 머물러 있지 못하게 한다. 더군다나 아버지는 자신의 개간지 공사 자금 융통을 위해 겨우 14세인 여동생 이순의 혼사를 준비하려고 한다. 우길에게는 혼사를 추진하는 모든 사람들이 귀여운 동생을 물어가려는 이리로 느껴진다. 우길은 "누이 동생 이순이가 비록 공부는 못했을망정 아모리한들 오늘의 청년으로 학교도 못 구경한 그 따위 팔불용"을 두고 혼담을 꺼내는 데 대해 분개한다. 작가는 이 대목에서 서서히 자신의 이념을 투사하기 시작한다. 빨리 내려와서 자신을 구원해 달라는 여동생 이순의 편지 내용이 촉진제 역할을 한다. 상도는 여동생 이순을 구출한다는 것이 단순히 오빠로서의 의무만이 아니라, 차라리 인간으로서 누구나 당연히 해야할 거룩한 일로 느낀다. 그러므로 남매 단위로 드러나는 '장악적'모티프의 의미는 단순히 형제간 애정의 의미를 넘어서서 1930년대 후반 극도의 침체기에 접어든 지식인이 자신의 내적 자존심을 유지하는 한 가지 방식으로 기능한다.

> 상도는 지금 제가 할 일 중에서 그것이 제일 급선무라고 생각하였다.
> 「동기간의 정을 넘어서……」
> 그렇게 생각하니 상도는 눈물이 날 것 같았다. 커다란 인간악(人間惡) 앞에 떨고 있는 한계의 약자를 생각할 때 상도는 자기라는 존재가 너무도 무력하고 조그만 것을 울지 않을 수 없는 절통한 일이었다.
> 그는 아버지에게 대해서 처음으로 도전할 것을 결심하였다. 어떤 방법으로든지 아버지의 뜻을 꺾어주고야 백이리라 하였다.(중략)
> 그는 쌓이고 쌓인 무엇이 가슴에서 연성 폭발하려는 것을 느꼈다. 그 것은 단지 아버지에게 대한 것만도 아닌듯하였다. 이때와 이땅에 대해서 그는 어지러운 역청(瀝靑)과 같은 검은 그림자를 지질히 끌고 이땅의 젊은 세대(世代)를 짖밟고 나가려는 낡은 역사의 마지막 장을 제 손으로 쥐어 찢고 싶었다.[148]

상도는 이순을 데리고 가족 몰래 집을 떠나 서울로 올라온 후 조용한 하숙집을 얻어 이순과 함께 지내게 된다. 상도는 아버지가 찾아올 것을 염려하여 학교에 나가지는 않고, 문학에 대한 꿈을 키운다. 우길은 형사의 취조 끝에 결국 이순의 주소를 알려주고야 말지만, 우길이가 과감하게 아버지와 절교를 선언한다는 것은 우길의 앞으로의 취할 방향이 이미 암시된다.

이런 관점에서 보면 한설야의 1930년대 후반기 장편소설은 주도면밀하게 형상화된 측면이 있다. 이것은 단순히 작가가 지닌 자존심의 차원을

---

148) 『塔』, 每日新報社出版部, 1942, p. 601.

떠나서 작품 창작 원리로 기능하며, 전향문학으로 통칭할 수 있는 이 시기 전반적인 문학경향에서 한설야 문학이 지닌 특이한 유형을 형성하게 된다.

다. 『마음의 鄕村』

이 작품은 한설야의 내적 자존심 또는 자부심을 주인공 초향의 입을 통해 강하게 드러내고 있다. 그것은 "제왕인듯 스스로 거룩하다. 누가 나를 깔보랴. 허공에 뜬 별과 같이 하계(夏界)의 못난 이들을 비웃을 특권을 누가 내게서 빼앗으랴."하는 초향의 말에서 분명히 드러난다. 특히 초향이 기생길에 들어선 것은 자각적임이 우선 주목된다. 초향이는 기생이라는 직업을 자신이 하고 싶어서 스스로 선택한다. 더군다나 초향이는 전문학교까지 나온 지식인 여성이다. 그런데 초향에게는 열일곱 살 위인 오빠 하나가 있기는 하나 자취를 감춘 지 이미 십 년이 되었다. 초향은 어떤 어려움이 있어도 자기에게도 오직 하나 뿐인, 남부럽지 않는 오빠가 있고, 또 그 오빠는 어디서든 살아 있으리라 굳게 믿고 있다. 오빠 권상기는 작품 문맥에서 유추해 본다면 상해에서 사상운동을 하고 있는 좌익청년으로 나타난다. 그러나 오빠의 존재는 전혀 작품 표면에 나타나지 않고 작품 배후에서만 움직인다. 초향의 유일한 희망은 이 오빠를 찾는 데 있다. 그러나 초향은 타락하고 인색한 자산가인 아버지가 있지만, 그녀는 어머니의 불륜의 관계로 태어난 관계로 오빠와는 이복 형제이다. 초향이는 원래 이름이 수향(水香)이었고, 어릴 때 이름은 선영(鮮英)이었지만 좀 더 적극적인 의미를 부여하기 위해 초향이라 고쳤다. 톨스토이가 일찍이 고가색 지방에서 발에 밟혀도 밟만 떨어지면 곧 머리를 들고 살아나는 이름없는 풀을 보고 유명한 역사소설 「하지무라드」를 쓴 데 착안한 것이다. 여기에는 한설야가 이 작품을 지은 창작의도까지도 암시적으로 드러나 있다. 즉 초향은 자신의 이름이 스스로 "이를 악물고 어름같이 차갑게 세상을 살아가는" 의지의 일면을 말해준다고 자부한다. 초향은 다양한 부류의 사람들이 술집에 드나들지만 그들에게 별로 흥미가 없다. 왜냐하

면 그들은 지금 세상에서 보고 듣는 그것만을 가장 아름답고 바르고 좋
은 것이라고 생각하기 때문이다. 그들은 반복되는 매일의 삶을 그저 살아
갈 뿐 명일을 모른다. 초향의 이런 심경은 진실한 인간을 그리워하는 간
곡한 심정을 반영한다. 초향은 비록 기생이 되었지만 거친 생활을 남보다
보기 좋게 버텨 보겠다는 오기도 가지고 있다. 초향은 혼탁한 세상 속에
서 자신만이 생각하는 참사람을 찾고 있다. 그런데 그녀에게 "시골뜨기
야인(野人)의 풍모"를 가졌으며, "정력적으로 생기고 마치로 드들겨도 꼼
짝 안할 것같이 다부지게" 보이는 권이라는 청년이 나타난다. 이 작품에
서 권이라는 청년은 초향의 오빠 상기의 유일한 벗일 뿐 아니라 오빠의
부탁을 받고 초향을 데리려 온 사람이다. 이 대목에서 한설야가 1930년대
후반기에 창작한 장편소설의 창작원리가 여지없이 드러난다. 그것은 앞서
언급한 바와 같이 어떤 한 축이 또 다른 한 축을 향해 끊임없이 나아가
는 구조이다. 그것은 초향이의 "사람을 미워하고 세상을 비웃는 맘이 도
리어 생명을 타오르게 하는 기름이 될 수 있다."는 말에서 잘 드러난다.
한 축이 끊임없이 의식의 성장을 보이면서 발전적인 방향으로 지향해 가
는 과정에서 권이라는 청년은 훌륭한 매개자로서 기능한다. 특히 초향의
의식각성 과정은 이른 새벽녘에 처음으로 경험한 노동자들의 생활세계에
서 잘 드러난다.

> 하나 한사람 두사람 보아가는 사이 그는 자기가 생각하던 사람과 전연
> 다른 사람들인 것을 깨달았다. 시방 나다니는 사람은 거이다 노동복 입
> 은 사람, 변또를 낀 사람들이다. 젊은 여인도 있고 십륙칠세의 소녀들도
> 있다. 개가운 화장은 한듯하니 역씨 근로하는 여자들인 것은 분명하다.
> 모두 혈색이 나쁘고 기운이 없어 보이고 어깨가 처졌다. 전차를 타고 가
> 는 사람도 거개 그런 사람들이다.(중략)
> 그는 문득 여태 보지 못하던 서울을 오늘 아침에 처음 발견한듯한 느
> 낌을 받았다. 지금 이만때의 서울은 오합난민이 뒤섞여사는 서울이 아니
> 라 단순한 근로의 거리같다.(중략)
> 참으로 이만때에 다니는 사람들은 그가 날마다 보고 또 어디서도 볼

수 있는 그런 사람들과는 다르다.

세상이 불행하다고 생각하는 이 사람들의 얼굴에는 사실 아무 불행
도 있는 것 같지 않다. 불행이라는 것을 스스로 느끼지 못하는 듯하
다.[149]

초향의 이런 자각적인 의식과 함께 권의 초향에 대한 개조의 노력은
집요하게 전개된다. 그것은 결국 권이 초향이 그렇게 찾던 오빠의 소식과
주소를 적어 놓고 소식도 없이 사라져 버리는 데서 시작된다. 권은 초향
의 모든 점을 충분히 간파하고 스스로 찾아올 수 있도록 암시를 주며 먼
저 떠나버린 것이다. 초향의 지향점은 다음 대목에서 이미 암시되는 바
있다.

그는 언제든지 권이 말할 때가 있으리라 믿었고, 말할 때까지 끔쩍 기
다리고 있으리라 생각하였다. 그만치 권을 믿었고 또 인제 권과 자기의
몸을 갈라져 있을 존재로 도저히 생각할 수 없었기 때문이다. 그러니만
치 권이 아는 것은 제 아는 것이요, 권의 머리에 있는 기억이면 곧 제
기억이나 질배 없다 싶었던 것이다. 그는 그렇게 굳게 닫았던 권의 가슴
속을 비로소 한구석 드려다 보는 듯 형언할 수 없는 생각으로 다시 그
쪽지를 드려다 보았다.

「아! 오빠의 주소……」 그는 오빠와 권을 한자리에서 만나는 듯 이
름할 수 없는 감격에 차라리 떨고 있었다. 그것은 십년나마 두고두고 알
려던 사뭇친 소원이다.

그러나 이 순간에 그는 기쁨보다도 놀람보다도 차라리 경건(敬虔)한
맘에 머리가 숙어졌다. 정말 이때처럼 인간을 존경한다는 높은 감정을
가져본 일은 일즉 없다. 초향이 혼자서라도 그 오빠를 찾아갈 수 있게
하기 위하여 권은 길나잽이로 이 쪽지를 써놓은 것이다.[150]

---

149) 『草鄕』, 博文書館 刊, 1941, pp. 396~398.

150) 작품, p. 604.

그러므로 한설야의 이 강한 이념성은 단순히 작가 개인의 기질 문제라기보다는 1930년대 후반에 창작된 그의 모든 장편소설의 작품 구성원리로 작용하고 있음을 다시 한번 확인할 수 있다. 또한 이것은 단순히 개인사의 의미를 넘어서서 국가 단위의 회복에 대한 강한 지향 의지의 일종이자, 전형기에 처한 지식인의 내적 존재방식이기도 하다.

2) 「少年行」 系列'[151] 의 世界

김남천은 이론에서뿐만 아니라 창작을 통해서도 자기 세계를 끊임없이 재검토해 나간다. 그는 1930년대 후반기의 대표적 문학이론가로서, 그리고 작가로서 일관한 논리체계를 구성하고 있다. 김남천은 이후 자기검토의 연장선에서 자기 세계의 개조를 통해 일정 정도 문학적 성과에 도달한다. 앞서 한설야의 문학행위를 고찰하면서 말한 바와 같이 김남천은 한설야와 대극적인 입장에 놓여 있는 것 같지만 작가 정신의 지향면에서 보면 동일하다. 말하자면 한설야와 김남천은 서로에게 빛을 던져 준다고할 수 있다. 그러므로 앞서 살펴본 한설야 문학의 특이성과 함께 김남천 문학이 차지하는 미학상 특질을 엄밀히 고찰할 필요가 있다. 특히 「少年行」 계열'은 카프 해산 후 혼돈의 상황에 처한 김남천 문학을 이해하는 원점일 뿐만 아니라 이후 『大河』의 성과에까지 직접 이어진다는 점에서 주목된다. 그러므로 '「少年行」 계열'은 고발문학과 고발문학론의 근원적 계기도 되지만 여타 고발문학류의 작품과는 질적으로 구분된다. 왜냐하면 '「少年行」 계열'은 김남천 문학의 가장 핵심적인 의미를 함축하고 있을

---

151) 이 글에서 사용한 '「少年行」 계열'은 단편집 『少年行』에 수록된 작품 전부를 지칭하지 않는다. 본고에서 사용한 '「少年行」 계열'에 해당하는 작품을 들면 다음과 같다.

「남매」(『朝鮮文學』 속간 9, 1937. 3.), 「少年行」(『朝光』 21, 1937. 7.), 「생일전날」(『三千里文學』 2, 1938. 4.), 「누나의 事件」(『靑色紙』 1, 1938. 6.), 「五月」(『鑛業朝鮮』, 1939. 5.), 「巷民」(『朝鮮文學』 19, 1939. 6.), 「어머니」(『農業朝鮮』 21, 1939. 9.), 「端午」(『鑛業朝鮮』, 1939. 10.)

뿐 아니라, 자기개조의 세계를 본격적으로 열어 나가는 출발점에 놓여 있기 때문이다. 이는 단편집『少年行』서문에서 잘 드러난다.

昭和 六年(西曆 一九三一 年)에 처음으로 小說에 붓을 들어 그 시절에 發表된 것만 열 篇이 가까우나 이곳에는 勿論 하나도 收錄하지 않았다. 처음으로, 創作集을 꾸며 보면서 그때에 作品을 쓰던 생각이 간절하나, 그렇다고 册으로 꾸며서 세상에 내놓고 싶은 마음은 터럭만큼도 없다.
오랫동안 中斷하였든 創作生活을 다시 繼續하야 두 해가 가까워 오는데, 이 册은 그동안에 쓴 短篇小說 中에서 열 篇을 추어 못은 것이다.
處處에서 文學上 主張과 製作上 告白을 되풀이하는 나로써 이 속에 收錄된 作品에 對하야 새삼스럽게 느러놓고 싶은 말은 아무것도 없다. 作品이 脫稿된 年月을 作品 끝에 붙이고, 意圖와 傾向이 비슷한 作品을 세 뭉치로 갈러서 配列을 考慮하야 읽는 이의 便宜를 도웁고자 하였을 뿐이다.[152]

이 부분에서 특히 주목할 점은 김남천 자신이 이 작품집 이전의 작품에 대해 전혀 관심을 보이지 않고 있다는 사실이다. 그 외 수록된 작품들은 모두 문학상 주장과 작품 제작상 고백한 논의들과 밀접히 관련되어 있다는 점, 그리고 의도와 경향에 따라 작품을 세 부류로 나누었다는 점이 밝혀져 있다. 이로 보면 「少年行」 계열'은 김남천 문학의 진정한 출발을 알리는 작품들임을 알 수 있다.[153] 특히 '「少年行」 계열'의 소설은,

---

152) 단편집『少年行』, 學藝社, 1939. 3.
　＊. 이하 작품 인용은 단편집 페이지 수만 밝힘.
153) 이런 관점에서 김남천이 스스로 언급한 말과 김우철이 지적한 말을 참고할 필요가 있다.
　"이 때가 바로 唯物辨證法的 創作方法과 쏘샬레아리즘이 交替되는 時期였다.
　昭和 十年(一九三五) 五月 上京하자 곧 캅프 解散되고 나는 朝鮮中央日報에 記者로 들어갔으나 文學的으로 새 世界를 發見치 못하고, 他方 밝은 敎養을 가지고 評論이니 社說 짜박지니를 쓰노라고 小說에 붓을 대여볼 경황이 없다.

최재서의 지적과 같이 김남천의 다른 고발문학류의 작품이 부정적인 대
상을 고발, 비판하는 것을 주목적으로 삼은 것과 달리 그것을 작품 구성
의 한 요소로서만 파악하고 거기에다 창조성을 개입시키고 있다. 김남천
은 한설야를 염두에 두고 한 말에서 작가의 임무는 "嘲弄하는 精神이나
反撥하는 神經質"보다는 현실을 재구성하고 조롱당하는 자의 인간성을
창조하는 것이라고 말한다. 즉 한설야는 '조롱하는 자'의 위치에 서 있는
데 반해, 김남천은 '조롱당하는 자' 자체를 전형성에서 묘파하는 편에 선
다. 물론 그의 고발문학류의 작품이 이런 성과를 이룬 것은 아니지만 그
가 나중에 일련의 발자크 연구를 통해 도달한 결론은 리얼리즘의 관점에
서 주목할만하다.[154]

임화는 1930년대 후반에 작가들이 생산한 단편소설을 분석하면서 자기
주장의 세계와 묘사라는 두 측면에서 언급한다. 자기주장의 세계에는 박

同報停刊 뒤 相當한 覺悟를 하고 小說을 써보았으나 잘 되지 않아 여러번 中斷
했다가 昭和 十二年, 바로 昨年에 「남매」(『朝鮮文學』) 하나를 얻었다.

　이 作品처럼 힘들게 쓴 소설은 前無後無릴거다. 이럭저럭 겨우 내 世界를 發
見하면서 他方 告發의 에스프리를 提唱하였다"(김남천, 「自作案內」, 『四海公
論』39, 1938. 7.)

　"『우리들』四, 五月 合號에 揭載된 金南天氏의 「어린 두 딸에게」(小說)란
作品도 作者 自身의 生活記錄이요 「生의 苦悶」의 正直한 告白으로써 우리들의
感激을 자아낸다. 「工場新聞」의 作者는 「自己故鄕」으로 돌아왔다. 體驗 이외의
世界에서 體驗世界로!"(김우철, 「文藝時評(7)-作家의 體驗과 眞實」, 『朝鮮日
報』, 1934. 6. 13.)

154) 김남천, 「昭和 十四 年度 文壇의 動態와 成果-散文文學의 一年間」, 『人文評
　　 論』3, 1939. 12.

　"이것은 俗物世界의 俗物性을 描破한다고, 俗物을 비웃고 輕蔑하는 神經質的
인 孤高한 潔癖性만을 따라다니는 우리 文壇의 昨今의 小說家(한설야를 지칭:
필자 주)와, 그것을 時代思想의 反映이라고 極口 讚揚하고 있는 批評(임화를
지칭:필자 주)의 流行에 對하여도 커다란 敎訓이 될 것이라고 생각한다. 그러
나 「발자크」의 手法에 依하면 作家는 俗物性을 비웃는 人間이 아니라, 俗物 그
自體를 強烈性에서 具顯하고 있는 인물을 創造하는 것이 리얼리즘의 正則이었다."

태원의 「小說家 仇甫氏의 一日」, 유진오의 「金講師와 T敎授」, 김남천의
「남매」가, 그리고 묘사의 세계에는 박태원의 『川邊風景』, 김남천의 「鐵
嶺까지」가 각각 해당된다.[155] 특히 김남천에게 있어서 「남매」를 포함한
'「小年行」 계열'은 자기개조의 시발적 단계에 놓여 있다. 이후 김남천은
'「少年行」 계열'에서 시도한 작가 자신의 개조의 문제를 장편소설 개조론
과 결부지어 논의를 전개한다. 그는 산문문학이 개조되어 갱생되는 길과
낡은 근대 인간을 극복하고 새로운 인간을 창조하는 길을 동일한 문맥에
놓고 있다. 이것은 그가 꿈꾸는 피안에 대한, 새로운 세계에 대한 동경과
연결되어 있다.[156]

  김남천은 '「少年行」 계열'에서부터 '장악적' 모티프를 통해서 궁극적인
지향점에서는 일치하지만 한설야와 엄밀히 대응되는 미학상 입장을 취한
다. 한설야의 작품이 두 축을 설정하고, 한 축이 또 다른 한 축을 향해
끊임없이 나아가며 자기개조를 감행하는 구조라면, 김남천의 '「少年行」
계열' 작품은 이와 대극적인 입장에 서서 한설야의 '장악적' 모티프를 변
형시키고 있다. 이 방향에서 김남천이 소년의 세계를 선택한 것은 자신이
언급하고 있는 것처럼 필연적이며 의도적이다.[157] 왜냐하면 김남천은 공
식적이고 선험적으로 주어진 세계관을 전면적으로 재검토하는 과정에서
소년을 선택하고 있기 때문이다. 작가는 어린 소년에게 가해지는 여러 가

---

155) 임화, 「通俗文學의 擡頭와 藝術文學의 悲劇－通俗小說論에 對하여」, 『東亞日
  報』, 1938. 11. 25.
156) 김남천, 「小說의 將來와 人間性 問題」, 『春秋』, 1941. 3.
157) 김남천은 자신의 작품 '「少年行」 계열'에서 소년이 주인공임을 보다 명시적으로
  밝히고 있다.
    "더구나 내가 쓴 短篇 小說의 擧皆는 作品의 테－마 때문에 女子가 主人公이
  된 것이 적고 女子가 登場은 되어도 모두가 助演格인데다가 또 妓流에 屬하는 분
  들뿐이다. 그래 실상인즉 꿈에 만날가 性이 나는 그러한 계집들뿐이다. 女子를 그
  리되 크다란 魅力을 느끼고 創造하는 性格이던가 그런 것이 아니니."(김남천,
  「自作 女主人公 夢中 會談記－내가 鄭寶富다」, 『東亞日報』, 1939. 1. 10.)

지 현실적 모순과 부정적 현실의 추급을 통해 자기갱생의 의식을 강하게
드러낸다. 그러므로 자기개조의 입장에서 볼 때 현실의 제 모순에도 불구
하고 아직 자기분열을 경과하지 않은 인물은 적어도 김남천에게 있어서
는 어린 소년이 유일한 세계이다. 이로 인해 야기되는 작품의 편협성과
작가 개인에 한정된 주관주의 경향은 이미 예견되는 바 있다. 따라서 이
후 전개되는 김남천의 모든 문학논의와 창작행위는 이 한계성을 극복하
는 방향에 초점이 모아진다.

임화가 추천한 「남매」의 주인물은 11세인 봉근과 17세인 기생 누이
계향이다. 아버지는 의붓 아버지로 땜장이 노릇을 하고 있다. 이런 부정
적인 현실이 봉근을 우울하게 한다. 그러나 정말 봉근으로 하여금 가슴속
에 말할 수 없는 설움과 분함을 느끼게 하는 것은, 가장 인간적이며 소박
한 행복감을 느껴야 할 순간에 그것마저 무참히 깨어져 버릴 때이다. 봉
근은 누이 계향이 자전거를 왜 타느냐고 하는 말에 무엇을 짓부수고 싶
은 충동을 느낀다. 그리고 애써 잡은 고기를 아버지가 모든 식구들의 기
대와는 달리 모두 술을 사 마시려는 생각을 한다고 느낄 때, 봉근은 고기
를 잡을 때와 가지고 올 때의 기쁨은 물론, 집에 돌아와서 가족들이 오붓
이 둘러앉아 누릴 수 있는 행복감이 송두리째 사라져 버렸다고 생각한다.
봉근은 아무리 어려운 살림살이지만 평범한 가정에서는 어느 누구나 누
릴 수 있는 가장 소박한 삶의 기쁨조차 빼앗겨 버리는 현실에 대해 불만
을 토로한다. 작가는 열악한 현실의 힘이 어린 봉근에게까지 어떻게 영향
을 미치는가를 심각하게 문제삼는다. 작가의 이같은 문제의식은 자기검토
의 근원적 출발점이며, 또한 자기개조의 험난한 수련과정이기도 하다. 가
능하다면 죽음의 수련과정도 필요할지 모른다. 이는 계향과 봉근이 자전
거 문제로 결국 말다툼을 하는 장면에서 섬세하게 드러난다.

「그까짓 돈 없이두」
울음에 섞여서 중얼거리다가 말끝을 덜컥 목구멍으로 삼켜버린다.
「머이 어드래」

계향이는 말끝을 쫓아가며 다지려든다.

「호떡 않먹어두 산다」

봉근이의 말이 채 떨어지기 전에 무섭게 처다보든 계향이의 바른손
은 봉근이의 눈물에 젖은 외인볼을 후려갈겼다.

「이 자식 죽어버려라」

계향이는 땅바닥에 넘어졌다가 다시 이러나 앉어서,

「왜 때려」

「왜 때려」

하며 대드는 봉근이를 남겨두고 자기 방으로 조급하게 올라왔다. 그리
고 이부자리 갠 데다 푹 얼굴을 묻고는 소리 않나게 흑흑 느껴 울었
다.[158]

　계향이의 봉근에 대한 불평은 사실은 개가한 어머니에 대한 불평이다.
어머니는 26세에 홀몸이 되어 굳은 각오를 하고 살아보려고 했지만 "세
상 여편네가 먹는 결심이란 만일 굳건한 용단력이 있다면 주검밖에 다할
길이 없다"는 사실을 깨닫고 개가하였다. 그런데 의붓 아버지 학섭은 광
산 인부로 일하다 폐광이 된 후 술과 타성에 젖은 게으름으로 삶을 방기
하고 있다. 그래서 계향은 학업을 중단하고 기생 노릇으로 온 식구의 생
계를 꾸려 나가게 된 것이다. 어머니는 처음에는 계향을 기생으로 넣기를
극구 반대했으나, 차츰 무감각해져서 심지어 남편이 딸 기생 수업 비용을
조달하는 데 애를 썼다고까지 생각하며, 딸도 그렇게 반대하지는 않았다
고 자위한다. 계향의 부모는 계향이 돈 많은 식료품 가게의 젊은 주인과
살기를 요구하지만, 계향은 이런 부모의 뜻과는 달리 가난한 세무서 직원
윤재수와 지내고자 한다. 특히 계향은 윤재수와 지내게 된 뒤부터는 결코
다른 사내와 잠자리를 같이 하지 않는다. 봉근은 이런 누이에게서 무슨
숭고하고 신성한 것을 발견하는 것같이 느낀다. 그러므로 봉근은 친구들
이 "너희 매부가 한다—쓰? 두다—쓰?"하고 놀릴 때도 전혀 부끄러워하

158) 「남매」, p. 29.

지 않는다. 그런데 부모와 다툰 후 봉근과 함께 집을 나온 계향은 근본적인 태도 변화를 보인다. 봉근은 누이 자신이 그렇게 싫어하던 식료품 주인과 가까이 지내는 것을 보고 이제 이 세상에는 숭고하고 신성한 것은 도무지 찾을 수 없다고 생각한다. 봉근은 이런 혹독한 시련과정을 통해 성장이 약속되어진다. 봉근은 나이에 걸맞지 않게 자신에게 가해지는 모든 부정적인 세계를 혼자 부둥켜안고 감당해야 하는 힘겨운 임무를 맡고 있다. 그러므로 김남천은 이 작품에서 자기개조의 험난한 여정을 시작한다. 그러나 이 길은 필연적으로 현실의 폭넓은 문맥을 상실하게 되어 있다.

「少年行」은 "7년 동안 만나보지 못한 누이"라는 말에서 「남매」의 다음 작품임을 알 수 있다. 봉근은 이제 어느 정도 사리 판단을 할 수 있는 18세의 나이다. 봉근은 이 작품에서 11살 때 보통학교 3학년을 중도에 포기하고 혼자 집을 나온 것으로 되어 있다. 봉근이 누이에게 느끼는 감정은 분함, 미움, 쓰라림, 슬픔 등이다. 봉근은 약방 사환으로 일하고 있다. 「남매」에서 형상화된 봉근의 성장 가능성은 「少年行」에 오면 누이 계향의 입을 통해 명확히 제시된다.

　　그러나 봉근아 단 하나의 나의 봉근아! 네가 내의 단 하나의 피를 갈른 친동생이고 흙투성이가 되든 피투성이가 되든 몸과 정신을 적시는 개암탕 속에서 헛뜻 정신을 차릴 때 내의 슬픈 눈앞에 단 하나의 빛 있는 희망으로 나타나는 것이 단 너하나뿐인 것에는 그날이나 지금이나 변함이 없다.159)

봉근은 이제 나이 어린 동생의 모습이 아니라 누이가 자기를 품에 껴안고 땅을 치며 통곡할 순수한 인간미가 있다면 누이를 기꺼이 받아들여야 한다고 생각할 정도로 성숙한 모습을 지니고 있다. 그러나 「少年行」

---

159) 「少年行」, p. 51.

에 나오는 누이는 더 타락한 모습으로 나타난다. 누이는 이전에 사회주의 운동을 하다가 감옥살이를 하고 나와 지금은 금광 사업을 하고 있는 병걸을 사귀고 있다. 특히 봉근에게 누이는 병걸을 하늘같이 섬기고 그에게서 술장사 밑천이나 뽑아내려고 하는 속물로 보인다. 봉근에게 가해지는 계속된 시련의 과정은 누이가 "돈이 제일"이라고 자신에게 설교하려는 데서 더욱 강화된다. 봉근이 보는 사회주의자 병걸은 "기생도 학대받는 계급이다."라고 외치며 고작 주먹으로 술상을 치며 기생과 놀아나는 그런 부류에 불과하다. 그러나 작품 「少年行」의 핵심은 단순히 사회주의자에 대한 고발, 비판, 가면박탈이 아니다. 그것은 오히려 혹독한 시련의 과정을 통한 자기개조의 몸부림이다. 이것은 작품 후반부에 봉근에게 가해지는 또 한번의 혹독한 시련 속에서 구체적으로 드러난다.

봉근은 누이와 같이 기거하는 어린 기생의 천진난만한 모습에서 일찍이 누이에게서도 찾아보지 못하였던 청신한 것을 발견한다. 그는 어린 기생이 풍기는 맑고 깨끗한 정서 속에 몸과 마음 모두를 맡기고 싶어한다. 이것은 봉근이 불행한 가정환경 속에서 자라오면서 여지껏 그리워하고 호흡하고 싶었던 빛과 공기였다. 그런데 그는 오히려 이런 것조차 마음껏 향유할 수 없는 외적 상황의 혹독한 시련을 또 한번 경험한다. 봉근에게는 자신이 비난해야 할 대상인 누이와 병걸에게서 받는 굴욕감의 의미가 크게 부각된다. 봉근은 몇 번 누이집을 찾아갔지만 실은 어린 기생 연화를 보고 싶어 간 것이 아닌가 하는 생각을 한다. 그가 누이와 연화에게 줄 선물을 사 가지고 혼자 집에 있는 연화에게 가서 그것을 전해 주려고 할 때, 외출에서 돌아온 누이와 병걸, 그 중에서 특히 병걸의 말에서 봉근이 갖는 굴욕감의 의미가 심각하게 부각된다.

「이것은 누이님올리구 이건 내해라우」
하면서 지갑은 누이에게 주고 자기(연화:필자 주)는 쿠롬으로 맨든 콤팩트를 두손가락으로 집어들어 뵈었다. 그리고는 두사람과 함께 하하—하고 웃었다.
「거또 봉근이가 엉뚱한데. 연화씨에게 콤팩트를 보낸 걸 보니까 아마

연애를 하는가부. 하하하하 기생오빠는 하는 수 없어」

봉근이는 병걸이의 낯짝을 쳐다보았다. 금테안경이 뒤로 저자지면서 콧구멍과 수염과 그리고 담배진에 까마케 된 입안이 껄껄껄 소리를 내고 있다. 봉근이는 그것이 사람인 것 같지 않았다. 봉근이의 변하여 진 낯색을 보고 벌서 연화와 누이는 웃음을 멈추었는데 병걸이만은 허리를 또한번 추면서,

「봉근이가 난봉이 난가부」

하고 혼자서 좋아한다. 봉근이는 신으려던 운동화를 벗어버리고 대청 우로 엮처올라와 연화가 쥐고 섰는 콤팩트를 배앗어 그대로 뜰안에 내어던젓다. 콤팩트는 돌에 부드쳐 깨어져서 유리알 자박이 꽃닙같이 마당에 흩어진다.

「여보 난봉난 놈을 볼려문 당신을 보우」

봉근이의 목소리는 열이 오르고 낮은 오히려 햇슥하다.

「사회주의하노라구 껏덕대다가 협잡군이 안돼서 내가 난봉이 났소」[160]

소년 봉근에게 가해지는 극도의 시련온 이 대목에서 미지막 보루리 할 자존심의 영역까지 침범한다. 가장 인간적이며 순수한 애정 표현조차 허용치 않는 외적 상황의 모순은 객체의 인식을 떠난 주체의 혹독한 내적 시련을 강화한다. 그러나 개인의 진정한 성장은 이런 혹독한 시련과정을 거쳐야만 가능하다는 사실은 염두에 둘 필요가 있다. 그러므로 『大河』가 한 소년의 의식 성장과정을 통해 변동기 사회의 시대상을 발전적으로 제시하고 있는 것은 우연한 일이 아니다. 이로 볼 때 김남천은 한 어린 소년의 의식 성장과정을 통해 전형기에 훼손되지 않은 인물을 형상화하였다고 볼 수 있다. 그러나 이 소년의 세계가 이 시대의 전형이 되기에는 너무 협소하며, 또한 현실의 폭넓은 문맥을 사상한 것이기 때문에 그 한계 또한 명백하다. 작가가 한 소년에게 과도한 성장의 의미를 부여한 것은 당 시대의 폭넓은 문제제기보다 김남천 자신이 지닌 문학적 이념의

---

160)「少年行」, pp. 79~80.

매개물로 선택된 것에 불과하다.

그러나 「누나의 事件」, 「생일 전날」은 「남매」, 「少年行」과는 성격이 다르다. 특이한 것은 기생 누이 수향이 시련을 극복하고자 하는 순수한 인간성에 오히려 강조점이 놓여 있다는 사실이다. 그러므로 이 작품에 등장하는 소년 〈나〉는 단지 객관적인 관찰자의 역할을 맡고 있다. 이 작품에는 기생 누이 수향이 임재호와 사귀고 있다. 수향의 부모는 오히려 기생 딸을 이용하여 경제적 이득을 얻고자 하며, 「남매」와 마찬가지로 동생 학원이를 학교에서 빼내어 기생학교에 넣으려고 한다. 그런데 문제는 누이가 사귀는 임재호가 공금을 횡령한 죄로 경찰서로 잡혀가게 되었는데, 이 돈을 재호가 수향이 집에 모두 써버렸다는 소문이 도는 것이다. 특히 이 작품의 중심 사건은 오직 생계의 수단을 위해 임신한 딸을 돈 많은 집의 첩으로 보내려는 부모의 비인간성에 놓여 있다. 이런 어머니의 권고에 단호히 거절하는 수향의 태도가 오히려 의미심장하게 느껴진다. 「생일 전날」도 누이의 행위에 초점이 맞추어져 있다. 남동생 인호는 동경가서 공부하다가 4년간 옥살이를 한 좌익 청년으로 나타난다. 그러나 이 작품은 시골 농가로 시집간 큰 누이 서분과, 결혼 당시는 순사였다가 지금은 경찰서 사법주임으로 있는 사람에게 시집간 작은 누이 인숙 사이의 미묘한 갈등의 추이를 잘 그려내고 있다.

「五月」, 「巷民」, 「어머니」, 「端午」는 연작소설 형식을 취한 것으로 「남매」, 「少年行」과 거의 동일한 맥락에서 전개된다. 이처럼 김남천이 동일한 세계를 계속 작품으로 천착하는 것은, 「남매」와 「小年行」의 세계가 그만큼 그의 문학세계의 원점임을 은연중에 드러낸다.

「五月」에서 주인공 학구는 역시 아버지 관술의 부도덕한 행동 때문에 갖은 시련을 당한다. 학구는 친구 관수가 자기의 딱한 사정을 알고 애써 절약하며 건네준 돈을 가지고 있기 때문에, 아버지가 술 마실 돈을 얻기 위해 온 집안을 소란스럽게 할 때 심각한 고민에 빠진다. 그 이유는 아편 중독자인 아버지가 그 돈을 탕진하며 죽을지도 모른다는 사실 때문이다. 그러나 학구의 고민은 친구 광수에게 자기 아버지가 아편 중독자라는 사실을 말할 수 없다는 데 있다. 게다가 장차 매형이 될 임재호가 공금 횡령쇠로 피신하여 다닌다는 사실이 그를 더욱 우울하게 한다. 특히 학구가 가장 싫어하는 말이 '기생오래비'라는 말이다. 학구는 학업면에서 가장 우수한 학생이지만 남들처럼 진학 준비도 하지 못한다. 그러나 그의 유일한 꿈은 가정이 항상 평안한 것이다. 또한 그는 가난해도 잘될 수 있다는 투철한 생각을 갖고 있다.

그러면 김남천은 왜 이런 어린 소년에게 가해지는 여러 가지 추급을 통해 혼란과 격정의 도가니에서 탄생하는 순수 생명에의 의지[161]를 노래한 것일까가 문제시된다. 그 이유는 이것이 그의 문학의 원점이라는 사실에서 분명히 드러난다. 김남천은 자기 자신이 생득적으로 지니고 있는 소시민 지식인으로서의 나약성을 아주 자각적으로 받아들인다. 박영희가 유명한 전향선언문인 「最近 文藝理論의 新展開와 그 傾向―社會史的 及 文學史的 考察」(『東亞日報』, 1934. 1. 2~11)을 발표하였지만, 사실은 소시민 지식인으로서의 자신의 한계까지는 깊이 문제삼지 않았다.[162] 이에 비해

161) '「少年行」 계열'에 나오는 소년의 꿈은 작품 「구름이 말하기를」(『朝光』 80~85, 1942. 6~11.)의 주인공 웅호의 입을 통해서 명확하게 제시된다.
  "나의 장래와 미래, 나의 행복, 참으로 웅호와 같은 환경 속에서 출생하고 성장한 사람에도, ―씻은 듯한 가난, 일찍이 아버지를 잃고 계부된 사람이 아편쟁이, 동생은 기생, 보통학교 밖에는 출신경력이 없고―이런 환경 속에 놓여 있는 수물세살 소년에게도 행복이란 것이 있을 수 있다면, 그것은 노력, 그, 가운데 밖에는 있을 턱이 없는 것인지 모른다. 부단한 노력, 바르게 살고 훌륭한 사람이 되고 세상에 난 보람이 있게끔 될려고 무진히 노력하는 것, 그것이 곧 행복이 아니면 아니될 것이다.(중략) 사람은 이미 된 것으로 가치가 있는 것이 아니라 되려고 노력하는 데 더 큰 가치가 있다고 말했다 한다. 지금도 웅호는 그것이 머리에 바로색여저서 떨어지지 않는 것이었다."
162) 이기영의 장편소설 『故鄕』이 거둔 작품 성과 또한 '지식인의 한계'에 대한 인식이라는 문제와 연결되어 있다. 그러나 이기영의 『故鄕』이 이 문제를 부분적으로 다루었다면, 김남천은 이 문제를 작가 자신의 자각적인 문제로써 본질적으로 문제삼았다. 바로 이 점이 김남천의 '「少年行」 계열'이 작가 개인에 치우친 한

김남천은 자신과 자신의 문학을 근본적으로 재검토하면서 새로운 출발을 시도하고자 했다. 그 구체적 성과가 사회주의 리얼리즘을 한국적 특수성의 고려하에 전개한 고발문학론이다. 이런 각도에서 이론 작업과 병행하여 창작행위로 구체화된 것이 「少年行」계열'이다. 그러나 이 계열은 부분적으로 고발문학론의 단초를 창작성과로 드러내 주고 있지만, 보다 중요한 것은 「少年行」계열'이 여타 고발문학론의 창작성과와는 본질적으로 구분되는 자기개조의 원점에 놓여 있다는 특이성이다. 그럼에도 불구하고 이 계열은 현실의 객관적 반영, 본질의 형상화에 있어 단지 주관적 진실에 머문 한계가 있다.[163]

(2) 歷史 單位의 認識과 現實性의 意味

계가 있음에도 불구하고 한국 문학사에 특이한 의미를 던지는 참 이유이다.
163) 김남천은 '「少年行」계열'과 같은 자기개조의 세계의 한계를 분명히 지적하고 있다.
   "그러나 털어놓고 말하면 「少年行」의 봉근이나 「무자리」의 운봉이에게 思想을 依託하는 그러한 淺薄한 文學意識으로부터도 나는 떠나고 싶었다. 봉근이는 제가 품었던 人間的 信念의 닻줄이 끊어져버려서도 自轉車를 타고 藥 配達을 나갈 때엔 다시 希望을 품을 수가 있었다. 운봉이는 自己가 꿈꾸든 모든 幻影이 깨어져버릴 때, 그러나 自己를 少年職工으로 再生시켜서 살려고 하는 希望은 다시 그의 어린 마음에 湧솟음친다. 이곳에 나타난 것은 或은 不撓不屈의 精神이나 思想일런지 모른다. 나는 그것을 부등켜 잡고 세상은 아직도 아름답다고 생각할 수 있는 健康性을 獲得할 수 있었는지 모른다. 이것은 나에게나, 또는 이것을 잃고 思想이 있다고 생각하는 모든 사람에게 있어 幸福된 일임에 틀림없다. 그러나 이러한 幸福感을 낚으기 위하여 무엇이 敢行되었는가. 現實의 歪曲이었다. 봉근이와 운봉이의 希望과 不撓의 정신은 가난한 모든 살림사리에 對한 作者의 冒瀆과 現實歪曲의 所産인 것이다. 現實은 좀 더 險峻하다. 이것을 認識하지 못하는 文學思想은 貴여운 幻想임을 免치는 못할 것이다."(김남천, 「발작크 연구 노一트(4), 體驗的인 것과 觀察的인 것 一續, 觀察文學小論」, 『人文評論』8, 1940. 5.)

1) 『靑春記』[164]의 構成原理

1930년대 후반기 문학의 리얼리즘 성취 가능성의 요체로 떠오른 논쟁
이 『黃昏』을 둘러싼 임화와 한설야의 전형화 논쟁이다. 임화의 「作家,
韓雪野論―「過渡期」에서 『靑春記』까지」(『東亞日報』, 1938. 2. 22~2. 24)
은 작가론이면서 이 시기에만 한정되지 않고 카프 해산 이전 프로문학의
리얼리즘 성취 가능성을 문학사의 관점에서 규명한 중요한 글로 이후 논
자들에게 상당한 힘으로 작용한다. 특히 이 글은 한설야의[165]과 함께 이
시기 전형화 논의의 핵심논문이며, 이 시기 한설야의 「洪水」, 「부역」,
「山村」의 작품 성과를 두고 한설야와 김남천이 벌인 논쟁과 함께 중요한
쟁점이다.

구 카프 작가 중 평론가 임화, 안함광을 제외하고 가장 문제적인 작가
가 김남천과 한설야이다.[166] 임화는 상기 논문에서 한설야가 「過渡期」가

---

164) 『靑春記』에 대해서는 김윤식의 연구 「내면 풍경의 문학사적 탐구―한설야의
『靑春記』」(김윤식, 『한국 현대 현실주의 소설 연구』, 文學과 知性社, 1990,
pp. 238~260.)가 있다. 그러나 이 글은 한설야 개인의 '내면풍경'의 탐구라는
관점에서 임화(소설 속의 박용)와 대비하여 고찰하고 있기 때문에 작품의 가치
규명에는 미흡하다.

165) 한설야 논문과 함께 안함광의 다음 지적도 주목할 필요가 있다.

"作壇의 退潮를 挽回할 단 하나의 武器는 앞에서도 말한 바 같이 思想과 感性
의 統一이며 이 思想과 感性의 統一은 熾烈한 그러나 同時에 사랑스러운 性格에
依하야 特徵된 尊貴한 感性이 眞理와 誠實을 追求하야 眞實한 모랄과 合―될 수
있는 過程의 産物이다. 이리하야 尊貴한 感性의 秩序를 갓는 것에는 새로운 主題
를 높은 思想에 잇어 提示할 수 잇는 하나의 重要한 契機가 아닐 수 없는 것이
다. 이에 잇어 다만 새로운 리얼리즘은 自己의 길을 開拓해 나가는 바 잇으리라
믿는다."(안함광, 「朝鮮文學의 現代的 相貌」, 『朝鮮日報』, 1938. 3. 25.)

166) 한설야와 김남천의 대립점은 김남천의 고발문학에 대한 한설야의 평가에서 잘
드러난다. 이는 임화, 안함광, 김남천 등이 벌인 '주체' 문제의 해명에 많은 시
사점을 제공해 준다.

"고력 fl 문학이란 다른 것이 아니다. 인간은 간음, 탐욕 등 동물적 본성을 가

발표된 1929년 초까지도 물론 경향작가임에는 틀림없으나 그때까지는 아직 자기의 독창적 세계를 갖지 못하였으며 서해의 도달점에도 훨씬 미치지 못하였다고 보는데, 그 이유는 설야가 서해보다 사상면에서 앞서 있지만 서해에게 있었던 사상과 예술과의 조화가 없었기 때문이다. 임화의 지적처럼 한설야는 오히려 비평, 이론, 창작의도상 서해를 능가했고 사상이 보다 의식화되었지만 자기 사상을 가지고 예술을 통어할만한 능력이 없었다. 그러므로 이때의 사상이란 진정한 의미의 사상이 아니다. 임화는 사상이 작품 가운데서 검증되고, 작품을 매개로 현실 위에 제 입장을 발견할 때만 예술 가운데 들어온 현실은 생채를 잃지 않고 깊은 사상과 조화되며 훌륭한 형상화가 가능하다는 것이다. 즉 임화는 회월, 송영 이후 신경향파의 주관적 경향주의의 전통을 일거에 파기시킨 작품이 「홍염」인데, 이를 넘어서는 작품으로 「過渡期」를 들고 있다. 그런데 이 작품이 작가의 사상이 살 수 있는 현실세계를 제공한 것은, 작가 입장에서 볼 때 북만의 유랑에서 돌아와 일찍이 자기를 내어쫓은 고향에서 다시 냉대를 받는 주인공 창선의 절박한 운명을 작가의 정신적 운명, 나아가 시대의 보편적 상황과 결부시켰다는 점 때문이다. 그러나 한설야는 「過渡期」이후 발전적인 창작행위를 보여 주지 못하는데, 그 결과 「過渡期」는 임화에 의해 작가의 과도기이며 동시에 신문학의 과도기로 지칭된다. 물론 「過渡期」의 주인공 창선 이후 속편인 「씨름」의 주인공 명호가 있지만, 임화가 알고 싶은 것은 이미 사회적으로 성장한 뒤의 창선이 아니라, 어떻게 해서 창선은 명호가 되었는가 하는 운명의 길, 성격적 개조의 과정

진 생물이며, 현재에 있어서 구체적으로는 매 개인이 모두 맘속 깊은 곳에는 권력을 추구하며 일제 요구에 복종함이 생활의 안정 내지 향락 또는 영달에의 길이라는 것을 번연히 알면서도 겉으로는 애국자인 체, 사상가인 체 허장성세를 비다듬어 빼고 있으나 이것은 인간의 본심이 아니니 이런 것을 그만 두고 맘속에 있는 대로 털어 내놓고 솔직하게 살자 하는 것이 바로 이른바 고발의 정신이며 이 정신에 입각한 '거짓없는 문학'이 바로 '고발문학'이라고 김남천은 주장하였다."
(한설야, 『靑春記』, 풀빛, 1989. 후기.)

이다. 특히 이 언급은 앞서 살펴본 한설야의 『黃昏』, 『마음의 鄕村』, 『塔』 등이 현실 문맥을 사상한 채 감행한 자기개조의 이념성을 염두에 둔 평가로 임화가 『黃昏』보다 『靑春記』를 고평하는 이유와 연결된다. 따라서 『黃昏』의 남주인공 준식의 노동자로의 전이과정은 차치하고서라도 여순이 지식인에서 노동자로의 성격 개조, 자기개조의 길을 시도하지만 「過渡期」 의 발전적 방향이 되기에는 미흡하다. 특히 임화가 "인간들이 죽어가야 할 환경 가운데서 설야는 인간들을 살려 가려고 애를 쓰는 것"이라고 할 때 한설야와 분명한 분기점을 마련한다. 즉 임화는 작가들이 이전에 사회운동 자였던 주인공들이 소시민화해 가는 과정, 그리고 시민생활 등을 통해 그 들의 몰락상을 그리는 대신, 시민이 아닌 그들의 재생을 그린다는 것이 얼 마나 시대적 보편성을 띨 수 있겠느냐는 문제를 제기한다.

　그러므로 새로운 性格의 形成을 爲하여서는 언제나 새로운 環境이 必要한 것이다. 雪野는 새 性格의 意義를 깨닷고 그 價値를 評價하고 그 가운데 浮沈해 가는 時代의 意志를 바로잡을라는 尊貴한 意圖를 품음에 도 不拘하고, 그 人間들이 棲息할 眞正한 世界를 찾지 못하고 말었다.
　괴로운 摸索은 언제나 失敗란 高價의 犧牲을 支拂하는 것이다.
　그러나 長篇 『靑春記』는 暗澹한 混沌 가운데 一條의 光明을 던지는 作品이다. 多幸히 우리는 『靑春記』 속에 人物과 環境의 矛盾이 調和될 새로운 萌芽를 發見하였다.
　이 矛盾이 救濟되지 안흐면 雪野는 慘憺한 藝術的 破産에 直面하지 아 니할 수 없었을 뿐만 아니라, 思想的 動搖란 두려운 危機를 體驗하지 아 니할 수가 없었을 것이다.[167]

이 글 중에 주목할 점은 한설야가 "새 인물에 적응한 새 세계를 찾은 것이 아니라, 뜻하지 않은 새 세계를 발견하면서 새 인물들과 해후한 것

---

167) 임　화, 「作家, 韓雪野論—「過渡期」에서 『靑春記』까지」, 『東亞日報』, 1938. 2. 24. (3)

이다."라는 임화의 지적이다. 이 말은 『靑春記』가 거둔 작품성과와 무관하지 않다. 임화가 『靑春記』를 두고 성격과 환경의 모순이 조화될 맹아를 발견한 것은 임화 논의의 핵심을 보여 준다. 그리고 한설야 또한 『靑春記』에서는 자신의 의도와는 달리 카프 해산 후 지식인의 현실에 대한 인식 가능성을 폭넓게 드러내고 있다.[168] 이런 전반적인 이해는 '장악적' 모티프로 대변되는 관념과 현실 간의 관계를 현실 문맥에서 정확히 해명할 필요성을 제기한다. 아울러 이 모티프는 한설야가 둘 사이의 관계를 끝내 조화시키지 못한 근본적인 이유를 해명하는 데도 도움이 된다. '장악적' 모티프로 나타나는 강한 이념성은 단순히 한설야의 생리적 증오심 또는 자존심의 세계라기보다 한설야가 1930년대 후반기에 창작한 모든 장편소설의 구성원리이다. 이 작품 구성원리는 일제 강점기라는 시대 특질상 작가 한설야만의 개인사의 범주를 넘어서서 민족사의 과제와 일치하며, 이는 해방공간에서 보인 그의 변모를 보더라도 명백하다.

특히 『靑春記』는 『黃昏』, 『塔』, 『마음의 鄕村』과 달리 개인사의 측면이 축소되고 당대 지식인의 여러 군상을 통해 시대적 문제를 제기하고 있다.[169] 특히 한설야는 작품 제작시 이기영 못지않게 '체험'[170]의 문제를

168) 한설야는 월북 후 『黃昏』의 여순보다는 준식을, 『靑春記』는 전향소설의 성격보다 양심적 지식인의 내적 저항을 부각시킨다.(서경석, 「문학사 서술에 나타난 남북한의 거리」, 『문학과 비평』, 1990, 가을. p. 38. 참조.)
169) 김윤식은 임화의 논지를 이어 『靑春記』 다음에 전개될 한설야의 문학세계를 세 가지(1. 『靑春記』와 같은 노선. 2. 새로운 모색의 길-「摸索」, 「波濤」의 세계. 3. 「過渡期」, 「씨름」을 발전시킨 『黃昏』보다 큰 세계의 구축-『塔』, 『설봉산』)를 들고 있다.(김윤식, 『한국 현대 현실주의 소설 연구』, 文學과 知性社, 1990, pp. 252~256. 참조.)
『설봉산』의 세계는 임화의 기대와는 달리 역사 자체가 열쇠를 쥐고 있었다는 지적은 특히 주목할 필요가 있다. 한설야가 '장악적' 모티프로 대변되는 이념성을 넘어서기 위해서는 월북 후 1930년대 초반에 벌어지고 있던 농조운동에 대한 인식 외에도 김일성 장군의 구체적 매개가 필요했다. 그러나 『설봉산』은 주

중요시한다. 이 '체험'의 문제는 문학사에서 중요한 위치를 차지하고 있는「過渡期」,『黃昏』,『塔』,『靑春記』에서 보다 구체적으로 나타난다.

한설야가 상당한 자부심을 가졌으며, 북한에 가서도 그의 선집 14권

인공 경식이 김장군을 찾아 두만강을 건너는 대목으로 끝나고 있는데, 이는 『마음의 鄕村』,『塔』,『黃昏』,『靑春記』의 작품 구성원리인 '장악적' 모티프의 변형이다. 이로 보면 이 모티프는 개인사의 범주를 넘어서서 해방 전, 후에 걸쳐 전개되는 시대적 의미와 일관되게 한설야의 작품 구성원리로 작용한다.

기타『靑春記』에 관한 개별 연구는, 정호웅, 「直實의 윤리-한설야의『청춘기』論」(정호웅 외,『장편소설로 보는 새로운 민족문학사』, 열음사, 1993, pp. 179~191.)

170) 한설야 작품의 형성요인으로 '체험'의 문제를 들 수 있다.『靑春記』는 작가의 현실체험에서 많은 소재를 차용하고 있다. 한설야는 일찍 러시아로 건너간 포석에 대한 그리움을 짙게 드러낸다. 특히 이 점은 1930년대 후반에 창작된 한설야의 장편소설을 이해하는 데 시사하는 바 있다.

"抱石이 가버린 後 우리는 각금 그와의 옛일을 追憶하였고 그의 情熱的인 모습을 방불히 그리여도 보았다. 그렇나 종내 그 住所와 安否를 알 수 없는-우리들은 동무를 그리는 남어지 그 家庭으로-우리가 어떻게든지 알아 볼 수 있는 그 家族들의 일을 각금 동무들 사이에서 이야기하는 일이 있었다."(한설야, 「抱石과 民村과 나」,『中央』 제28호, 1936. 2.)

또한 한설야는 포석의 딸이 뻐스걸이 되었다는 신문보도를 본 후 어느날 우연히 버스 안에서 꼭 조명희의 얼굴과 흡사한 여차장을 보고 포석의 딸로 착각하는 대목을 아주 인상깊게 적고 있다.

"그러나 그 抱石과 같은 女子는 지금까지도, 내 머리에 환히 배켜 있다. 오래 잊었든 抱石도 그 女子-내 머리에 그려진 그 女子로 해서 더욱 分明히 내 눈앞에 떠온다."(윗 글 참조.)

"나는 소스라처 놀랐고 또 기뻐하였다. 나에게는 큰 사건이 아닐 수 없었던 것이다.(중략) 그 여차장이 바로 틀림없는 조명희 동무의 딸로 보였던 것이다.

그러나 나는 그에게 성명을 들었을 때 실망하지 않을 수 없었고 차라리 묻지 않았을 걸 하는 후회까지 하였다."(한설야, 「정열의 시인 조명희」,『포석 조명희선집』, 조명희 문학유산 위원회, 1959.)

＊. 윗글은 1957. 8.에 씌어진 것이다. 특히 이상의 두 내용과『靑春記』를 비교하면 '철수-포석, 철수의 누이-포석의 딸'의 관계가 성립된다.

속에 포함시킬 정도로 소중히 생각한 『靑春記』에 대한 그의 견해는 작품 후기에 잘 나타난다. "일부 이런 부정적인 현상(전향, 변절, 배신의 문제) 과는 달리 조선현실의 본질은 더욱 장성 강화되는 노동계급의 운동과 맑스―레닌주의가 결부되는 과정에서 보다 앙양된 방향에로의 전진을 보이고 있었다."는 한설야의 현실파악은 자신의 강한 이념성을 드러낸다. 한 설야는 『靑春記』에서 계속되는 이데올로기 분야와 인텔리층의 선진적인 노력을 형상화함으로써 모든 이데올로기 전선의 일꾼들에게 양심의 목소리를 전하고자 한다. 그러나 『靑春記』는 이런 작가의 의도가 현실의 힘 때문에 약화되어 오히려 현실성을 띠게 된다.

『靑春記』는 우선 모든 등장인물들의 관계가 남매관계의 견결성으로 구성된 점이 특이하다. 박용과 이복 누이동생 박은희, 홍명학과 홍명순, 이철수와 이철주가 그것이다. 그러나 이 작품의 가치는 '장악적'모티프로 드러나는 이념성을 극복하고 전형기 상황에 처한 지식인의 현실인식을 형상화한 점에 있다. 그런데 문제는 상해에 있다고 암시되는 철수와 친동생 철주는 작품 가운데 철저히 베일에 가려져 있고, 그 대신 철주는 현실적 인물인 은희로 대체되어 나타난다. 즉 태호는 자신이 마음속에 간절히 그리는 철수의 현실태를, 철수와 음성과 모습에서 아주 많이 닮은 은희에게서 발견하며, 나아가 은희를 자신이 직접 지어 부른 철주와 대체해버린다.

총 21장으로 구성된 이 작품은 태호를 사이에 두고 은희와 명순의 삼각연애소설의 형식을 취하면서 은희의 정신적 성장과정에 초점이 맞추어져 있다. 이 점은 여순의 의식 성장과정에 초점을 두고 있는 『黃昏』과 동일한 구조이다. 그러므로 한설야 작품에서 드러나는 사랑은 단순히 통속적인 데 머물지 않고 다양한 인물 간의 관계로 인해 이 시기의 시대상을 구체적으로 반영하고 있다. 사랑은 인간이 지닌 감정들 중에서 가장 사회적일 수 있으며, 그 속에서 당대의 인간 특성들의 총화가 구체적으로 반영될 수도 있기 때문이다.[171] 은희는 허위와 무위감에 젖어 있던 태호

---

171) 게오르기 프리들렌제르, 『리얼리즘의 詩學』, 李恒在 옮김, 열린책들, 1986, p. 99.

를 삶의 환희에 젖게 하며 철수의 현실태로써 나아가 철수의 누이 철주
로 탈바꿈함으로써 그 장래가 그리 순탄치 않을 것이 이미 예견된다. 그
러나 『靑春記』의 성과는 은희의 의식 성장과정이 현실감 있게 묘사되어
있다는 점에서 '장악적'모티프로 드러나는 이념성의 한계를 극복하고 있
다. 은희의 의식성장면에서 가장 두드러진 부분은 세속적이고 타락한 전
향자 박용을 떠나 환상으로만 존재하던 철수의 존재와 합일하는 태호에
게로의 지향을 보인다는 점이다. 이 점에서 보면 이철수(환상, 환희, 희망,
공상, 관념)─김태호(현실)의 관계는 이철주(환상, 환희, 희망, 공상, 관념)
─박은희(현실)의 관계로 나타난다. 즉 이런 관계에서 보면 앞서 지적한
바 태호와 은희의 지향태는 이미 작품 초반부터 예견된다. 바로 이것이
『靑春記』의 구성원리이다. 이 견결한 창작방법으로서의 구성원리는 한설
야가 날카롭게 인식한 바 있다.

> 이 작품을 쓰면서 나는 조선의 딸들이 은희를 따를 것을 희망하였으며
> 소선의 인민들이 태호를 본받을 것을 희망하였다. 희망하였다는 것보다
> 이것이 진정 조선의 청년남녀가 걸어가고 있는 길이라는 신념으로써 이
> 작품을 썼다는 것이 보다 정확한 표현일 것이다.
> 나는 이 작품을 쓰다가 은희가 태호에게로 가는 것이 곧 가장 바른
> 길이라는 것을 확신하면서, 이를 방해하려는 주위의 모든 사람들의 지질
> 한 간섭과 방해를 단호히 거부하여 나서는 그 장면을 써놓고 다시 읽어
> 보다가 여러번 눈이 흐리어지며 창가에 서서 오래도록 험난한 현실 속에
> 서 밝게 바르게 또 굳게 살려고 피나게 싸우고 있는 우리의 청년남녀들
> 을 생각하였다.[172]

그러나 태호가 은희와 헤어진 후 행방이 묘연한 가운데 구체적 활동상
이 작품 속에 드러나 있지는 않지만, 국내에 잠입한 철수와 함께 체포된
다는 사실은 1930년대 후반기 상황에서 계급운동이 원천적으로 불가능함

---

172) 작품 후기 참조.

을 드러내므로써 작품의 현실적 효과를 거두고 있다.

태호가 철수와 음성과 모습에서 너무나 닮은 은희를 보고 나서 "가슴에 하나의 이름할 수 없는 보화를 안은"것같이 느끼는 1장 〈전람회〉 마지막 부분은 마지막 장 〈극광〉의 의미를 이미 암시해 준다. 이 보화는 태호와 은희가 다 같이 갈망하는 철수의 실체이다. 철수는 태호의 어릴적 동무다. 철수와 태호는 중학 3학년 때 학생운동으로 암시되는 사건으로 인해 학교를 그만둔 뒤 서로 헤어졌다. 태호가 일찍 여자에게도 그와 같은 매력을 느껴보지 못한 철수는 우렁차고 음악적인 목소리를 지닌 무서운 매력의 소유자다. 태호는 철수가 범의 굴로 드나들면서도 자기보다 몇 곱절 뛰어난 인간 구실을 할 것이고 사람의 상상이 미치지 못할 큰일을 하고 있으리라고 생각한다. 한설야의 남매(지향성)에 대한 정결성은 집요하다.

> (온 그런 남매도 잇담?)
> 그는, 불현듯 또 이런 생각을 하엿다. 어쩐지 박용이와 은희를 남매라고 생각할 수 없엇다.(중략)
> (혹시 참말 남매가 아닌지도 모르지?) 하고 그는 생각해 보기도 하고 또 한편
> (어떠케 남매 아니게 할 수는 없을까?) 하는 터문이 없는 공상도 해보는 것이엇다. 그리며 또 혹시 철수의 누이가 어려서 이리저리 불려서 어떠케 박용의 집에서 키여나게 된 것이나 아닌가도 생각해 보았다.[173]

이 부분은 태호가, 이제는 전향하여 잡지사를 경영하며 세속적인 삶을 영위하고 있는 전향자 박용에 대해 노골적인 반감을 드러내며 은희를 생각하는 장면이다. 제5장 〈꿈과 현실〉에서 은희가 우유부단한 명학과 태호 사이에서 태호를 선택한 것은 사상의 문제이다. 그리고 이 변화는 결

---

173) 작품, 『東亞日報』, 1937. 8. 15. 〈그 두 사람〉(七).

코 작은 것이 아니다. 은희는 태호를 취하는 것이 자기의 행복을 위한 길이며, 더군다나 태호는 주어진 불행 속에서 그 불행과 싸우고 있는 인물이다. 그러나 은희의 변화는 도구화된 관념의 산물이 아니라 자각적이라는 점에서 현실성을 띠고 있다. 은희는 막상 태호를 따르려고 마음 먹는 순간 명학보다 여러 가지 면에서 어려운 여건에 있는 태호에게서 "도리어 자기 자신의 맘이 더 찌륵하고 찔리는 것을 느끼며, 내일을 알 수 없는 암연한" 삶을 생각하기도 한다. 즉 은희는 지금의 자기 청춘이 마치 가시덤불 속을 걷고 있는 것같이 느낀다. 특히 『靑春記』의 현실적 의미는 작품 마지막 장인 〈극광〉의 종반부에서 잘 드러난다.

> 은히는 일즉 본 일이 없는 극광(極光)이 아득한 하늘 저 편에서 빛어오는 것 같음을 깨달앗다.
> 「어듬을 허치랴는 사람은 어듬 속에서도 빛을 잡을 수 잇는 것이다.」
> 그는 차라리 어듬을 사랑하리라 하엿다. 거기서 살리라 하엿다. 그리며 이때까지 광명 속에서 살엇거니 하고 생각한 것이 얼마나 어리석은 일이엿든지를 또한 깨달엇다. 그는 상현달이 차차 밝아오는 해변을 언제까지든지 북으로 걸어갓다. 발앞에 그리여지는 자기의 그림자가 홀연히 태호인듯이 생각겨지는 자기를 발견하는 것은 역시 설은 일이나 인제 얼마를 설어도 조흔 일이엇다.
> 그는 결코 자기를 불행하다고 생각지 안엇다. 그는 여전히 북으로 걸어가고 잇다. 달은 떼구름 속에 들어갓다가 나올 때마다 더 밝게 빛난다.[174]

『靑春記』는 태호, 박용, 그리고 태호의 친구이며 한때 동경에서 함께 사상운동을 하던 신문기자 우선 등 넓은 의미의 전향자들과, 신문사 사장을 위시한 홍명학, 홍명순 등 다양한 세속적 인물군을 통해 당대의 풍속도를 현실적 문맥에서 잘 그려내고 있다. 특히 은희는 태호가 철수와 맺고 있는 이념성을 극복하며 작품에 현실감을 부여한다. 물론 은희 또한 자기개조를

---

174) 작품, 『東亞日報』, 1937. 11. 29. 〈極光〉(八).

감행하지만, 그 과정이 자각적인 점은 『靑春記』의 성과와 무관하지 않다. 이는 또 다른 방향에서 이 시기 김남천의 『大河』가 거둔 작품 성과와 함께 논의할 수 있다.

2) 『大河』의 世界

「大河」는 현실의 추상화를 극복하기 위해 우선적으로 역사 단위의 모색이 필요하다는 관점을 제기한 점에서 주목된다. 이 문제는 1930년대 후반 가족사소설의 문학사적 의미와 연결되는 중요한 쟁점으로 보인다. 이는 김남천이 누구보다도 가족사연대기 소설 형식에 대해 자각적인 태도를 지니고 있었다는 사실에서도 잘 알 수 있다.

김남천은 「남매」와 「少年行」을 탈고한 후 새로운 창작노선을 이미 암묵적으로 제시하고 있다. 그는 작가의 열정이 두 개의 적은 방향을 더듬고 있다고 분석하면서, 그 하나는 소시민 지식인의 자기분열의 세계이고, 또 하나는 모든 생활의 초조 속에서도 굴하지 않고 자기발전을 적극적으로 도모하는 불굴의 정신세계인데, 자기 자신은 첫째번의 경우에 속한다고 말한다. 김남천은 이론과 실천, 또는 이론 그 자체의 모순 내지 분열을 뼈저리게 경험하면서 자신의 소시민성에 대해 사상적 실망과 불신, 그리고 심한 거부감까지 보인다. 이런 사고방식은 고발문학론과 이후 전개되는 그의 모든 문학론의 원천 구실을 한다. 김남천은 이전 한창 시대의 열정이 생활의 구체성에 토대를 두고 있었지만, 이제는 억제할 수 없는 분한 때문에 단지 소년의 창조로 돌파구를 발견하려 한다고 자신의 심경을 고백한다. 그러기에 그는 소년 세계의 한계를 인정하면서도 그 세계의 형상화에 온 정열을 기울인다.[175]

---

175) 김남천, 「知識人의 自己分裂과 不撓不屈의 精神」, 『朝鮮日報』, 1937. 8. 14.
　　특히 『大河』의 주인공 형걸의 성장이 지니고 있는 의미는 의식구조상 임화의 다음 주장과 유사하다.
　　"그러나 카톨릭 부흥은 이런 전통으로서의 일면이 있을 뿐만 아니라, 前記한

　그는 『大河』가 단순히 "작가 자신의 기억을 이용한다는 편의적인 생
각과 작가 사신을 되돌아보는 회고 정신"[176]에 그치는 것이 아니라 연대
의 정신임을 강조한다. 그가 말하는 연대의 정신은 일차적으로 가족사연
대기 소설에 대한 자각적인 인식을 말하지만, 『大河』가 '「少年行」 계열'
의 발전적인 방향에서 나온 소설임을 의미한다. 그러므로 이 말 속에 이
미 『大河』의 창작방향이 암시되어 있다.[177] 그러나 『大河』가 '「少年行」
계열'과 마찬가지로 소년의 성장과정을 다루고 있지만 그 본질에서 근본
적인 차이가 있다. 김남천은 '「少年行」 계열'에서 어린 소년에게 가해지는
세속과 사상과 이념성의 추급 과정을 통해 역설적으로 굴하지 않는 작가
의 사상이나 이념을 소년에게 투사하고 있다.[178] 그러므로 소년의 세계는

　　　　바와 같이 근대 문화가 근원적으로 자기를 그 시발점에 돌이켜서 반성하는 의미
　　　　를 갖는 것은, 주지하는 바와 같이 근대 문화가 인간 중심의 문화이기 때문이다.
　　　　바꿔말하면 소년이 부모의 지배를 벗어나면서부터 성인이 되는 것과 마찬가지로,
　　　　근대 문화는 神과의 결별로부터 새 世紀로 들어 선 것이다."〈임화, 「카톨리시즘'
　　　　과 現代精神」(林和 評論集, 『文學의 論理』, 瑞晉出版社, 1989. p. 443.)〉
　176) 김남천, 「散文文學의 一年間」, 『人文評論』, 1941. 1.
　177) 유진오는 본고에서 사용한 '「少年行」 계열' 작품을 『大河』에 이르는 전 단계로
　　　　적절히 지적하고 있다.(유진오, 「새 礎石 하나-金南天氏의 新著 〈少年行〉」,
　　　　『東亞日報』, 1939. 4. 6. 참조.)
　　　　기타 『大河』에 대한 연구로 참고할 수 있는 것은,
　　　　송하춘, 「1930년대 후기 소설 논의와 실제에 관한 연구-김남천의 『大河』를
　　　　　　　　중심으로」, 『세계의 문학』, 1990, 여름.
　　　　김동환, 「1930년대 후기 장편소설에 나타나는 '풍속'의 의미」, 『관악어문연구』
　　　　　　　　제15집, 1990.
　　　　이주형, 「1930年代 韓國 長篇小說 硏究-現實認識과 作品展開方式의 變貌樣相
　　　　　　　　을 中心으로」, 서울대 박사학위 논문, 1983.
　　　　정호웅, 「새로운 세계에 대한 열망과 그 한계-김남천의 『大河』론」(정호웅 외,
　　　　　　　　『장편소설로 보는 새로운 민족문학사』, 열음사, 1993, pp. 231~247.)
　178) 현길언은 「남매」를 포함하여 「少年行」을 여로형 소설양식을 취한 성장소설로
　　　　파악한다. 그러나 이 두 작품을 『大河』와 일관된 문맥에서 살펴보면, 성장소설

단순히 동화의 세계가 아니라, 작가의 주체 회복의 지난한 과정에서 나온 산물이다. 이에 반해 『大河』에 나타나는 소년의 세계는 작가의 이념의 산물로서가 아니라, 당해 시대의 현실적, 역사적 문맥에서 천착된 인물이다.[179]

『大河』는 최재서가 주재하고 있던 인문사의 전작 장편소설 총서 간행 사업 중 제1권으로 발표된 작품이다. 최재서는 『大河』를 위시하여 이기영의 『봄』, 그리고 한설야의 『塔』 등을 모두 가족사소설로 보고 있다. 김남천은 가족사 소설에 대한 주체적 인식을 갖고 창작에 임하지만 최재서의 이론적인 작업도 일정 정도 김남천의 창작행위에 영향을 미친다.[180]

───────────

의 성격보다는, 오히려 작가의 이념의 투사물로서의 성격이 더 강하다. 〈현길언, 「닫힌 시대와 역사에 대한 소설적 전망−김남천의 소설 세계」(서종택 /정덕준 엮음, 『한국 현대소설연구』, 새문사, 1990, p. 390. 참조.)〉

179) 김남천은 이기영의 『봄』과 한설야의 『塔』을 자신의 『大河』와 비교 분석하면서 이 점을 분명히 밝히고 있다.

"假令, 李氏나 韓氏가, 主人公을 모두 六七歲의 少年으로 選擇하였는데, 나는 이것이 年代에 對한 意識보다도 便宜的인 생각에서 된 것처럼 느껴지는 것이다. 夕林이나 우길이는 모두 作者自身들이다. 그들은 三十年代의 代表人物이긴 할지언정 韓末代의 代表人物은 되지 못한다. 作者 自身의 記憶을 利用한다는 便宜的인 생각과 作者 自身을 돌아본다는 懷古 精神에 依해서, 年代의 精神은 明確히 形象化되는 데 障碍를 받고 있다. 萬若 氏 等이 이같은 便宜的인 생각에서가 아니고 年代記 家族史 小說의 透徹한 理念에서엿더라면 『塔』은 훨씬 더 人物을 整備하고 雜說도 除去하고, 風俗集이 되는데서도 救援을 받았을 것이다."(김남천, 「散文文學의 一年間」, 『人文評論』 14, 1941. 1.)

180) 최재서의 가족사연대기 소설에 대한 대표적인 논의는 다음과 같다.

최재서, 「토마스. 만의 家族史小說 −"붓덴브로−크 一家"」, 『東亞日報』, 1938. 12. 1.

──────, 現代小說研究(2), 「토마스. 만 『붓덴부로−크 一家』」, 『人文評論』, 1940. 2~3.

기타 가족사연대기 소설에 대한 연구는 다음을 참고할 수 있다.

신상성, 『한국 가족사 소설 연구』, 慶雲出版社, 1992.

윤석달, 「韓國現代家族史小說의 敍事形式과 人物類型 研究」, 고려대 박사학위

물론 김남천은 최재서의 이론 작업 이전에 가족사 연대기 소설에 대한 개념을 명확히 하고 있다.

『大河』는 형걸이란 인물에 비중을 두면 교양소설의 성격[181]도 지니고 있지만 밀양 박씨인 박리균, 성균 형제와 박성권으로 대표되는 새로운 세력 간의 긴장이 더 주목된다. 리균 형제는 5대째 같은 마을에 살면서 리균은 국숫집, 성균은 마방을 각각 경영하고 있다. 그들 형제는 땅 하나 없이 초가집이 전 재산이지만 선조의 업적을 큰 자랑으로 내세우며 양반이라 자부한다. 그러나 엄밀히 따져보면 그들이 내세우는 양반이라는 것도 2대째 되는 이가 아전으로 있다가 청년의 몸으로 죽었을 때 그의 아내 성씨가 목을 매어 따라 죽었다는 것, 그래서 열녀비가 마을 어구에 서 있다는 것에 불과하다. 그러나 열녀비가 거의 퇴락해간다는 말은 리균가의 몰락을 상징적으로 드러낸다.

> 방선문을 척 나서면 왼편에 쭈르릏게 나라니 한 많은 비각 중의 제일 초라한 것이, 성씨의 열녀비가 들어 있는 집이다. 집웅 기왓골에서 잡초가 나오고, 추녀 끝에 참새가 둥지를 틀면 박리균네 형제는 손수 풀을 뽑고 새 둥지를 집어 치웠다. 그러나 비각은 바른쪽으로 찌그뚱하니 너머져 갔다. 수선을 하던가 다시 집을 고쳐질려면 적잖은 돈이 들게다. 기둥을 하나 모양은 숭하나 너머질려는 쪽에다 벌여서 겨우 그것을 의지해 나갔다. 그것은 마치 양반이라고 으스대는 그의 환상이, 마즈막으로 운명(殞命)을 기대리고 있는 거나 같이 적막하게 보이었다.[182]

논문, 1991. 12.

류종렬, 「1930년대말 한국 가족사. 연대기소설 연구」, 부산대 박사학위 논문, 1991. 2.

한승옥, 「1930年代 家族史 年代記小說 研究」(『韓國 現代長篇小說研究』, 民音社, 1989, pp. 129~153.)

181) G. Lukács, 반성완 역, 『소설의 이론』, 심설당, 1985, pp. 177~178.

182) 『大河』 第一部, 全作長篇小說叢書-1, 人文社, 1939, p. 2.

✳. 이하 작품 인용은 면수만 기재함.

리균 형제가 성권에게 돈을 빌려 대운동회를 기회로 근대식 여관을 짓고 장사를 계획하지만 그들의 몰락은 가속화된다. 이에 반해 성권은 마을에서 가장 높은 지대에 큰 집을 짓고 고리대금으로 점점 성장한다. 성권은 이미 갑오란 때 많은 돈을 모아, 그 돈으로 논과 밭, 토지 등을 되는대로 사들였다. 성권도 밀양 박가지만 리균 형제는 이런 성권을 돈만 안다고 비방한다. 성권의 조부는 원래 아전으로 있을 때 창미(倉米)를 농간해서 큰 돈을 모았으며, 녹미를 저당 잡고 돈을 꾸어주거나 녹미를 싸게 샀다가 쌀값이 오를 때 팔아 큰 돈을 모아 땅을 사기도 했다. 그런데 성권의 아버지는 도박, 아편, 주색에 빠져 전 재산을 탕진해 버리는데, 이런 환경 가운데서 성권의 돈에 대한 악착한 성격이 형성된다. 성권은 아전의 후손인 중인계급 신분으로 "포악하고 아구통 센" 성격의 소유자다. 그런데 성권은 격변하는 개화기 공간에서 차츰 몰락하는 리균 형제와 달리 신흥하는 부르조아의 속성을 지니고는 있지만 그 성격 형상화에 있어 미흡하다. 즉 성권은 술에 만취해서도 돈과 밭을 생각할 정도로 자본에 대한 강한 애착을 지니고 있지만 한편으로는 집안 가도와 자식들을 결코 잊지 않는 자상한 가부장의 권위를 끝까지 유지하려 한다. 이것은 일제 강점기 시대 일제에 의해 파행적으로 전개된 자본주의화의 과정에서 전통적인 봉건 지주들이 일제와 타협하며 기득권을 누려간 사실과 일치한다. 성권은 돈의 위력을 누구보다도 확신하고 있으며, 언젠가는 문벌이나 가문이 자기의 돈 앞에 굴복할 것을 믿고 있다.

성권은 20대 중반에 갑오란을 맞아 모든 사람이 피난가는 상황에서 가족들만 보내고 자기는 혼자 고향에 남아 병영을 대상으로 장사를 한다. 특히 그의 재산 축적 과정은 명민한 바 있다. 그는 농토를 떠난 뒤 군수품을 운반하는 사람들이 받는 은전을 엽전 대신 바꾸어 그 은전을 땅 속에 묻어 두었다가 돈에 궁한 이들이 집을 팔 때 헐값으로 집과 땅을 사고, 또 돈놀이를 하여 약속을 어긴 사람의 집과 토지를 무조건 차압하기도 한다. 그는 알지 못하는 사이 재산 덕분에 〈박참봉〉이 되었다. 성권은 직함에 걸맞게 아직도 봉건사상에 젖어 있다. 그는 맏아들 결혼식 날 동학도인 처남 최관술이 금테로 만든 개화경(안경), 목긴 구두, 개화장(지팡이)을 지닌 모습을 보고 갓 대신 신식 모자의 일종인 국자보시를 썼다고 가장 꺼려한다. 성권의 인물 형상화가 근대성의 각성이라는 관점에서 치밀하게 전개되지 못한 점은 풍속의 공식적 배치와도 얽혀 있는 한계이다.

김남천은 『大河』의 결점으로 풍속의 공식적 배치를 들고 있다.[183] 이는 부분적으로 성권의 근대주의자다운 모습을 형상화하기보다 형걸의 의식 성장과정에 과도한 비중을 두고 있는 데서도 기인한다. 형걸은 형인 형준이가 점점 타락해가는 것과 대조적으로 어른 못지않게 성숙미를 보이며 적극적인 인물로 형상화된다. 맏아들 형준은 스스로 선택한 서당에서 한문 공부만 하고 집안을 잘 다스려 나가는 데 꼭 필요한 것들만 배운다. 그러나 특별히 하는 일 없이 결국에는 삼십육계, 도박, 투전, 잡기에 빠져든다. 반면 형걸은 성질도 거칠고 짓궂으며, 키도 형제 중 제일 크고, 신식 학교인 동명학교에 다니고 있다. 그런데 형걸이 서자라는 사실은 그의 의식 형성과정에 깊은 관련이 있으며, 작가 김남천의 의도가 개입되어 있다. 또한 이 점은 김남천이 「少年行」 계열'에서 나타난 바와 같이 작가의 관념을 인물에게 덮어씌우는 폐해를 피하고자 했지만 그것이 어려웠다는 사실도 반증하고 있다. 김남천은 가족사연대기 소설인 자신의 작품 『大河』가 단순히 과거로의 후퇴가 아니라는 점을 강조한 바 있다. 김남천 또한 일제 강점기 전 기간 동안 뿌리 깊이 잠재해 있는 봉건성의 폐해를 극복해야 하는 과제가 당대 작가들에게 주어져 있다는 사실을 인식하고 있었다. 그러므로 김남천은 뿌리 깊은 봉건성에 대한 천착에서 반봉건의 과제인 근대성을 문제삼고 있으며, 근대성에 대한 천착도 없이 섣불리 그것을 넘어서고자 하는 과제에 대해서는 주저하고 있다. 바로 이 점이 형걸을 서자로 설정한 이유이며, 또한 『大河』를 '「少年行」 계열'과 일관된 관점에서 논의해야 할 근거이다. 즉 김남천이 형걸을 서자로 설정한 것은 형걸에게 가해지는 봉건성의 폐혜를 작가가 등장 인물에게 자신의 이념

---

183) 김남천, 「兩刀流의 道場 —내 作品을 解剖함」, 『朝光』, 1939. 7.

을 덮어씌우지 않고 등장 인물 스스로가 극복해 나가는 자각적인 측면을 형상화하고자 했기 때문이다.

형걸은 한때 자신의 마음속에 생각해 본 적이 있던 보부가 자신과 동갑인 형선에게 결혼하는 것을 계기로 변화하기 시작한다. 이같은 변화는 결혼 첫날밤 신혼 부부가 자고 있는 마당 마루 앞에 큰 돌을 던진 장본인이 형걸로 암시된다는 것, 그리고 이후 형걸은 보부를 만나도 언제나 못 본 체하고 그냥 지나치는 데서 잘 드러난다. 형걸은 일차적으로는 형선의 결혼에 대한 반발 심리로 삭발을 단행한다. 그런데 형걸의 삭발은 단지 서자로서 받는 울분이나 형선의 결혼에 대한 반발만이 아니라 보다 근본적인 데 원인이 있다.

　　한편, 어머니가 삭발한 것을 알고도 아무 말 못하고 건너가, 잠잠하니 소식이 없는 걸 본 형걸이는, 윤씨와는 다르지만 역시, 그는 그대로 또한 마음이 언짢지 않을 수가 없었다. 삭발한 걸 지금 새삼스럽게 후회한다던가, 그런 마음은 터럭만치도 없다. 해야 될 것을 해버린 데 불과하다. 단지 이것 하나만이 원인이 되어, 어머니가 슬퍼한다던가 노여워한다면 손대봉이처럼 그런 걸 무시해버려도 무방할 것 같다. 그러나 그의 삭발이 갖어 오는 문제는 결코 그런 것만이 아니었다.
　　온몸을 내던저서, 죽어라고 분푸리를 해대야만 할 곳이 어데앤가 꼭 한 구퉁이 남아 있는 것 같다. 누구를 싫건 뚜드리던가, 그러찮으면 누구한테 느러지게 맞어보고도 싶다. 그랬으면 행결 가슴이 후련하고 속이 시원하니 뚤릴 것 같다. 그러나 누구를 때리고, 또 누구에게 맞어야 할 것이냐. 그 대상이 그에게는 똑똑치 않었다. 간지러운거처럼 안타까웁다.[184]

박성권은 형걸이 서자라는 이유 때문에 그를 심하게 차별하지는 않는다. 더군다나 형걸은 작인의 아들인 삼남을 부리며 상전댁 도련님 행세를 하며, 심지어 중년 나이인 종이 그의 이불까지 개어준다. 그러므로 형걸

---

184) 작품, pp. 102~103.

의 울분은 막연하지만 또 다른 것을 지향하고 있다. 여기에 작가 김남천의 이념이 반영되어 있다.『大河』는 앞서 지적한 바와 같이 형걸에게 투입된 이념성 때문에 급변하는 개화기 상황의 역사적 의미가 상대적으로 소홀하게 취급되는 결과를 초래하지만, 형걸은 '「少年行」계열'의 소년이 혹독한 시련을 겪은 후 제기될 수 있는 자기개조의 세계를 본격적으로 열어가는 발전적인 인물이다.[185] 그러나 형걸에게 투여된 작가의 이념성은 장편소설인『大河』에서조차 근대적 성격을 본질적으로 문제삼는 데 장해 요인으로 작용하는, 작가 개인의 내면적 자기개조의 몸부림이라 할 수 있다.

그러므로『大河』는 다양한 인물들을 통해 근대화되어가는 시대의 변화상을 잘 형상화하고 있지만 한계 또한 분명하다. 칠성네가 경영하는 식료품 가게, 일본인 나까니시네가 경영하는 잡화상, 김용구네의 과자점, 기타 몇 개의 포목점을 비롯하여 마을에는 측량 기수가 드나들 정도로 변해간다. 특히 칠성이 사온 자전거와 나까니시네가 사온 각종 진기한 물건들을 둘러싸고 전개되는 이야기는 개화기의 풍속도를 여실히 보여 준다. 마을 사람들은 마을 중앙으로 난 신작로를 통해 원산이나 평양, 특히 평양으로 왕래하며 활발한 경제활동을 하며, 마을에도 상당수의 평양 외지의 사람들, 즉 교회의 이조사, 문우성 교사, 기생 부용, 측량사 등도 들어와 살고 있다. 도로로 상징되는 근대화의 방향성은 형걸이 장차 나아갈 방향에 이미 상징적인 의미를 부여하고 있다. 이 점이『塔』과 다른『大河』의 근대적 측면이다.

형걸의 울분은 자기 집 막서리인 두칠의 처 쌍네와, 기생 부용에게로 탈출구를 찾기도 하지만 궁극적인 것은 아니다. 형걸은 문우성 교사를 매개로 또 한번의 변화를 겪게 된다. 그러나 형걸은 스스로 자각적인 자세

---

185) 백철은『大河』가 "作家가 文學을 運命으로 싸우는" 비장한 노력이 반영되어 있다고 말한다.(백철,「뽁. 레뷰―金南天氏著『大河』를 讀함」,『東亞日報』, 1939. 2. 8. 참조.)

를 보이고 있다는 점이 주목된다.[186) 문우성은 독실한 예수교 신자로 신학문과 개화사상에 밝은 청년이다. 형걸이 문우성에게서 배운 교훈은 신분이나 적서차별 철폐, 비복 해방, 미신타파, 조혼사상 폐지, 생활습속 개량 등이다. 문우성과 형걸은 사제간의 정을 넘어서서 어떤 정의감으로 일체가 된다. 특히 형걸의 앞에는 평원도로와 방선문 밖 신작로가 활짝 열려 있다. 그럼에도 불구하고 『大河』는 현실 토대와의 긴밀한 연관 없이 주인공 형걸의 의식 성장과정에 비중을 두므로써 여타 인물들이 격변기에 취할 다양한 삶의 진로에 대해서 둔감함을 초래하게 되며, 이 한계는 성권이 지닌 근대성의 측면에 대한 천착 또한 피상적인 수준에 머무르고 있는 데서 잘 드러난다. 그러므로 『大河』는 근대성의 측면과 함께 일본 제국주의의 침략성에 대해서 의도적으로 회피하고 있다는 비판은 면할 수 없다. 이는 작가의 한계이든, 『大河』가 창작되던 시대의 중압이든 피할 수 없다. 『大河』의 이같은 한계는 한설야의 『黃昏』에서 주인공 여순의 의식 성장과정의 무토대성과도 연결된다. 형걸의 의식 성장과정은 『黃昏』의 '준식—여순'의 관계와 동일한 '문우성—형걸'의 관계에서 드러나듯이 인물 간의 상호관계에서만 전개되고 있을 따름이다. 이는 『大河』의 속편인 「動脈」[187)에도 그대로 적용된다.

형걸이란 인물은 사회주의 혁명기에 생성되는 프로소설의 긍정적 주인공이 아니라 진정한 근대를 열어가는 문제적 인물이다.(L. 골드만, 조경숙 譯, 『小說社會學을 위하여』, 청. 하, 1982, pp. 11~13. 참조.)

186) 이는 다음 대목에서는 '뜻'으로 나타난다.
"이러한 생각 외에 그는 문우성 교사에게 말로 서약은 않 했으나, 그의 앞에서 조혼사상에 대한 자상한 설명을 들을 때에, 아직도 미혼인 것을 좋은 기회로 뜻을 세우기까지는 완고한 풍습에 희생이 되지 않으리라, 내심에 결심한 바가 있었다. 그는 문교사에게도 이야기하지 않고, 저 혼자 제 자신과 굳게 약속한 이 결심을, 그대로 흘으는 물 가운데 쉽사리 싯처 버리고 싶지는 않았다."(작품, p. 382.)

187) 「動脈」에 대하여는, 김외곤, 「〈대하〉와 〈동맥〉에 나타난 개화 사상과 개화 풍경」(한국현대문학연구회 편, 한국의 현대 문학 1, 『한국 근대 장편 소설 연구』, 모음사, 1992, pp. 129~145.)과, 양윤모, 「金南天의 〈大河〉 硏究」(고려대 석사학위 논문, 1991. 12.)를 참조할 수 있다.

V. 맺음말

본고는 카프 해산 후 조직적 실천을 떠나 개별적으로 전개된 작가들의 이론 작업과 창작행위, 그리고 그 전개양상에 초점을 두고 1930년대 후반기 프로문학의 구체적 실상에 주목하였다. 특히 1930년대 후반의 비평사가 보여 주는 모색의 과정과 작품에 대한 가치평가는 당대에 한정되지 않고, 카프 해산 이전의 제반 현상에 걸쳐 있으며, 해방기의 제반 문학현상을 이해하는 근저로서의 계기도 내포하고 있다는 점에서 그 의의가 크다. 그러므로 본고는 1930년대 후반의 문학적 상황을 전향문제에 일괄하여 처리하는 데는 무리가 있다는 전제하에, 오히려 국가를 상실한 식민지 조선의 최대 당면과제였던 민족해방투쟁이라는 시각에서 일제 강점기 프로문학의 미학적 특성을 재검토해 보았다. 왜냐하면 1930년대 후반 문학은 식민지라는 한국적 특수성 때문에 전향문제 속에 이미 비전향의 본질적인 계기가 내포되어 있기 때문이다. 그러므로 문학 외적인 선입관을 최대한 억제하고, 국가 상실로 특징되는 일제 강점기의 지난한 시대를 극복하려는 정신적 문맥에서 프로문학을 보고자 했다. 이런 방향에서 일제 강점기에 전개된 계급문학이 민족현실보다 보편적인 계급문제에 더 관심을 두었다는 혐의는 벗어날 수 없지만, 이것도 오히려 왜곡된 민족현실을 극복하고자 하는 역편향임을 염두에 두고, 이 시기 가장 문제적인 작가인 김남천과 한설야의 작품성과를 살펴보았다. 그러나 왜곡된 역사현실을 넘어서기 위한 노력이 구체적 현실 문맥에서 천착되지 않고, 작가의 선규정적인 도식성에 의해 재단되는 것은 경계되어야 한다. 특히 프로문학의 강한 이념성은 카프 해산 이후에도 여전히 작가들을 구속하는 "마의 수레바퀴" 역할을 하며, 작가의 창작행위를 제약한다.

일제 강점기 한국 근대사의 과제가 반제, 반봉건에 놓여 있다면, 문학의 과제도 이로부터 자유로울 수 없다. 문학이 반봉건에 초점을 둔다면, 그 방향은 참다운 근대소설을 형성하는 것이겠지만, 식민지 조건에 놓여 있는 한국의 특수성 때문에, 반봉건을 염두에 두면서 동시에 반제라는 강한 이념성을 동반하지 않을 수 없었다. 여기에는 과연 계급문학이 시민적 개성을 집단적 개성으로 승화시킬 수 있느냐의 문제가 가로놓여 있지만, 반봉건의 방향은 일제와의 야합으로 기울 가능성이 이미 그 자체 내에 잠재되어 있으며, 반제의 방향은 그를 뒷받침하는 사상이나 이데올로기가 절대화, 신념화됨으로써 역으로 구체적 현실 문맥에서 형성되는 근대적 성격에 대한 인식부족 현상을 초래한다. 계급문학 운동이 식민지라는 민족현실에 대한 인식보다 계급 이데올로기 그 자체에 함몰되었던 것도 극단적인 역편향의 결과이다. 이런 상황은 카프 해산 이후에도 약간의 굴절을 거치지만 변함없이 전개된다. 그러므로 본고는 단순히 전향의 문제 영역을 넘어서서, 카프 해산 후 1930년대 후반 프로문학이 어떤 굴절을 겪고 있고, 또 굴절을 겪지 않으면서 변하지 않는 특성이 무엇이며, 또한 이런 특성을 초래한 내적 근거가 무엇인지 당대의 이론과 작품을 통해서 구체적으로 해명하고자 했다. 그러므로 이념성과 현실을 매개하는 구체적인 인자를 '장악적(掌握的) 모티프(das übergreifende Motiv)'의 분석을 통해 1930년대 후반 프로소설의 이념성의 실체를 구조적으로 문제삼았다. '장악적' 모티프는 등장인물의 행위나 생활 전반을 구속함으로써 작품 내용을 규제하는 것을 말한다. 이 모티프는 일제 강점기 프로문학이 내포한 이념성의 실체와 그 이념성이 작 구조에까지 미친 영향관계를 파악하는 데 중요한 계기가 된다. 그러므로 이 모티프는 프로문학과 주자학적 의식구조의 상관성을 알려주는 명확한 지표 구실을 할 뿐만 아니라, 프로문학이 지닌 도식성의 실체를 해명하는 계기가 된다. 특히 이 모티프는 오히려 훌륭한 작가들에게서 나타나는 일종의 '작벽'(作僻)으로 볼 수 있다. '작벽'은 추상적인 주관적 현실 고찰방식을 기반으로 하여 추상적인 주관적 표현방법을 만들어 내는 예술적 창작방법이다. 이는 특성상 추상적인 주체의 능동성을 특징으로 하며, 또한 이 추상적인 주체의 능동성은 곧바로 형식의 추상적 보편성으로 연결된다. 그런데 이 '작벽'은 1930년대 후반기의 문학적 상황에서는 작가 자신의 순수 개인적인 문제라기보다는 시대적, 보편적 문제와 관련된다는 점에서 문제적이다. 이것은 곧바로 일제 강점기하 프로문학이 지닌 이념성의 실체에 해당하는 중요한 문제이다. 이런 '장악적'모티프로 드러나는 '미적 요소'는 김남천과 한설야의 장편소설에서 가장 특징적으로 드러난다. 그러나 이 두 작가는 작품 성격면에서 대극적인 위치에 놓여 있는 것 같지만, 의식구조상에서 동일한 지향 세계를 추구하고 있다. 이것이 본고가 밝히려고 한 중심 문제였다. 이를 구체적으로 해명하기 위해 카프 해산 후 김남천의 고발문학론을 둘러싼 논의에서 각자의 논리를 가다듬어 간 김남천, 임화, 안함광 이론의 질적 차별성과, 이를 토대로 김남천과 한설야의 작품 성과를 고찰하였다. 왜냐 하면 김남천이 제기한 고발문학론은 카프 해소파, 비해소파 문제의 이면에 감추어져 있는 미묘한 시각 차이를 해명할 수 있는 계기가 되기 때문이다.

　1930년대 후반 소위 주체론으로 말해지는 리얼리즘 논의가 심화된 것은 당대의 문학정신이 유례 없는 불안 가운데 방황하고 있었다는 데 근거한다. 1935년 프로문학의 구심체였던 카프가 해산되고, 1937년 중일전쟁을 기점으로 더욱 악화되는 정세 속에서 작가들은 어떻게든 자신을 추스릴 수밖에 없는 상황을 맞게 된다. 이전과는 전혀 다른 상황에 처한 작가들에겐 와해된 주체를 정립하는 것이 우선되는 문제였다. 특히 프로문학 운동을 한 작가들은 자신이 신념으로 택한 이념에 대한 근본적인 질문과 반성을 통해 새로운 성과를 보여 준다. '주체 재건' 또는 '주체 건립'이라는 용어는 단순히 자구상의 차이가 아니라, 해당 용어를 쓰는 이론가의 물적 토대, 세계관적 기반, 그리고 현실에 대한 인식과 긴밀한 관계를 맺고 있다. 주체성이란 일차적으로 작가 자신에 관한 문제지만, 주체성은 개별성과 보편성의 관계 인식, 즉 특수성에 대한 인식을 의미한다. 특히 1930년대 후반에 작가 주체에게 제기된 문제는 이런 일반론적인 의미보다는 구체적인 역사적 문맥에서 보다 심각하고 다양하게 전개된다. 즉 이 시기에 제출된 주체의 문제는 한 작가에 국한된 문제가 아니라, 보다 광범위한 문학적 현실과, 그것에 대한 시대적, 역사적 반성으로서 제기된다. 특히 이 시기 임화, 안함광, 김남천을 중심으로 전개된 주체론은 일제의 폭압적인 파시즘체제하에서 무력화된 주체를 회복함과 동시에 과거 프로문학의 도식성을 극복하고 새로운 활로를 찾기 위한 노력으로 등장한 것이다. 그러므로 본고는 기존 논의를 확장하여 1930년대 후반 작가의 이론과 창작행위를 통한 현실 대응양상을 '자기검토'와 '자기개조'의 세계로 나누어 고찰하였다. 자기검토란 과거와 당면 현실에 즉한 작가 자신에 대한 점검작업이며, 자기개조란 자기검토의 연장선에서 자기를 완전히 정립하려는 강한 태도를 말한다. 그러므로 자기개조의 세계는 자기검토에 이어져 있지만, 본질적으로 그 성격을 달리 한다. 자기개조의 세계는, 전향의 의미 속에 내포된 비전향의 본질적인 계기가 된다. 특히 자기개조가 구체적인 현실 문맥에서 전개되지 못하면 강한 이념성의 역편향을 드러내기도 하는데, 이런 작업을 통해 두 가지의 성과를 해명할 수 있게 되었다. 즉 카프가 해산된 후인 1930년대 후반 프로문학의 강한 이념성의 실체가 바로 작가들의 주체정립의 방향에서 자기개조의 세계에 집착했다는 점과, 그리고 이를 극복하는 것이 사실주의의 작품 성과와 직결된다는 점이다. 특히 이를 통해 카프 해산 이전의 작품 성과를 재점검해 볼 수 있다는 점이다. 그 결과 김남천은 자기검토와 개조에 있어 개인화의 경향이 두드러진다. 김남천은 자기검토, 개조의 길과 동일한 노선에서, 소설 장르에 대한 검토와 소설 개조의 문제를 제기한다. 김남천은 더 나아가 당대 소설론의 핵심인 관찰문학론조차 일신상의 문제와 결부하여 논의를 전개한다. 한편 임화는 김남천의 고발문학론을 둘러싼 논의 가운데서 자신의 이론을 심화시켜 나간다. 그러나 임화는 단순히 자기 검토, 개조의 문제보다는 소설본질론의 입장에서 진정한 근대문학의 방향을 문제삼는다. 즉 임화는 추상적 개념으로 이해한 사상성보다, 근대적으로 이해된 사회성의 정열을 통한 근대적 개성의 형성 문제에 집착한다. 그리고 안함광은 자기개조의 의미와 이념성을 특징으로 한다.

그러나 임화와 안함광은 시기별로 편차가 보이지만 그 궁극적 지향점에서는 동일하다. 즉 임화와 안함광은 와해된 주체를 회복하는 방법상 용어로, 임화는 '주체 재건'이라는 용어를, 그리고 안함광은 '주체 건립'이라는 용어를 각기 사용하지만, 임화와 안함광 모두 논의의 출발점에서 이미 작가에게 선험적으로 사상이 주체화되어 있어야 한다는 의미에서 그 사상을 다시 재건, 또는 건립해야 한다고 본다. 단지 차이가 있다면, 안함광은 붕괴 이전의 주체가 지닌 성격이 명확히 해명되지 않았기 때문에, '주체 재건' 대신 '주체 건립'이라는 용어를 사용한다는 점이다. 그런데 김남천 또한 이미 획득했다고 생각했던 사상이 진정한 의미에서 주체화되지 못했다고 생각하고, '세계관의 혈육화'란 방향에서 '주체 재건'이란 용어를 사용한다. 그러므로 임화, 안함광, 김남천의 이론은 각기 미세한 차이에도 불구하고 그 궁극적 지향점에서는 동일하다. 특히 임화와 김남천이 모두 발자크의 리얼리즘을 자기개조의 관점에서 언급하고 있다는 사실은 중요하게 지적될 수 있다. 이런 관점에서 1930년대 후반기 문학에서 '전향파', '비전향파'의 용어가 지닌 의미를 명확히 규명하기 위해 비평 그 자체 내의 질적 차별성과 편차는 물론, 그런 차이에도 불구하고 이론과 창작이 관련맺는 지점을 '자기검토'와 '자기개조'의 의미로 보고, 이를 비평과 창작과의 상호관련성에서 살펴보았다. 이런 의미에서 볼 때 김남천이 고발문학론에서 제기한 '자기검토'의 세계와, 이의 발전적 방향인 '자기개조'의 세계가 구체적 창작과정과 밀접하게 연관되어 있다는 사실이 주목된다. 그러나 김남천은 자신이 이론과 창작 양면에서 보여준 일관된 논리전개에도 불구하고 작가의 이념성이 작품을 규정함으로써 현실의 구체적 형상화에는 실패한다. 이것은 1930년대 후반기에 또 하나의 중요한 작가인 한설야에게도 그대로 적용된다. 그러므로 김남천과 한설야의 문학행위를 엄밀히 규명하기 위해 김남천의 고발문학론을 중심으로 김남천과 동일하게 주체의 문제를 제기하며 자신의 논리를 가다듬어 갔으며, 또한 이들 두 작가가 생산한 작품의 가치평가에 많은 노력을 기울였던 임화와 암함광의 논의를 사실주의의 성과라는 관점에서 검토하였다.

작품 성과면에서 볼 때 작가들의 일련의 자기검토 작업은 새로운 환경에 적응하기 위한 재출발의 의미를 담고 있다. 지금까지 전향문학 연구에서 포괄적으로 가정과 생활문제로의 회귀로 말해지는 작품들이 자기검토의 작품군을 형성한다. 작가들은 사상운동이 용인되지 않는 상황에서 이전에 소홀히 했던 세계에 대한 새로운 관심과, 그 속에서 현실의 새로운 힘을 재인식한다. 그런데 한국의 전향문제는 국가상실이라는 한국의 특수성 때문에 일종의 소재주의에 불과하며, 의식의 지향면에서는 새 차원으로의 전환을 의미할 따름이다. 그러므로 전향문학을 소재적인 차원에서가 아니라, 자기검토 과정을 거쳐 자기를 세워나가는 자기개조의 세계라는 관점에서 검토하였다.

특히 한설야는 자기검토의 세계보다는 자기개조의 작업으로 일관한다. 한설야의 자기개조의 세계는 1930년대 후반기에 창작된 모든 장편소설의 일관된 주제와 작품 구성원리로 작용한다. 『黃昏』, 『塔』, 『마음의 鄕村』, 『靑春記』등이 그것이다. 특히 『黃昏』의 주인공 여순의 성격 형상화 과정에서 나타난 '존재전이'의 문제는 이 시기 한설야가 보인 이념성과 자기개조의 핵심 사항이다. 즉 애초에는 소극적인 의미를 지닌 하나의 중심축이 또 하나의 적극적인 중심축을 찾아 끊임없이 나아가는 '지향성'의 의미가 한설야 작품의 중요한 창작 동인이 되고 있다. 그러나 두 중심축 가운데 적극적인 중심축의 의미가 작품마다 나타나는 현상은 상이한데, 『黃昏』처럼 작품 전면에 구체적으로 드러나기도 하고, 『마음의 鄕村』처럼 철저히 베일에 가려져 있기도 하고, 『靑春記』, 『塔』에서처럼 중간적 형태도 있다. 특히 『黃昏』은 여순의 의식성장의 측면에 과도한 비중을 둔 결과 상대적으로 경재의 성격 형상화조차도 필연성이 없이 너무 왜소화되어 나타난다. 그리고 『塔』은 봉건과 근대라는 대립 구도의 연장선상에서 근로자에 대한 인식과 사상선택으로 말해질 수 있는 제3의 방향을 취하고 있는 점이 『大河』와 다른 특이성이다. 그러므로 이 '지향성'의 의미는 단순히 개인사의 의미를 넘어서서 강한 부성에의 지향의지의 일종이자, 전형기에 처한 지식인의 은밀한 내적 존재방식이기도 하다. 그러나 『靑春記』는 넓은 의미의 전향자들과 다양한 세속적 인물군을 통해 당대의 풍속도를 현실적 문맥에서 잘 그려내고 있다. 특히 주인공 은희는, 극광으로 상징되는 철수와 맺고 있는 태호의 이념성을 극복하며, 작품에 현실감을 부여한다. 은희 또한 자기개조를 감행하지만, 그 과정이 매우 자각적이라는 사실은 『靑春記』의 성과와 무관하지 않다.

또한 김남천은 고발문학론을 제창하며 실제 창작에 임한 작가로서 전향문학의 핵심에 자리잡고 있다. 그러나 그 또한 자기검토 과정을 거쳐 궁극적으로 지향하는 세계는 자기개조의 세계이다. 즉 김남천의 자기개조의 세계는 「남매」, 「少年行」, 「누나의 事件」, 「생일전날」, 「五月」, 「巷民」, 「어머니」, 「端午」를 거쳐 『大河』에까지 이어진다. 이것은 한국의 특수성에 대한 인식과 함께 전개된 한국 전향 문제가 내포한 진정한 의미와 연결되어 있다. 특히 본고에서 사용한 '「少年行」 계열'에 속하는 작품들은 카프 해산 후 혼돈의 상황에 처한 김남천 문학을 이해하는 원점일 뿐만 아니라, 이후 『大河』의 성과까지 이해할 수 있는 근거가 된다. 그러므로 '「少年行」 계열'은 고발문학과 고발문학론의 근원적 계기도 되지만, 여타 고발문학류의 작품과는 본질적으로 구별된다. 왜냐하면 김남천에게 있어서 「남매」를 포함한 '「少年行」 계열'은 자기개조의 시발적 단계에 놓여 있기 때문이다. 이후 김남천은 '「少年行」 계열'에서 시도한 작가 자신의 개조의 문제를 장편소설 개조론과 결부지어 논의를 심화시킨다.

김남천은 '「少年行」 계열'에서부터 '장악적'모티프를 통해서 한설야와 엄밀히 대응되는 미학상 입장을 취한다. 한설야의 작품이 두 축을 설정하고, 한 축이 또 다른 한 축을 향해 끊임없이 나아가며 자기개조를 감행하는 구조라면, 김남천의 '「少年行」 계열'에 속하는 작품은 이와 대극적인 입장에 서서, 한설야의 '장악적'모티프를 대립적인 방향에서 변형시킨다. 이 방향에서 김남천이 소년의 세계를 선택한 것은 스스로 언급하고 있는 것처럼 필연적이며 의도적이다. 왜냐하면 김남천은 공식적이며 선험적으로 주어진 세계관을 전면적으로 재검토하는 과정에서 소년을 선택하고 있기 때문이다. 작가는 어린 소년에게 가해지는 여러 가지 현실적 모순과 부정한 현실의 추급을 통해 자기갱생의 의지를 강하게 드러낸다. 그러므로 자기개조의 입장에서 볼 때, 현실의 제모순에도 불구하고 아직 자기분열을 경과하지 않은 인물은, 적어도 김남천에게 있어서는 어린 소년이 유일한 세계이다. 이로 인해 야기되는 작품의 편협성과, 작가 개인에 한정된 주관주의 경향은 이미 그 속에 내포되어 있다. 따라서 이후 전개되는 김남천의 모든 문학논의와 창작 행위는 이 한계성을 극복하는 방향에 초점이 모아진다. 김남천은 「남매」와 「少年行」을 탈고한 후 새로운 창작 노선을 이미 암묵적으로 제시하고 있다. 즉 김남천은 이론과 실천, 또는 이론 그 자체의 모순 내지 분열을 뼈저리게 경험하면서 자신의 소시민성에 대해 사상적 실망과 불신, 그리고 심한 거부감까지 보인다. 이런 사고 방식은 고발문학론과 이후 전개되는 그의 모든 문학론의 원천 구실을 한다. 김남천은 '「少年行」 계열'에서 어린 소년에게 가해지는 세속과 사상과 이념성의 추급과정을 통해 역설적으로 굴하지 않는 작가의 사상이나 이념을 소년에게 투사한다. 그러므로 소년의 세계는 단순히 동화의 세계가 아니라, 작가의 주체 회복의 지난한 과정에서 나온 산물이다. 이에 반해 『大河』에 나타나는 형걸의 세계는 작가의 이념의 산물로서가 아니라, 당해 시대의 현실적, 역사적 문맥에서 천착된 인물이다. 그러나 형걸에게 투여된 작가의 이념성은 장편소설인 『大河』에서조차 근대적 성격을 본질적으로 문제삼는 데 장해 요인으로 작용하는 작가 개인의 내면적 자기개조의 몸부림이라 할 수 있다. 그러나 이런 한계에도 불구하고 『大河』는 다양한 인물들을 통해 근대화되어가는 시대의 변화상을 잘 형상화하고 있으며, 특히 『大河』에서 도로로 상징되는 근대화의 방향성은, 형걸이 장차 나아갈 방향에 상징적인 의미를 부여한다.

특히 본고에서 다룬 작품들 중 『大河』와 『靑春記』를 제외한 전 작품은, 작가가 어떤 특성을 강력하게 다루거나 또는 그 특성의 부재를 강력하게 드러내려 한 결과 역사 단위를 초월한 반면, 『大河』는 이의 한계를 넘어서기 위해 역사 단위의 모색이 필연적으로 요구된 결과의 산물이다. 소위 가족사연대기 소설이라는 특이한 작업이 누구보다도 김남천에게 자각적이었다는 사실도 김남천이 창작과 이론 양면에서 보인 개인화의 관점에서 이해할 수 있다.

이제 남은 과제는 1930년대 후반기 프로문학이 카프 해산 이전과 약간의 굴절을 겪지만 여전히 동일한 노선에서 작품을 생산하고 있다는 본고의 관점을 통해, 카프 해산 이전과 해방기 프로문학의 근원적인 실체를 보다 구체적으로 해명하는 일이다. 그러므로 앞으로의 연구는 프로문학이 지닌 생경한 이념성의 측면에서가 아니라 정신적인 문맥에서 동반자 문학까지를 포함한 프로문학의 실체를 구조적으로 문제삼을 필요가 있다. 이런 작업은 프로문학을 포함한 민족문학의 유산을 보다 풍부히 할 수 있을 뿐만 아니라, 궁극적인 방향인 통일문학사를 위한 토대마련에도 도움이 될 것이다.

■ 신소설의 진위성에 대한 일 고찰

新小說의 眞僞性에 對한 一 考察

Ⅰ. 머리말

개화기 소설에 대한 논의는 대체로 3단계의 과정을 거쳐왔다. 즉, 한국 문학의 전통 논의 이전의 시기와, 그 이후 전대 소설과의 관련을 중심으로 논의하던 시기, 그리고 현금의 연구 경향을 들 수 있다. 그러나 첫째, 둘째 단계의 연구는 공히 그 의도하는 바가 앞선 결과, 작품 자체의 체계적이고 깊이 있는 연구로는 미흡하였다. 기존의 연구가 전반적인 작품에 대한 논의가 되지 못했기 때문에 현재의 상황에서 개별 작품을 엄밀히 재검토할 필요가 있다.

安國善의 작품은 초기의 부분적인 언급을 거쳐 상당히 긍정적인 평가를 받아 왔다. 특히 그 중에서도 『금수회의록』은 이솝식 우화의 방법이 사회비판을 위장할 수 있다는 가능성을 보여 주는 것[1]으로, 정치적 이념 구현을 위한 교훈적 계몽성을 토대로 한 투철한 정치 소설로 평가되고 있다. 이에 반해 작품 『共進會』는 대부분의 개화기 소설 연구서에서 한국 최초의 근대적 '단편소설집'[2]으로 그 문학적 의미를 크게 부여받고 있

---

1) 김윤식, 김현, 『韓國文學史』, 民音社, 1981, pp. 96~105.
2) 본고가 문제삼고자 하는 중심 과제는, 『共進會』는 '단편소설집'이 아니라, '연작 단편형'으로서 한편의 소설로 보아야 한다는 것이다. 이를 작품 전체의 구조 분석을

다.[3] 이와 함께 『共進會』가 내포한 주제 의식은 『금수회의록』에 비해 상당히 약화되어 있다는 점에서 부정적인 평가를 받고 있다.[4]

그러나 『共進會』는 주제 의식면에서나 작품 구조면에서 특이한 수법을 취하고 있다. 왜냐하면 『共進會』는 작품 전체가 위장의 수법으로 아주 정교하게 꾸며져 있기 때문이다. 그러므로 본고는 기존 논의를 확장하여 이 작품이 지니고 있는 주제 의식을 작품 전체의 구조적인 분석을 통해 검토해 보고자 한다. 개화기 문학의 정당한 평가를 위해서는 개화기라는 역사적 특수 상황이 배제될 수 없으며, 또한 작품 전체의 구조가 지니고 있는 미학적 측면을 무시한 연구는 그 자체로서 결코 완전할 수가 없다. 우선 대상 작품을 주어진 문맥 그대로 면밀하게 분석함이 일차적으로 필요하다. 그렇지 못할 경우에는 외부적 상황에 대한 선입견을 갖고 대상을 왜곡하는 잘못을 범할 수 있기 때문이다. 이런 관점에서 『共進會』의 총체적 구조를 이해하는 의미에서 단편 소설의 특징을 띠고 있는 개별 작품들을 특히 문체와 인물의 행위에 초점을 두고 분석해 보고자 한다.

II. 『共進會』의 二面 構造

1. 人物의 行爲 分析

『共進會』의 전개 방식은 〈序文(서문)〉, 〈이 책 보는 사람에게 주는 글(贈讀者文)〉, 「기생(妓生)」, 「인력거군(人力車軍)」, 「시골노인 이야기(地方

통해 규명하고자 한다.

3) 전광용, 『韓國文化史大系』v, 1967, pp. 1202~1204. 〈한국 소설 발달사(下)〉

4) 권영민, 「안국선의 생애와 작품 세계」, 『冠嶽語文研究』2, 1977.

老人談話)」,〈이 책 본 사람에게 주는 글〉의 순서로 구성되어 있다. 우선
이 작가의 의도는 이미 서문에서 강하게 드러나 있다.

> 물산 공진회는 돌아 다니며 구경하는 것이오, 소설 〈공진회〉는 앉아서
> 나 드러누워서 보는 것이다. 물산 공진회를 구경하고 돌아와서, 여관 한
> 등(寒燈) 적막한 밤과 기차 타고 심심할 적과 집에 가서 한거할 때에 이
> 책을 펼쳐 들고 한 대목 내려보면 피곤 근심 간 데 없고, 재미가 진진하
> 여 두 대문 세 대문을 책 놓을 수 없을 만치 아무쪼록 재미있게 성대한
> 공진회의 여흥을 돕고자 붓을 들어 기록하니, 이 때는 대정(大正) 사년
> 초팔월이라.[5]

대부분의 연구들이 『共進會』를 언급하면서 『금수회의록』과 같은 효용
성, 즉 교훈적이고 계몽적인 성격이 약화되고 소설의 오락성이 가미되었
다는 논거로 이 서문을 언급하고 있다. 이것은 다음에 이어지는 〈이 책
보는 사람에게 주는 글〉에서나 〈이 책 본 사람에게 주는 글〉에서도 공
히 나타나는 현상이다. 〈이 책 본 사람에게 주는 글〉 속에는 "슬픈 중에
기꺼움을 얻고 기꺼운 중에 슬픔을 알아 한때를 소견하려 하는 나의 욕
심이며 희망이니" 라고 말하고 있다. 외면적으로 볼 때 분명히 초기 작품
과는 달리 정치적, 교훈적 목적은 전혀 보이지 않고 단지 파한거리로, 흥
미를 위해 『共進會』를 창작한다는 작가의 의도가 분명히 드러나 있다.
그러나 이 견해는 생략된 부분을 포함한 작품 전체의 구조를 염두에 두
면 일면적이다. 이는 다음 장에서 상세히 검토될 것이다.

한편 『共進會』는 근대 단편 소설의 형성 과정에서 그 교량적 위치를
차지하고 있다. 단편 소설의 형성에 있어 『共進會』가 차지하는 비중이
과소 평가되어서는 안 될 것이다. 그 이유는 『共進會』에는 전대적 요소

---

5) 『韓國新小說全集』卷八, 乙酉文化社, 1968, p. 37. 이하 작품 인용 부분은 여기
   에 수록된 『共進會』를 가리킨다.

도 강하게 드러나 있는 반면 근대적 양식의 특징도 두드러지게 나타나
있다는 점에서다. 특히 「인력거군」의 사실적인 묘사나 「시골 노인 이야
기」의 구성적 기법은 특이한 점으로 보인다. 그러므로 여기서는 기존의
연구 성과를 토대로 하여 『共進會』 중에서 「기생」, 「인력거군」, 「시골
노인 이야기」와 같은 개별 작품의 특성을 면밀히 분석해 봄으로써 『共進
會』 전체의 의미를 밝혀 보고자 한다.

1) 「기생(妓生)」

신소설의 서술 구조가 시간의 역전과 같은 획기적인 변모를 보이기도
하지만 전대 소설의 요소를 그대로 유지하고 있다는 사실은 이미 밝혀진
바다.[6] 주제 표출면에서 보더라도 세 작품 모두 재래의 권선징악적인 요
소가 다분히 노정되어 있다.

소설의 궁극적인 목표가 새로운 인간상의 창조에 있다고 한다면 근대
사회의 산물인 소설의 특징이 새로운 인간형의 탐구와 삶의 표현에 있어,
소설의 여러 요소들 가운데서 인물의 설정에 가장 큰 비중을 두는 것은
당연하다 하겠다. 특히 이 작품은 등장 인물의 명명에서 특이한 점을 가
지고 있다. 소위 성격 창조의 방법에 있어서도 서술, 묘사, 대화 등 여러
가지 방법이 있을 수 있고, 명명의 방법 또한 다양하다. 이 작품은 다소
도식적이기는 하나 주인공의 이름을 향운개(香雲介)라고 명명함으로써 그
기능을 어느 정도 발휘하고 있다. 향운개라는 이름의 내력은, 마음으로는
춘향(春香)의 절개와 춘운(春雲)의 재주와 논개(論介)의 충성을 본받기 위
하여 춘향의 '향'자와 춘운의 '운'자와 논개의 '개'자를 가지고 '향운개'라
한 것이다. 그런데 이 인물의 명명은 작품 전개상 전체 작품 구조와 아주
밀접하게 연결되어 시종일관 그 기능을 다하고 있고, 이것이 곧바로 주제
와도 연결되어 있다. 물론 배경의 설정에 있어서도 세 작품 모두 전대 소

---

6) 조동일, 「新小說의 文學史的 性格－前代小說과의 關係를 중심으로－」, 서울대
韓國文化研究所, 1973.

설에서 볼 수 있는 공상적, 몽환적, 비현실적인 성격을 벗어나 구체적인 공간과 역사적 시간 위에서 사건을 전개시키고 있다.

「기생」에 등장하는 인물들을 살펴보면 어질고 착한 과부 강씨 부인과, 유복자 아들 유민, 새롭게 변화해 가는 시대 환경에 교묘하고 약삭빠르게 대처해 가는 기생 추월과, 이런 어머니와는 달리 기생 노릇을 싫어하는 딸 향운개, 그리고 나중에 별실로 들어가게 되는 25세의 청춘 과부 김씨 부인과 돈으로 향운개를 매수하려는 호색한 김부자가 있다. 이런 제인물이 펼쳐 보이는 행위는 당대의 시대성이 풍기는 근대적인 요소가 보이기는 하지만 앞서 언급한 바와 같이 전근대적인 요소가 더 강조되고 있음을 알 수 있다. 그것은 작품 전개상 인물의 초점이 향운개와 유만, 그 중에서도 특히 향운개에 두어지므로써 재래의 명칭을 빌리자면 '향운개전'이라 명명해도 무방할 것이다. 향운개라는 이름 자체가 내포하는 의미대로 이 작품은 한 여인이 수난 속에서도 순정과 절개를 지켜 처음으로 만난 옛 연인과 다시 약속한 대로 화합한다는 가치를 주제로 하고 있어 재래의 유형인 남녀 이합형(男女 離合形)의 서술 구조를 지니고 있다.[7] 아직도 전대 소설의 영향이 많이 남아 있어 한 인물의 개인적 전기의 틀을 크게 벗어나지 못하고 있다. 이와 같이 인물들 간의 인간 관계의 설정이 단조로운 만큼 소설 미학상에 있어서도 기본적인 성격 구현 방식이 단순화되어 있다.[8]

이 작품에서 가장 긍정적인 인물로 교훈적 목적 의식이 강한 향운개와 유만의 두 인물 유형은 다분히 현실 순응적인 모습을 띠고 있다. 개화기에 무분별하게 수입된 외래 문화를 비판적인 안목으로 파악하여, "교화의 아름다운 풍속은 들어오지 않고 사치하는 풍속은 속히 들어오는" 시대적 상황을 개탄하고 있지만 소설의 주인공인 그들 두 인물은 비판적인 논조로 제시된 시대 배경과 아무런 관련을 맺지 못하고 있다.[9] 이런 현상은

---

7) 조동일, op. cit, p. 61. 참조.

8) 박동규, 『現代 韓國 小說의 性格 硏究』, 文學世界社, 1981, p. 119.

9) 권영민, 『韓國 近代文學과 時代精神』, 文藝出版社, 1983, p. 225.

인물의 친일적인 경향에서 두드러지게 드러난다. 친일적 요소는 향운개와 유만의 두 인물 유형에서 강하게 나타나는 바, 유만은 일본인의 도움을 받아 일본이 자행하고 있는 전쟁에 참여하는 동조자로서 행동하며, 향운개 또한 그러하다.

> 그때 향운개는 적십자사 병원에서 모든 간호부보다 출중하게 간호 사무를 보는데, 이왕 사오년 동안을 동경에서 있었던 고로 언어 행동이 조금도 내지(內地) 여자와 다름이 없고 이름조차 내지인의 성명과 같이 부르게 되었으니, 글자로 쓰면 향운개자(香雲介子)라 쓰고, 다른 사람들이 부르기는 「구모상」(香雲樣), 혹은 「오스께상」(御介樣)이라 부르더라.10)

특히 향운개와 유만의 결합이 일본인들의 도움을 매개로 비로소 가능하도록 되어 있는 점은, 위의 인용구와 함께 이 작품의 친일적 성향을 강하게 암시한다. 이는 개인의 문제에서 그치는 것이 아니라 민족 의식의 상실까지도 의미한다.

2) 「인력거군(人力車軍)」

이 작품은 세 작품 중에서 인물들의 행위가 가장 구체적이고 사실적으로 묘사되어 있다. 인물이나 배경의 설정에서 다른 두 작품과는 달리 현실 생활에 밀착되고 생동감이 있다. 그것은 인력거를 모는 김서방이 활동하는 생활 공간의 성격상 그 배경이 한정되어 있어 인물의 성격화가 대체로 구체화되어 있고, 또한 주인공이 아내와 주고받는 모든 대화가 '돈'과 직결되어 있는 데서 연유한다. '돈'을 작품의 중심 문제로 삼고 있다는 점에서도 근대 소설다운 면모를 한층 강하게 내포하고 있다.

소설 전개 과정에서 김서방과 그 아내가 주고받는 대화는 근면과 절약, 특히 금주를 계몽하기 위한 장치로서의 역할을 하고 있다. 이 점은 작가

---

10) 작품, p. 50.

의 음성이 서술 중간에 노골적으로 개입하게 하는 적극성을 띠게 한다.

　　이 책을 기록하는 이 사람이 김서방 부인에게 감사할 말 한 마디가
　　있도다. 이 책 보는 세상의 모든 군자들이여, 김서방 부인의 「술 끊고도
　　부지런하여야지」하는 말 한 귀절을 기억할지어다. 이것이 치부의 비결
　　(致富之秘缺)인가 하노라.[11]

　　이 작품의 특이한 것으로는 전대 소설에서 근대 소설로 이행해 가는
과도기적 현상에서 보이는 바 대화의 성격이 주목된다. 즉 전대 소설과는
달리 대화는 지문과 구별됨은 물론이고, 대화문 앞에는 으레이 화자의 이
름이 명기되어 흡사 희곡의 대사를 방불케 한다.[12]

　　(김)「아이고 숨차. 정녕히 아무도 아니 쫓아오던가?」
　　(처)「쫓아오는 사람 없어요.」

　　또한 이 작품에서도 친일적 요소는 아주 선명히 드러나 있다. 다음 인
용 부분은 일본의 총독 정치 시정 5주년 기념을 하면서 총독 정치의 공
명함을 주장하고 있다.

　　공진회를 개최한다는 소문이 있더니, 서울서 공진회 협찬회가 조직이
　　되었는데, 공진회는 총독 정치를 시행한 지 다섯째 된 기념으로 하는 것
　　이라 하는 말을 김서방의 내외가 들었던지 경찰서에서 돈을 내어준 것을
　　항상 고마와하고 총독 정치의 공명함을 평생 감사하게 여기던 터이라,
　　공진회 협찬회에 대하여 돈 이백원을 무명씨로 기부한 사람이 있는데,
　　이 무명씨가 아마 김서방인 듯하다더라.[13]

---

11) 작품, p. 54.
12) 주종연, 「韓國 近代 短篇小說의 形成 過程 硏究」, 서울대 박사학위 논문, 1978,
　　　pp. 76~79.
13) 작품, p. 62.

3) 「시골 노인 이야기」

이 작품은 우선 액자 소설의 형태를 취하고 있는 것이 특이하다. 박감영의 아들 박참봉, 세력있고 돈 많은 유승지, 음흉한 계략을 꾸며 여자를 차지하려는 김참봉, 그리고 주인공격인 용필과 명희, 용필 삼촌인 만초, 구원자의 기능을 담당하고 있는 이방 등 여러 인물로 구성된 이 소설은 재래의 해피 엔딩(happy—ending)적인 소박한 결말로 마무리되어 있다. 명희와 용필은 되풀이되는 고난을 이겨내고 화합을 향해 나아간다. 박참봉의 이기심에 찬 변덕으로 첫번째 고난을 맞게 되는 데 이어, 돈과 세력을 등에 업은 유승지의 계략과, 군 대대장인 김창령의 음흉성으로 인해 계속해서 고난을 당하게 된다.

이 소설 또한 남녀 이합형의 서술 구조를 지니고 있고, 박참봉, 유승지, 김창령으로 대변되는 부정적 인간상은 재래의 도덕적 가치관에 그 기준을 두고 있다. 그리고 넓은 의미로 보아 이 작품 또한 친일적인 요소가 보이는데, 이는 주인공 김용필이 의병 토벌 작전에 가담하는 대목에서 잘 드러난다.

> 의병과 수삼차 접전하여 김용필이가 접전할 때마다 비상한 대공(大功)을 이루니, 이 일이 자연 연대장에게 입문(入聞)되어, 연대장이 대단히 김용필의 공로를 가상히 여기어 서울로 보고하였더니, 특별히 참위 벼슬에 임명하여 소대장이 되게 하매, 항상 김창령의 하관이 되어 병정 거느리기를 제제창창하게 하고 의병 진정하기를 귀신같이 하여 명예가 더욱 나타나더라.[14]

돈 많은 부자라는 소문 하나로 동학당에게 끌려가서 재산을 빼앗긴 채 겨우 목숨을 건진 유승지를 등장시켜 동학의 무리를 비난하기도 한다. 이와 같이 부분적으로 삽입되고 있는 동학도나 의병들에 대한 비판은 주로

---

14) 작품, p. 69.

이들 무리들의 무모한 행동에서 야기되었던 일시적인 사회적 혼란에 집중되고 있으며, 그러한 운동이나 활약 속에 내재해 있는 민중의 자주 의지나 그 속에 감추인 당대의 역사적 의미를 제대로 밝혀내지 못하고 있다.

이제까지 살펴본 바 세 작품에 대한 분석 결과를 항목별로 요약 정리하면 다음과 같다.

첫째, 세 작품은 한결같이 계몽적 요소를 강조하여 그 의미를 크게 부각시키고 있다. 특히 「기생」과 「인력거군」은 작가가 노골적으로 개입하여 교훈성을 더해 주고 있다.

둘째, 「기생」과 「시골 노인 이야기」는 재래의 남녀 이합형의 서술 구조를 지니고 있다.

셋째, 「인력거군」은 다른 두 작품과는 달리 인물의 행위 묘사와 사건의 서술, 전개 방식에서 가장 사실적인 것으로 근대 단편 소설이 지니는 간결성을 획득하고 있다.

넷째, 오락적인 흥미를 유발하고 부분적으로 교훈성을 내포하고 있는 인물들은 극도의 친일적인 인물 유형으로 묘사되고 있다.

2. 形態的 接近

『共進會』의 구조를 살피기 위해서는 먼저 아래 인용문을 주의 깊게 음미해 보아야 한다. 이에 대한 올바른 인식은 기존 연구의 한계를 밝히고 새로운 해석의 가능성을 모색하는 데 도움이 될 것이다. 이는 작품이 의미하는 바 내포성의 해명과 함께 작품이 지닌 형식의 의미성에 접근함을 말한다.

> 차차에 「探偵巡査」라 명칭한 一篇과 「外國人의 話」라 칭한 一篇이 有하나 警務總長의 명령에 의하여 삭제하였사오며, 본 책자의 체제가 完美치 못함은 독자 제군의 恕諒하심을 요함.[15]

15) 작품 "말미에서", p. 73.

　　총독부에서 새로운 정치를 시행한 지 다섯 해 된 기념으로 공진회(共
　進會)를 개최하니, 공진회는 여러가지 신기한 물건을 벌여 놓고 구경하게
　하는 것이어니와, 이 책은 <u>소설(小說) 〈공진회〉</u>라.(밑줄:인용자)[16]

　기왕의 연구 결과를 보면 이들 인용문에 대해 그 문맥 이면의 의미를
천착해 보는 데 미흡하여 다소 감상적인 해석이나 피상적인 견해에 머물
고 있다. 그러나 특히 밑줄 친 부분에 주목할 필요가 있는데, 이 점을 면
밀히 검토해 봄으로써 『共進會』의 새로운 해석도 가능하리라고 본다. 더
욱이 이의 해명은 작품 전체의 구조적 측면에 곧바로 직결된다는 점에
더 중요성이 있다.

　작가 安國善은 〈서문〉에서 작품의 리얼리티 구현을 위해 '사실'을 기록
한다고 하여 근대 단편소설이 지니는 사실성에 아주 가깝게 접근하고 있
다. 그리고 〈서문〉, 〈이 책 보는 사람에게 주는 글〉, 〈이 책 본 사람에게
주는 글〉에서 한결같이 오락성을 강조하기도 한다. 그러나 이것이 개별
작품 속에서는 판이한 내용을 보이고 있다. 즉 오락성의 강조와 함께 교
훈적인 내용을 담고 있는 세 작품이 모두 극도로 친일적인 경향을 드러
내고 있다는 점에 주목할 필요가 있다. 오락성과 친일적인 경향을 동일
계열에 놓을 수 없다면, 이 작품의 친일적인 경향의 배경에 대해서는 새
로운 각도에서 그 의미가 규명되어야 한다는 점을 이 작품은 스스로 증
명하고 있다.

　이상과 같은 점을 고려하여 『共進會』를 올바로 평가하기 위해서 다음
과 같은 3가지의 문제가 검토될 필요가 있다.

　첫째, 작품 내용상 친일적인 경향에 대한 올바른 이해.

　둘째, 작품 내용상 친일적인 경향과 작품 말미에 언급된 내용과의 상관
　　　관계에 대한 해명.

　셋째, 『共進會』의 형태적 특질에 대한 규명.

---

16) 작품 "서문"에서, p. 73.

첫째, 둘째의 문제는 작품의 발생론적 근거에 대한 해명으로써, 극심한 일제의 탄압과 엄격한 검열 제도라는 시대상황[17]을 감안한다면 충분히 납득할 수 있지만, 대부분의 기존 연구들은 『共進會』를 『금수회의록』보다 사회 의식이 결여된 대신 오락성과 교훈성의 강조로 인한 작가 의식의 약화를 들고 있다. 이런 견해는 작품 속에서 극도의 친일적인 성향의 진정한 의미를 제대로 이해하지 못하고, 이해하였더라도 그것을 작품 전체의 구조적 측면에서 이해하지 못했다는 점에서 분명한 한계가 있다. 왜냐하면 작품 말미에서 언급하고 있는 내용은 '작가의 의도'라는 의미와 함께 엄연한 작중 현실로써 기능하는 것으로 보아야 하기 때문이다.

그리고 세번째의 문제 해명에서 『共進會』의 구조적 특징은 위에서 말한 두 가지 문제와 함께 특히 주목된다. 『共進會』의 형태적 특질을 언급하면서 『共進會』를 "이 땅 最初의 短篇集"으로 보는 견해가 지배적이었다. 이재선 교수는 『共進會』의 서문을 강희맹의 『촌담해이』의 자서와 대비하여 『테카메론』의 경우처럼 하나의 'Rahmen' 속에 여러 이야기를 포함하고 있는 것으로 본다.

　어쨋든 「共進會」는 長篇 「話中話」와 함께 한국 근대 소설에 있어서의 최초의 額子小說이라는 데에 그 構造的 特性이 있는 것이다. 또 이같은 額子化는 리얼리즘의 技法으로 再評價된 서구의 形式에서 영향을 받았다기보다도 旣存 形態에서의 영향이라고 보아야 할 것이다.[18]

---

17) 조동일, op. cit, p. 101. ; 김윤식, 김현, op. cit, p. 105. 참조.
　　이 책은 1910년 전후의 사정을 명료하게 보여 주고 있다. 1908년 『금수회의록』 발표 당시는 일제가 경찰권을 장악하고 있었으나, 문화운동이나 언론활동에 대해 전면적인 탄압을 하기에는 우리의 역량이 강하여 작품이 나올 수 있었지만, 1910년 이후 『共進會』가 발표될 당시는 일제의 강압적인 통치가 시작되면서 무자비한 탄압이 가해졌고, 그런 조건에서 출간된 작품은 엄격한 검열을 통과해야만 했다고 지적하고 있다.

18) 이재선, 『韓國 開化期 小說 硏究』, 一潮閣, 1972, p. 288.

이상의 결론에서 벗어나지 않은 상황에서 『共進會』의 가치를 요약 정리하고 있는 주종연의 견해를 요약해 보면, 첫째, 『共進會』는 한국 근대문학 형성기에 간행된 최초의 단편소설집이라는 점, 둘째, 소설의 서술에 있어 이른바 액자 소설 형식을 취하고 있다는 점, 셋째, 작품집 속에 수록된 세 개의 단편들이 각기 독립된 이야기이면서 소설의 말미에 공진회라는 행사와 모두 관계를 맺게 설정함으로써 공동의 유대를 갖게 한 특이한 구성으로 보고 있다.[19] 즉 작품 『共進會』는 김시습의 한문 단편집인 『금오신화』나 19세기 한글 단편집 『三說記』와는 분명히 다른 구조를 지니지만, 이재선은 서문의 전통적 양식에서 전체를 액자로 보고 있고, 주종연은 『共進會』라는 단편집 구성에서 본문격인 「기생」, 「인력거군」, 「시골 노인 이야기」 등 3편의 작품에, 〈서문〉뿐만 아니라 〈이 책을 보는 사람에게 주는 글(證讀者文)〉, 〈이 책을 본 사람에게 주는 글〉을 작품 전후에 제시한 것을 하나의 특수한 예로 보고 총체적으로 액자의 형태로 보고 있다.

그럼에도 불구하고 "본 책자의 체제가 完美치 못하다."라는 말과, '소설(小說) 〈공진회〉'라는 말과, 작품 표지에 '단편소설'이라 분명히 밝히고 있는 것은 무엇을 의미하는 것일까? 이로 보면 『共進會』의 구조는 삭제된 「探偵巡士」와 「外國人의 話」 두 작품을 포함한 전체 구조를 작가가 의식하고 있었다고 볼 수 있다. 작가는 『共進會』를 '소설집'이라고 하지 않고 '소설―〈공진회〉'라 분명히 밝히고 있으며, 체제의 완미치 못함을 언급하면서 이 한계를 극복한 형태로서의 전체 구조를 의도하고 있는 것이다. 그러므로 우리는 여기에서 외부적으로 볼 때 액자 소설의 형태를 지닌 『共進會』가 내면적으로는 보다 완미한 체제인 '연작 단편형'[20] 의 체

---

19) 주종연, op. cit, p. 52.
20) Lan Reid, 『The Short Story』, 김종운 譯, 서울大學校 出版部, 1979, p. 78. 참조.
　　이 곳에서는 '연작 단편'의 경우 각 구성 부분은 교직되어 하나의 총체를 이룬다는 점에서 '잡화 종합형'(액자소설:필자 주)과 구별하고 있는데, 잡화 종합형

제를 의도하였다고 볼 수 있는데, 이렇게 볼 수 있는 근거가 바로 작품 분석에서도 지적한 '친일적인 경향'이다. 이 '친일적인 경향'이라는 요소는 연작 단편형을 이어주는 일종의 '연대의식'을 형성하고 작품의 구조와 문체의 원리를 결정하며 테마의 원리에까지 나아간다. 이렇게 보면 〈序文〉은 차치하고서라도 〈이 책 보는 사람에게 주는 글〉, 〈이 책 본 사람에게 주는 글〉은 교훈성과 오락성을 강조하고 있지만, 이것 또한 '친일적인 경향'과 함께 작품의 전체 구조로 보면 일종의 위장의 수법일 수 있다는 점이다.

그러므로 『共進會』를 올바로 평가하기 위해서는 단지 작가의 의도로서만이 아니라, 엄연히 작중 현실로써 기능하는 말미의 언급과 서문에서 밝히고 있는 단편소설로서의 형태적 특질을 고려해야 한다. 이런 관점에서 보면 일제로부터 강요되는 검열하에서 여지없이 붕괴되는 작중 현실의 의미가 보다 뚜렷이 드러나게 되며, 동시에 그 이면에 놓여 있는 작가 정신의 잠재적 의미까지도 명확히 드러난다.

Ⅲ. 맺음말

의 가장 두드러진 특징은 각 편을 연결하는 유대의 원리를 〈Rahmenerzä-hlung〉 방식에 의존한다는 점이다. 즉 따로 따로 독립한 이야기들을 함께 묶어 결합시키는 데는 두 가지 방법이 있을 수 있는데, 연작 단편형은 '내적 연결' 방식이고 '액자 소설' 방식은 외적 틀에 의한 결합 방식인 것이다. 특히 연작 단편형은 여러 단편소설을 저자 자신이 연결시키되 전체 패턴의 각종 차원에 관한 독자의 순차적 경험이 각 구성 부분에 대한 독자의 경험을 의미있게 수정할 수 있는 방식으로 연결시킨 것으로 보고, 회를 거듭함에 따라 나타나는 '연대의식'이 연작 전체의 중심적 성격을 구성한다고 말하고 있다.

이상에서 『共進會』에 대한 새로운 해석의 가능성을 마련해 본다는 관점에서, 특히 문체 분석과 함께 인물의 행위에 초점을 두고 분석해 보고, 아울러 작품의 전체 구조를 이해하는 의미에서 형태적 특질을 살펴보았다. 그 결과는 다음과 같다.

첫째, 작품 전개면에서 「기생」과 「시골 노인 이야기」는 재래의 남녀 이합형의 서술 구조를 지니고 있고, 「인력거군」은 위의 두 작품과는 달리 인물의 행위 묘사와 사건의 서술, 전개 방식이 아주 사실적인 것으로 근대 단편소설이 지니는 간결성을 획득하고 있다.

둘째, 작품의 형태적 접근에 이르는 시도로써 작품의 내용을 분석해 본 결과, 세 작품은 한결같이 계몽적 요소를 강조하여 그 의미를 크게 부각시키고 있고, 또한 오락적인 흥미를 유발하고 부분적으로 교훈성을 내포하는 인물들은 극도의 친일적인 유형으로 묘사되고 있다.

셋째, 형태적 접근으로써, 『共進會』는 '단편소설집'이거나 단순한 '액자소설'의 형태가 아니라 보다 완미한 체제인 '연작 단편형'(cycle)의 형태를 취하고 있다는 점이다. 이렇게 볼 수 있는 근거는 ●"체제가 완미치 못함"이라고 하여 전체 구조를 의미하고 있다는 점과, ●'소설 〈공진회〉'라고 서문에서 분명히 밝히고 있고, 작품 표지에 '단편소설'이라고 밝히고 있다는 점이다.

넷째, 〈序文〉과 본문은 차치하고서라도 〈이 책 보는 사람에게 주는 글〉, 〈이 책 본 사람에게 주는 글〉은 오락성과 교훈성을 강조하고 있지만, 전체 구조에서 볼 때 오히려 위장의 수법일 수 있다는 점이다.

다섯째, 연작 단편형 구조의 내적 고리인 '친일적 경향'이라는 작품 간의 '연대 의식'을 통해 작가 정신의 내면에 깔린 잠재 의미를 유추해 보았다.

즉 이상과 같은 관점에서 『共進會』의 주제가 단순히 오락성과 교훈성, 또는 친일적 경향으로 한정되어진 논의는 재고될 필요가 있다.

■「표본실의 청개구리」의 자연주의적 특성재론

「표본실의 청개구리」의 自然主義的 特性 再論

─批評과 作品分析을 中心으로─

Ⅰ. 머리말

한국 자연주의 문학 형성에 대한 논의는 그 연구 진행상 상당한 난점을 내포하고 있다. 그 이유는 자연주의 문학이라는 말이 함축하고 있는 의미의 복잡성 때문이다. 일반적으로 문예사조상 자연주의는 서구, 특히 프랑스를 중심으로 한 문예경향을 의미하지만, 이것이 한국에까지 이르는 데는 다양한 굴곡과 변형을 거쳤다고 볼 수 있다. 이점에서 졸라류의 프랑스 자연주의보다 북구의 자연주의 문학의 영향을 더 많이 받고 있던 중간자로서의 일본의 역할은 무시할 수 없을 것이다. 즉 한국에 있어서의 자연주의 수용은 명확한 과학적 방법과 실험정신을 지닌 졸라식의 프랑스 자연주의와는 분명한 거리가 있다. 그러나 적어도 한국의 자연주의 문학, 특히 염상섭의 자연주의 문학론(「個性과 藝術」, 「至上善을 爲하야」)과 작품(「표본실의 청개구리」)을 비교 검토하고, 나아가 이후 한국 사실주의 문학에 자양분을 제공한 한국적 자연주의의 제 특징을 엄밀히 규정하려면 졸라의 자연주의 문학론과의 비교검토는 필수적이다.

어떤 문학 양식이나 사조든지 다른 나라에 수용될 때는 수용자의 민족적 특징과 역사적 환경 등 제반 요소에 의해 굴절되게 마련이다. 그러므

로 이런 근본적인 관련을 무시하지 않으면서 단순한 이식의 역사가 아니
라 수용자의 주체적인 입장에서 그 형성사를 고찰하는 것이 바람직하다.
이런 방향 제시는 초기 자연주의 문학 형성 시기에 있어서 뿐만 아니라
이후 한국 사실주의 문학 형성에 이르기까지 한국 문학사 전반에 흐르는
경향을 예견하고 비판하는 데도 중요한 시사점을 제공하리라 본다.

그러므로 이 글은 단순히 서구 문예사조의 한국적 수용과정에 대한 연
구이거나, 두 나라 작가의 창작 성과물인 작품에 구체적으로 나타난 영향
관계를 검토하려는 것이 아니다. 이런 작업은 다분히 추상적인 것으로 그
치게 될 우려가 있기 때문이다. 프랑스로 대표되는 서구의 자연주의 소설
이 일본이라는 중간자를 통해 한국에 수입될 때는 이중 굴절이라는 현상
은 피할 수 없다. 물론 이 엄연한 현상은 무시할 수 없지만 일본과 한국
이 지닌 동양적 공통성이라는 관점에서 졸라의 「실험소설론」의 엄밀한
규정과 작품과의 상관관계를 살펴보고자 한다. 그러므로 이런 방향에서는
프랑스와 한국의 자연주의 문학이 지닌 편차보다는 한국 소설사에서 자
연주의가 지닌 긍정적 측면과 부정적 측면을 동시에 살펴볼 수 있는 이
점도 있다.

Ⅱ. 自然主義의 諸樣相

자연주의는 1880년 사실주의 작가로 출발했던 에밀 졸라가 소설집『메
당의 저녁』과 논문 「실험소설론」을 발표하면서 그 모습을 드러내게 되
었다. 이는 사실주의 문학의 특질을 객관성과 과학적인 측면에서 더 확대
시키고 더욱 철저하게 추구한 것이었다.

프랑스는 역사적으로 자연주의가 형성될 오랜 전통을 지니고 있었다.
프랑스 자연주의는 꽁트(1798~1857), 테느(1828~1893)의 실증주의(Positiv

ism)와 다윈(1809~1882)의 진화론에 그 기원을 두고 있다. 테느의 『영문학사』(1864) 서론도 졸라의 「실험소설론」(Le Roman Experimental. 1680)에 버금갈 정도로 중요한 의미를 지니고 있는데, 종족, 환경, 시대라는 3요소가 그것이다. 즉 꽁트의 실증적인 과학정신 이래 정립된 문학상 사실주의적 경향은 테느와 베르나르에 의해 과학으로서의 문학관인 자연주의 문학을 형성하게 된다. 여기에 최종 박차를 가한 것이 졸라의 「실험소설론」과 「루공마까르 총서」(Les Rougon-Macquart)의 등장이었다. 사실상이 「실험소설론」은 테느의 간접적인 영향과 함께 베르나르의 『실험의학서설』이란 저서가 직접적인 동기가 되었다.

그러나 일본에서의 자연주의 문학 발생은 명치 말기에 해당되는 것으로, 서구의 리얼리즘 및 자연주의 문학의 출발과 비교해 볼 때 근 반세기의 시차를 두고 있다.[1] 특히 일본은 초기에는 주로 북구적인 경향으로서 개성의 자각이나 주관적인 것으로 반졸라이즘적인 성향을 띠고 있었다.[2] 즉 일본 자연주의의 본질은 "개인주의적 자아주의적 근대사상"으로 특징지을 수 있다는 지적이다. 이점은 염상섭으로 대변되는 한국적 자연주의의 특성을 규명하는 데 시사점을 제공할 수 있을 것이다. 그러나 이는 일본과 달리 식민지 조선이라는 시대적 특수성이 엄밀히 고려되어야 이후 신경향파로 이어지는 한국문학사의 줄기 가운데서 자연주의 문학이 지닌 특징을 체계화하는 데 도움이 될 것이다. 특히 졸라의 자연주의 특성 또한 순객관적인 과학정신에만 치우치지 않고 작가의 주관적 요소를 상당 정도 인정하고 있다는 점은 분명히 지적되어야 한다.

한국에 있어서 자연주의의 개념은 다분히 복잡하게 전개된다. 그것은 단순히 문예상 사조나 운동으로서의 낭만주의에서 사실주의로, 그리고 광범위한 사실주의의 한 분파로서 자연주의가 발생한 것이 아니라, 자연과학의 실험적 정신의 미발달로 인해 자연주의와 사실주의를 동시에 받아

---

1) 김학동, 『韓國文學의 比較文學的 硏究』, 一潮閣, 1982, p. 218.
2) 김윤식, 「韓國自然主義文學論攷에 對한 再批判」, 『국어국문학』 29집, 1965. 8.

들임으로써 근대문학 확립의 도정을 겪었다는 데 연유한다.

백철은 자연주의가 발생 성장한 과정을 근대적인 사회조건이 조선에서 성숙된 과정과 일정한 관련 밑에서 고찰할 필요가 있다고 주장한다.[3] 그러나 그는 자연주의의 발생을 조선적 특수성 속에서 명쾌히 밝히지 못하고 있다. 조연현도 "先進社會의 現像은 그대로 이땅에도 同一한 現像으로서 나타났다."[4]고 봄으로써 서구의 근대와 달리 한국의 근대화 과정이 지닌 이질적 상황과 성격이 명확히 규명되지 못하고 있다. 이는 자연주의가 대두했던 당시의 한국문학에 낭만주의적 색채가 다른 하나의 큰 경향으로 공존했다는 것을 고려하지 않고 있는 데서도 잘 드러난다.

무엇보다도 이 시대는 3·1 운동을 전후하여 정치적 절망, 경제적 파산, 정신적 방황 등이 시대의 지배적인 분위기였다. 따라서 근대적 자아가 채 형성되기도 전에, 즉 르네상스적인 과제도 해결하기 전에, 이미 산업혁명을 거친 외국의 신사조들을 흡수해야 했다. 그 결과 르네상스와 세기말을 동시에 수입한 데서 빚어진 혼란을 헤쳐나가기 위해서 가장 긴급한 것이 우선 자아의 확립 문제였다. 즉 '근대'라는 말의 기반이 되는 개인주의를 확립하는 작업이 우선 요청되지 않을 수 없었다. 이는 약 30년 일찍 우리보다 개화한 일본에서도 이와 유사한 현상이 일어나 자연주의가 사소설, 심경소설로 변하여 간 점을 미루어 볼 때, 생활화되지 못한 외래사조들을 받아들인 나라들의 초창기 문단에서 보이는 공통적 현상이었다.

Ⅲ. 韓國 自然主義 文學論의 展開樣相

---

3) 백 철, 『朝鮮新文學思潮史』(上), 白楊堂, 1948, p. 332.

4) 조연현, 『韓國現代文學史』, 現代文學史, 1956, p. 382.

한국에 있어 자연주의 문학을 최초로 언급하고 있는 글은 백대진의 「現代 朝鮮에 自然主義文學을 提唱함」(『新文界』, 제 29호, 1915. 12.)이다. 이 글에서 시작된 단편적인 자연주의 문학의 소개는 이후 단평과 부분적인 언급으로 전개된다. 효종의 「文學上으로 보는 思想」(『開闢』, 제 16호, 1921. 10. 18.)은 리얼리즘 및 자연주의가 단순히 현실만을 진실하게 묘사하는 데 그침을 비판하고 예술이란 오직 리얼리즘과 이상주의의 두 요소로 조화를 이루어야 한다고 하는 중요한 발언을 하고 있다. 그 이유는 1930년대 후반기 임화가 행한 신문학사에 대한 연구 성과를 일정 정도 예견하고 있기 때문이다.[5] 회월도 염상섭의 「個性과 藝術」(『開闢』, 1924. 2.)과 같은 시기, 같은 잡지에 발표한 「自然主義에서 新理想主義에 ―기우러지려는 朝鮮文壇의 最近傾向」이란 글에서 이 문제를 다루고 있다. 즉 조선문학은 다른 여러 나라 문학의 영향을 받기 전에 우선 일본 문학서적의 수입이 많다고 전제하고, 자연주의는 방관적이며 다만 현실을 객관적으로 묘사하려는 데 반해서 신이상주의는 가장 견실하고 건전한 인생, 참된 현실을 포착하는 적극적 개방이라고 주장한다. 이런 논지는 춘원 시대의 '이상주의'의 연장으로서가 아니라 새로운 생활면의 개척이라는 의미로써 '신이상주의'를 사용하고 있다는 점에서 발전적인 견해로 보인다.

그러나 한국 자연주의 문학론의 전개 과정상 가장 중요한 논문은 염상섭의 「個性과 藝術」이다.[6] 우리의 자연주의 문학은 앞서 언급한 바와 같

5) 임화는 자연주의 문학이 한국 문학에 끼친 영향으로 치밀한 묘사정신을 들고 있다. 그러나 그는 자연주의 문학의 묘사정신을 이어받되 단순한 현실 묘사에 그치지 않고 이를 넘어선 미래의 발전적인 의미(필자 주 : 임화는 이를 '관념'이라 불렀다.)를 강조했다. 이것을 그는 "관념과 현실의 조화"라 했다. 또한 그는 30년대 후반기 침체된 문단 현상을 타개하고자 '위대한 낭만적 정신'을 강조한다. 즉 이 낭만적 정신은 임화가 현실(세태)묘사에 치중하여 획일화되는 문단을 타개하기 위해 미래의 방향성을 담지한 리얼리즘 정신의 일환으로 내건 것이다.(임화, 「偉大한 浪漫的 精神―이로써 自己를 貫徹하라」,(中)『東亞日報』, 1936. 1. 3. 참조.)
6) 염상섭의 자연주의에 대한 연구사 검토와 함께 가장 포괄적인 연구로는, 강인숙, 『자연주의 문학론 1,2』, 고려원, 1991. 을 들 수 있다.

이 1920년대 초부터 가장 뚜렷한 발자취를 우리 문학사에 남겼다. 일본 유학생들로 구성된 『創造』 동인에 의해 시작되었다고 볼 수 있으나 본격적으로 제 모습을 드러낸 것은 『廢墟』 동인인 염상섭에 와서였다. 흔히 자연주의 작가로 분류되는 김동인, 전영택, 나도향, 현진건 등과는 달리 염상섭은 이론, 창작 양면에서 획시기적인 문제성을 제기한 작가이다. 특히 김동인은 자연주의에 대해 명확한 인식이 부족했으며, 일시적인 경향으로써 작품을 전개한 사실이 오히려 크게 오도된 경우에 해당된다. 이런 점에서 볼 때 염상섭의 자연주의 문학론인 「個性과 藝術」, 「至上善을 爲하야」와 작품 「표본실의 청개구리」는 한국 자연주의 문학의 전개과정을 살펴볼 때 빼놓을 수 없는 업적이다.

「個性과 藝術」은 크게 3항목으로 요약될 수 있다. "자아의 각성", "개성의 발견과 그 의의", "예술적 창작상의 개성"이 그것이다. "自然主義의 思想은 結局 自我覺醒에 依한 權威의 否定, 偶像의 打破로 咽하야 誘起된 幻滅의 悲哀를 愁訴함에, 그 大部分의 意義가 있다."는 언급에서 드러나듯, 자연주의의 사상은 현실폭로의 비애, 환멸의 애수, 또는 인생의 암흑면, 추악한 면을 여실히 묘사한다. 원래 자연주의는 이상주의나 낭만주의 문학에 대한 반동으로 일어난 것이며, 각성한 자아가 자기의 존엄을 굳게 주장하는 것이라 정의된다. 즉, 자아의 각성, 자아의 존엄은 곧 인간성의 각성, 또는 해방이며, 인간성의 위대함을 발견하였다는 의미가 된다. 자아의 각성, 존엄을 개인에 구체적으로 적용하면 개성의 각성, 존엄으로 된다. 그리고 이 개성은 개개인의 독이(獨異)한 생명이며, 그 거룩한 독이적 생명의 유로(流露)가 곧 개성의 표현이 되는 것이다. 그러므로 개성의 약동으로 인한 생명의 유로가 예술이 되며 예술적 아름다움을 지니게 된다.

또한 염상섭은 「至上善을 爲하야」에서 자아의 완성, 자아의 실현을 지상선(至上善)으로 보고, 어떠한 행위든지 자기의 영혼의 생장욕(生長慾)과 확충욕(擴充慾)을 만족케 할 수 있으면 그것이 곧 선이라고 주장한다.

이상과 같은 염상섭의 개성론에 대해 다양한 견해들이 피력되었다. 그 중에서 가장 부정적인 언급은 이어령에 의해 대표된다. 그는 염상섭의 자연주의 문학론이 특이한 개성 속에 약동하는 생명의 표현을 예술 이상으로 생각하고 있다는 점을 들면서 이는 낭만주의자들의 문학관과 별로 다름이 없다고 본다.[7] 그러나 이와 반대로 홍사중은 한국과 같은 미발달 국가에서는 자아의 각성이 선결 문제로 제기되어야 한다고 봄으로써 긍정적인 평가를 내리고 있다. 즉 그는 관찰과 분석이라는 실증적인 서구의 자연주의적 소설 방법은 낭만적인 자아탐구를 위해 이바지해야 하는 것이었다고 주장한다.[8] 이와 비슷하게 염상섭의 「個性과 藝術」에서는 자연주의에 대한 인식태도가 아니라, 개성의 발견 그 자체, 그리고 문학과 예술에 있어서의 개성의 문제를 어떠한 방향으로 확대시켜 나가느냐 하는 점이 보다 중요하다는 지적이 있다.[9] 즉 「個性과 藝術」은 그 구조상 자아의 각성 문제를 논의한 첫단락에서만 자연주의에 대해 언급하고 있을 뿐이라는 지적이다. 그러므로 오히려 개성의 문제를 중심으로 예술에 대한 근대적 인식에 접근해 가고 있는 이 글의 방향을 자연주의라는 용어의 출현에만 지나치게 신경을 집중시켜 자연주의 문학론으로 간주하고, 여기서 염상섭의 자연주의의 한계를 찾아내는 것은 바람직하지 못하다고 본다. 염상섭의 목적은 자연주의 그 자체보다 오히려 자아의 각성과 개성의 발견이 더 중요시되었고, 이 개성은 「個性과 藝術」에서도 언급된 바와 같이 단지 예술상의 개성에 머무는 것이 아니라 민족적 개성으로까지 뻗어나가는 것이었다고 주장한다. 이 외에 발자크와 졸라만이 자연주의의 전부인 것처럼 생각해서는 안 되며, 종교, 철학상 자연주의가 아닌 문예상 자연주의라 하더라도 주관적 객관적 양면이 있기 때문에 각국의 사회, 경제, 정신적 바탕에 의해 형성과정상 편차가 규명되어야 한다는 평가도 있다.[10]

7) 이어령, 「오해와 모순의 여울목」, 『思想界』, 제118호, 1957. 12.
8) 홍사중, 「염상섭론」, 『現代文學』, 제106호, 1963. 10.
9) 권영민, 『韓國近代文學과 時代精神』, 文藝出版社, 1983, p. 142~143.
10) 김윤식, op. cit. p. 14. 참조.

그러나 적어도 문예상의 자연주의를 염두에 둘 때, 졸라가 끼친 영향은 결코 과소평가할 수 없다. 특히 문예상 자연주의가 주, 객관적 요소를 동시에 지니고 있다는 지적은 일반적인 문학현상으로서가 아니라 작품 속에서 엄밀히 규정될 필요가 있다. 이 문제의 해명에는 과학적 객관성을 바탕으로 한 졸라류의 프랑스 자연주의와 식민지 조선이라는 역사적 특수성에 대한 구체적 이해가 필수적이다.

Ⅳ. 「표본실의 청개구리」의 自然主義的 特徵

리얼리즘이란 현실을 있는 그대로, 또는 보이는 대로 묘사하므로써 작가의 주관적 개입을 극도로 제한하는 객관 편중의 몰주체적 객관주의가 아니다. 순수 객관적인 현실 묘사란 한갓 공상에 지나지 않음은 재언의 여지가 없다. 현실을 있는 그대로 묘사하고 표현하는 데 있어서도 작가의 선택원리가 개입되지 않을 수 없기 때문이다. 작가가 현실의 수많은 제재 가운데서 어떤 특정한 것을 선택한다는 것 자체가 이미 주관적 요소의 개입이다. 리얼리즘을 어떤 관점에서 바라보는가에 따라 약간의 편차는 있을 수 있다. 그러나 적어도 리얼리즘은 현실의 압도적인 힘을 무시하지 않으며, 또한 현실에 안주하거나 매몰되지 않으면서, 그 현실을 반영하는 주체의 능동성을 고려할 때 생겨날 수 있는 개념이다. 진정한 리얼리즘이란 객관적 현실을 전체적인 관점에서 조망하고 발전적인 방향을 제시해 줄 수 있을 때 살아 있고 역동적인 리얼리티를 획득할 수 있다.

한국에서의 자연주의는 춘원의 관념적이고 계몽적인 이상주의에 뒤이어 나타난 문학적 경향임은 주지의 사실이다. 잡지 『創造』와 김동인의 소설에서 비롯되는 자연주의 소설은, 신소설에서 시작하여 이광수의 창작 행위에 이르기까지 조선소설의 성격을 일신한 측면이 있다. 특히 춘원의 이상주의가 신소설의 영향에서 완전히 벗어나지 못한 점을 생각할 때 그러하다.

임화는 일찍이 해방 이전 소설사를 검토하면서 자연주의라는 것은 문학으로부터 전체적(역사적, 사회적) 관심이 수축하고 개성의 자율이란 것이 당면의 과제가 된 시대의 양식이라고 정의한 바 있다.[11] 자연주의는 이상주의에 대해 새로운 시대적 환경 가운데서 생성하였다는 지적이다. 즉 이런 조건 하에서는 소설이 "객관적인 대규모의 사실주의보다도 주의적(主義的)인 좁은 자연주의의 길"을 더듬지 않을 수 없었다고 말한다. 이는 시민생활 가운데 반봉건성의 잔재가 두텁게 침전되어 있기 때문에 전체에의 관심이 개성을 떠나서는 순수히 시민적일 수 없다는 데 기인한다. 그 이유는 인간적인 요구를 제출하는 당사자인 시민 자신이 개인으로서는 근대적일지라도 사회적으로는 반봉건적이기 때문이다. 그러므로 이런 상태에서는 전체가 아직 개인을 너그러이 포섭할 수 없고, 역으로 개인 또한 전체 가운데 자기의 질서를 발견하는 것보다 그 반대의 질서와 충돌하게 된다. 따라서 정말로 근대적인 인간적 요구는 우선 사회를 떠나서 순 개인의 입장에서만 제출할 수 있다는 것이다. 바로 이것 때문에 조선뿐 아니라 일본에서도 대규모의 사실주의가 선행되지 못하고 자연주의의 수입과 더불어 근대소설이 탄생한 것이다. 임화는 또 다른 글[12]에서 사실주의에서는 디테일이 성격에 종속하지만, 자연주의에서는 성격보다는 세부가 보다 더 중시되므로써 불구적인 객관성에의 집착 때문에 결국 트리비얼리즘에 빠진다는 것을 들고 있다. 그러나 한국에서는 이와 같이 외

---

11) 임 화, 「小說文學의 二十年」, 『東亞日報』, 1940. 4. 12~4. 20.
   임화는 이 글에서 자연주의의 양식은 신소설 시대 이래 춘원에 이르기까지의 소설 가운데를 관류하던, 개인을 전체에서 보는 고차적 입장이 상실되었으나, 한국 문학이 반드시 한번은 거쳐 가야 할 정치한 묘사의 기술은 높이 평가할 수 있다고 하였다. 특히 그는 염상섭을 조선 자연주의 소설의 최고봉으로 평가한다.
12) 임 화, 「朝鮮 新文學史論 序說 ―李仁稙으로부터 崔曙海까지」, 『朝鮮中央日報』, 1935. 10. 25.(13)

국의 자연주의 문학과 마찬가지로 현실의 단편과 지엽에 집착함에 있어
서도 한층 축소되고 정신화된 세계의 형상을 묘사하는 데 시종하게 되었
다고 주장한다. 그리고 바로 이것이 이 나라 자연주의 문학으로 하여금
졸라 등의 수준에까지 도착치 못하게 한 주요한 한 가지 원인이라고 지
적한다.

그러나 자연주의를 과학적이며 관찰, 실험적인 방법으로 전개시킨 졸라
도 실제 창작시에는 객관성을 엄밀히 유지시키지 못했으며, 그가 이론,
창작 양면에서 거둔 문학적 성과는 제2 제정시대의 사회상에 대한 비판
과 개혁의식의 산물이라는 점 또한 중요하게 지적되어야 한다. 아마 이점
은 염상섭으로 대변되는 조선 자연주의 소설 또한 '현실폭로'라는 측면에
서 동일한 현상으로 보인다. 물론 염상섭의 자연주의 문학론의 형성토대
는 졸라식의 프랑스 자연주의의 직접적인 영향보다는, 일본이 영향받고
있던 북구식의 자연주의라는 매개항과 더 많이 관련되어 있기 때문에 일
본의 중간자로서의 역할을 무시할 수 없다. 그러나 당대 조선과 일본이
처한 동양적 특수성을 고려한다면 그렇게 큰 차이는 없다고 볼 수 있다.

그러므로 한국 자연주의 문학 논쟁에서 많은 오해와 혼란을 야기시킨
염상섭의 「표본실의 청개구리」를 엄밀히 고찰할 필요가 있다. 아울러 에
밀 졸라의 「실험소설론」에 대한 명확한 이해도 선결되어야 할 것이다.
이 방향에서 염상섭 자신의 자연주의 문학론과 작품의 상관관계를 비교
검토하는 데 그치지 않고, 실제 창작시의 변모양상을 살펴 볼 수 있고,
염상섭과 졸라의 문학론 사이의 편차를 아울러 밝혀 볼 수 있을 것이다.

&. 졸라의 「실험소설론」의 제양상

•소설가는 진실의 탐구로부터 출발하게 된다. 즉 소설가는 자연으로부터 모든
사실을 수집하여, 다음 단계에서 자연의 법칙과 관계를 유지하면서 소설 속에
주어진 환경과 여건 속에 작중 인물을 놓음으로써 그런 환경에서 그런 인물이
행동할 때 어떤 결과가 나타나는가에 초점을 두고 그 자료의 기계적인 작용을
연구하는 것이다. 거기에는 본질적으로 개인적, 사회적 행위를 하고 있는 인간에
대한 과학적인 지식이 있게 된다.

• 실험은 관찰에서 나온 생각에 근거를 가지고 있지만 결코 자의적이거나 순수히 상상적인 것이 아니고 자연 속에 있는 관찰된 현실에 근거를 가져야 한다.

(필자 주:그러나 졸라는 이에 대해 한편으로는 회의론적 견해를 피력하고 있다. 즉 실험적 관념이란 과학적 객관상과는 달리 매우 자발적인 발생의 여지가 있고, 그 성질상 개별적인 특성을 갖는다고 본다. 그리고 그 개별적인 특성은 개인의 감정, 사람의 독창성, 창조성, 천재를 구성하는 어떤 것이라고 주장한다. 말하자면 엄밀한 객관성에다가 상당한 정도의 작가의 주관 개입 가능성을 시사하고 있다.

이 점은 이와 비슷한 주장을 하고 있는 베르나르에게서도 찾아볼 수 있다. 베르나르는 무생물에서와 마찬가지로 생물에 있어서도 모든 현상의 존재 조건은 절대적인 양식 속에서 결정되어진다고 하는 결정론을 취했다. 그럼에도 불구하고 그는 무생물에 있어서는 단 하나의 환경이 외적, 우주적 환경이지만, 생물체에 있어서는 외적 환경과 함께 내부 환경, 즉 유기체 내의 환경을 달리 설정하고 있다.)

• 졸라는 순객관적인 입장에서 "사람의 몸이 일종의 기계라는 것을 증명할 때, 실험자의 의지에 의하여 대상을 마음대로 분해도 하고 조립도 할 때는 인간의 열정적이며 지성적인 행위로 계속 이어나가야만 할 것이다." 라고 하므로써 소박한 객관주의에 머무르고 있지는 않다.

• 졸라는 과학적, 실험적 방법을 강조함에도 불구하고 과학적 유동상태에 가장 적합한 철학적인 체계를 받아들여야만 한다고 하고, 과학이나 인간 지성의 모든 표현의 배후에는 항상 얼마간의 분명한 철학적 체계가 있다고 주장한다. 즉 철학은 과학자가 구비해야 할 사항이며, 미지에 대한 갈망과 탐구의 성스러운 불꽃을 유지해 주는 것이다.[13]

이상에서 볼 때 실험소설의 방법은 사회의 전반적인 문제보다는 개인의 문제에 다분히 치우친 면이 있다. 결과적으로 졸라의 「실험소설론」은

---

13) Emile Zola, "The Experimental Novel", Documents of Modern Literary Realism, edited by George j. Becker, Princeton University Press, 1973, pp. 162~193.

아이러니컬한 양의성을 동시에 지니고 있다. 그것은 엄밀한 자연과학적 (관찰, 실험) 방법과 함께 작가의 이성과 주관을 배제하지 않으며, 그 배후에는 분명한 철학적 체계가 내재해 있다고 보는 데서 잘 드러난다.

「표본실의 청개구리」를 자연주의 작품으로 이해하는 데 있어 가장 큰 논란이 된 점은 작품 가운데 나오는 "靑개고리를 解剖하야가지고 더운 김이 모락모락나는 五臟을……"라는 귀절이다. 그러나 이 부분은 작품을 올바르게 가치평가한다는 측면에서 볼 때 오히려 부차적인 것이다. 작품을 정독해 보면 우선 두드러지게 드러나는 것이 작품 내면에 깊이 도사리고 있는 음울한 분위기다. 과학적인 냉정성과 엄밀성을 견지해야 할 자연주의 작품에서 가장 큰 이탈을 보이는 것은 다음과 같은 대목이다.

> 어대던지 가야 하겠다. 世界의 끝까지 無限에. 永遠히. 발끝 자라는 데까지. 無人島! 西伯利亞의 荒凉한 벌판! 몸에서 기름이 부지직부지직 타는 南洋!. 아—아.[14]

그러나 이 부분은 대부분의 논고가 언급할 정도로 그 주관성의 강도가 잘 나타나 있으나, 극도의 자아의식에 함몰되어 도피의식을 드러내는 다음과 같은 대목에 비하면 오히려 부분적이다.

> 單一分의 停車도 아니하고 땀을 뻘뻘 흘리며 힘있는 굳센 숨을 헐떡헐떡 쉬이는 「푸일, 스피—드」의 汽車로 永遠히 달리고 싶다.—이것이 나의 무엇보다도 渴求하는 바이었다.[15]

이 작품은 구조상 〈나〉의 시점으로부터 전혀 엉뚱하게 김창억이란 광

---

14) 염상섭, 「표본실의 청개구리」, 『開闢』, 제14호, 1921. 8~10.(1921. 5作)
  이하 작품 인용은 동일하며, 띄어쓰기와 맞춤법은 현대어로 수정하였음.
15) 작품. op. cit. 참조.

인을 장황하게 묘사하므로서 파탄을 이루고 있는데 그 이유는 무엇일까
하는 문제가 제기될 수 있다. 〈나〉로 등장하는 주인공은 자신의 분신이
라고 할 만큼 의식상의 유사성을 보이는 광인 김창억에게 유달리 관대하
며 동정적이고 예민하다. 이것은 김창억의 〈나〉에 대한 태도에서도 마찬
가지로 드러난다. 김창억이라는 광인을 등장시킨 것이 단순한 관찰로 그
치지 않고 더 나아가서 인간을 실험해 보려는 의도로 볼 수 있다. 즉 졸
라의 「실험소설론」을 쫓아 현실의 차원에서는 불가능한 새로운 질서를
광인을 통해 정신적인 측면에서 현실을 요리하고 실험해 보려고 했던 것
은 아니었을까 충분히 생각할 수 있다. 즉 모순에 찬 현실에서 올바른 정
신을 가진다는 것이 불가능하기 때문에 오히려 전도된 정신적 상황에서
현실의 모순을 직시하려는 고도의 수법으로 볼 수 있다는 것이다.

그러나 이 작품은 졸라류의 실험 정신이 개구리 해부 장면을 위시하여
작품 곳곳에서 변형되어 나타나기는 하지만[16], 작품 내면에 밀접히 침투
하여 구조화되지 못하고 있다. 광인이면서도 자기가 지은 3층집을 "單
서른 닷兩으로, 꼭 한달 열사흘(一個月 十三日)만에" 지은 것을 정확히
알고 있다는 것은 실험과 관찰 태도의 미흡함을 보이고 있다. 자연주의
소설에서 중요시되는 유전과 환경의 문제에 있어서도 마찬가지이다. "남
에게 말 못할 愁心과 持病으로 일생을 마친 薄福한" 어머니와 "營業과
花柳 以外에는 家庭이라는 것도 모르는" 아버지 밑에 자란 광인 김창억
의 모습은 성격상 전혀 상관관계를 맺지 못하고 있다. 김창억은 단지
"처음에는 醫師의 注意로 飯酒를 얼굴을 찌프려가며 먹던 사람이 漸漸
量이 늘어갈 뿐"이다. 발광의 원인에 대해서도 자연주의 문학이 가져야
할 실험과 관찰 정신과는 달리 단지 즉흥적인 광분으로 그치고 있다. 작

---

16) 음울하고 암담한 시대상황에서 오장을 빼앗기고 난 다음에도 벌떡거리는 개구리
　　의 애처로운 모습에서 "無力한 韓國의 知識人의 힘으로는 어찌할 수 없는 宿命
　　이라면 이것이 自然主義의 決定論과 결부된다."는 지적은 이런 점에서 음미해 볼
　　점이 있다.(홍사중, op. cit. p. 138. 참조.)

가의 측면에서 볼 때도 감수성이 예민하고 상상력이 풍부한 청년이었기 때문에 의식적인 노력에도 불구하고 자칫하면 로맨틱하기 쉬웠을 것이라는 점은 추측해 볼 수 있다.

즉 이 작품은 프랑스 자연주의 논법에서 일정 정도 벗어나 한국적인 변형을 시도하고 있음을 우선 염두에 두어야 한다.「표본실의 청개구리」라는 제목이 드러내는 상징성과 개구리 해부 장면, 그리고 광인 김창억의 내력을 자세하게 묘사하므로써 그 방법이나 수법에서 자연주의적 형식을 취하고 있으나, 작품의 전반적인 분위기나 체제상 졸라식의 자연주의와는 분명한 거리가 있다. 어찌보면 염상섭은 3·1 운동의 좌절로 인한 당대 식민지 조선의 전체상을 김창억이라는 인물 위에 투사시켜 그 현실과 인물을 실험대 위에 올려 놓고 또 다른 상상적 차원에서 재해석하고자 했다고 볼 수 있다.

그러나 이것만이 중요한 것은 아니다. 더 중요한 것은「個性과 藝術」에서 "자아의 각성"을 통한 "현실폭로의 비애"라는 대명제와, 단지 예술상의 개성에 머무는 것이 아니라 "민족적 개성"으로까지 뻗어나갈 것을 강조한 염상섭 자신이 실지 창작에 있어서는 자기 자신에 함몰해 버리고 말았다는 점이다. 이 점에서 보면 염상섭 자신이 보여준 문학적 성과는 프랑스 자연주의를 자기 나름으로 굴절시킨 긍정적인 측면에도 불구하고, 북구의 자연주의 영향[17]을 많이 받고 있는 일본의 사소설적 자연주의 경

---

17) 이런 관점에서 김병걸은 염상섭이 도스토예프스키의 작품에 영향을 받았다는 견해에 비판적인 태도를 보이고 있다. 즉 그는 염상섭이 도스토예프스키의 전체상을 보지 못하고 오히려 극히 부분적인 단지 병적인 것을 창작의 중요한 요소로 간주했다고 본다. 그 이유로써 염상섭을 위시한 초창기 작가들 대부분이 아직 25세 미만이었다는 연령적 미숙성과, 20년대 초엽의 한국적 지성이 서구문학을 제대로 파악하기에는 아직도 역부족이었던 시대적 여건을 들고 있다. 왜냐하면 도스토예프스키의 작품은 병적 요소 외에 오히려 작품의 필수적인 요소로 미래제시적인 건전한 삶을 제시해 주고 있기 때문이다.
(김병걸,「1920年代 韓國 리얼리즘 문학 批判」, 김용직 외,『文藝思潮』, 文學과知性社, p. 414. 참조.)

향[18]에 더 많이 관계하고 있음을 알 수 있다. 왜냐하면 자연주의 문학도 전혀 사회적 이데올로기를 배제하지는 않으며, 이 점에서는 졸라도 마찬가지다. 졸라로 대표되는 자연주의 소설은 현실의 추악한 면을 적발하여 제시하는 데 그치지 않고 어떤 발전적 의미를 드러내는 데 일정 정도 기여한다. 그런데 염상섭은 단지 음울하고 울적한 분위기만 제시하는 데 그치고 만다. 이는 "현실 폭로의 비애"라는 용어 사용에서도 이미 드러난다. 그는 당시 한국적 상황에서는 어떠한 전망도 불가능하다고 인식한다. 특히 시대상의 제모순이나 갈등이 인물들의 의식 속에서만 취급됨으로써, 〈나〉, 김창억 등의 인물이 시대적 상황이나 환경(유전적 환경은 아니더라도)과 구체적으로 관련되지 못하고 있다. 단지 3·1 운동 실패 후의 우울한 심정이 등장인물들에 투사되어 공통적인 분위기를 형성하고 있을 따름이다. 그러므로 여기서는 "민족적 개성"이란 용어의 진취적 성격은 찾아볼 수 없게 된다.[19] 졸라가 〈미지에 대한 갈망과 탐구의 성스러운 불꽃〉을 견지할려는 치열한 정신을 가졌음에 대비해 본다면 염상섭의 한계

＊. 염상섭은 「樗樹下에서」(『廢墟』, 제2호. p. 63.)에서 "病的 狀態에 있을 때 꿈은 異常히 明確한 輪廓을 가지고 實際와 恰似히 發現한다."는 도스토예프스키의 말을 인용하고 있다.

18) 염상섭은 일본 자연주의 문학의 대가인 夏目漱石, 高山樗牛로부터 사조상으로나 수법상 영향을 적지않게 받았음을 밝혀 놓고 있다.
   (염상섭, 「文學少年時代의 回想」, 김윤식 편, 『염상섭』, 文學과 知性社, 1977, p. 201. 참조.)

19) 정명환은 졸라와 염상섭을 대비 연구하면서 3가지 표면적인 공통점을 지적하고 있다. 첫째, 자연주의의 주장. 둘째, 주장과 실작 사이의 불일치. 셋째, 성에 대한 관심이 그것이다. 그러나 그는 이 3가지 점을 깊이 고찰할 때 표면적 공통성은 사라지고 본질적인 부동성이 현저하게 드러난다고 주장한다. 〈정명환, 「염상섭과 졸라―性에 대한 見解를 중심으로」(김윤식 편, 『廉想涉』, 文學과 知性社, 1981, p. 76. 참조.)〉
   그러나 본고가 앞에서 살펴본 졸라의 「실험소설론」 자체에 이미 이중성(엄밀한 과학성과 주관성)의 요소가 잠재해 있다는 점을 염두에 둔다면, 위 정명환의 언급은 너무 일면적임을 지적할 수 있다.

설정이 훨씬 용이하게 된다. 이로 보면 염상섭 자신의 문학론과 그의 실제 창작 사이의 괴리는 스스로 증명되는 바 있다.

그러나 긍정적인 평가가 가능한 것은 오히려 이 역설적인 작품 구조의 설정으로 말미암아 당대 현실의 본질을 직시하며, 앞으로의 바람직한 삶의 방향이 어떠해야 할 것인가를 예견해 주고 있다는 점이다. 이는 자연주의를 넘어선 진정한 사실주의의 정신에서 극복이 가능한데, 바로 이 점이 염상섭의 자연주의가 지닌 분명한 한계이다.

V. 맺음말

본고는 첫째, 염상섭의 자연주의 문학론인 「個性과 藝術」, 그리고 「至上善을 爲하야」 등과 그의 작품 「표본실의 청개구리」와의 상관 관계, 둘째, 염상섭이 이론, 창작 양면에서 이룩한 성과와 에밀 졸라와의 상관 관계 해명에 초점을 두고 살펴보았다. 그러므로 단순히 서구 문예사조상 자연주의의 수용 과정이나, 두 나라 작가 간의 구체적 창작 성과물인 작품의 영향관계보다 졸라의 「실험소설론」을 엄밀히 규정해 보려고 했다. 그 결과 졸라는 이론, 창작상의 모순만이 아니라, 그의 「실험소설론」은 엄밀한 과학성과 실험, 관찰정신을 강조함에도 불구하고 주관성의 강조로 인해 이론상 이미 내적 모순의 맹아를 보여 주고 있다는 점을 지적하였다.

물론 염상섭의 자연주의 문학과 문학론의 형성 토대는 졸라식의 자연주의의 직접적인 영향보다는 일본이 영향받고 있던 북구식의 자연주의라는 매개항과 더 많이 관련되어 있기 때문에 중간자 일본의 영향은 결코 무시할 수 없다. 그러나 당대 조선과 일본이 지닌 동양적 특수성을 고려한다면 두 나라 사이에는 그렇게 큰 편차는 없다고 볼 수 있다. 적어도 자연주의의 본질을 이해하고 그것의 한국적 변형과 굴절과정을 이해하기 위해 졸라의 「실험소설론」에 대한 면밀한 분석과 함께 염상섭의 창작 행위를 검토해 보았다.

특히 졸라가 염상섭과 비슷하게 자신의 「실험소설론」에서 어느 정도 주관성을 강조하고 있지만 그 내면에 〈미지에 대한 갈망과 탐구의 성스러운 불꽃〉을 견지하고 있는 데 반해, 염상섭이 우울하고 암담한 분위기로 일관한 점은 한국적 자연주의의 특이성일 뿐만 아니라 오히려 역설적인 의미에서 긍정적인 평가가 가능하다고 보았다. 즉, 역설적인 작품 구조의 설정으로 말미암아 당대 현실의 본질을 직시하며, 앞으로의 바람직한 삶의 방향을 예견해 주고 있다는 점이다. 이는 자연주의를 넘어선 진정한 사실주의의 정신에서 가능한 것인데, 이 점이 염상섭으로 대표되는 한국의 자연주의 문학이 지닌 분명한 한계임을 지적하였다.

■『탁류』와『태평천하』에 나타난 내면화 양상

『濁流』와『太平天下』에 나타난 內面化 樣相

Ⅰ. 머리말

　지금까지 채만식에 대한 연구는 작가론의 측면에서나 개별 작품들에 대한 논의에서 상당한 업적들이 쌓여 있고, 또한 그런 개별 논의들은 각기 채만식 문학에 대한 이해의 폭을 넓혀 주고 있다. 채만식 문학에 대한 논의는 작가 사후 20년이 지난, 70년대에 와서야 그 연구 성과상 양적, 질적으로 획기적인 전환을 마련했다. 백철의『新文學思潮史』에서 동반자 작가 내지 경향적 작가로 평가[1]된 이래, 채만식에 대한 본격적인 가치 평가는 정한숙에 의해 이루어졌다.[2] 그는「崩壞와 生成의 美學」에서 "文學史的인 측면에서의 평가와 예술적인 측면에서의 가치판단이 서로 부합"[3]한다고 하므로써 채만식의 정당한 평가를 위해 선구적인 업적을 마련했다. 이 외에 채만식이 보여 준 역사 의식에 비중을 두어 1930년대 작품에 나타난 사회사적 측면 내지 풍자문학에의 접근이

---

1) 백　철『新文學思潮史』, 民衆書館, 1955, p. 279.
　　천이두,『韓國現代小說論』, 형설출판사, 1983, pp. 86～100.
2) 정한숙,『現代韓國作家論』, 고대출판부, 1977, pp. 115～148.
3) 정한숙,「狀況과 藝術의 一體性」,『文學思想』, 1973. 12.

많이 이루어졌다.[4] 특히, 풍자문학에 대한 논의는 서구의 이론(Highet, Satire ; Pollard, Satire)에 토대를 두고 본격적으로 논구되었다.[5] 그리고 자료 정리와 함께 작가의 전기적 사실에 주목한 것과, 작가의 전문학적 행위에 대한 총체적 연구 또한 계속되어 왔다.[6]

그런데, 개략적으로 살펴본 기존 연구성과는 30년대를 보는 작가의 역사의식의 해명에 과도한 비중을 두었다는 점, 그리고 풍자소설에 한정하여 논의를 전개한 것이 대부분이었다는 점이 한계로 지적될 수 있다.[7] 이런 지적은 본고가 대상으로 하고 있는 『濁流』와 『太平天下』의 두 작품에 대한 연구에도 그대로 적용될 수 있다. 특히, 채만식이 고백한 바와 같이, 명일의 방향을 좀더 넓고 세속적인 세계에서 발전시켜 보고자 시도한 『濁流』와 『太平天下』에 대한 연구는 연구자의 독자적인

---

4) 이에 대한 대표적인 논문은 다음과 같다.
　이주형, 「蔡萬植硏究」, 서울대 석사학위 논문, 1973.
　홍이섭, 「蔡萬植의 濁流」, 『創作과 批評』, 1972, 봄호.
　최하림, 「蔡萬植과 그의 1930年代」, 『現代文學』, 1973. 10.
　●특히 최하림은 "蔡萬植의 주인공들이 30年代를 歷史的인 意味 속에서 판독하지 못하고 時流的으로 理解하였다."고 하므로써 가장 극도의 부정적인 평가를 내리고 있다.
5) 강봉기, 「蔡萬植 硏究」, 서울대 석사학위 논문, 1977.
　민현기, 「蔡萬植 硏究」, 서울대 석사학위 논문, 1973.
6) 이주형, 前揭 論文.
　송하춘, 「蔡萬植 硏究」, 고려대 석사학위 논문, 1974.
　우명미, 「蔡萬植 硏究」, 서울대 석사학위 논문, 1977.
　이상갑, 「蔡萬植 硏究 - '소년' 모티브를 中心으로-」, 서울대 석사학위 논문, 1987.
　이래수, 『蔡萬植 小說硏究』, 二友出版社, 1986.
　김상선, 『蔡萬植 硏究』, 藥業新聞社, 1989.
7) 홍기삼, 「諷刺와 間接話法」, 『文學思想』, 1973. 12.
　그는 채만식을 논함에 있어 다양한 문학적 특질 중의 하나인 풍자문학적 특질만으로 그의 전 문학적 면모를 파악함은 부당하다고 강조한 바 있다.

견해나 시각을 무마시킬 만큼 압도적으로 이루어져 있는데, 위 두 작품에 한정하여 기존 연구를 살펴보면 크게 두 가지로 나누어 볼 수 있다. 하나는, 일제 강점기하 한민족의 삶의 양상을 두 극단에서 날카롭게 제시해 주었다고 평가한 것이며,[8] 다른 하나는, 다소 상반된 견해로, 그런 긍정적인 측면보다는 오히려 넓은 의미에서 '세태소설'로 보아 소극적인 의미에서나마 역사의 바람직한 전망을 드러내지 못하였다고 부정적인 평가를 내리는 견해이다.[9] 즉 전자의 견해는『太平天下』가 서민 출신 대지주 및 고리대금업자 윤두섭 일가의 존재 방식과 그 양상을 풍자한 것이라면, 『濁流』는 소지주 출신 도시 서민의 몰락 과정을 그리고 있다고 주장한다. 그러나 채만식 자신은 문학정신이란 점에서 자기의 소설이 박태원의 『川邊風景』과 같은 '세태소설'류와는 다르며, 또한 이 말에 강한 불만을 토하고 있지마는, "「명일」의 방향을 좀더 넓고 세속적인 세계에서 발전시켜 보자던 것이 장편『濁流』다. 그랬던이 어찌하다가 알짜는 남의 눈에 안띄이고, 일카러〈세태소설〉이 되어버렸으니, 작품이 자식이라면 자식치고는 불효자식이다."라는 말 속에서 스스로『濁流』는 세속적인 것이며, 『太平天下』는 그 연장선상에서 부정에 의한 역설적인 것이라고 다소

---

8) 이런 논의는 대부분의 논자들의 견해인데, 특히 한형구는 기존 연구의 성과를 토대로 채만식의 세계관상의 본질을 해명하면서 작품 평가를 하고 있다는 점이 주목된다.

　　한형구, 「채만식 문학의 깊이와 높이」(김윤식·정호웅 편, 『한국문학의 리얼리즘과 모더니즘』, 民音社, 1989.)

　　＿＿＿, 「해방공간에 있어서의 채만식의 현실인식과 글쓰기」(김윤식 외, 『해방공간의 문학운동과 문학의 현실인식』, 한울, 1989.)

　　＿＿＿, 「채만식의 탁류와 비극적 세계관」, 『文學思想』, 1987. 10.

9) 임　화, 「世態小說論」, 『東亞日報』, 1938. 4. 1～4. 6.

　　＿＿＿, 「最近 小說의 主人公」, 『文章』 8호, 1939. 9.

　　김남천, 「昭和十五年度 散文文學의 一年間」, 『人文評論』, 1940. 1.

　　＿＿＿, 「濁流의 魅力」, 『朝鮮日報』, 1940. 1. 15.

　　정의호, 「人間性格의 分裂－『濁流』의 人物의 諸相」, 『人文評論』, 1940. 10.

긍정적으로 평가하고 있다.

본고는 이런 논의의 연구성과를 토대로 하여 일제 강점기하 한국문학
이 내포하고 있는 본질적 속성이라는 점에서뿐만 아니라, 1930′, 1940′ 문
학의 특성을 해명하는 한 단서로써 채만식 문학을 보고자 한다. 이 시대
는 전반적인 문학풍토가 깊은 '내면화'의 방향으로 기울어지게 되는데, 이
경향의 핵심적인 측면을 채만식 문학이 담보하고 있기 때문이다. 이는 달
리 말하면 채만식 문학이 지닌 비극적 속성을 가리킴이다.[10]

Ⅱ. '비극적 사고(Tragic vision or mind)'의 意味

인간이 궁극적으로 추구하는 가치가 절대자이든, 역사의 진보 개념이
든, 그외 있을 수 있는 다양한 상대적인 가치개념이든지, 그것에 어떤 절
대적인 가치를 부여한다고 가정할 때, 그 유형은 대개 몇 가지로 나누어
질 수 있다. 즉 우리가 절대자 또는 절대적인 힘을 가진 존재를 인정하지
않는 한(절대자의 가치를 인정하는 것은 선별된 특별한 경우에 한한다.
[11]), 어떤 절대적인 가치를 인정하면서 그 가치의 실현이 불가능하다는 사

---

10) 한형구의 논고는 『濁流』와 『太平天下』를 표층구조의 이원성으로, 그리고 창작방
   법상의 양상을 크게 '비극문학'(비극적 리얼리즘)과 '풍자문학'(풍자적 리얼리
   즘)으로 나누고, 이를 해명해 줄 수 있는 심층 층위의 일원적 기제 개념으로 상
   정된 세계관적, 도구적 개념으로 '비극적 세계관'을 설정하고 있다. 이런 맥락에
   서 그는 채만식의 실존적 의식, 행적과 관련하여 그 문학적 세계관의 배경적 집
   단으로, 경제적 계급(계층)으로서의 〈중농층〉과 지식인 집단으로서의 〈동반자〉
   지식인 그룹을 설정하고, 이들 계층과 집단의 지속적인 몰락과정을 통해 '비극적
   세계관'을 규정하고 있다.(한형구, 「채만식 문학의 깊이와 높이」, op. cit, pp.
   169~189. 참조.)
11) 플라토니즘, 신비주의가 이에 해당된다.(김현, 『文學社會學』, 民音社, 1984, pp.

실을 모를 뿐 아니라, 절대적인 힘을 가진 존재를 인정하지 않는 범위에서 세속적이지만 이 지상에서 상대적 가치를 추구할려는 경험주의, 혹은 합리주의가 먼저 놓여질 수 있다. 그런데 이런 경험주의나 합리주의적 사고가 '혁명적 사고(revolutionary thought)'를 동반할 때 '변증법적 사고'가 형성된다. 그러나 인간은 그 속성상 이 과정에서 어떤 절대적 가치를 찾아 나서지 않을 수 없게 된다. 그런데, 그 가치를 찾아 나서지만, 또한 역으로 그 성취가 불가능함을 철저히 인식할 때 소위 '비극적 사고'가 형성된다.

모든 형태의 '비극적 사고'는 인간과 그 인간의 사회, 정신적 세계와의 관계에 깊은 위기를 드러낸다. 그러나 '비극적 사고'의 가장 중요한 특징 중의 하나가, '비극적 사고'는 '변증법적 사고'와 달리 자신을 역사적 전망 속에서 볼 수 없는, 본질적으로 비역사적인 성격을 지닌다는 점이다. 그 이유는 '미래'라는 말로 대변될 수 있는 역사의 원칙적 차원을 결하고 있기 대문이다. 다시 말하면 '역사'라고 하는 단위가 '비극적 사고'를 뛰어넘을 수 있는 하나의 방법이 된다는 말이다. 그러므로 이 '비극적 사고'는 경험주의나 합리주의적 사고는 물론, 인간의 '노력(혁명)'에 의해 어떤 절대적 가치(물론 상대적이지만 그것에 절대적 의미를 부여한 가치)를 성취할 수 있다고 보는 '변증법적 사고'를 '허약함'의 상징에 불과한 것으로 치부해 버리며, 동시에 이의 반대 극점에서 이 세상을 전적으로 포기하고 절대적 가치(절대자)에서 도피처를 구하는 행위 또한 '환상'의 상징에 불과하다고 보아, 전자, 후자를 각각 일종의 의식적, 무의식적인 타협의 시도로 간주한다.

그러나 이 '비극적 사고'는 절대적 가치가 이 세상에서 실현될 수 없다는 것을 인식하고 있다는 점에서 볼 때는 '변증적 사고'와 다르지만, '비극적 사고'에서 말하는 '진정한 가치'를 '변증적 사고'에서 말하는 '총체성'과 동일한 범주로 인식하고 있다는 점에서 '변증적 사고'와 닮아 있다. 특

_____

89~90. 참조.)

히 이 '비극적 사고' 또는 '비극적 정신'이라는 개념은 그 개념의 핵심에 '
회심 또는 전환(Conversion)' 구조를 근간으로 하는 '내면화'의 개념과 맞
물려 있다.

　　비극적 인간의 상황은 역설적이며, 단지 역설에 의해서만 설명되어질
　수 있다. 왜냐하면 그는 세계 내에 존재하며, 세계 내에서 그 세계를 인
　식하고 있지만, 동시에 세계의 부적합성과 파편적 성격 때문에 그 세계
　를 거절하기 때문이다.
　　그럼에도 불구하고 그가 세계를 거절함과 동시에 그 세계 내에 존재하
　기 때문에 그는 또한 '내재적 초월성, 또는 초월적 내재성(내면화 : 필자
　주)'으로 자기가 몸담고 있는 세계를 넘어선다.[12]

　　즉, 골드만의 논의에서 개인화의 관점을 통한 '내면화' 개념을 조심스럽
게 추론해 볼 때, 기존 논의의 다소 일관된 편협성을 극복할 수 있을 뿐
아니라 채만식 문학의 비극적 속성이 보다 엄밀히 해명될 수 있을 것이
다.
　　이런 관점에서 채만식 문학을 검토하려고 할 때 역시 문제적으로 드러
나는 작품이 『濁流』와 『太平天下』이다. 이 두 작품은 한편으로는 당대의
총체성을 예리하게 인식한 '변증적 사고'에 접근하고 있지만, 또 다른 측
면에서는 '비극적 사고[13]'가 은밀히 잠재하고 있다는 점이 이 두 작품 해

─────────────

12) 골드만은 파스칼의 팡세와 라신느의 비극 작품에 나타난 '비극적 세계관'의 연구
　에서 '비극적 세계관'과 '비극적 사고'는 엄격히 구분되어야 한다고 전제하고, 신
　(God), 인간(Man), 세계(World)의 관계망 속에서 인간의 본질적인 비극적 속
　성에 대해 언급한 바 있다. 이 점에서 1930', 1940' 문학연구를 위한 시론의 성
　격을 지닌 이 글의 관점에서 볼 때 이런 총체적 문맥하에서의 '비극적 사고'의
　개념은 유용한 개념이 될 수 있을 것이다. 즉 '비극적 사고'란 계급(계층)이나
　집단의식을 반영하는 '비극적 세계관'과는 달리 개인화의 관점에 해당된다.
　(Lucien Goldman, 『The Hidden God』, Routledge & Kegan Paul,
　1964. p. 56. 참조.)
13) 본고에서 사용한 '비극'이란 개념은 운명과 환상에 근거를 두고 있는 일반적인

석의 요체에 자리잡고 있으며, 또한 바로 이 두 사고가 작품 평가의 이원
성을 마련한 것으로 보인다.[14]

본고는 이같은 문제성하에서 해방 이전 민족주의 진영의 문제적 작가
인 채만식의 작품 『濁流』와 『太平天下』에 나타난 '내면화'의 양상을 살
펴보고, 이를 통해 1930', 1940' 소위 민족주의 작가들과 KAPF 출신 작가
들의 작품을 위시한 전문학적 행위에 대한 논의의 단초를 마련하고자 한
다.

Ⅲ.『太平天下』의 內面化 構造

『濁流』와 『太平天下』는 우선 '기획의 동시성'이란 측면에서 논구되어
야 한다. 그러므로 이 두 작품은 뗄려야 뗄 수 없는 긴밀한 상호 연관을
맺고 있는데, 우선 이 두 작품의 특이성은 일제 강점기하 한민족의 삶의
양상을 양 극단에서 날카롭게 조명한 작품이라는 사실이다.

『太平天下』는 부정적인 인물들이 삶을 영위하는 훼손된 가치의 세계이
다. 그 극한을 달리는 인물이 윤두섭(윤직원)이다. 그는 무식하지만 돈이
발휘하는 위력을 누구보다도 잘 인식하고 있는 인물이다. 그가 가장 선망
의 대상으로 여기는 것이 바로 돈이다. 그는 자기 재산을 증식하는 데 있

형태의 비극이 아니라, '비극적 사고'의 본질적 부분을 형성하며, 현실에 대한 전
면적인 부정을 의미하는 '거절의 비극(the tragedy of refusal)'이란 의미이다.

14) 이런 맥락에서 작가 채만식의 해방 이전 사상 선택(동반자 작가 그룹)의 본질
과, 해방 후 그의 행적에 대한 해명의 단서가 마련될 수 있을 것이다. 즉 문단
외적인 상황과 함께 그의 문학정신의 내면에 있는 이러한 두 사고 체제의 팽팽한
긴장감이 그의 문학 행위에 엄밀히 내재되어 있었던 것으로 보인다(1946. 11.
10일자 『獨立新報』에는 문학작가 동맹 중앙집행위원으로 되어 있으나 구체적 활
동은 찾아 볼 수 없다).

어 정당하리만큼 강한 동기를 지니고 있다. 그런데 그의 이런 태도는 부윤용규가 지방 수령과 화적패의 총부리 앞에서 처참한 죽음을 당한 후에 생겨난 것이기에 합리적인 근거를 지니고 있다. 그러나 『太平天下』의 한 계성은 전체 작품 구조를 이끌어가는 주인자로 볼 수 있는 '돈'의 출처가 모호하게 처리되어 있다는 점이다. 즉 "노름을 해서 친 돈이라거나, 그 아내가 친정의 먼 일가집 백부한테 분재를 타온 것이라거나, 혹은 도깨비가 져다 논 돈이라기도 하는" 자못 출처가 모호한, 난데없는 돈 이백 냥이 생긴 것이다. 그는 이 돈을 대푼변 돈놀이로 급장리를 놓고 하여 착실히 재산을 모아 부정적인 삶을 시작하는데, 이런 삶을 지탱시켜 줄 확실하고 안전한 대상이 필요하였다. 그 결과 헌병과 순사로 무장한 가장 확실한 신변보호자로서 일제를 환영하는 그의 국가관이 형성된다. 또한 그는 무엇보다도 신분상승에 대한 강한 욕구를 지니고 있는데, 그 결과 생긴 것이 손자 종수, 종학에 대한 지극한 관심이다. 그러나 윤직원가의 성적 문란과 훼손된 삶의 모습은 당대 삶의 왜곡되고 어그러진 삶의 모습을 상징적으로 보여 준다.

이처럼 역설구조로 강한 풍자정신을 보이는 이 작품에서 무지로 엉클어진 악을 제거하기 위해서는 그보다 더 무서운 무기가 아니면 안 되며, 동시에 이 악은 철저하게 파괴되어야 한다. 이것은 '비극적 사고'의 근본 속성인 '거절의 비극'의 측면에서 보아도 쉽게 이해된다. 동경에 가서 모 대학 법학과에 다니고 있는 윤직원의 손자 종학의 피검사실을 알리는 "전보"는 '거절의 비극'을 속성으로 하는 '비극적 사고'의 핵심에 자리잡고 있다. 달리 말하면 이 "전보"는 '내재적 초월성', 혹은 '초월적 내재성'이라 할 수 있는 '내면화'의 본체에 해당된다. 지금까지 전개되어 온 작품 구조를 회심, 전환[15]을 통해 일시에 무너뜨리며 이를 통해 '비

---

15) '회심 또는 전환'의 중심 성격은, 이 세상의 인간 삶의 본질적 애매모호성을, 명확성을 향한 단호한 인식과 굴하지 않는 욕망으로 변환시키는 것이다.
   (Goldman, op. cit. , pp. 63~64. 참조.)

극적 사고'의 핵심을 드러낸다. 그것은 전환을 통해 절대적 가치에 도달
함으로써 황홀감의 경지에 이르지만, 동시에 그 황홀감이란 순간적인 것
에 불과하다는 인식이다. "신(절대적 가치)은 항상 존재하면서 동시에 항
상 부재하기 때문이다."[16] 이 엄청난 모순과 역설의 세계가 『太平天下』
의 결말 부분에 잘 묘사되어 있다.

손자 종학의 피검 사실은 윤직원에게는 옛날의 드세든 불한당보다 백
배, 천배나 더 무서운 것이었는데, 그 이유는 마지막 전 희망이 일시에
무너지는 상황이었기 때문이다. 일제하의 왜곡된 세계를 태평천하로 보는
그에게 사회주의는 가장 강력한 무기였다. 종학이 사상관계로 경시청에
피검된 사실로 인해 급격히 하강하는 『太平天下』의 구조는, 종학의 피검
사실을 알리는 전보 한 장으로 일거에 악을 제거하지만, 그로 인해 도달
한 결론은 앞서 언급한 바와 같이 또다시 부재하는 '절대적 가치' 앞에
모두 다 몸둘 바를 모르는 모습으로 드러나 있다. 구체적 작품 현실에 뿌
리를 내리지 못하는 기현상까지 초래하고 있다.

> 연해 부르짖는 죽일 놈 소리가 차차로 사랑께로 멀리 사라집니다. 그
> 러나, 몹시 사나운 그 표효가 뒤에 처져있는 가권들의 귀에는 어쩐지 암
> 담한 여운이 숨여들어, 가득이 어둔 얼굴들을 면면 상고, 말할 바를 잊고
> 몸둘 곳을 둘러 보게 합니다.
> 마치 장수의 죽엄을 만난 군졸들처럼……(大尾)[17] (밑줄:필자)

그러므로 사회주의자 종학의 등장으로 인해 암시된 전망은 다분히 주
관적인 것에 불과하며, 오히려 그 주관적인 전망조차 음울하고 암담한 상
황에 압도되어 버리고 만다. 그 이유는 '비극적 사고'의 핵심인 '내면화'의
양상에 다름아니며, 이를 달리 말하면 '내재적 초월성'이라 할 수 있다.

---

16) Goldman, op. cit. , pp. 22~39.
17) 『太平天下』, 민중서관, p. 541.

IV.『濁流』의 內面化 構造

작품 『濁流』 또한 앞서 분석한 『太平天下』와 유사한 구조를 갖고 있다. 이 작품은 왜곡된 현실을 탁류로 보고 그 속에 운명 순응적이며 유순한 초봉이의 반복되는 비극을 보여 준다. 이 작품에서의 주인공 초봉은 자유에의 강한 추구 의지가 없는 전형적으로 운명 순응적인 여성이며, 특히 돈에 의해 그렇게 파란 많은 일생을 영위한다. 특히 "新版 〈興甫傳〉" 이란 말 속에서 이 작품의 의미가 잘 드러난다. 그러나 초봉의 여동생 계봉은 긍정적이며 적극적인 인물로, 소심하고 눈물 많은 청년 의사 남승재를 오히려 고무하고 생의 활력을 불어넣는 적극적인 인물이다. 초봉은 일제 수탈의 중심부인 미두장이 있는 군산에서 00은행 군산지점의 당좌계에 있는 첫 남편 고태수의 죽음 이후, 제중당 약방 주인 박제호, 그리고 중매점 마루강의 미닫이로 있는 악의 화신 꼽추 장형보의 계속되는 질곡 속에서 헤어나지 못한다. 다소 긍정적인 남승재와 계봉의 존재에도 불구하고 의아심이 들 정도로 악의 횡포는 계속된다. 여기에는 물론 초봉이 지닌 개인적인 성격의 나약한 면도 무시할 수는 없지만 왜곡된 시대의 중압이 그 근본 원인이다. 남승재는 돈과 시간을 들여 가면서 무료로 가난한 자를 치료해 주기는 하나 그 가난의 진정한 이유를 모르며, 한편으로는 자연과학의 힘을 믿는 의사로서 초조와 근심이 없다. 그가 세상에서 가장 불행한 것으로 생각하는 것이 병이며, 그 다음이 무지일 뿐이다. 그는 작품 후반에서 이것의 한계성을 인식하기는 하지만 그것도 투철한 현실 인식을 거쳐서 형성된 것은 아니다. 즉 남승재는 초봉이가 운명의 첫 걸음을 내딛게 되는 고태수와의 부정한 혼인 문제에 있어서도 초봉이가 가족의 생계를 위해 마음 내키지 않은 결혼을 작정한 것을 잘 알면서도 오히려 그것을 성화를 본 듯 황홀해 하고 감격해 하며 눈물까지 흘리는 인물이다. 이로 볼 때 남승재는 계몽과 야학의 한계성을 인식하기도 하지만 그의 현실 인식은 피상적이며 일면적인 데 그치고 있으며, 남을 도운다는 것도 일종의 자위의 수단에 지나지 않는다. 이런 상황에서 초봉의 운명은 비극적인 파국으로 치닫게 된다. 결국 계속되는 질곡의 상황에서 초봉은 자살을 생각한다. 그리고 자살 후 딸 송희와 동생 계봉에게 닥쳐올 위험을 생각하여 그는 자기의 자살을 확실히 보장해 줄 악의 화신인 남편 장형보를 죽일 계획을 꾸미게까지 된다. 그런데 그가 외출했다가 약속 시간보다 좀 늦게 돌아오니, 열등감과 의처증에 사로잡혀 있는 장형보가 그 앙갚음으로 딸 송희를 "마치 고기감으로 사온 닭의 새끼나 다루듯" 송희의 두 발목을 한 손으로 움켜 거꾸로 쳐들고 있다. 이를 본 초봉의 형보 살해 장면은 처참하다 못해 너무 세심하기까지 하여 운율감마저 느껴질 정도다.

> 엇나간 겨냥이 도리어 좋게 당처를 들이찼던 것이고 당한 형보로 보면 불의의 습격이라 도시에 피할 겨를이 없었던 것이다.(중략) 초봉이는 깜짝 놀라 입술을 깨물고 와락 달려들어 형보가 우디고 있는 OOO께를 겨누고 힘껏 걷어 찼다.(중략)
> 기운이 버쩍 솟은 초봉이는 이를 보드득 갈아 부치면서 맞창이라도 나라고 형보의 아랫배를 내리 칵칵 제긴다. 하나 둘 세엣 너히 수없이 대고 제긴다.
> 다아섯 여어섯 이 일곱 여어덟…….[18]

우리는 "얼마를 그랬는지 정신은 물론 없고, 펄럭그리면서 발꿈치 방아를 찧고"있는 초봉의 모습에서 잔인하다는 측면을 넘어서서 어떤 황홀감의 일면을 엿볼 수 있다. 이는 초봉이 지닌 의식이 시간 개념을 상실한 것과 관련되어 있다. 즉 이런 사고 방식은 "과거와도 뚝 잘리고 미래

18)『濁流』, 민중서관, p. 374.

와도 뚝 끊지어 앞엣 일도 뒤엣 일도 죄다 잊어 버렸다."라는 표현에서
잘 드러난다. 바로 이 부분은 역사 단위를 고려하는 '변증적 사고'를 넘어
선, 즉 역사 초월의 '비극적 사고'의 첨예한 모습을 보여 주는데, 바로 이
것이 작품 『濁流』가 단순히 운명적 비극을 넘어서는 전면적인 '거절의
비극'이 되게 하는 근본 속성이다.

> 다아 모른다. 모르고 형보가 이렇게 발 밑에 나동그라져 죽은 것, 오로
> 지 그것만이 눈에 보일 따름이다.[19]

그러나 "국부차기"[20]로 시작된 '전환'의 결과 얻은 황홀감 이후에 "이
제는 속이 후련하고 기쁘고 했어야 할 것인데, 아직은 그런 생각이 안 나
고, 형보가 죽은 것이 도리어 안타까웠다."라는 말은 '비극적 사고'의 핵
심을 말하고 있다. 즉 이 부분은 『太平天下』에서 "전보"와 함께 종학의
출현으로 시작되는 '전환'의 결과 얻은 황홀감 이후에 오히려 윤직원가
전체를 뒤덮는 어두운 분위기를 떠올리면 쉽게 이해할 수 있다. 그러므로
『濁流』와 『太平天下』는 동질적 구조를 이루고 있음을 알 수 있다. 이것
을 달리 해석하면 이 두 작품은 기획의 동시성이란 측면에서뿐 아니라
작품의 내적 구조면에서 긴밀한 관계를 맺고 있음을 의미한다. 〈序曲〉이
라는 장을 통해 발전적인 방향을 제시하려고 하였지만 이미 이 장면에서
마련된 음울한 분위기는 이 작품의 종반부까지 계속되면서 이 작품의 전
체적 분위기를 형성한다. 이제 남은 것은 작품에서 언급된 것처럼 "저
사약(死藥)이 말을 하는 죽음이 아니면, 법(法)이 주는 형벌" 뿐이다. 이런
위기 상황에서 초봉을 구해 줄 그 어떤 계기도 전무하다. 이는 이미 그
이전에 한계성을 드러낸 바, 남승재를 놓고 동기간에 미묘한 갈등을 보인

---

19) 『濁流』, 민중서관, p. 375.
20) 우리는 이 부분에서 왜 하필 "국부차기"가 등장했는가 하는 이유를 '內面化'의
    관점에서 바라보면 쉽게 해명할 수 있다.

계봉, 그리고 눈물 많은 남승재로서는 불가능하다. 이는 승재가 초봉의 "애원하는 듯한 그 명일의 언약을 거절하는 눈치를 보일 용기는 도저히 나질 못했다."라는 말 속에 그 의미가 드러난다. 그러므로 "초봉의 얼굴이 지극히 슬퍼면서도 그러나 웃을 듯 빛남을 승재는 보지 않지 못했다."고 말하지만 초봉의 한계는 명백하다. 특히 이 한계는, 남승재가 초봉을 사랑한다는 계봉의 위안의 말에 초봉이 일시적으로 큰 희망을 품고 "금시로 몸에 날개가 돋히는 것"같이 느끼지만, 계봉의 이 말은 실지로는 "폭폭하다 못해 하는 소리요, 말하는 그대로지, 말 이외에 다른 의미는 없던 것이다."라는 말 속에 분명히 드러난다. 악착한 현실에 뿌리를 내리지 못한 일종의 주관적 전망임이 분명하다.

V. 맺음말

지금까지 『濁流』와 『太平天下』에 나타난 '비극적 사고'의 특징을 규명해 보았다. '비극적 사고'의 핵심인 '회심 또는 전환' 개념을 통해 유추한 '내면화'의 과정을 검토함으로써 『濁流』와 『太平天下』의 독특한 작품적 특질을 해명하고, 나아가 채만식 문학의 본질적 특성에 어느 정도 접근해 보고자 하였다. 이런 문맥에서 골드만의 논의에서 보이는 개인화의 관점을 통한 '내면화' 개념을 조심스럽게 추출해 보았는데, 이는 기존 논의의 일관되고 편협한 성격을 극복할 수 있을 뿐 아니라, 이를 통해 채만식 문학의 비극적 속성을 보다 엄밀히 해명하는 데 도움이 될 것이다.

이 두 작품을 통해 볼 때 채만식의 문학적 본질은 '비극적 사고'에 근접한 작품적 특질로 말미암아 역사의 객관적 현실에 근거한 구체적 전망을 결하고 있다. 즉 이 두 작품은 공히 이 시기 다른 어떤 작품보다 투철하게 당대 현실을 깊이 인식하고 있지만, '내재적 초월성', 또는 '초월적 내재성'이라 부를 수 있는 깊은 '내면화'의 속성으로 말미암아 다분히 주관적 전망으로 위축되어 버렸다. 이로 미루어 볼 때 바로 '초월적 내재성'에 해당하는 종학의 피검 사실을 알리는 "전보"나 "국부차기"가 충격적임은 충분히 알 수 있다. 그러나 "전보"나 "국부차기"라는 계기가 우리에게 주는 충격은 역사 단위를 초월하는 '황홀감'의 경지로 빠져들 위험을 안고 있기도 하다. 그러므로 이런 상황이 반복되면 될수록 결국 허무주의의 색채를 띨 수밖에 없는데, 바로 이러한 사실이 이 두 작품 평가의 긍, 부정의 요체에 해당하는 항목일 것이다. 이것이 다시 구체적인 역사의 영역으로 들어오기 위해서는 구체적 현실에 대한 사고, 즉 넓은 의미에서 세계관의 변혁과정이 없이는 불가능하다.

본고는 이런 논의를 통해 1930', 1940' 문학을 보는 하나의 시각을 마련해 보고자 했는데, 이는 해방 이후 역사의 인식 하에 전개된 문학 연구에도 여전히 유효한 개념이 될 것이다. 해방 이전과 본질적으로 동일한 역사적 상황하에서 나아갈 방향이란, 양심적이고 역사 인식에 투철한 작가일수록 위에서 논의한 채만식 문학의 특성에 또다시 마주치게 되었으며, 동시에 그것을 어떤 방식으로든 극복해야만 하는데, 이런 측면에서 볼 때도 해방 이전의 채만식 문학은 해방 이후 작가들의 자기 극복 방식에 여전히 의미 있는 단위가 될 수 있다.

■ 한국 전향소설 연구

韓國 轉向小說 研究

−'斷層派' 小說을 中心으로−

Ⅰ. 머리말

한국 근대문학의 전개 과정에서 수많은 문제점을 제공하였던 KAPF가 해소되고, 이에 따른 문단 표면상의 침체는 두드러져 보인다. 구 KAPF 출신 작가들의 계속되는 작품 성과[1]에도 불구하고 민족주의 진영의 작가들에게서 이 현상은 특히 첨예하게 드러난다. KAPF 출신 작가들은 많은 제약에도 불구하고 깊은 내면화의 과정을 거쳐 밀도있는 지향점을 향해 자신의 창작 행위를 계속하고 있었던 것이다.

1930년대 중, 후기의 대체적인 문학적 경향은 이같은 내면적인 작업을 통해 자신과 시대를 드러내 보이고자 하였다. 이의 핵심에 놓여 있는 것이 바로 '전향'의 문제이며[2], 이의 문학적 천착 과정은 암울했던 한 시대

1) 이런 관점에서 볼 때 이 시기 한설야의 창작 행위가 가장 문제적이다. 『黃昏』(『朝鮮日報』, 1936. 2. 5~10. 28.), 『靑春記』(『東亞日報』, 1937. 7. 20~11. 29.), 『마음의 鄕村』(『東亞日報』, 1939. 7. 19~12. 7.), 『塔』(『每日新報』, 1940. 8. 1~1941. 2. 14.)을 들 수 있다.

2) 이 글에서 사용한 '전향'이란 사상적 회전 현상 일반이 아니라, 사회주의 운동가가 자기 사상을 포기함을 의미한다. '위장 전향'의 의미는 작가와 결부된 내밀한

의 문학적 성과를 깊이있게 드러내 준다는 점에서 대단히 시사적이다. 특히, 이 전향의 문제는 '작품 행동'을 감행한 작가의 정신세계와 사상적 심도를 측정해 볼 수 있는 하나의 잣대가 되며, 이후에 전개되는 자신의 창작 행위에 직결되는 한 계기를 마련한다. 이같은 여러 가지 문제성을 아주 예리하고 밀도있게 드러내 준다는 데에 '단층파' 소설[3]의 특징이 있다.

〈단층〉 동인에 대한 연구는 백철[4]의 언급에 이어 조연현[5]으로부터 시작된다. 조연현은 대략적으로 〈단층〉 동인의 형성 과정과 동인들을 소개하고 작품명을 제시하는 수준에 머물고 있다. 최재서[6]는 「『單層』派의 心

양심의 문제로까지 확대될 수 있기 때문에, 본고는 일단 이런 범주와 달리 단층 동인의 작품 내적 분석을 통해 전향 문제에 접근하고자 한다.

3) 斷層派'라는 명칭은 『斷層』(창간, 1937. 4. ; 종간, 1938. 3.)이라는 잡지명에서 편의상 붙인 것이다. 이들 동인은 작품 성향이 대체로 일관되어 있어 일종의 '派'로 묶어도 별다른 문제는 없을 것이다.

현재까지 필자가 조사한 바에 의하면, 단층 동인들은 연희전문 출신들로서 기독교 신앙을 가진 자도 있었다. 이들은 카프와의 관계는 없어 보이는데, 아마 '심정적 동조자'였을 가능성은 추측해 볼 수 있다.

4) 백 철, 『朝鮮新文學思潮史』, 白楊堂, 1949, pp. 320~321.

5) 조연현, 『韓國現代文學史』, 成文閣, 1982, pp. 501~504.

6) 최재서, 『文學과 知性』, 人文社, 1938, pp. 85~88.

최재서의 논의는 전체 작품 비례상 과반수 이상인 6편을 차지하고 있는 제3호에 대해서는 전혀 언급하지 않고 있어 본격적인 논의로는 미흡하다. 이것이 단층파의 전반적인 작품 규명에 파행적인 요소로 작용했음을 지적할 수 있다.

단층 동인의 소설 작품으로는, 金利錫, 「感情細胞의 顚覆」, 「幻燈」; 金化清, 「별」, 「스텐카라─진의 노래」, 「膽汁」, 李幻昌, 「騎士唱」, 「헤라嬢」; 김매창, 「육체」, 「凍街」; 兪恒林, 「馬券」, 「驅驅」; 具然默, 「幽靈」, 「舊友」; 金聖集, 「失碑銘」; 崔正翊, 「剌戟의 顚末」 등이 있다.

※. 필자가 현재까지 조사한 자료에 의하면, 『斷層』 제4호가 간행되었으나 자료 유실로 찾아볼 수가 없었는데, 자료 보완이 시급한 상황이다.(기존 자료 정리는 3호가 종간호로 되어 있음.)

理主意的 傾向」에서 '단층파'의 심리주의적 경향을 "社會的 良心과 理論
은 갖이면서도 그것을 信念에까지 倫理化식힐 수 없는 인테리의 懷疑와
苦悶을 心理分析的으로 그리랴는 것이 共通된 傾向이다."고 언급하고 있
다. 그러나 그의 언급은 어느 분석보다도 날카로운 것임에도 불구하고 그
한계 또한 명백하다. 그 이유는 '단층파'의 작품은 신념 혹은 사상과 기타
다양한 생활 범주를 통해 당대의 핵심 문제인 전향자의 심리를 어느 작
가의 작품보다도 폭넓게 드러내고 있기 때문이다.[7] 홍성암[8]은 〈단층〉 동
인의 형성과 활동, 그리고 그 작품 세계의 기법적 측면을 분석하면서 '단
층파' 소설을 30년대 심리소설의 선구자적인 업적으로 평가하고 있다. 즉,
크게 두 가지로 표현되고 있는 '단층파' 소설의 특징은, 첫째, 그들의 작
품이 일반적으로 도달한 문학적 수준이 비교적 고르고 개인차가 적었다
는 점, 둘째, 동인들이 각기 의식의 흐름 소설이라는 뚜렷한 하나의 문학
적 지표를 공통적으로 지향하고 있었다는 점이다. 특히 김중하[9]는 이상
(李箱)의 소설이 본격적으로 발효되는 1936년보다 앞선 〈단층〉 동인들의
활동이 비교적 묻혀 버린 이유를 문제삼으면서, 이는 〈단층〉 동인들의
문단 생명이 너무 짧았고, 그 결과 그들의 작품이 널리 읽히지 못했다는
점으로밖에 설명할 수 없을 것 같다고 하므로써, 이상(李箱) 소설에 앞서
는 〈단층〉 동인들에 대한 의미 부여뿐만 아니라 이후 전개될 논의의 여
지를 남겨놓았다.

---

7) 이런 관점에서 1930년대 심리주의 소설 작가 중 崔明翊이 보여준 전향 지식인의
   삶의 궤적은 심리소설만이 감당할 수 있는 특이한 몫이며 의의일 것이다. 이는
   구 카프 출신 작가들의 전향 소설에서 보이는 심리 묘사와 의식의 추이 과정에
   비해 볼 때도 그 의미는 자명하게 드러난다.
8) 홍성암,「斷層派의 小說 硏究」, 한양대 석사학위 논문, 1983. 12.
   기타 단층파 소설에 대한 부분적인 언급으로는, 최혜실,「1930年代 韓國心理小
   說硏究－崔明翊을 中心으로」, 서울대 석사학위 논문, 1986.
9) 조동일 외,『韓國文學硏究入門』, 知識産業社, 1982, pp. 611~613.
       (김중하,「식민지 시대의 현실과 자의식의 문학」참조.)

위에서 대략적으로 검토한 '단층파' 소설에 대한 연구는 아직 미미할
뿐만 아니라, 모두 '단층파' 소설을 심리주의 소설[10]로 접근하고 있는데,
본고는 이의 논의를 확대하여 '단층파' 소설이 내포하고 있으며, 또한 30
년대 중, 후기의 첨예한 문제이기도 한 '전향 지식인'의 관점[11]에서 파악
해 보고자 한다. 이는 〈단층〉 동인들의 작품이 전향을 둘러싼 전향자의
심리를 단순히 소재적인 관점에서가 아니라, 전향 문제의 본질적인 측면
을 아주 예리하게 보여 주고 있다는 데 있다. 특히 전향 문학의 관점만이
아니라 이 시기 문학 전반에 걸쳐 지식인의 '양심' 문제를 깊이 있게 천
착하고 있는 점은 주목할만하다.

그러므로 본고는 이 논의를 통해 다양한 문학 현상이 이론(비평)과 실
제 창작 양면에서 복잡다기하게 전개된 30년대 중. 후반의 문학을 살펴보
는 하나의 시각을 마련해 보고자 한다. 이는 '단층파' 소설이 드러내 주는
삶의 다양한 양상이 당대 삶의 본질적 속성일 뿐 아니라, 시대를 초월한
문학의 중심 문제를 깊이 형상화하고 있다는 데 있다.

---

10) 이 시기 심리주의 소설 작가로 정인택과 허준의 창작 행위는 언급될 필요가 있
다.

　한편 백철은 단층 동인들의 일본 심리주의 소설의 영향관계를 잘 보여 준다.
(白鐵, 「現代文學의 新心理主義的 傾向 －拙論 「近代文學과 리얼리즘」에서」, 『中
央』 제1호, 1933. 11.)

11) 전향문학에 대한 연구는, 김동환, 「1930年代 韓國 轉向小說 硏究」, 서울대 석사
학위 논문, 1987. 2. ; 김윤식, 『韓國近代文學思想史』, 한길사, 1984. pp.
281~304. 『한국 현대 현실주의 소설 연구』, 文學과 知性社, 1990, pp.
503~540. ; 이상갑, 「斷層派' 小說 硏究－'轉向知識人'의 問題를 中心으로」, 『韓
國學報』 제66집, 1992, 봄. : 신수정, 「〈斷層〉派 小說硏究」, 서울대 석사학위 논
문, 1992.

　(지금까지 전향문학 내지 전향 소설에 대한 연구는 대체로 전향 후 '생활' 문
제에 초점을 두고 있으나, 김윤식 교수의 논지 전개는 전향 문제를 다룬 작가의
'근소한 차이'에 역점을 두고 있어 주목된다. 특히 신수정은 필자가 '단층파' 소설
에서 문제삼은 전향의 의미를 골드만의 부분과 전체, 이해와 설명이라는 변증법

II. 〈斷層〉同人의 文學觀

〈단층〉동인은 시인 3명, 소설가 8명으로 구성되어 있다. 이들의 활동 시기는 단기간에 그쳐버렸으며, 또한 그들이 모두 평양 지역 출신으로 국 토의 분단이라는 비극 때문에 작품 활동이 두드러지지 않는데[12], 다만 김이석만이 월남하여 해방 후까지 작품 활동을 계속했을 뿐이다. 그러나 이들의 작품은 모더니즘 성향을 지니면서도 단순히 언어의 조탁이나 기 교나 형식 문제에 치중하거나, 내면에의 칩거를 통한 '현실의 희석화'[13]가 아니라 대사회적인 현실 문제가 일관되게 추구되고 있다.

이들의 문학관을 살펴볼 수 있는 자료는 최정익의 「D. H. 로렌쓰의 『性과 自意識』」, 유항림의 「個性・作家・나」이다.

최정익은 로렌쓰가 자의식이란 것이 아무리 정신적으로 고상하고 심각 한 것이라도 새로운 시대적 감각을 섭취하고 반응하기에는 너무나 무기 력한 것이며, 또한 센티멘탈리즘으로 흐를 경향이 있기 때문에 이를 극복 하기 위해 '성'의 문제를 제시하였다고 본다. 그러나 최정익은 로렌쓰 자 신이 제시한 '성'의 현실적인 측면에도 불구하고, 그것이 실제 사회의 현 실면의 동향과 어떠한 진실한 부합이 있는가 문제삼고, '성'만으로써 새로 운 생활의 수립, 새로운 욕망의 본원을 구체화시키기에는 인간의 정신적

적 관점에서 살펴보고 있다. 아울러 그는 "비유기적 형식을 통한 현실에 대한 부정성"이 '단층파' 소설을 규정하는 근본적인 용어라고 정의한다.)

12) 홍성암, op. cit. 참조.

13) 리얼리즘과 모더니즘의 관련 양상에 대해서는 다음 글을 참고할 수 있다. Georg Lukács, 『Realism in Our Time』, Harper & Row, Publishers, 1964. (「The Ideology of Modernism」과 「Franz Kafka or Thomas Man」) ; 게오르기 프리들렌제르, 李恒在 옮김, 『리얼리즘의 詩學』, 열린 책들, 1986, pp. 310~322. ; 게오르기 비스즈레이, 인간사 편집실 역, 『마르크스주의 의 리얼리즘 모델』, 인간사, 1985, pp. 196~211.

의식은 너무나 강렬한 능동력을 가지고 있다고 강조한다. 즉, 로렌쓰는 개인 심리의 추구에만 열중함으로써 오히려 자기 구속을 받게 되고, 그 결과 그 자신을 현상 타파자보다도 현실 도피자의 운명 속으로 들어가게 하였다고 비판한다.

또한 유항림은 엥겔스의 「발자끄론」에서 언급된 리얼리즘의 핵심 범주인 "전형적인 상황에 있어서의 전형적인 성격"을 표현해야 비로소 한 개의 전형적인 동시에 전연 독특한 개성이 표현될 수 있으며, 이럴 때 작가는 현실 이상의 진실을 그릴 수 있다고 하므로써 리얼리즘에 대한 인식을 보여 준다. 그리고 전형을 구체적인 성격으로 표현하는 것이 소설의 방법이라고 하겠지만, 성격의 설정부터가 작가의 개성과 떠날 수 없으며, 그리고 작중 인물이 작가의 분신이라는 말은 어떤 성격에 수용되어 구체화되는 작가의 정신이라고 부연한다.

이들 논의에서 부분적으로 드러나는 바와 같이 단층 동인은 이론과 실제 양면에서 현실과의 집요한 연결 고리를 찾아 작품을 형상화하려는 노력을 보여 준다. 그러므로 다음 장에서는 서로 계기적으로 얽혀 있는 현실과의 연결 고리를 통해 추구되는 지향점을 밝혀보고자 한다. 그런데 바로 이 연결 고리의 중심에 놓여 있는 것이 '전향'의 문제이며, 이것이 '단층파' 소설이 지닌 특이한 측면이다.

Ⅲ. 知識人의 轉向 超克方式

1. 信念과 生活의 關係

전향자가 전향 후 봉착하게 되는 가장 근본적인 것이 바로 생활의 문제이다. 그러나 '단층파' 소설에서 보이는 전향자의 생활과의 갈등 문제는, 신념의 약화나 외부적 상황으로 인한 생활과의 갈등을 심각하게 형상화하고 있다는 점에서 특이하다. 즉 '단층파' 소설의 경우는, 신념을 잃고 생활을 찾은 후 그 생활에 만족하여 안주하거나, 아니면 그 생활조차도 지탱하지 못하는 것과는 다르다.

「感情細胞의 顚覆」은 죽음을 눈앞에 두고도 정열을 포기하지 않는 친구 정규에 대한 〈나〉의 심리를 대조적으로 보여 준다. 〈나〉는 이미 중학시대에 자신이 보기에 유일하게 참된 생활이었던 독서회를 지도한 바 있다. 〈나〉는 새로운 의식에 눈이 띄기 시작한 후 굳게 사상을 지키기 위해 노력한다. 그런 그가 이제 변화된 상황에서 이전의 굳은 신념은 차차 식어지고, 이성은 분별력을 잃고, 옳은 양심 앞에서 눈을 감으려 애쓰는 '결백한 비겁자'가 된다. 〈나〉는 결국 소시민의 향락을 추구하기 위해 생활의 지배를 받으면서도 오히려 자신을 합리화시켜 위안을 얻으려는 속물이 된다. 그러나 〈나〉는 자신을 진맥하며 부끄러워 견딜 수 없는 순수하고 결백한 마음의 소유자이다. 이런 분열된 의식 상태에서 야기되는 소시민적인 소극성이 그의 생활 전반을 규정한다. 주인공 〈나〉는 이미 어렸을 때부터 귀족적 색채에 예민한 상상력을 갖고 자라났기 때문에 당연한 것이다. 〈나〉는 자본주의라는 단어가 풍기는 호사스러운 생활에 매력을 느끼기도 하고, 또 자본주의가 적이라는 막연한 개념을 구체화하기 위해 책을 펴 보기도 한다. 그러나 그는 결국 계급적 양심이라는 것이 빈민에 허덕이는 위선자를 만들어 준 것밖에 없다고 생각한다. 그는 이런 상황을 탈피하기 위해 좌익극단에 가입한다. 그러나 그는 여기에서도 실망감에 빠진다. 좌익 극단이라는 것이 고작 맥빠진 가두분자의 도피처이며, 화려한 무대를 꿈꾸고 모여든 여단원들의 안식처에 불과하다. 그는 자신이 몸담고 있는 단체가 적어도 질의 향상을 꾀하여 근로자 앞에 버젓이 내놓을 수 있는 진보적인 극단이 되기를 바란다.

사회성에 대한 분노는 나의 혈관을 넘쳐흘렀다. 그것이 곧 열정의 자양분을 의미하는 것이었지만 그러나 나에겐 다시 열정을 쏟아낼 수 있는

길을 찾아낼 수는 없었다. 환경의 질곡이랄까 못난 성격이랄까 질식된
시대성이랄까 이러한 지배 밑에서 벗어나지 못한 채 다시 시야는 좁
아지며 가족을 대할 때 절박한 생활 문제가 앞을 어지럽게 하였다. 그
렇다고 신념을 버리고 실생활로 뛰쳐들어가 가족을 짊어질 기력도 없
었고 또한 뜻도 없었으려니와 여기서 일어나는 무기력한 생활은 날을
따라 불타는 가슴을 뭇지르며 또한 양심의 반성이라는 것도 필요없이
공허의 세계로 이끌어 줄 뿐이었다.[14] (밑줄:필자)

  이 연장선에서 아버지 T교수와 일본 유학을 마치고 돌아온 사회주의자
인 아들 영식이가 취직 문제를 두고 야기된, 부자간의 갈등을 다룬 작품
에 「幽靈」이 있다. 주인공 영식은 아버지의 물음에 대해 "아니 누가 社
會主義者래요?"라고 무심코 대답한다. 그는 이 말로 인해 자신의 내면에
자신도 모르게 움트고 있는 사상적 동요를 은연중에 드러낸다. 그는 자신
의 말에 스스로 놀라며 무서워한다. 그는 아직 그 세계관을 버릴 아무런
조건이나 이유도 없고, 아직도 사회주의는 그에게 유일한 희망이며 생활
의 지주이다. 그럼에도 그는 양심의 상처를 받아 가면서도 살아가야 하기
때문에 지극히 평범해 보이지만, 근본적이며 보다 인간적인 생활 문제에
부딪친다. 그는 언제까지 양심을 지속할 수 있을까 하는 심각한 고민에
빠져 있다. 이런 생의 질곡이야말로 '단층파' 소설 전편에 짙게 깔려 있는
'양심'의 문제와 함께 생의 질곡을 강하게 드러낸다.
  「凍街」 또한 전향 후 생활 전선에 나왔으나 자신의 자존심과 양심을
견지하며 생활하는 소설가 종호를 온갖 수단을 동원하여 괴롭히는 속물
⟨송⟩이라는 인물의 파렴치한 행위를 비판하고 있다. ⟨송⟩은 지금은 같은
직장에서 종호의 상사이지만, 한때는 종호를 사상적으로 지도한 인물이
다. 그러나 ⟨송⟩은 종호의 창작 행위가 업무 능률상 방해가 된다는 구실
로, 종호를 끝내 퇴사시키므로써 자신의 위신을 지키려는 속물로 묘사되

---

14) 『斷層』 제1호, p. 9.

어 있다. 종호는 절박한 생의 문제에 침윤되지 않고 지식인으로서의 양심
과 자존심을 견지하려는 긍정적인 인물 유형이다. 이에 반해 〈송〉은 전
향 지식인이 생활 속에서나마 신념을 갖지 못하고 지나치게 회의를 하다
자포자기해 버리는 나약한 삶의 모습을 보여 준다.

「馬券」은 종서, 창세, 만성, 세 전향 지식인의 내적 갈등을 잘 보여 준
다. 종서는 "시대와 보조를 같이하는 세계관"과 젊은 정열을 가지고 학
교를 졸업하지만 혼미한 적막만이 감도는 세상에서 꿈을 채 현실화시키
지도 못하고 현실의 장벽에 부딪친다. 그는 결국 이론으로써는 극복했다
고 믿었던 가정과 빵을 위하여 S상회에 취직한다. 창세 또한 아버지의 악
착스런 고리대금 사업에 충고 한마디 할 수 없는 나약한 인물이다. 이 두
인물의 사이에서 한때 독서회 사건에 걸려들어 기소유예로 석방된 바 있
는 만성은 자신을 포함한 전향 지식인의 허위의식을 날카롭게 비판한다.
이는 그가 종서와 주고받는 대화에서 잘 드러난다.

　　「절망이라고 생각하는 주관에만 절망이 있다. 객관은 곤란할 따름이다.
사람은 可能한 문제만 제출한다. 인간의 문제는 가능한 문제다. 노력해도
얻는 것이 없을런지도 모르지만 그 노력이 어느 모멘트에 달하면 소득이
있어진다. 그것이 말하자면 변증법이라겠지. 量으로부터 質에 —그것을 내
게 가르쳐 준 사람이 바로 너(만성 : 필자)겠다.」
　　「변증법은 네게 있어서는 한 개의 주관, 한 개의 희망이다. 어느 구체
적 현실이 量에서 質로 변한다는 사실을 인정하는 것이 아니고 곤란 가
운데서도 노력이 어느 정도가 되면 소득이 있겠다는 희망이다. 〈창세〉는
절망에 빠지여 있다. 절망을 감각하고 절망을 부르짖는 가운데 일종의
安易한 쾌감을 찾는다. 그것에 빠지여서는 그것을 思惟할 수 없지 않은
가. 나는 주관이 섞이지 않은 객관적 입장으로 현실을 봤다. 思惟의 결과
는 절망이다. 거기 비로서 맹렬한 주관의 활동이 시작된다. 절망의 힘이
생기는 것이다. 무소유자의 힘이 생기는 것이다. 너는 절망적 현실에서
눈을 가리우고 理論이란 장님의 지팡이만을 의지하고 걷고 있다. 어째서

눈을 뜨고 다름질칠려고는 하지 않나.」[15]

이로 보면 만성은 지금까지 자신의 행동이 일종의 포즈에 불과하며, 나약한 자신을 감추고 속이는 일종의 허위의식이었음을 여지없이 드러낸다. 만성이가 보기에 궁핍한 생활은 이론에 배부를 수 없고, 단지 이론은 궁핍한 생활에 자위의 수단이 될 뿐이다. 그러나 머지않아 궁핍의 생활이 견딜 수 없게까지 되면 이론의 마술성도 그 매력을 잃게 되고, 그 이론 자체도 단순히 생활의 한 단면에 불과하게 된다. 이런 과정에서 만성은 새로운 생활에 대한 적극적인 모색 없이 도피적인 동경 여행으로 이 작품은 마무리된다. 이로 보면 종서가 지닌 긍정적인 의미는 자명하다.

이 작품과는 달리 전향 지식인의 내적 자존심의 추이를 잘 그려주고 있는 작품에 「舊友」가 있다. 특히 장사 밑천을 차용해 쓰고 있는 지주집 金가와 싸움을 벌인 崔를 두고 그의 친구 형준이가 하는 다음 대목은, 전향 지식인이 자존심을 유지하려고 하지만, 그렇게 말하는 자신이 역설적인 의미에서 이미 지식인의 허위의식을 잘 보여 준다.

> 모두 젊은 혈기다. 네남 없이 감정은 다 가지고 있고 그러기에 세상 살기가 힘든다는 것이 아닌가. 아무도 저 잘난 맛에 산다고 잘났대서 나쁘다고 하는 사람이 있나. 그저 다 흥흥하고 지나는 게 제일이지, 그건 그렇고. 환경의 차이가 저렇게도 사람을 흥분식힐까. 모두 자존심이 없는 탓이겠지.[16]

그러나 이 작품은 가장 일상적인 생활로 전환한 형준과 일본 유학 도중에 잠깐 고향에 들른 친구 병찬과의 갈등에 초점이 놓여 있다. 두 사람은 학생 시절부터 그림자같이 따라다니던 다정한 친구이다. 그러나 형준

---

15) 『斷層』 제1호, pp. 96~97.
16) 『斷層』 제3호, p. 71.

은 이제 고향에 내려와 장사를 하고 있다. 그러므로 형준은 변화된 자신의 생활 모습과 자존심 때문에 병찬을 만나는 문제를 놓고 심한 갈등에 빠진다. 즉 이 시점에서 과연 '누가 먼저 친구를 찾아가느냐'하는 문제가 둘 사이에, 특히 형준에게 두드러진 고민거리이다.

특히 이 작품의 묘미는 오히려 형준의 아내 애라의 시선에 놓여 있다. 형준은 한때 아버지 명의의 간이생명보험액 중 상당액을 챙긴 적이 있다. 애라는 이 사실을 알고 있을 뿐 아니라, 남편이 나머지 얼마 되지 않는 돈을 부모에게 주면서 큰 선심이나 쓰는 것같이 행세하는 태도를 심히 못마땅해 하고 있다. 그러나 형준은 제 나름대로 합리적인 계산이 있다. 그것은 자기가 지금처럼 이렇게 돈벌이를 하지 않고 대중을 위한다며 돌아다닌다면 그때의 비난이란 지금에 비할 바가 아니라는 자기합리화한 생각이다. 그러나 애라가 남편에 대해 느끼는 비분한 감정은 다만 과거의 남편에 대하여 자신이 품고 있던 환영이 부서진 때문이다. 이 점에서 오히려 애라 쪽이 더 순수한 무게로 다가온다. 그녀가 보기에 남편은 "熱情은 盲目을 거쳐 욕심(주로 돈에 대한)으로, 忠直은 無智를 거쳐 無關心으로 바뀐"것이다. 형준은 병찬을 막상 만나야 할 시점에서는 이전에 은근히 자신이 뽐내었던 잡화상 주인이라는 것이 도리어 불쾌하게 느껴진다. 그러기에 형준은 사람을 보내어 데리고 오는 것과, 안 오는 대로 내버려두는 것 중 어느 것이 위신을 보전하는 데 유리한가를 내심 저울질한다. 형준의 이러한 태도는 근본적으로 병찬의 변함 없는 성향 때문에 야기된 것이다.

2. 信念과 行動의 葛藤

전향 지식인이 보여 주는 신념의 동요는 짐작되지만, 그것이 단순한 동요가 아니라 적극적인 행동의 세계로 옮기지 못하는 데 대한 자책이 될 경우에 문제는 달라진다.

「刺戟의 顚末」의 주인공 〈나〉는 현실 속에서 다양한 전형적 인간들이 약동하는 모습을 담아 보겠다는 의식 있는 소설가다. 그러나 그는 의식으로 그칠 뿐 진실한 행동이 없음을 한탄한다. 그 결과 그는 발자끄만은 따를 수 없다는 번민과 비애를 느낀다.

> 꿈! 부질없는 意識뿐이오. 眞實한 行動이 없으니 결국 꿈이 아닌가. 원체 이러한 꿈이란 쌓어올릴수록 공허스럽게 무너지는 것이지만 나는 이런 꿈에라도 범백을 갖추어 핏기 없는 생활을 다소나마 윤택하게 꾸며 보자는 역설적인 욕망에 턱없는 애착까지도 느끼며 때로는 그 어느 意識의 모멘트에서라도 思索의 줄기를 이어 어떤 眞實을 追求하는 動力이 되어주기를 은근히 바랄 때도 있다.[17]

그는 생활권 내에서 자신만이 떨어져 나온 듯한 호젓한 느낌에 사로잡혀 있다. 이와 같이 신념과 행동 사이의 갈등을 아주 예각적으로 드러내 주는 작품에 「驅驅」와 「幻燈」이 있다. 「驅驅」는 한때 좌익 활동을 한 면우, 근조, P라는 세 인물이 신념과 행동 사이에서 방황하는 전향 지식인의 심리를 잘 보여 준다. 면우는 의외로 공판이 2년 만에 끝나 4년 집행유예로 석방되었을 때 큰일을 한 듯한 자신의 영웅적 허영심을 반성하고, 소박하며 실질적인 앞날을 설계하려고 한다. 그러나 자신과 근조, P 중에서 그 사건을 판 인물이 있다는 소문이 떠도는데, 이는 서로를 불신하게 하므로써 자연스럽게 세상과 절연시켜 그들의 행동을 영원히 봉쇄하려는 지배자의 계략이다. 더욱이 이 계략은 자신들이 모두 학생이라는 점을 이용해 학생 인텔리 전반에 대한 불신을 조장함으로써 학생 일반의 운동을 고립시키려는 이간책이다. 한때 그들은 과감하게 학생운동의 선을 뛰어넘어 지하의 손을 잡기도 하였지만, 이제 견디기 어려운 은밀한 감시와 위협 앞에서 방황할 따름이다. 이 중 P는 열정과 세계관을 그대로 간직한다는 것은 변명이며 거짓말에 불과하다고 생각하며 장벽이 약해지

---

17) 『斷層』 제2호, p. 53.

기만을 기다린다. 또한 근조는 고향의 삼촌 집에서 장사를 돕고 있다가
투전판에서 돈을 모두 잃고 삼촌 집에서 쫓겨나온 뒤 생명보험 외교원이
된다. 이런 상황에서 면우는 근조를 동정한다는 것 자체에 일종의 경멸과
증오를 느낀다. 이에 반해 근조는 이런 면우를 "유물론을 읽고 있는 관
념론자, 젖비린내나는 이상주의자의 구태를 벗지 못하고 싫증조차 느끼지
못하느냐"고 나무란다. 그러나 근조의 이 말처럼 이 작품에서 가장 긍정
적인 인물인 면우 자신도 타성적인 독서벽에 사로잡혀 이론의 원동력이
될 실천에는 소극적이다.

  근조의 비열을 증오하기에는 자기 속에 〈근조〉의 위험이 있기 때문이
  고 〈근조〉의 위험과 싸우는 가운데 실천의 반면이 봉쇄된 이데오로기의
  반면만으로는 결코 그것을 극복할 수 없다는 데서 억제할 수 없는 생활
  력에 끌리어들어가며 그것을 변명하는 데 이용되는 이론의 존재를 두려
  워하게 되고, (중략) 절연된 행동과 지식은 배우와 관중의 관계를 맺어
  변명의 생활, 비법한 인격을 분열하고 해산하지 않았든가.―면우의 「지
  식」은 마치 남의 비밀을 엿본 것같이 기쁘고 흡족했다.[18]

 주인공 면우는 소극적이지만 그 행동조차 내일을 기약할 수 없는 상황
에 놓여 있다. 이 내면적인 갈등이 '양심'의 문제로까지 나아감을 보여 주
는 작품에 「幻燈」이 있다. 정치와 분리된 문화운동(소설 창작)에서나마
양심을 지키고자 하는 〈나〉에게 지금 금광을 하고 있는 친구 C군이 찾
아온다. 그러나 C군은 현재 양심이라는 것이 무엇을 해결할 수 있을까를
문제삼고 지금 같은 시대에 양심을 외치다가는 결국 신경쇠약에 걸릴 수
밖에 없다고 주장한다. 즉 그는 집단 운동 속에서 분리되어 "가슴 속에
양심을 간직한 채 개인 개인의 준비 공작"으로 밝은 날을 다시 만들어야
한다는 데 의문을 제기한다. 〈나〉는 이런 C군을 바라보며 문득 공판 때

18)『斷層』, 제2호, p. 87.

에 전향을 성명하던 그의 음성을 떠올리며 대화를 일방적으로 회피해 버
린다. 그러나 〈나〉 또한 그를 증오하는 데서 자신의 결백을 드러내고자
하는 소시민의 나약함을 보여 주기도 한다.

> 행동이 봉쇄된 절름발이의 이데오로기를 붓안은 채 그것마저 붕해될까
> 두려워 전률을 일으키는 자신을 발견할 수 있는 것이다. 물론 이러한 태
> 도를 절망의 표현이랄 수는 없는 것이지만 절망적에 절박하고 있는 것이
> 오 따라서 맹랑하달 수 없다는 그 자태가 언제나 동요되고 있는 진실을
> 언제까지던지 고정시킬 수 없다는 불안 속에서 다시 이데오로기의 붕해
> 를 역용할 수 있다는 변명을 찾아내는 것이다. 운동이 정지된 이데오로
> 기 내면에서 느껴지는 고민을 한 역사의 발전으로 통찰한다는 문학운동
> 이란 추상적 렛델 속에서 자신을 합리화하려는 「狡猾」……19)

이 정도의 고민은 자존심을 견지하려는 점에서 어느 정도 심각한 측면
이 드러나지만 그 한계 또한 분명하다. 이는 단층파 소설의 전반적인 특
성으로써 조이스식의 '의식의 흐름'이라는 방법을 차용하고 있는 데서 연
유한다. 전향 지식인이 취할 수 있는 방법 중에서 전향자의 심리가 가장
예각적으로 드러날 수 있는 생활과 행동 간의 갈등이 현실 속에서 구체
적으로 전개되지 못한 결점은 있지만, 이것이 일상생활로부터 완전히 도
피하거나 '적극적인 수동성'이 아니라는 점에서 그 의의를 찾을 수 있다.
그러므로 등장 인물들이 제한된 범위에서나마 자잘한 개인의 일상사에
함몰되어 목적 없이 방황하거나 생을 방기하지 않는다는 점에서, 그 지향
하는 궁극적 목표가 무엇이든 삶에 충실하려는 양심 있는 지식인의 갈등
을 엿볼 수 있다.

3. 指向性의 世界

---

19) 『斷層』, 제2호, pp. 23~24.

'단층파' 소설의 전반적인 경향에서 볼 때 전향 후 지식인의 다양한 삶의 방식과 함께 전향의 초극 방식이 아주 복합적으로 얽혀 있음을 먼저 지적할 수 있다. 이 중에서 '양심'의 문제와 함께 '부끄러움'과 '미안함'의 심리를 드러내면서 내적 지향의 계기를 마련하는 작품에 「스텐카. 라진의 노래」[20]와 「騎士唱」이 있다.

「스텐카. 라진의 노래」는 운동에 뛰어들어 감옥에 들어갔다가 폐병 때문에 병보석으로 풀려 나온 남식, 그리고 한때 그와 같이 동인지를 경영하였지만 이제는 부랑자의 생활을 계속하고 있는 〈나〉의 시선을 교차시키고 있다. 이 작품의 중심은, 죽음을 눈앞에 두고도 양심에 조금도 부끄러움이 없다는 자신감에 가득찬 남식으로 말미암아, 자신의 무능력과 미안함을 드러내며 각성하는 〈나〉에 놓여 있다. 특히 이와 비슷한 경향을 보여 주는 작품 「騎士唱」은 단층파의 작품 중 신념의 내적 충돌을 통한 모색과 그 극복과정을 가장 적실하게 보여 준다.

병실에 누워 있는 변식은 현실을 붙잡기 위해 애쓴다. 그에게 현실은 어떤 즐거운 꿈보다도 훨씬 기꺼운 것이다. 그는 2년 전 동경에서 결성된 신극 연구 단체인 〈인민좌〉에 몸담고 있다. 평생 민중과 함께 한 그에게 동경의 오백만 민중이 아침 저녁으로 바라보고 살아가는 후지산은 거룩한 이상으로 상징화되어 있다. 이런 그에게 갈등의 계기가 찾아온다. 그는 죽음을 눈앞에 둔 어머니의 '자아'에 대한 반성에서 심각한 내적 갈등을 겪는다. 그것은 자신이 지금까지 걸어온 길이 너무 자의식 없이 생활 전체를 "대중과 민중이라는 것에 몰살시켰던 것은 아닐까"하는 생각에서 연유한다. 이로 인해 그는 지금까지 자신을 지탱시켜 왔던 발밑의 땅바닥이 불시에 내려앉는 것 같음을 느낀다. 이런 짧은 순간 갈등에 휩싸인 그에게 동료의 편지가 도착한다.

座의 레퍼터리의 報告書와 혜원의 편지가 와 떨어졌다. 체부에게서 빼

---

20) 이 노래는 러시아의 혁명적인 민요이다.

앗어 받은 두 봉투를 미친 사람 모양으로 가슴에 껴안은 변식은 괴롭
히든 꿈에서 간신히 안온한 현실을 붓잡은 사람처럼 후— 긴 숨을 내
쉬며 가슴을 가만히 가라앉히면서 지금까지의 자기의 태도는 뜻하지
아니한 사특한 신경의 소위라 안심하며 아무도 없는 빈 방안에서 누
구한테라 없이 수줍은 웃음을 웃기까지 하는 것이었으나 송구히 겉봉
을 뜯고 펴놓은 편지의 글줄 위를 성급히 달리는 눈알이 「公演」「行
動」「富士山」「스페인 亂動」, 이런 문구를 발견했을 때는 그는 또 도
저히 건드리지 못할 무엇이나 건드린 것같이 생각되여서 흠칫 놀란
손을 편지에서 떨어뜨리고 멀리 물러서지 않을 수 없었다. 지금의 자
기로서는 무엇하나 가까이 할 수 없는 어떤 성스러운 것만 같았다. 가
까이 하려고 하면 그럴수록 자기와의 거리는 점점 더 멀어만 가는 것
이었다. 聖母像(민중지향성 : 필자 주) 앞에 앉기에는 너무나 갖추지 못
한 그였다.[21]

상징성이 강한 이 대목에서 30년대 후반기 문학의 한 특징적인 징후를
발견할 수 있다. 특히 전향 지식인의 내적 자존심, 더 나아가 자기인식을
거친 소시민 지식인의 한계에 대한 인식, 나아가 내면화의 과정을 거친
미래지향의 계기 포착이야말로 이 작품의 참된 주제이다.[22] 그러나 중요
한 것은 그 지향점이 육중한 현실의 힘에 굴하지 않고 문제 해결을 위해
끊임없이 노력하는 적극적인 인간이라는 점이다. 이 점에서 다음의 말은
주목할 필요가 있다.

젖은 눈을 멀리 들었을 때는
수정빛 밤동산에 어린애 같은 그
먼길 끝에 聖母像이 자비로히 불렀다.

---

21) 『斷層』, 제3호, p. 58.
22) 이 점에서 이 작품은 민중 지향성을 '극광(極光)'으로 처리한 한설야의 장편소설
『靑春記』에 닮아 있다.

오오! 어데선가 달을 보고 피여오르는
어름장 같은 꽃이 있는 밤이었다.[23] (밑줄 : 필자)

시적 분위기가 강하게 풍기는 이 대목에서 이 작품이 은연중에 깊이
드러내고 있는 의미를 잘 살펴볼 수 있다. 이 시대의 가장 첨예화된 전향
문제와 관련하여 볼 때 작가에게 가장 시급한 문제는 '주체의 정립' 문제
이거나 작가 자신만의 내밀한 윤리적인 것이었다. 특히 소시민 지식인의
한계에 대한 반성과 자기인식은 소시민 지식인이 내포하고 있는 허위성
에 대한 비판임과 동시에 이를 넘어서는 극복 방식이 될 수 있다는 점에
그 의의가 있다.

Ⅳ. 맺음말

지금까지 본고는 30년대 후기 '단층파' 소설에 대해 '전향 지식인'의 몇
가지 범주를 통해 그것이 내포하고 있는 다양한 인물 간의 관계 양상을
분석해 보았다. '단층파' 소설은 모더니즘 계열로 분류할 수 있는 심리주
의적 경향에도 불구하고 이 시대의 가장 첨예화된 문제의 하나인 '전향
지식인'의 '양심'의 문제를 아주 심도 있게 다각도로 형상화하고 있다는
점에서 주목된다.

특히 '단층파' 소설은 단순히 전향 지식인의 생활 문제만이 아니라, 생
활과의 갈등, 행동과 신념 사이의 팽팽한 긴장관계, 소시민 지식인의 한
계와 자기 인식을 통한 내적 지향점의 계기 포착 등의 드러남이 특징적
이다. 그러므로 본고는 서로 긴밀하게 얽혀 있는 다양한 갈등 양상의 분

---

23) 『斷層』, 제3호, p. 60.

석을 통해 궁극적으로 이 시대의 특징적인 전향 지식인의 자기 초극방식
을 문제삼고자 했다.

■ 참고문헌

참고문헌

1. 기본 자료

『東亞日報』,『新朝鮮』,『朝鮮中央日報』,『朝鮮日報』,『中央』,『朝光』,『四海公論』,『女性』,『朝鮮文學』,『每日新報』,『三千里』,『三千里文學』,『靑色紙』,『鑛業朝鮮』,『農業朝鮮』,『新人文學』,『人文評論』,『批判』,『文章』,『春秋』,『太陽』,『風林』,『新東亞』,『博文』,『國民文學』
　　　　단편집 『少年行』, 學藝社, 1939.
　　　　한설야 작품집, 『귀향』, 동광출판사, 1990.
　　　　『황혼』(上)·(下), 창작과 비평사, 1989.
　　　　『黃昏』, 永昌書館, 1940.
　　　　『塔』, 每日新報社出版部, 1942.
　　　　『草鄕』, 博文書館 刊, 1941.
　　　　『靑春記』, 풀빛, 1989.
　　　　『大河』第一部, 人文社, 1939.

2. 단행본

강재언, 『韓國의 開化思想』, 比峰出版社, 1989.
권영민 編著, 『越北文人硏究』, 文學思想社, 1989.
구인환 외, 『韓國現代長篇小說硏究』, 三知院, 1989.
김시태, 『한국프로문학비평연구』, 아세아문화사, 1978.
김윤식, 『韓國近代文學思想史』, 한길사, 1984.

_____,『한국 현대 현실주의 소설 연구』, 文學과 知性社, 1990.

_____,『韓國 近代文藝批評史研究』, 一志社, 1976.

_____,『해방공간의 문학사론』, 서울대출판부, 1989.

_____,『韓國近代文學思想批判』, 一志社, 1984.

김윤식·정호웅 공저,『韓國小說史』, 예하, 1993.

김윤식·정호웅 엮음,『한국문학의 리얼리즘과 모더니즘』, 民音社, 1989.

김윤식·정호웅 編, 『한국 근대리얼리즘 작가 연구』, 文學과 知性社, 1988.

김윤식 편,『原本 한국현대현실주의 비평선집』, 나남, 1989.

김인환,『문학과 문학사상』, 열화당, 1978.

_____,『상상력과 원근법』, 문학과 지성사, 1993.

김재남,『김남천 문학론』, 태학사, 1991.

김재용·이상경·오성호·하정일 지음, 『한국근대민족문학사』, 한길사, 1993.

김학성·최원식 외,『韓國 近代文學史의 爭點』, 창작과비평사, 1990.

문학예술연구소 엮음,『현실주의연구 Ⅰ』, 제3문학사, 1990.

민족문학사연구소 지음,『북한의 우리문학사 인식』, 창작과비평사, 1991.

백 철,『朝鮮新文學思潮史 ―現代篇』, 白楊堂, 1949.

서종택,『한국 근대소설의 구조』, 詩文學社, 1985.

서종택/정덕준 엮음,『한국 현대소설연구』, 새문社, 1990.

서중석,『한국 민족주의론』, 창작과 비평사, 1982.

송하춘,『발견으로서의 소설기법』, 현대문학사, 1993.

신동욱,『한국현대비평사』, 시인사, 1988.

신상성,『한국 가족사 소설 연구』, 慶雲出版社, 1992.

역사문제연구소 문학사연구모임,『카프문학운동연구』, 역사비평사, 1989.

안함광,『조선문학사』, 연변교육출판사, 1956.

이덕화,『김남천 연구』, 청·하, 1991.

이선영 편,『회강이선영교수화갑기념논총 : 1930년대 민족문학의 인식』, 한길사, 1990. 9.

임 화, 『文學의 論理』, 學藝社, 1940.

임헌영, 『한국현대문학사상사』, 한길사, 1988.

임헌영·김철 외, 『변혁주체와 한국문학』, 역사 비평사, 1989.

장사선, 『한국리얼리즘문학론』, 새문사, 1988.

정호웅 외, 『장편소설로 보는 새로운 민족문학사』, 열음사, 1993.

_____, 한국현대문학연구회 편, 한국의 현대문학. 1, 『한국 근대 장편소설 연구』, 1992.

조진기, 『韓國現代小說研究』, 學文社, 1984.

조남현, 『韓國 知識人小說 研究』, 一志社, 1984.

조동일, 『한국문학통사』, 지식산업사, 1988.

조선문학가동맹 엮음, 『건설기의 조선문학』, 온누리, 1988.

조명희 문학유산 위원회, 『포석 조명희선집』, 1959.

조정환, 『민주주의 민족문학론과 자기비판』, 연구사, 1989.

한국문학연구회 편, 현대문학의 연구. 4, 『1930년대 문학연구』, 평민사, 1993.

_____, 현대문학의 연구 3, 『1950 년대 남북한 문학』, 평민사, 1993.

한설야, 이기영 外 지음, 『나의 인간수업, 文學 수업』, 인동출판사, 1989.

한승옥, 『韓國 現代長篇小說研究』, 民音社, 1989.

홍일식, 『韓國開化期의 文學思想研究』, 열하당, 1982. 3.

3. 논문

권영민, 「韓國近代小說論研究」, 서울대 박사학위 논문, 1984.

_____, 「『黃昏』에서 보는 한설야의 작품세계 —노동문학의 가능성」, 『文學思想』, 1988. 8.

_____, 「韓雪野論 —노동문학의 가능성과 한계」, 권영민 編著, 『越北文人研究』, 文學思想社, 1989.

구재진, 「1930년대 안함광 문학론 연구」, 서울대 석사학위 논문, 1992.

김동환, 「1930年代 韓國轉向小說硏究」, 서울대 석사학위 논문, 1987. 2.

_____, 「1930년대 후기 장편소설에 나타나는 '풍속'의 의미」, 『관악어문연구』 제15집, 1990.

김미란, 「김효식 문학연구」, 고려대 석사학위 논문, 1987.

김승환, 「해방 직후 문학연구의 경향과 문제점」, 『문학과논리』 제2호, 태학사, 1992.

김외곤, 「1930년대 한국 현실주의 소설 연구」, 서울대 석사학위 논문, 1990.

_____, 「1930년대 후반 한국문학과 반파시즘 인민전선 ─김두용을 중심으로」, 『외국문학』, 1991, 가을.

_____, 「〈대하〉와 〈동맥〉에 나타난 개화 사상과 개화 풍경」, 한국현대문학연구회 편, 한국의 현대 문학 1, 『한국 근대 장편 소설 연구』, 모음사, 1992.

_____, 「김남천 문학에 나타난 주체 개념의 변모과정 연구」, 서울대 박사학위 논문, 1995.

김윤식, 「해방후 남북한의 문화운동 ─두개의 민족문학론의 전개와 그 비판」(김윤식 편, 『原本 한국현대현실주의 비평선집』, 나남, 1989.)

김재영, 「한설야 소설 연구 ─『황혼』과 『설봉산』을 중심으로」, 연세대 석사학위 논문, 1990.

김재용, 「카프 해소 ─비해소파의 대립과 해방 후의 문학운동」, 『역사비평』, 1988. 8.

_____, 「안함광론 ─카프 비해소파의 이론적 근거」, 이선영 편, 『회강이선영교수화갑기념논총 : 1930년대 민족문학의 인식』, 한길사, 1990. 9.

_____, 「중일 전쟁과 카프 해소. 비해소파 ─임화. 김남천에 대한 안함광의 비판을 중심으로」, 한국문학연구회 편, 현대문학의 연구 3, 『1950 년대 남북한 문학』, 평민사, 1991.

_____, 「카프 해소파의 이론적 근거―임화론」, 『실천문학』, 1993, 여름.

_____, 「일제 하 노동운동과 노동소설」, 임헌영. 김철 외, 『변혁주체와 한국문학』, 역사 비평사, 1989.

_____, 「일제하 프로소설사론 연구」, 연세대 박사학위 논문, 1992.

김 철, 「황혼과 여명―한설야의 『黃昏』에 대하여」, 작품 『黃昏』, 풀빛, 1989.

나병철, 「임화의 리얼리즘론과 소설론」, 한국문학연구회 편, 현대문학의 연구 4, 『1930년대 문학연구』, 평민사, 1993.

_____, 「김남천의 창작방법론 연구」, 이선영 편, 『회강이선영교수화갑기 념논총 : 1930년대 민족문학의 인식』, 한길사, 1990.

_____, 「1930년대 후반기 도시소설 연구」, 연세대 박사학위 논문, 1989. 12.

남민영, 「김남천과 한설야의 1930년대 소설연구」, 연세대 석사학위 논문, 1991.

류보선, 「안함광 문학론의 변모과정과 리얼리즘에 대한 인식」, 『관악어문 연구』 15, 1990.

류종렬, 「1930년대말 한국 가족사. 연대기소설 연구」, 부산대 박사학위 논문, 1991. 2.

민경희, 「임화의 소설론 연구」, 서울대 석사학위 논문, 1990.

박헌호, 「30년대 후반 '가족사연대기' 소설의 의미와 구조」, 『민족문학사 연구』 제4호, 민족문학사연구소, 1993.

서경석, 「1920~30年代 韓國傾向小說硏究」, 서울대 석사학위 논문, 1987.

_____, 「한설야 문학 연구」, 서울대 박사학위 논문, 1993.

_____, 「한설야의 『황혼』과 『황혼』 논쟁」, 정호웅 외, 『장편소설로 보 는 새로운 민족문학사』, 열음사, 1993.

_____, 「한국 경향소설과 '귀향'의 의미」, 김윤식. 정호웅 編, 『한국 근대 리얼리즘 작가 연구』, 文學과 知性社, 1988.

_____, 「생활문학과 신념의 세계」, 김윤식. 정호웅 엮음, 『한국문학의 리

얼리즘과 모더니즘』, 民音社, 1989.

_____, 「문학사 서술에 나타난 남북한의 거리」, 『문학과 비평』, 1990, 가을.

서종택·정덕준·김춘섭, 「납월북 작가 작품 연구 : 이태준, 박태원, 김남천을 중심으로」, 고려대 인문대, 『인문대논집 7』, 1989.

송하춘, 「1930년대 후기 소설 논의와 실제에 관한 연구-김남천의 『大河』를 중심으로」, 『세계의 문학』, 1990, 여름.

송호숙, 「한설야 연구-해방 이전 시기의 소설을 중심으로-」, 연세대 석사학위 논문, 1990.

신두원, 「임화의 현실주의론 연구」, 서울대 석사학위 논문, 1991.

신재기, 「韓國近代文學批評論 硏究」, 고려대 박사학위 논문, 1992.

양윤모, 「金南天의 〈大河〉 硏究」, 고려대 석사학위 논문, 1991. 12.

연세 대학교 대학원 국문과, 중문과, 독문과 공동연구, 「1930년대 통일전선과 리얼리즘의 제문제」, 제1회 공동 학술 심포지움, 1990. 9. 27.

오성호, 「식민지시대 노동소설의 성과와 한계-한설야의 〈황혼〉을 중심으로」, 『연세어문학』 22집, 1990.

유문선, 「1930년대 창작방법 논쟁 연구」, 서울대 석사학위 논문, 1988.

윤석달, 「韓國現代家族史小說의 敍事形式과 人物類型硏究」, 고려대 박사학위 논문, 1991. 12.

이공순, 「1930년대 창작방법론 소고」, 연세대 석사학위 논문, 1988.

이상갑, 「'斷層派'小說 硏究 -'轉向知識人'의 問題를 中心으로」, 『韓國學報』 제66집, 1992, 봄.

_____, 「林和의 短篇敍事詩 硏究- "네거리의 순이" 系列을 中心으로-」, 우리어문연구회 편, 『우리어문연구』 제6·7집, 국학자료원, 1993.

_____, 「『思想의 月夜』 硏究」(상허문학회 지음, 『이태준 문학연구』, 깊은샘, 1993.)

_____, 「韓雪野의 創作方法論 硏究-『黃昏』을 中心으로」, 고려대학교

국어국문학연구회, 『어문논집』 32, 1993.

이상경, 「임화의 소설사론과 그 미학적 근거에 대한 비판적 검토」, 『창작과비평』, 1990. 9.

이선영, 「『황혼』의 소망과 리얼리즘」, 『창작과비평』, 1993, 봄.

이주형, 「1930年代 韓國 長篇小說 硏究 —現實認識과 作品展開方式의 變貌樣相을 中心으로」, 서울대 박사학위 논문, 1983.

이현식, 「1930년대 후반의 비평사 연구동향에 대한 검토—최근 연구를 중심으로」, 『문학과논리』 창간호, 1991.

_____, 「1930년대 후반 사실주의문학론 연구—임화와 안함광을 중심으로」, 연세대 석사학위 논문, 1990. 7.

임규찬, 「카프 해산 문제에 대하여」, 김학성·최원식 외, 『韓國 近代文學史의 爭點』, 창작과비평사, 1990.

_____, 「카프 해소—비해소파를 분리하는 김재용에 반박한다.」, 『역사비평』, 1988. 11.

장상길, 「한설야 소설 연구」, 서울대 석사학위 논문, 1990.

장성수, 「1930년대 경향소설 연구」, 고려대 박사학위 논문, 1989.

정호웅, 「1920~30년대 한국경향소설의 변모과정연구—인물유형과 전망의 양상을 중심으로」, 서울대 석사학위 논문, 1983.

_____, 「直實의 윤리—한설야의 『청춘기』論」, 정호웅 외, 『장편소설로 보는 새로운 민족문학사』, 열음사, 1993.

_____, 「새로운 세계에 대한 열망과 그 한계—김남천의 『大河』론」, 정호웅 외, 『장편소설로 보는 새로운 민족문학사』, 열음사, 1993.

조정래, 「한설야론」, 이선영 편, 『회강이선영교수화갑기념논총 : 1930년대 민족문학의 인식』, 한길사, 1990.

조정환, 「1930년대 현실주의논쟁과 프로레타리아문학의 독자성 문제 —'미적 주체성' 개념을 중심으로」(『민주주의 민족문학론과 자기비판』, 연구사, 1989.)

차원현, 「〈황혼〉과 1930년대 노동 문학의 수준」, 정호웅 외, 한국현대문학연구회 편, 한국의 현대문학 1, 『한국 근대 장편 소설 연구』, 모음사, 1992.

채호석, 「김남천 창작방법론 연구」, 서울대 석사학위 논문, 1987.

_____, 「『黃昏』論」, 『민족문학사연구』 창간호, 민족문학사연구소, 1991.

최유찬, 「1930년대 한국리얼리즘론 연구」, 연세대 박사학위 논문, 1986.

최익현, 「한설야 연구―1930년대 소설의 의지편향성을 중심으로―」, 중앙대 석사학위 논문, 1992.

하정일, 「해방기 민족문학론 연구」, 연세대 박사학위 논문, 1992.

_____, 「30년대 후반 휴머니즘논쟁과 민족문학의 구도」, 이선영 편, 『회강이선영교수화갑기념논총 : 1930년대 민족문학의 인식』, 한길사, 1990. 9.

_____, 「1930년대 후반 반파시즘 인민전선과 사회주의 리얼리즘의 변천과정」, 『창작과비평』, 1991, 봄.

_____, 「소설사 연구방법론에 대한 문제제기적 검토」, 『민족문학사연구』 창간호, 민족문학사연구소, 1991.

_____, 「프리체의 리얼리즘관과 30년대 후반의 리얼리즘론」, 한국문학연구회 편, 현대문학의 연구 4, 『1930년대 문학연구』, 평민사, 1993.

한기형, 「林和의 문학사 서술에 대한 관점의 몇 가지 문제―신경향파 소설평가를 중심으로―」, 김학성 · 최원식 외, 『韓國 近代文學史의 爭點』, 창작과 비평사, 1990.

한승옥, 「1930年代 家族史 年代記小說 硏究」(『韓國 現代長篇小說硏究』, 民音社, 1989.)

한점돌, 「전형기 문단과 프로 리얼리즘의 가능성―한설야의 〈黃昏〉」, 구인환 외, 『韓國現代長篇小說硏究』, 三知院, 1989.

현길언, 「닫힌 시대와 역사에 대한 소설적 전망―김남천의 소설 세계」(서종택/정덕준 엮음, 『한국 현대소설연구』, 새문社, 1990.

홍문표, 「한국 현대 문학 논쟁의 비평사적 연구」, 고려대 박사학위 논문, 1979. 2.

4. 외서 및 역서

Cliff Slaughter, 『Marxism, Ideology and Literature』, THE MACMILLAN PRESS LTD, 1980.

GEORGE BECKER, 『Documents of Modern Literary Realism』, Princeton University Press, 1963.

GEORGE STEINER, 『REALISM IN OUR TIME』, Harper & Row, 1964.

karl Migner, 『Theorie des Modernen Romans』, ALFRED KRÖNER VERLAG STUTTGART, 1970.

A. A. Mendilow, 『Time and The Novel』, New York Humanities Press, 1965, 최익규 역, 『時間과 小說』, 大邦出版社, 1983.

George Bisztray, 『Marxist Models of Literary Realism』, 인간사, 1985.

GEORG LUKÁCS, 『Essays on Realism』, The MIT Press, 1980.

_____, 『변혁기 러시아의 리얼리즘문학』, 조정환 옮김, 동녘신서 37, 동녘, 1986.

_____, 『소설의 이론』, 반성완 역, 심설당, 1985.

_____, 『美學序說—미학범주로서의 특수성』, 홍승용 옮김, 실천문학사, 1987.

_____, 『독일문학사—계몽주의에서 제1차 세계대전까지』, 반성완, 임홍배 譯, 심설당, 1987.

A. 코플라, 「반영도 아니며 추상화도 아니다—루카치냐 아도르노냐—」 (게오르그 루카치 외, 『현대리얼리즘론』, 황석천 옮김, 열음사 상총서 5, 열음사, 1986.)

게오르기 프리들렌제르, 『리얼리즘의 詩學』, 李恒在 옮김, 열린책들, 1986.

카렐 코지크, 『구체성의 변증법』, 박정호 옮김, 거름, 1985.

L. 골드만, 『小說社會學을 위하여』, 조경숙 譯, 청. 하, 1982.

M. S. 까간, 『미학강의 II』, 진중권 옮김, 새길, 1991.

에른스트 피셔 外, 『예술의 새로운 시각』, 정경임 역, 지양사, 1985.

오프스야니코프, 『마르크스-레닌주의 미학원론』, 이승숙, 신중권 옮김, 이론과실천, 1990.

이동 면(伊東 勉), 『리얼리즘이란 무엇인가』, 서은혜 옮김(새로운 번역), 청년사, 1992.

혼다 슈우고(本多秋五), 「전향문학론」, 한국문학연구회 편, 현대문학의 연구 4, 『1930년대 문학연구』, 이경훈 역, 평민사, 1993.

홀거 지이겔, 『1917~1940 소비에트 문학이론』, 정재경 역, 연구사, 1988.

너른터 d51

한국근대문학과 전향문학

지은이 이상갑
펴낸이 박현숙
펴낸곳 깊은샘
출판등록 1980년 2월 6일
등록번호 제2-69호

찍은날 1995년 8월 10일
펴낸날 1995년 8월 20일

주소 : 서울시 종로구 낙원동 280-4 건국1호 B/D 203호
우편번호 110-320
전화 723-9798, 722-3019
팩시밀리 722-9932

값 7,000원

ISBN 89-7416-059-5